Gerhard Jäger

DER SCHNEE, DAS FEUER, DIE SCHULD UND DER TOD

Roman

Blessing

Der Verlag weist ausdrücklich darauf hin, dass im Text
enthaltene externe Links vom Verlag nur bis zum Zeitpunkt
der Buchveröffentlichung eingesehen werden konnten.
Auf spätere Veränderungen hat der Verlag keinerlei Einfluss.
Eine Haftung des Verlags ist daher ausgeschlossen.

Verlagsgruppe Random House FSC® N001967

1. Auflage
Copyright © 2016 by Gerhard Jäger
Copyright © 2016 by Karl Blessing Verlag, München,
in der Verlagsgruppe Random House GmbH,
Neumarkter Str. 28; 81673 München
Umschlaggestaltung: Nele Schütz Design, München,
unter Verwendung eines Motivs von © shutterstock/Kirill Smirnov
Satz: Leingärtner, Nabburg
Druck und Einband: GGP Media GmbH, Pößneck
Printed in Germany
ISBN: 978-3-89667-571-2

www.blessing-verlag.de

JETZT

Die Frau liegt am Boden. Im Schnee. Der linke Arm verdreht unter ihrem Körper. Keine Farben.

Sie hat keine Farben. Der Boden hat keine Farben. Alles ist schwarz und grau und weiß, nur schwarz und grau und weiß. Die Haare der Frau sind schwarz, die Kleidung grau, der Schnee weiß.

Nur nicht neben ihrer Schulter, da ist der Schnee schwarz. Schwarz von Blut.

»So viel Blut, so viel Blut«, flüstert der alte Mann und streift mit seinem riesigen Zeigefinger über das winzige Gesicht der Frau. Zärtlich, zitternd.

Dann greift er zu, nimmt die kleine Schwarz-Weiß-Fotografie mit dem gewellten Rand, die Fotografie mit der Frau im Schnee, mit der Frau ohne Farben, und steht auf. Es ist Zeit.

VOR SECHS TAGEN

Sonntag

»Ich sehe einen großen Vogel. Er wird dich nach Hause bringen an deinem achtzigsten Geburtstag.«

Es ist vierzig Jahre her, auf den Tag genau, dass diese Worte gesprochen wurden. Von einer Indianerin, über hundert Jahre alt, die Tochter des legendären Häuptlings Spottet Elk, der 1890 in dem Massaker am Wounded Knee erschossen wurde. So hat man es uns jedenfalls gesagt, vielmehr meiner Frau Rosalind, und deshalb schleppte sie mich an meinem vierzigsten Geburtstag zu dieser Indianerin.

»Du musst zugeben, sich von einer indianischen Seherin die Zukunft voraussagen zu lassen, ist ein ganz besonderes Geschenk. Noch dazu von der Tochter von Spottet Elk. Das musst du dir mal vorstellen.« Ich stellte es mir vor, denn wenn es um Indianer ging, kannte meine Frau keinen Spaß.

Wie sich meine Frau dieses Treffen ausgemalt hatte, kann ich nur erahnen: Vielleicht hatte sie ein Zelt vor Augen gehabt, das Innere in ein fahles Licht getaucht, ein Feuer in der Mitte, seltsam riechende Kräuter, die zischend in den Flammen verbrennen, eine alte Indianerin, die trotz ihrer hundert Jahre mit erstaunlich geradem Rücken auf dem Boden sitzt, eine Trommel schlägt und mit kehliger Stimme uralte Lieder singt. Etwas in dieser Art. Aber ganz sicher keine Barackensiedlung und keinen Mann mit fettigen Haaren, nacktem Oberkörper und einer Bierflasche in der Hand, der die Tür öffnete und uns die freie Hand entgegenstreckte, um das Geld in Empfang zu nehmen. Wie viel meine Zukunft kostete, hat mir Rosalind nie erzählt.

Der Mann führte uns in die Baracke, stickig, halbdunkel, ein plärrendes Radio, an der Wand ein dicker Polsterstuhl und darin, in Decken eingehüllt, ein uraltes menschliches Wesen. Er legte eine Hand auf meine Schulter. Ich verstand nicht, erst als er mit dem Kinn eine herrische Bewegung nach unten machte, wurde mir klar, was er wollte: Ich kniete nieder, während er meine Hand nahm und sie der alten Frau in den Schoß legte. In diesem Moment, in dieser schwülen Hitze, das laute Radio im Hintergrund und die Bierfahne des Mannes in meinem Nacken, fielen die magischen Worte: »Ich sehe einen großen Vogel. Er wird dich nach Hause bringen an deinem achtzigsten Geburtstag.«

Diese Prophezeiung machte mir keine Angst. Wenn man mit vierzig erfährt, dass man mit achtzig sterben wird, so ist das weit weg. Und am achtzigsten Geburtstag zu sterben hat irgendwie auch Stil.

Nach diesem Satz schien die Alte wieder in sich zu versinken. Ohne den Lärm des Radios wäre die Stille kaum auszuhalten gewesen. Ich wagte einen Seitenblick auf Rosalind. Sie stand etwa zwei Meter von mir entfernt, hatte eine Hand auf den Mund gelegt und fixierte einen imaginären Punkt an der Wand. Ich wartete, dann kam endlich wieder Bewegung in die Seherin. Sie nahm meine Hand, hielt sie ganz nah vor ihr Gesicht und suchte durch ihre dicke Brille hindurch nach meiner Zukunft. Schließlich führte sie die Hand zum Mund, streckte ihre Zunge heraus und leckte über meine Handinnenfläche. Sie verharrte kurz, zuckte mit den Schultern, ließ mich los und sagte etwas, was ich nicht verstand, was aber den Mann dazu veranlasste, vorzutreten und ihr die Flasche Bier zu reichen, die sie mit erstaunlicher Geschicklichkeit ergriff und an die Lippen führte.

Der Mann sah mich an, zuckte mit den Schultern und sagte: »Zu heiß heute, die Geister sind müde, kann man nichts machen.«

Das war endgültig zu viel für Rosalind. Sie drehte sich abrupt um, stampfte zur Tür und verschwand. Ich blickte unsicher auf den Indianer, der noch einmal bedauernd mit den Schultern zuckte. »Zu heiß, kann man nichts machen.« Erst in diesem Moment wurde mir bewusst, dass ich noch kniete. Ich kam mir vor wie ein Idiot, stand verlegen auf, reichte dem Mann unsicher die Hand und verließ die Baracke.

Rosalind saß schon im Auto. Ich stieg ein, startete den Wagen und fuhr los. Mir war bewusst, wie heikel die Situation war. Indianer waren Rosalinds Leidenschaft, wie sie diesen Reinfall nehmen würde, war nicht abzusehen. Nach einiger Zeit wagte ich einen Seitenblick, und etwas Wunderbares geschah: Unsere Mundwinkel verzogen sich nach oben. Wir lachten lauthals los. Dieses Lachen hatte etwas ungeheuer Befreiendes und war wirklich eines der schönsten Geschenke, die ich je zu meinem Geburtstag bekommen habe. Und das Vermächtnis dieser alten Indianerin hat in uns fortgewirkt. Der Satz »Die Geister sind müde« ging in das fixe Repertoire unserer Beziehung ein und hatte das Potenzial, schwierige emotionale Situationen im Nu zu entschärfen.

Aber das ist nicht die Geschichte, um die es geht.

Es ist trotzdem nicht verwunderlich, dass ich ausgerechnet jetzt daran denke. Es ist der siebte Mai 2006, mein achtzigster Geburtstag. Und ich sitze tatsächlich in einem dieser großen Vögel, ich sitze zwischen Himmel und Erde über einem nächtlichen Atlantik. Angst vor dem Tod habe ich nicht. Die Weissagung der alten Seherin hat eine andere Bedeutung für mich bekommen: Der Vogel wird mich nach Hause bringen, in das Land im Herzen Europas, in dem ich geboren wurde, in dem ich die ersten Jahre meines Lebens verbracht habe und in dem ich noch

etwas klären möchte. Und so bin ich jetzt auf dem Weg: weiß-
bärtig, dünnbeinig, mit zitternden Händen, und habe mich von
einer rothaarigen Stewardess mit himmelblauem Kostüm und
himmelblauem Lächeln auf meinen Sitz führen lassen.

Es ist weit nach Mitternacht, der Flug verläuft angenehm. Dafür habe ich auch gesorgt, ich habe einen Sitzplatz in der ersten
Klasse gebucht. Ich denke, dass ich mir diesen kleinen Luxus
gönnen darf, Rosalind würde mich verstehen. Zumindest bilde
ich mir das ein. Seit wir nicht mehr zusammen wohnen, seit
zwölf Jahren, verstehen wir uns viel besser. Ich gehe sie zweimal
in der Woche besuchen und das regelmäßig, immer am Mitt-
wochnachmittag um halb drei und am Sonntagnachmittag um
fünf. Die Zeiten habe ich mir nicht selbst ausgesucht, sie sind
der Willkür der Fahrpläne geschuldet. Wie auch immer, wir haben uns daran gewöhnt. Ich lasse keinen der Termine aus, nur
heute und die nächste Woche wird Rosalind vergeblich auf mich
warten.

Auch der kleine Blumenhändler wird vergeblich auf mich
warten. Er hat die blauen Kornblumen, die ich Rosalind seit
zwölf Jahren mitbringe, jeden Mittwoch bereits hergerichtet.
Sie liebt Kornblumen über alles, und ich empfinde das als angenehm, weil es mir erspart, immer einen anderen Blumenstrauß
aussuchen zu müssen. Und so nehme ich jeden Mittwoch die
Blumen vom Verkaufstresen, bezahle, gehe die hundert Meter,
die noch zu gehen sind, und lege den Strauß auf Rosalinds
Grab. Ich mache das das ganze Jahr. Auch wenn die Blumen
im Winter kaum die nächste Nacht überstehen und in einem
sehr heißen Sommer auch nur einen oder zwei Tage. Am Sonntag, der Blumenhändler hat natürlich geschlossen, werfe ich
die Blumen vom Mittwoch weg. Montag und Dienstag ist
nichts auf dem Grab. Ich denke mir, dass Rosalind das mag. So
ist die Freude über die frischen Blumen am Mittwoch umso
größer.

Auf dem Grabstein von Rosalind sind Flammen zu sehen: Flammen aus Blattgold, die unter ihrem Namen den Großteil des Grabsteins einnehmen. Das war der Wunsch von Rosalinds Schwester, die ich beim Begräbnis zum ersten Mal und danach nie wieder gesehen habe. Trotzdem hat sie es in den Wochen nach Rosalinds Tod geschafft, mir am Telefon einzureden, dass es diese Flammen am Grabstein brauchen würde, als Symbol für das ewige Licht. Ich war so kraftlos, dass ich sie nicht einmal auf die schwierige Symbolik der Flammen in Bezug auf den grauenhaften Tod Rosalinds aufmerksam machen konnte. Aber letztlich war es mir auch egal, wie der Grabstein aussah, und außerdem, so tröstete ich mich, hätte Rosalind sich über das Feuer gefreut – in indianischem Sinne.

Irgendwo über dem Atlantik wird Essen serviert. Es schmeckt einigermaßen, aber ehrlich gesagt habe ich keinen Hunger, mir geht es mehr um die Ablenkung. Ich lasse mir zweimal etwas Wein einschenken, wohl wissend, dass mich nichts so müde macht wie Alkohol.

Ich habe mich gut auf meine Reise vorbereitet, Material gesammelt. In Zeiten des Internets ist das kein Problem. Man gibt einen Suchbegriff ein, in diesem Fall »Lawinenwinter 1951«, und bekommt 27 000 Treffer in 0,47 Sekunden geliefert, wie mir mein Browser dienstfertig mitteilt. Ich verstehe das nicht, aber das muss ich auch nicht.

Ich habe mir Dutzende Fotografien und Artikel über diesen Winter, der in Amerika als Winter des Terrors bekannt wurde, ausgedruckt, die besten sind in meiner braunen Ledertasche, die als Handgepäck zwischen meinen Füßen steht. Die Ledertasche war ein Geschenk von Rosalind an meinem letzten Geburtstag vor ihrem Tod. Wir haben diese Festtage immer zu zweit, nie mit Gästen gefeiert. Wir haben keine Kinder, Rosalind hatte kaum Kontakt zu ihrer Herkunftsfamilie, ich gar keinen zu meiner. Ich kann mich nicht erinnern, dass unser zurückgezogenes Leben für einen von uns jemals ein Problem gewesen wäre. Im Gegenteil, wir wollten es so.

»Die Tasche ist aus Büffelleder! Echt indianisch«, sagte sie mit einem verlegenen Lächeln und drückte mir augenzwinkernd einen zarten Kuss auf den Mund. Sieben Monate später war sie tot. Dieser Kuss war einer der letzten innigen und intimen Momente, die uns vergönnt waren.

Ich widme mich wieder meinen Unterlagen, lese einen Artikel über diesen Winter, der Geschichte geschrieben hat – und Geschichten. Die meisten sind traurig. Zweihundertfünfundsechzig Tote in Österreich und der Schweiz, weit mehr als jeder andere Winter in den Alpen gefordert hat. Allein in Tirol wurden mehr als fünfzig Dörfer von abgehenden Lawinen getroffen, und genau dahin, nach Tirol, wird mich meine vermutlich letzte Reise auf diesem Planeten führen.

Ich kenne große Schneemassen aus meiner Kindheit in Wien. Ich erinnere mich vor allem an einen Winter, in dem alles weiß war, in dem alles stillzustehen schien, in dem eine traumhafte Ruhe und ein märchenhafter Zauber über der Millionenstadt lagen. Als Bub habe ich das geliebt. Und wenn ich heute an diese Zeit, an diesen Winter, zurückdenke, sind meine Erinnerungen schwarz-weiß. Ich frage mich oft, warum das so ist. Denke ich an eine Begebenheit aus meiner Kindheit im Sommer, ist das Gras grün, die Sonne gelb, die Donau blau. Aber jede Erinnerung an einen Winter ist schwarz-weiß. Als ob die Wucht dieser alten Schwarz-Weiß-Fotografien meinen Erinnerungen die Farben genommen hätte. Als ob ich mir einen Winter nur mehr als eine Ansammlung von Schwarz und Weiß und Tausenden Grauabstufungen vorstellen könnte. Ich habe Rosalind einmal davon erzählt. Sie hat gelacht und gemeint, dass mein Gehirn offenbar angefangen hat, Kräfte und Ressourcen zu schonen, weil Bilder in Schwarz-Weiß abzuspeichern weit weniger Kapazitäten brauchen würde als bunte.

Meine Stewardess – in der ersten Klasse wird einem das Gefühl vermittelt, dass die Stewardess nur für einen selbst da ist – erkundigt sich nach meinem Befinden. Das ist soweit in Ordnung, ich beschränke mich aber auf eine kurze Antwort, denn ich bin mir noch nicht sicher, ob mein Deutsch schon so weit reaktiviert ist, dass eine einigermaßen fehlerlose Kommunikation möglich ist. Ich werde es noch früh genug erfahren.

Ich widme mich wieder meinen Unterlagen, einen Auszug aus einem Artikel, der die meteorologischen Verhältnisse erklärt, die damals zu der Katastrophe in den Alpen geführt haben. Schon der November 1950 brachte enorme Schneemengen. Anfang Jänner folgte der nächste Schnee, sodass zu dieser Zeit die doppelte, an manchen Stellen sogar die drei- bis vierfache Menge Schnee im Vergleich zu einem normalen Winter lag. Die Katastrophe kam in zwei Schüben: Mitte Jänner kam es zu einer Nordstaulage, und es schneite tagelang ohne Unterbrechung. Es lag so viel Schnee, dass manche Ortschaften bei Erkundungsflügen nicht mehr gesichtet wurden. Es folgten enorme Lawinenabgänge im gesamten Alpenraum. Damit nicht genug: Ein Warmwettereinbruch um den zwanzigsten Jänner ließ Regen bis auf zweitausend Meter fallen. Daraufhin donnerten ungeheure Nassschneelawinen selbst dort zu Tal, wo man sich vor Lawinen sicher fühlte.

Doch damit war die Katastrophe noch nicht vorbei: In der zweiten Februarwoche kam es zu einer Südstaulage. Wieder fielen enorme Mengen Schnee, Stürme taten ein Übriges, um die Situation zu verschärfen. Und wieder rasten die Lawinen zu Tal, rissen Menschen, Vieh und Häuser, Ställe, Stadel, Kapellen, Wälder und Brücken mit sich.

Ich betrachte noch ein paar Fotografien, auf denen ich längst jedes Detail kenne: die Schneemassen, die zerstörten Häuser, Männer mit langen Stangen, die die Lawinenkegel absuchen, aufgebahrte Leichen. Ich bleibe bei einer hängen, die mich immer sehr berührt, sie ist im *Spiegel*, der Nummer sechs aus dem Jahre 1951, abgedruckt: Kinder gehen mit Blumen und Kränzen in den Händen auf den Fotografen zu. Im Hintergrund ein völlig zerstörtes Haus, der *Spiegel* hat nur drei Worte darunter geschrieben: »Blumen aufs Grab!« Und dann, der Wein hat offenbar seine Schuldigkeit getan, schlafe ich ein, irgendwo über dem Atlantik, in einem großen Vogel, der mich nach Hause bringen wird.

Das Flugzeug landet pünktlich in München, die Fahrt im vorbestellten Taxi nach Innsbruck verläuft ruhig. Mein Hotel habe ich mit Bedacht gewählt: in der Nähe des Tiroler Landesarchivs. »Fünf Minuten zu Fuß«, hatte mir die freundliche Dame am Telefon in einwandfreiem Englisch versichert. Das ist gut so, gut für einen alten Herrn, der nicht mehr allzu fit ist, aber in der Vergangenheit wühlen möchte.

Mein Zimmer ist erstaunlich groß. Eine schöne Aussicht habe ich mir gewünscht. Keine Ahnung, ob sie schön ist, die Dämmerung hat begonnen, graue Wolken hängen wie nasse Leintücher über der Stadt. Vielleicht morgen, vielleicht werde ich morgen die Berge sehen.

Obwohl ich nach der langen Reise übermüdet bin, schlafe ich schlecht in dieser ersten Nacht in den Alpen. Von der Straße herauf sind bis weit nach Mitternacht Autos, Stimmen, Schritte zu hören. Aber das ist nicht der wirkliche Grund, das ist mir klar. Der wirkliche Grund liegt mehr als fünf Jahrzehnte zurück.

Vor fünf Tagen

Montag

Es sind fünf Minuten von meinem Hotel zum Landesarchiv. Ich habe zwei Stunden gebraucht. Nicht, dass die Zeitangabe falsch gewesen wäre oder ich den Weg nicht gefunden hätte. Einfach nur, weil ich die Zeit für mich brauchte. Ich schlenderte einige Schritte in diese Richtung, einige in die andere, ich beobachtete Passanten, Autos, blickte in die Auslagen der Geschäfte, suchte am immer noch mit Wolken bedeckten Horizont nach Bergen, die sich auch heute noch nicht zeigen wollten. Ich spielte mit dem Gedanken, einfach nicht hineinzugehen in das Archiv, alles ruhen zu lassen, stattdessen ein paar gemütliche Tage hier zu verbringen, gut zu essen, gut zu trinken, vielleicht ein gutes Konzert besuchen und dann wieder zum Flughafen, den Bergen und diesem Land Auf Wiedersehen sagen, endgültig. Eine solche Reise macht man in meinem Alter kein zweites Mal.

Aber schließlich stand ich doch vor der Tür des Landesarchivs. Stand da und wartete, unschlüssig, was ich tun sollte. Schon vor Wochen hatte ich per E-Mail angefragt, ob es in meiner Angelegenheit Unterlagen gebe. Es gab sie, wie mir eine Mitarbeiterin mitteilte. Sie werde alles für mich vorbereiten, versicherte sie, als ich meinen Besuch ankündigte. Und sie freue sich, es komme schließlich nicht jeden Tag vor, dass jemand aus Amerika komme, um Forschungen zu betreiben.

Jetzt also ist dieser Jemand da. Dieser Jemand aus Amerika, ein alter Mann, der unschlüssig an der Tür steht. Und dann

macht dieser Jemand, mache ich den Schritt, den entscheidenden Schritt, stoße die schwere Holztür auf und trete ein.

Ich brauche eine Weile, bis sich meine Augen an das Halbdunkel gewöhnt haben. Vor mir ist eine Rezeption, dahinter
eine Dame, die Haare streng zu einem Knoten zusammengebunden. Ich räuspere mich und habe Erfolg.

»Ja?« Die Dame schaut zu mir.

»Guten Tag«, sage ich, »ich bin angemeldet.«

Die Dame runzelt die Stirn, jemand nähert sich von der Seite.

»Mr. Miller?« Eine junge Frau, oder sollte ich sagen, ein Mädchen, kaum über zwanzig Jahre alt, mit blonden kurzen Haaren
und einem rundlichen Gesicht, steht vor mir. »Wir hatten Kontakt.«

»Ja, ja, natürlich«, bestätige ich und komme mir lächerlich vor.

»Kommen Sie, ich habe alles hergerichtet. Das ist ja ungeheuer spannend, das mit Ihrem Cousin.«

Ich erinnere mich, dass ich ihr per E-Mail mitgeteilt hatte,
Nachforschungen über meinen verschwundenen Cousin machen zu wollen, und folge ihr einen Gang entlang. Sie dreht sich
alle paar Schritte um, wohl um sicherzugehen, dass ihr dieser
alte Herr folgen kann. Irgendwie vermittelt sie den Eindruck,
etwas auf dem Herzen zu haben. Und tatsächlich, während sie
mir eine Tür in einen anderen Gang aufhält, sagt sie plötzlich,
dass sie das Manuskript meines Cousins gelesen habe.

»Sind Sie mir böse?«

»Nein, nein«, ich schüttle den Kopf.

»Es war so interessant, ich konnte nicht ...« Sie zuckt mit den
Achseln, wirkt bekümmert, als hätte sie etwas Verbotenes getan.

»Am Telefon ... also, da sagten Sie ...«, ich suche nach Worten, um sie zu beruhigen, aber nur langsam scheint die deutsche
Sprache zurückzukommen.

»Ja?« Sie schaut mich erwartungsvoll an, offenbar froh, dass
ich irgendetwas gesagt habe.

»Also, Sie sagten etwas von den Polizeiberichten …?«

»Ja, natürlich«, ein schüchternes Lächeln huscht über ihr Gesicht, »die Polizeiberichte, wegen dem Mord. Leider ist davon nicht mehr viel übrig, ich habe mich erkundigt, 1973 hat die Polizeistation gebrannt, in der sie im Keller gelegen sind.«

»Ja, leider«, sage ich, nur um irgendetwas zu sagen. Wir stehen mitten in einem dieser Gänge, und ich wünsche mir, dass sie weitergeht, endlich weitergeht, mich diese letzten Schritte auf diesem Weg führt, auf diesem Weg zu einem Geheimnis, das ich alter Narr lösen will.

Sie scheint noch auf etwas zu warten, doch als nichts mehr von mir kommt, wiederholt sie nur leise mein »Ja, leider«, dreht sich um, geht mir wieder voran und führt mich in einen Lesesaal. Unsere Schritte sind unangenehm laut. Zwei Tische sind besetzt mit zwei Herren, beide weißhaarig, aber trotzdem gute zehn Jahre jünger als ich, zumindest schätze ich das.

»Da hinten, direkt am Fenster, passt Ihnen der Platz?«, flüstert sie.

Ich nicke.

»Setzen Sie sich, ich hole Ihre Unterlagen!«

Sie geht den Weg durch den Lesesaal zurück. Ich warte, bis ihre Schritte verklungen sind. Plötzlich ist es sehr still. Das Rascheln einer Seite, die von einem der beiden Herren umgeblättert wird, wirkt unnatürlich laut. Weit entfernt, abgedämpft, wie ein Geräusch aus einer anderen Welt, das Hupen eines Autos. Ich setze mich nicht, gehe ein paar Schritte, vorsichtig und möglichst leise einen Fuß vor den anderen setzend, zu dem Regal an der Wand, das vom Boden bis zur Decke reicht. Bücher über Bücher über Bücher. Es dürfte sich um irgendeine historische Abteilung handeln. Die Bücher sind alt, was man nicht nur an den Lederrücken erkennen kann, sondern auch riecht. Ich atme tief ein und genieße diesen Augenblick, genieße die Vertrautheit, die in diesem Geruch liegt. Mehr als dreißig Jahre lang habe ich das eingeatmet, Tag für Tag, Woche für Woche, Jahr für Jahr. Im Jahr 1962 habe ich zusammen mit Rosalind ein kleines Antiquariat eröffnet, sieben Jahre nachdem wir uns kennengelernt, fünf Jahre nachdem wir geheiratet hatten. Wir sind damit nicht reich geworden, aber darum war es uns auch nie gegangen. Die Jagd nach alten, seltenen Büchern, die Freude darüber, wieder ein Schmuckstück gefunden zu haben, die Ehrfurcht, eine Erstausgabe, vielleicht noch mit Widmung, in Händen zu halten – all das wurde uns zu einem Lebensinhalt. Wir haben es nie bereut.

Der absolute Höhepunkt für Rosalind war aber, wie konnte es auch anders sein, alles, was mit indianischer Literatur zu tun hatte. Dass es so etwas überhaupt gab, eine indianische Literatur, die sogar eine historische Tradition hatte, hatten wir beide nicht gewusst. Bis zu jenem Tag im Mai 1968. Rosalind durchsuchte eine Kiste mit Büchern, die sie bei einer Auktion erstanden hatte. Plötzlich stand sie vor mir, mit aufgerissenen Augen, in ihren Händen ein kleines vergilbtes Buch: die erste von einem Indianer geschriebene Autobiografie. Die Lebenserinnerungen von Black Hawk, verfasst 1833. Sein unglaublicher indianischer Name war Ma-ka-tai-me-she-kia-kiak, ich musste ihn auswendig lernen, Rosalind bestand darauf. Nach diesem Fund kannte sie kein Halten mehr: Sie suchte alles, was je von einem Indianer geschrieben worden war oder mit Indianern zu tun hatte, und sie fand vieles.

Bald war ein Drittel unseres Antiquariats für indianische Literatur reserviert, wir wurden eine der ersten Adressen, wenn es darum ging, schriftliche Zeugnisse der Indianer ausfindig zu machen. Rosalind bekam Einladungen von Universitäten, Anfragen aus ganz Amerika, schließlich auch aus Europa und Asien. Das war lange nach ihrer ersten naiven Indianerphase, in der sie mich zu der angeblichen Tochter von Spottet Elk geführt hatte. Sie wurde eine anerkannte Expertin auf dem Gebiet der indianischen Literatur. Mehr als einmal verirrten sich Forscher und Studenten in unser kleines Antiquariat. Und immer war da dieser Geruch, dieser unverwechselbare Geruch, den alte Bücher verströmen, und der jetzt im Landesarchiv in Innsbruck Erinnerungen und längst vergangene Szenen in mein Bewusstsein zaubert: Rosalind über eine Kiste mit Büchern gebeugt, Rosalind mit einem alten Schmöker am Fenster sitzend, Rosalind in einer angeregten Diskussion mit einem Kunden, Rosalind, die mir mit einem triumphierenden Blick ein seltenes Exemplar reicht, Rosalind, Rosalind.

Die Bücher, das war unsere gemeinsame Leidenschaft. Meine Faszination für Lawinen und Lawinenkatastrophen hat Rosalind hingegen stets belächelt – bis zu unserem Winterurlaub im Jahre 1963. Dieser Urlaub ist eine der lebendigsten Erinnerungen, die ich habe. Und die Bilder, die dabei aus meinem Inneren steigen, sind auch schwarz-weiß. Aber das habe ich Rosalind nie erzählt. Ich wollte nicht noch einmal ihren Spott hören.

Wir wollten damals in einem kleinen Nest in den Rocky Mountains Skifahren lernen. Das war Rosalinds Idee gewesen: »Du bist Österreicher, also musst du Ski fahren können.« Mein schwacher Protest, »ich bin in Wien aufgewachsen, nie auf Skiern gestanden«, interessierte sie nicht, sie hatte noch nie etwas übrig gehabt für logische Begründungen.

Als wir in diesem schneereichen Winter aus dem Bus in den Rocky Mountains stiegen, schlug uns der Wind mit seiner kalten Hand ins Gesicht, und ein großer schwarzer Vogel strich mit einem heiseren Schrei direkt über unsere Köpfe hinweg, sodass wir uns instinktiv duckten.

»Was für eine Begrüßung!«, lachte Rosalind.

Ich gab keine Antwort. Es gibt Momente, Orte, die dir Angst machen. Du weißt, dass da etwas ist, das auf dich wartet, gesichtslos, namenlos, jenseits aller Begriffe, jenseits aller Konturen, und doch, es ist da, du spürst es und du weißt nur eines: Es ist nichts

Gutes. Dieses Gefühl beschlich mich, als wir aus dem Bus stiegen. Meine Augen suchten in der einbrechenden Dunkelheit nach Sicherheit, nach dem Hotel, das uns aufnehmen würde, nach Personal, das uns erwartete, nach irgendetwas, das dieses ungute Gefühl vertreiben könnte. Doch da war nichts: Der Parkplatz lag hinter dem Hotel, das uns nur seine Rückseite zudrehte. Wir nahmen, so wie die anderen, unser Gepäck und gingen, die Schultern gegen die Angriffe des Windes hochgezogen, rund um das Hotel zum Eingang. Direkt vor dem Gebäude ragte ein steiler Hang auf, in der Dämmerung war es nicht möglich zu sehen, wie hoch er hinaufreichte. Mannshohe Schneewände säumten den Weg, und wenn es möglich ist, dass etwas in der Dämmerung noch Schatten werfen kann, dann taten sie es. Wir schwiegen. Erst als wir durch die Tür in das Hotel traten, in eine andere Welt, in der der Wind keinen Zutritt hatte und Schneewände keinen Schatten werfen konnten, löste sich die seltsame Beklommenheit. Erste Worte wagten sich in die Stille, da und dort Gelächter, wir kamen an.

Ich schlief schlecht in dieser ersten Nacht. Wind war aufgekommen, starker Wind. Ich hörte das Heulen des Sturmes, hörte, wie er seine verzerrten Melodien auf den Stromleitungen spielte, wie seine Böen an den Fensterläden rissen, sah in dem trüben Licht, das eine einsame Straßenlampe vor unserem Fenster verbreitete, dass es angefangen hatte zu schneien. Ich sah die Schneeflocken tanzen, sah immer weiter in die Höhe wachsende Schneewände, die sich in schwarz-weiße Bilder verwandelten, Bilder vom Winter des Terrors, sah Menschen mit langen Stangen Lawinenkegel absuchen, mit Schaufeln sich einen Weg bahnen, mit Blumen ihre Trauer durch den Ort tragen. Bild auf Bild tauchte auf aus meinem inneren Album, eine Welt in Schwarz-Weiß.

Am Morgen hatte der Wind nachgelassen. Der Schneefall nicht. Unser Skilehrer ließ sich davon nicht aufhalten. Nachdem

wir uns passende Schuhe, Skier und Stöcke ausgesucht hatten –
»alles im Preis inbegriffen«, flüsterte Rosalind stolz –, gingen
wir. Es war längst nicht mehr so kalt wie gestern, aber bewölkt,
und die dicken Schneeflocken gestatteten auch jetzt meinen Blicken nicht, dem steilen Hang vor dem Hotel bis zu seinem Anfang zu folgen. Dafür folgten wir unserem Skilehrer auf einem
schmalen, freigeschaufelten Weg, der direkt zu einem Schlepp-
lift führte. Die Schneewände rechts und links von dem Weg waren über zwei Meter hoch, wenn man sich nicht genau in der
Mitte hielt, streifte man sie mit den Schultern, was mir jedes Mal
ein Schaudern durch den Körper jagte. Ich versuchte mich auf
Rosalind zu konzentrieren, die vor mir ging, die rechte Hand an
den Skiern über ihrer Schulter, in der linken Hand die beiden
Stöcke, genau wie ich, versuchte mich auf die Farben zu konzentrieren, die Farben ihrer Mütze, Rot und Blau, die Farben
ihrer Jacke, Rot mit dunkelgrauen Streifen, die Farben ihrer
Skier, Rot, Schwarz und Grün, baute mir aus diesen Farben eine
bunte Mauer gegen die schwarz-weißen Bilder in meinem Inneren und rannte fast gegen Rosalind, als diese stehen geblieben
war und den Kopf über die Seite zu mir wandte.
»Das ist doch wunderbar romantisch! Findest du nicht?«
Zum Glück erwartete sie keine Antwort, und ich war froh,
schon kurz darauf diesem engen, weißen Schlund entkommen
zu sein und mich unterhalb der Skipiste auf das Anschnallen der
Skier, auf die ersten Stehversuche, auf die ersten zaghaften, von
den Stöcken angeschobenen Fahrversuche konzentrieren zu
können. Das Lachen von Rosalind, die Anweisungen des Skilehrers, das Rattern des Schlepplliftes, entfernte Rufe anderer
Skifahrer, der wieder auffrischende Wind, der stärker werdende
Wind, der Wind, der uns wieder mit seiner kalten Hand ins
Gesicht fuhr, Rosalinds Lachen in der Luft zerfetzte, die Anweisungen des Skilehrers zerstückelte und uns schließlich wieder, die Skier über den Schultern, den Kopf eingezogen, in den

weißen Schlund trieb, zusammen mit den anderen auf dem Weg zurück in das Hotel, auf dem Weg zurück in eine Welt, in der der Wind keinen Zutritt hatte und in der Schneewände dich nicht an den Schultern berühren konnten.

Es war das einzige Mal, dass wir in diesem Urlaub auf Skiern gestanden waren. Aber das wussten wir zu diesem Zeitpunkt noch nicht.

Der Sturm wurde stärker in der Nacht. Ein Heulen, Pfeifen, Kreischen war die Begleitmusik, die das friedliche Atmen Rosalinds, die in meinen Armen lag, übertönte. Bis weit nach Mitternacht war ich wach, kämpfte gegen die Bilder, die der Gesang des Sturmes in meinem Innern aufwühlte, kämpfte gegen schwarz-weiße Gestalten von alten Fotografien, die der Wind zum Tanz aufforderte, die mit langen Stangen auf einer weißen Bühne standen und sie in einem gleichbleibenden Rhythmus in den Boden stießen, hinein in das gelöste Haar der Lawine, die mit weißen Fingern nach mir griff.

Das war der Moment, in dem ich aufschrie, und plötzlich war eine Hand auf meiner Stirn, eine Stimme drängte sich beruhigend durch die Symphonie des Sturmes, und ich sah das Gesicht von Rosalind über mir, die Lippen bewegten sich leicht, und ich hörte beruhigende Worte aus ihrem Mund kommen, hörte das Wort »Traum«, und dann »Du«, und dann »Keine Angst«, und ich nickte, immer wieder, immer wieder nickte ich, bis Rosalind ihren Kopf wieder auf meine Schulter legte, ihre Hand noch zweimal flüchtig über meine Wange streifen ließ und gleich darauf wieder eingeschlafen war. Wieder sang mir der Sturm sein Lied, vergriff sich an den Stromleitungen, an den Fensterläden, an den Ziegeln auf dem Dach, und erst als der Morgen eine erste leise Ahnung von Licht an die Wände unseres Zimmers malte, schlief ich ein.

Der nächste Tag war vor allem grau. Kein Blick aus dem Fenster schaffte es, mehr als zwei Meter weit ins Freie zu dringen, bevor ihm die Elemente die Sicht verstellten. Der Sturm wurde stärker, das Heulen, Zischen, Pfeifen zu einem ständigen Hintergrundgeräusch, das man irgendwann kaum noch wahrnahm. Schon beim Frühstück erklärte uns der Skilehrer, dass heute nicht daran zu denken sei, ins Freie zu gehen, und verschwand. Ich habe ihn den ganzen Tag nicht mehr gesehen. Rosalind schien das nichts auszumachen: Sie war gut aufgelegt, fand den Sturm abwechselnd sehr romantisch und sehr spannend und verstand nicht, warum ich so schweigsam war, wieso meine Blicke immer wieder unruhig zu den Fenstern wanderten, weshalb ich in Gedanken ganz woanders war. Ich dachte an den Hang vor unserem Hotel, den steilen Hang, von dem ich keine Ahnung hatte, wie hoch er war, weil das Wetter noch nie den Blick freigegeben hatte. Ich wusste nur, dass da draußen Unmengen von Schnee lagen, dass meine Unruhe mit jeder Stunde stieg und ich kaum in der Lage war, ein vernünftiges Gespräch mit Rosalind oder anderen Personen, die genauso wie wir in dem Hotel gefangen waren, zu führen.

Offenbar war ich der Einzige, der sich Sorgen machte. Alle anderen unterhielten sich, schwatzten, lachten, tranken, zwei jüngere Paare begannen zu tanzen, nachdem auf ihren Wunsch die Musik lauter gestellt worden war. So laut, dass das Wüten des Sturmes übertönt wurde. Das hätte mich ablenken können, tat es aber nicht. Im Gegenteil, es steigerte meine Unruhe nur weiter. Jetzt, so schien es mir, gab es überhaupt keine Kontrolle mehr. Hatte der Sturm aufgehört? Wurde er stärker? Nichts war mehr zu hören als Tanzmusik. Wie auf der Titanic, dachte ich.

Immer wieder verdrückte ich mich aus dem Saal, ging an der Rezeption vorbei auf die Toilette, sperrte mich in eines der Klos ein, riss das Fenster auf und versuchte, aus den Schreien des Windes irgendetwas herauszuhören, irgendeine Tendenz, irgendetwas. Alles schien mir besser als diese Ungewissheit. Rosalind war zunehmend frustriert und zornig, nicht von der Situation an sich, sie unterhielt sich prächtig an der Bar mit zwei anderen Frauen, sondern wegen mir.

»Was ist los? Verdammt noch mal, was ist los mit dir?«, nahm sie mich auf die Seite, »du benimmst dich unmöglich! Ist es so schlimm, wenn wir heute nicht auf die Skier kommen?«

Ich schüttelte den Kopf. Rosalind und auch die anderen ahnten nichts.

»Begreifst du denn nicht?«, fragte ich Rosalind.

»Was begreifen? Was denn?«

»Der Sturm, der Schnee, der viele Schnee, der Hang da draußen. Ich habe keine Ahnung, wie weit er raufgeht.«

Rosalind verstand immer noch nicht.

»Schatz, ist mit dir alles in Ordnung? Was soll schon sein mit dem Hang? Wieso musst du wissen, wie hoch er ist?«

»Es ist gefährlich, Rosalind. Gefährlich, da liegt so verdammt viel Schnee draußen, Lawinen, du verstehst?«

Rosalind lachte auf.

»Ach komm schon. Du und deine Lawinen! Diese alte Geschichte mit deinem Cousin.« Sie blickte mich mitleidig an. »Überleg doch mal: Die Einheimischen hier wissen das doch sicher besser? Wenn es hier irgendwie gefährlich wäre, hätten sie uns schon längst rausgeholt!«

Ich nickte, sagte wohl so irgendetwas wie: »Du hast recht, natürlich, du hast recht!«. Aber ich war nicht beruhigt, keineswegs, auch nicht, als der Sturm plötzlich nachließ und sich eine gespenstische Ruhe über dem tief verschneiten Land ausbreitete.

Wir gingen früh zu Bett, lagen stumm nebeneinander, Rosalind in meinem Arm, den Kopf auf meiner Schulter, ich spürte ihren Atem an meinem Kinn. Die unnatürliche Stille lastete schwer im Raum, fast hätte ich mir das Heulen und Toben des Sturmes zurückgewünscht. Irgendwann sind wir eingeschlafen. Ich erwachte Stunden später. Rosalind hatte sich auf die andere Seite gedreht. Etwas schien mir auf der Brust zu sitzen, schnürte mir den Hals zu. Ich schlug die Decke zurück, wollte aufstehen, und in diesem Augenblick hörte ich es: Ein dumpfes Grollen, das mich zuerst an einen entfernten Donner denken ließ, aber mich im nächsten Moment traf wie eine Faust.

»Rosalind!«, brüllte ich. »Wach auf!«

Und dann ein Knall, ein Kreischen, ein Splittern, irgendetwas Kaltes schoss mir in den Nacken, schob mich nach vorne. Ich schrie und schrie und schrie, schob mit den Armen den Schnee von mir weg und plötzlich war alles still, still, erstarrt. Ich stand auf, stapfte über den Schnee, der etwa einen halben Meter hoch lag, auf das Bett zu, flüsterte »Rosalind«, sagte »Rosalind«, flehte »Rosalind«, schrie »Rosalind« und dann war ich beim Bett, das von der durch das geborstene Fenster hereinstürzenden Lawine nur auf meiner Seite verschüttet war, sah Rosalind aufrecht auf ihrer Seite sitzend, die Decke mit beiden Händen hochgezogen, vor den Mund gepresst. Ich riss ihr die Decke weg, nahm sie in meine Arme, wiegte sie hin und her, Rosalind und Rosalind und Rosalind, und dann, ich weiß nicht, wie lange es dauerte, brach etwas aus ihrem Mund, ein Schluchzen zuerst, dann ein Schrei und schließlich weinte sie hemmungslos.

Wir hatten Glück, genauso wie alle anderen Gäste, wir konnten alle unverletzt das Hotel verlassen. Es war unser letzter Winterurlaub, nie mehr wieder hat einer von uns den Wunsch geäußert, Skifahren zu gehen.

»... Ihre Unterlagen.«

Verblüfft drehe ich mich um. Ich war so in meine Erinnerungen versunken, dass ich die Schritte des Mädchens nicht gehört habe. Ich gehe zurück zum Tisch, auf den sie bereits einen großen Karton gestellt hat.

»Da ist alles drin«, sagt sie leise, ihre Stimme der Stille im Lesesaal anpassend. Sie nimmt den Deckel vom Karton, greift hinein und zieht ein großes, in Leder gebundenes Buch heraus.

»Sehen Sie«, flüstert sie, »das Manuskript Ihres Cousins!«

Ich atme tief durch, merke, wie sich das Tempo meines Herzschlags erhöht. So nahe dran, so nahe am Ziel, falls es denn in dieser Geschichte so etwas wie ein Ziel überhaupt gibt.

»Hier drinnen sind die Polizeiberichte, die Reste«, sagt sie mit ehrlich bekümmerter Stimme und hält eine gelbe Mappe in die Höhe. »Ich könnte versuchen, also wenn Sie wollen, sie zu kopieren ...?«

»Ja, kopieren, ja ...«, höre ich mich sagen, meinen Blick fest auf das Manuskript gerichtet, das in Reichweite vor mir auf dem Tisch liegt.

»Dann ... viel Spaß!« Sie zuckt bekümmert mit den Schultern, offenbar, weil sie das Wort »Spaß« auch etwas befremdend findet. Aber schließlich wendet sie sich zum Gehen, und ich höre ihre Schritte, als sie durch den Lesesaal davoneilt, dann die Tür, und es ist still.

Irgendwann sitze ich und weiß nicht mehr, wann ich mich gesetzt habe. Meine Finger berühren das Buch, und ich weiß nicht mehr, wann ich meine Arme danach ausgestreckt habe. Ich kann mich nicht überwinden, es aufzuschlagen. Immer noch versuche ich, den wilden Reigen der Bilder in meinem Inneren anzuhalten. Jetzt, nach so vielen Jahren, nach so vielen Jahrzehnten, wirklich hier zu sein, die Chance zu haben, Klarheit zu bekommen, lässt meinen Puls rasen. Auch wenn mir klar ist, dass die Spuren nach diesem halben Jahrhundert nur noch undeutlich sein werden, vielleicht auch gar nicht mehr zu sehen. Auch wenn mir klar ist, dass es diese Spuren, nach denen ich suche, vielleicht nie gegeben hat. Doch jetzt gibt es kein Zurück mehr. Ich schlage das Buch auf und tauche ein in die Welt von Max Schreiber.

SCHREIBERS MANUSKRIPT

I. Der Schnee

Das Rattern des Busses war das Prasseln eines riesigen Feuers, die Fehlzündungen des Motors die Schreie der Menge, und wann immer ein jäher Ruck Schreibers Kopf nach vorne riss, schrak er kurz auf aus seinem Traum, sah die leeren Sitze des Busses, die hinter einer Milchglasscheibe verschwommene Figur des Fahrers, die dunkler werdenden Berge, die wie seltsame Riesen am Fenster vorbeigaukelten, sah die holprige Straße, die sich wie ein Gürtel um den Berg schmiegte, und sank wieder zurück in seinen Traum, in das alles übertönende Prasseln des Feuers.

Schreiber schrie auf. Aber das Prasseln hatte aufgehört, die Schreie der Menge waren verstummt, und die Flamme auf seiner Schulter war die Hand des Fahrers.

»Sie haben geträumt!«

Schreiber nickte, stumm, seine Sprache noch gefangen in seinem Traum, und starrte verwirrt in die dunklen Augen über ihm. Die Hand des Fahrers glitt von seiner Schulter, gab ihm die Möglichkeit aufzustehen, stumm packte er seine Koffer, stumm stieg er aus, das leichte Nicken des Busfahrers eilte ihm hinterher, ohne ihn noch zu erreichen.

Er stand am Straßenrand, reglos, während der alte Bus schnaufend wendete und dem Weg folgte, der ihm voraus ins Tal hinunterlief. Das Fahrzeug wurde kleiner, wurde Silhouette, war dann nur noch Geräusch, schließlich Stille. Schreiber war allein, doch in seinem Inneren spürte er das Vibrieren des alten Motors, und die Erinnerung an den Traum lief wie eine heiße Welle über seinen Rücken. Vorsichtig erkundeten seine Augen in der hereinbrechenden Dunkelheit das vor ihm liegende Dorf: hingeduckt an die schützenden Hänge, hatte es sich den Bergen über Generationen in die steinernen Leiber gefressen. Häuser, die an den Ufern der Kiesstraße wuchsen und die Menschen den fernen Augen der Sterne entzogen. Schreibers Blicke folgten ihnen die Straße entlang, bis die Dunkelheit sie verschluckte. Er zögerte, er stand, er schaute. Eine jähe Bö schlug ihm ins Gesicht, irgendwo kreischte ein losgeschlagener Fensterladen in die von einem neuerlichen Windstoß aufgerissene Nacht. Schreiber schauderte. Unschlüssig drückte er sich an die Steinwand eines Hauses. Dann wandte er sich nach rechts, folgte der Mauer, wie schon vor einigen Wochen die Kunde, dass da einer komme, dieser Mauer gefolgt war. Ein Forscher, hieß es, einer, der Bücher schreibe, ein Gelehrter, ein Doktor, sagten die einen voll Scheu, die anderen voll Spott.

Als eine der Ersten hatte die Neubäuerin davon gewusst in ihrem kleinen Laden, der selbst an sonnigen Tagen immer nur im Schatten des riesigen Kirchturms lag. Eines Morgens hatte sie es erzählt, jedem der es hören wollte, während sie die Butter aus dem Butterfass schöpfte oder die verlangten Schnüre mit seitlich ausgestreckten Armen abmaß. Niemand hatte gefragt, woher sie es wisse. Man fragte nicht, denn es war allen selbstverständlich, dass sich in ihrem Laden nicht nur all die Dinge stapelten, die jeden Montag frisch aus dem Tal heraufgebracht wurden, sondern auch die Neuigkeiten. Ihr Laden lebte davon, und oft wog das Gehörte, das die Leute nach Hause trugen, weit schwerer als das Eingekaufte. Und so hatte sie erzählt von einem, der kommen und den Winter über im Dorf bleiben wolle, ein Forscher, einer, der alles über die Vergangenheit wissen wolle, einer, der ein Buch schreiben werde über diese Vergangenheit, über dieses Dorf und natürlich – und hier sank die Stimme der

Neubäuerin stets auf ein geheimnisvolles Raunen herab – natürlich auch über die Bewohner dieses Dorfes, über euch, wie sie sagte, fest in dem Bewusstsein, dass sie selbst eigentlich etwas anderes war, eigentlich gar nicht in dieses Dorf gehörte, eigentlich eine Frau von Welt war, wenn sie nicht das Schicksal an diesen abgelegenen Ort geführt hätte, nur weil ihr, jung und dumm, wie sie es nannte, die ganze Welt zu leuchten schien aus den Augen eines jungen Bauern, der jetzt ihr Mann war und den die Bitterkeit seiner Frau selbst dann auf die steinigen und steilen Felder trieb, wenn es dort nichts zu bestellen gab.

So hatte auch die alte Brunnhoferin von der Neuigkeit erfahren, auf dem Weg zum Laden, wie immer gebückt, wie immer ein Kreuz auf ihrer eingefallenen Brust schlagend, an der Stelle, an der vor sechsundzwanzig Jahren die Hörner eines rasenden Stieres ihrem Mann die Gedärme zerfetzt hatten. Wie immer an ihrer Seite ihr Sohn, der Bruni, wie er von allen nur genannt wurde, mit seinem blöd lächelnden Gesicht, dem heruntergezogenen rechten Mundwinkel, an dem dauernd ein Speichelfaden hing und von dem das ganze Dorf wusste, dass er nicht vom Brunnhofer war, wie es die Alte immer erzählte. Dass er vielmehr der Sohn eines bösartigen Zufalls war, der die Brunnhoferin kurz nach dem Tod ihres Mannes in die Berge trieb, auf der Suche nach einem entlaufenen Rind, das nicht von der Alm heimgekehrt war, direkt in die gierigen Arme eines rohen Holzfällers, der ihr seine Lust in den fast fünfzigjährigen Leib rammte, aus dem dann, ebenso schmerzhaft, ebenso unvermeidlich, ihr Sohn kroch: Bruni, der Blöde, Bruni, der keine Sätze, nur Namen sagte, Bruni, dem immer Speichel aus dem grimassenhaft schiefen Mund troff und der jetzt wie immer mit seiner Mutter am Arm die drei Stufen zum Laden hinunterging und an ihren Gesichtszügen ablesen konnte, dass es etwas Wichtiges, etwas Außergewöhnliches war, was sie zu hören bekam, etwas, das er nicht verstand, das klang wie Historiker und Wien und Winter.

Und so war das Gerücht durch die Gassen getragen worden, von spitzen Mündern weitergegeben, dem greisen Pfarrer im Beichtstuhl zugetragen, hatte den alten Kühbauer und seine Söhne unter der unbarmherzigen Augustsonne auf einem rot verbrannten Feld überrascht, war an den fleckigen Tischen des einzigen Gasthauses Thema gewesen, während die abgegriffenen Karten durch die Finger wanderten. Durch die Ritzen der Häuser, durch die schmalen Gassen, über die Feldwege, ja, bis weit hinauf zum schneebedeckten Pass, auf dem, als der Sommer schwer zu werden begann, der Hirte das Vieh zusammentrieb, um es ins Dorf zu bringen, auch da war davon geredet worden, dass einer komme, ein Studierter, der sich nicht die Finger und den Rücken krumm machen müsse, am Spaten, am Pflug, an der Sense, an der Zapin, einer, der davon leben könne, gescheite Sachen niederzuschreiben, einer mit Anzügen aus edlem Stoff, mit einem Radiogerät daheim und mit einer Uhr am Arm.

In der Schule, die nur eine Klasse hatte, hatten es die Kinder flüsternd auf dem Pausenhof erzählt, und selbst die ältliche Lehrerin, die sonst einmal pro Woche mit dem Bus den langen Weg ins Tal fuhr, um sich mit allem Notwendigen einzudecken, weil sie seit Jahren im Streit mit der Neubäuerin lag und ihren Laden nicht betrat, selbst sie konnte eines Tages ihre Neugier nicht mehr verwinden und stieg die drei Stufen zu dem kleinen Laden im Schatten des Kirchturms hinunter, murmelte drinnen verlegen etwas von zu wenig Mehl und musste unverrichteter Dinge wieder abziehen, denn zum ersten und einzigen Male hatte die Neubäuerin jemanden bedient, ohne ein Wort zu sprechen, mit nichts anderem auf den Lippen als einem hämischen Lächeln.

Schließlich aber hatten sich selbst die kühnsten Neuigkeiten der Geschichte erschöpft, vermochten das Interesse nicht mehr und nicht weniger zu wecken als das neugeborene Kalb des Birnbaumers, das am Morgen tot im Stall lag, ohne dass irgendeine

Wunde oder Krankheit festzustellen gewesen wäre. Die Nachricht des Fremden, der kommen sollte, hatte sich abgenutzt, abgesetzt, beruhigt, war zu einer Tatsache geworden: Max Schreiber war angekommen, lange bevor er aus dem Traum hochschrak, lange bevor er benommen aus dem Bus stieg, lange bevor er der Steinwand folgte, dem Weg über den kleinen Platz, an dem flüsternden Brunnen vorbei, während seine Augen die in der Dunkelheit verschwindenden Häuserfassaden nach einer Schrift abtasteten, an die er sich hätte halten können, die ihm gezeigt hätte, dass er hier durch die Türe müsste, hier zu der Wirtin käme, der er sich in einem kurzen Briefwechsel angekündigt hatte.

Als Schreiber endlich vor der Gaststätte stand, zerrte der Wind nicht mehr an seinem Gesicht, und ein loses Blatt Papier, das von den Böen über die Kiesel gerissen wurde, blieb an seinem rechten Fuß hängen, unbeweglich, nur eine hochstehende Ecke zitterte. Schreiber sah auf das Haus, das alte Schild, auf dem die Verwitterung kaum mehr einen Buchstaben preisgab, sah auf die gelben Lichtkegel, die durch die Scheiben in die Nacht fielen. Stimmen drangen gedämpft heraus, in einer seltsamen Art, die Worte zu betonen, die Schreiber Mühe machte, etwas zu verstehen, manchmal ein Lachen. Er fühlte eine eigenartige Befangenheit, ja, mehr noch, fast war es Angst, was ihm schwer auf der Brust lag, und er ertappte sich dabei, wie er den Kopf hin zum Ende der Straße wandte, in der blinden Hoffnung, dort den alten Bus zu sehen, der ihn talwärts bringen könnte, weltwärts, zurück in Bekanntes, Vertrautes.

Energisch schüttelte er diese Gedanken ab, stieg die Stufen zur Tür empor und drückte die Klinke durch. Ein rauchig-gelbes Licht drang in seine Augen, und als ob er mit der Tür nicht nur sich sondern auch der nächtlichen Stille Zugang verschafft hätte, wurde es ruhig. Ein abgebrochener Satz schien mitten in der Luft zu hängen, und Schreiber hatte das Gefühl, vor einem

Gemälde zu stehen: das gelbe Licht, Stühle, Tische, die Karte, gerade ausgespielt, die sich auf der Tischoberfläche noch drehte wie ein Kreisel, dann zur Ruhe kam, die Köpfe, die sich nach ihm umgewandt hatten, und die Augen, die ihn flackernd anschauten, ihn, den Mann, der unter der Tür stehen geblieben war, viel jünger, als in ihren Vorstellungen ein Historiker wohl war, in den viel zu feinen Schuhen, mit dem viel zu neuen Mantel, den beiden Koffern in der Hand.

Endlich schaffte es Schreiber aus dieser Beklemmung heraus, den ersten Schritt zu machen, ging mit einem leichten Nicken an den Tischen vorbei durch den Raum auf die Theke zu, hinter der ihn eine dicke Frau aus kleinen rot geäderten Augen anstarrte. Erleichtert hörte er in seinem Rücken einen Stuhl rucken, ein erstes Wort, das sich leise in die Stille wagte, das Geräusch von Karten, die wieder auf die Tischplatte geworfen wurden und endlich ein befreiendes Lachen, in das auch andere einstimmten und damit die für Sekunden stehen gebliebene Zeit wieder in Fluss brachten.

Die Frau reichte ihm über die Theke hinweg ein kleines Heft, auf dem in ungelenken Blockbuchstaben »Gästebuch« stand. Als Schreiber es aufschlug, sah er, dass es leer war. Er nahm den stumpfen Bleistift, der vor ihm auf der Theke lag, und schrieb seinen Namen hinein. Noch bevor er richtig fertig war, entzog ihm die Frau das Heft, hielt es in einer Drehung ins Licht und las die Eintragung gemeinsam mit ihrem hinzugetretenen Mann, der sich seine Hände an einer fettigen Schürze abwischte, einen kurzen, misstrauischen Blick auf Schreiber warf und schließlich billigend nickte. Mit einer kurzen Drehung des Kopfes bedeutete die Frau Schreiber ihr zu folgen und führte ihn durch eine enge Tür im hinteren Teil der Gaststube auf einen Gang und eine Treppe hoch, die so schmal war, dass Schreiber einen seiner beiden Koffer vor sich halten musste und dieser bei jedem Schritt, den er machte, gegen sein Schienbein stieß. Als er sich umdrehte, sah er, dass der Wirt unten in der Tür stand und mit schmalen Augen zu ihm heraufblickte.

Das Zimmer, in das die Wirtin Schreiber führte, lag direkt über der Gaststube, und er konnte die Stimmen und das Gelächter durch die dicken Bohlenbretter hindurch noch hören, als die Frau sich längst zurückgezogen hatte und er erfolglos versuchte, sich in den Schlaf zu flüchten.

Die ersten Tage sah man Schreiber oft bei Spaziergängen durch das Dorf, er folgte den Wegen in die umliegenden Wälder, überquerte die abgeweideten Wiesen, begegnete den Bauern, den Kindern, begegnete neugierigen Blicken, freundlichen Blicken, misstrauischen Blicken. Er versuchte hie und da mit den Leuten ins Gespräch zu kommen, aber es schien eine seltsame Befangenheit ihm gegenüber zu herrschen, und das Gespräch auf die Arbeit der Bauern zu lenken, wagte Schreiber nicht. Zu gering waren seine Kenntnisse, zu fein, zu unverbraucht seine Hände, sodass er sich ihrer bald zu schämen begann und sie in seine Manteltaschen schob.

Für das Dorf wurde es bald zum gewohnten Anblick, dass er durch die Straßen schlenderte, mit den Kindern sprach, die alten, verwitterten Häuser mit einem für die Einheimischen unerklärlichen Interesse studierte, dass er sich Kühen mit einer Scheu und Vorsicht näherte, die hinter seinem Rücken einiges Lachen verursachte. Man gewöhnte sich daran, dass da einer offenbar nicht mehr zu tun hatte, als zu sehen, zu gehen, ein paar Worte zu wechseln und wieder zu sehen und zu gehen. Selbst die Neubäuerin, die Schreiber bei seinen seltenen Besuchen in ihrem Laden auszuhorchen versuchte, erfuhr nichts Neues, nichts über das Buch, nicht mehr über diesen sonderbaren Gast als das, was alle schon wussten: Dr. Max Schreiber, fünfundzwanzig, frisch promovierter Historiker aus Wien mit dem Ziel, den Winter in den Bergen zu verbringen, um ungestört an seinem Projekt arbeiten zu können. Genaues über dieses Projekt sagte Schreiber nicht. Es sei zu früh, wies er die Fragen der Neubäuerin immer wieder zurück, sodass sich diese genötigt sah, den fragenden Gesichtern ihrer Kunden Lügen aufzutischen, um nicht zugeben zu müssen, nichts Neues zu wissen. So machte einmal das Gerücht die Runde, Schreiber arbeite an einem Buch über das Leben der Bergbauern; ein andermal wusste die Neubäuerin, dass er sich speziell für die Lebenssituation von jungen Frauen auf dem Berg interessiere, eine Nachricht, der sie stets einen anrüchigen Unterton beizumischen verstand. Als all das die Neugier des Dorfes nicht mehr befriedigen konnte, erzählte sie eines Tages, dass Schreiber ein geheimer Beauftragter der Regierung sei, der ein Verbrechen aufklären solle, das schon viele Jahre zurückliege und in das möglicherweise Leute aus dem Dorfe verwickelt seien. Mehr, so endete die Neubäuerin mit triumphierendem Blick, dürfe sie nicht sagen.

Schreiber genoss in diesen Tagen die Ruhe, die Strahlen der Herbstsonne, die zumindest um die Mittagszeit noch einige Wärme zu bieten hatten, und er war seltsam angetan von dem eigenartigen Blau, in das die Ferne getaucht war. Erst allmählich lösten sich die Eindrücke der letzten Tage in Wien von ihm ab, als er seinen Freunden von seinem Plan erzählt hatte und das erntete, was er erwartet hatte: Spott und Unverständnis, die seltsam forschenden Blicke, die man einem Bekannten gewährt, der plötzlich etwas so augenscheinlich Unsinniges tut. Einen Roman zu schreiben, er, ausgerechnet er, Max Schreiber, Historiker, der während des Studiums gegen jedes literarische Element in Geschichtsbüchern angekämpft hatte, der Fantasie als den schlimmsten Feind eines Wissenschafters bezeichnete, stets das Hohelied auf den Verstand, die Ratio, die Vernunft sang; ausgerechnet dieser Max Schreiber wollte einen Roman schreiben? Und nicht genug damit: Er ließ alles zurück in Wien, was noch zurückzulassen war, Wohnung, Arbeit, Freunde, um in einem kleinen Ort in den Bergen, dessen Namen so unbekannt war, dass ihn alle gleich wieder vergaßen, nur um sich dort, wie er sagte, der Atmosphäre seiner Geschichte anzunähern. Er hatte versucht, ihnen zu erklären, was ihn seit geraumer Zeit beschäftigte, seine Gedanken, die er oft selbst kaum ordnen konnte. Dass es vielleicht ein Irrtum war, wissenschaftliche Objektivität als Wahrheit anzunehmen, dass es vielmehr darum gehen müsse, die tieferen Schichten der Wahrheit, das Leben selbst darzustellen, wie es etwa eine gute Fotografie tat, ein guter Film oder eben ein guter Roman.

Ein bitteres Lächeln umspielte Schreibers Züge, als ihm diese Gedanken und Erinnerungen durch den Kopf gingen, während er von der Bank aufstand, auf der er die Sonne genossen hatte, und sich auf den Weg zurück ins Dorf machte. Aber was hatte ihn noch gehalten in Wien? Nach der »Stunde null«, wie er sagte, mit einem sarkastischen Unterton, der für ihn selbst neu war. In dieser Stunde, als er zum ersten Mal wahrnahm, wie laut die Glocken der Karlskirche schlugen, neunmal, wie laut sie schlugen in diese Stille, die entstanden war, als sie seinem Verdacht und seiner Angst endlich einen Namen gegeben hatte, diesen Namen auf den Tisch legte, neben das abgebissene Schmalzbrot, das vor ihr lag und Schreibers Blick auf sich zog, weil er fasziniert war von der Regelmäßigkeit ihres Gebisses, das sich halbrund in das Brot eingegraben hatte. Alles andere war mehr wie ein Traum, bei dem man sich selbst zuschaut ohne recht zu begreifen, was da passiert mit diesem Max Schreiber und dieser Frau, die ihm plötzlich so fremd vorkam.

Später die Unbehaglichkeit, nicht weil sie ihm fehlte, wie er sich sehr bald eingestehen musste, sondern mehr, weil er nun verurteilt war, doppelt so viel Platz einzunehmen wie zuvor, doppelt so viel Platz in dieser Wohnung, doppelt so viel Platz in diesem Leben. Was also hatte er schon zurückgelassen als zu viel Platz, der auszufüllen wäre?

Schreiber schüttelte den Kopf, als könnte er damit diese unliebsamen Erinnerungen loswerden, und beschleunigte seinen Schritt in Richtung Dorf.

An einem dieser Abende fand er sich beim alten Seiler in dessen kleinem Hof ein. Niemand kannte das genaue Alter des Seilers, niemand wusste etwas Genaues über seine Herkunft. Die Ältesten im Dorf erinnerten sich lediglich an jene lauen Frühlingstage vor so vielen Jahren, jene Frühlingstage, noch im vorigen Jahrhundert, die nach einem langen Winter zum ersten Mal wieder den Weg ins Tal freigaben. Diesen Weg herauf kam ein seltsames Gespann: ein alter gebrechlicher Pfannenflicker, der nie zuvor in dieser Gegend gesehen worden war und mit unsicherem Schritt und keuchendem Atem einem schwer beladenen Esel voranging. Aber nicht die Unmenge von Werkzeugen, Pfannen und seltsamen Geräten, die den Esel fast unter sich begruben, erweckte die Neugier der Leute, ließ sie auf der Straße zusammenlaufen und dem Ankommenden entgegensehen. Die Aufregung verursachte ein kleiner Bub, der mit einem Seil um das rechte Handgelenk an den Esel gebunden war. Er war dürr, barfuß und seine seltsam starren Augen folgten keiner Bewegung des Alten vor ihm, folgten keinem aus dem Gebüsch aufflatternden Vogel, folgten keiner Krümmung des Weges: Er war blind. Zusammen mit dem alten Pfannenflicker war er für einige Tage die Sensation im Dorf. Wann immer die Frauen ihre kaputten Töpfe und Pfannen zu dem Alten brachten, schauten sie nicht auf die Geschicklichkeit seiner Finger, die als Einziges an ihm vom Alter unberührt schienen, sondern warfen verstohlene Blicke auf das kleine zusammengekauerte Bündel, in dessen erloschenen Augen sie sich nicht spiegelten.

Nach einigen Tagen gab es für den Pfannenflicker nichts mehr zu tun, und so brach der seltsame Tross auf. Voran der Alte,

Schritt für Schritt. An seiner Hand führte er den Esel, und dahinter stolperte der Junge, dessen Hand an das Tier gebunden war und der für Tage in aller Munde gewesen war, ohne ihn selbst jemals zu öffnen. Aber sie gingen nicht weit. Nach einer knappen Stunde griff eine kühle Hand nach dem Herzen des Alten, ließ ihn den Mund aufreißen und einen seltsamen, ja, fast erstaunten Laut ausstoßen. Der Pfannenflicker stürzte mit dem Gesicht voran in die Kieselsteine, deren Kälte und Starre langsam auf ihn übergingen.

Auf dem Weg ins Tal fand am nächsten Morgen noch vor den ersten Sonnenstrahlen ein junger Bauer den blinden Jungen, der sich zitternd an den Körper des Pfannenflickers kauerte, ohne noch eine Spur Wärme von ihm zu bekommen. Der Bauer lud den Leichnam auf den Esel und brachte ihn zusammen mit dem wimmernden Buben ins Dorf zurück. Dort band man den Jungen vom Esel ab, aber als man versuchte, das Seil auch von seinem Handgelenk zu lösen, schrie er gepeinigt auf, ergriff es mit beiden Händen und verstummte erst, als man abließ von ihm. Nachdem sich das über mehrere Tage wiederholte, ließ man ihn in Frieden, schnitt es lediglich in einer Länge von einem halben Meter ab und gewöhnte sich daran, dass der Junge verstummt in einer Ecke saß und immer wieder das Seil durch seine Finger gleiten ließ.

Lange war unklar, was mit ihm geschehen sollte. Niemand wollte einen zusätzlichen Esser, der zudem noch, wie es schien, zu nichts zu gebrauchen war. Erst als man zum wiederholten Mal die wenigen Habseligkeiten des Verstorbenen durchsuchte und dabei auf einen kostbaren Ring stieß, der in der Westentasche eingenäht war, erklärte sich eine Bäuerin bereit, den Jungen aufzunehmen, wenn sie nur den Ring als Gegenleistung bekäme.

So wuchs der blinde Junge heran, und das Einzige, an dem er Anteil zu nehmen schien, waren Geschichten, die abends erzählt wurden, wenn sich die Bauern nach der Arbeit an die kargen

40

Tische setzten. Erst mit den Jahren bemerkte man ein weiteres Interesse des Heranwachsenden: Seile. Wann immer seine Hände ihrer habhaft wurden, ließ er sie wie kostbare Geschmeide andächtig und mit großer Zärtlichkeit durch seine Finger gleiten. Schließlich entdeckte man, dass er schadhafte Seile, die man ihm zum Spielen gegeben hatte, auf geschickte Art ausbesserte, so wie nur jemand es kann, der die Seele der Dinge verstanden hat. So wurde er langsam zum Seiler, der in der Achtung des Dorfes mehr und mehr stieg. Und als wäre ihm mit dieser Anerkennung auch eine Zunge geschenkt worden, begann er zu reden, begann zu erzählen. All das, was ihm seine Ohren in all den Jahren zugetragen hatten, hatte sich unauslöschlich in sein Gehirn gebrannt, ohne je von der Flut der Reize abgelenkt zu sein, die andere über ihre Augen aufnehmen. Seine Erzählungen glichen seinen Seilen: Anmutig und ohne je abzureißen, fesselten sie den Zuhörer. Er entwarf Welten in schillernden Farben, die nur ein Blinder, der diese Welt nie gesehen hatte, entwerfen konnte. In den ersten Jahren waren es vor allem die Kinder, die sich bei ihm versammelten, später, an windigen Herbstabenden oder an frostigen Wintertagen kehrten auch die Männer bei ihm ein und griffen mit rauen Händen nach den bereitwillig auf den Tisch gestellten Gläsern.

All das wusste Schreiber nicht, als er, gefolgt von abendlichen Fallwinden, von einem Spaziergang zurückkehrte und von dem auf seiner Bank vor dem Haus sitzenden Alten hereingebeten wurde. Überrascht, dass dieser ihn gehört hatte, und seltsam abgestoßen von den starren, weißen Augen folgte er zuerst widerwillig, dann neugierig den Winken des Seilers, setzte sich an den grob gehauenen Tisch und verfolgte fasziniert die Bewegungen des Blinden, der völlig in sich versunken, ohne den Gast weiter zu beachten, seinen Handgriffen mit einer wunderbaren Sicherheit nachging. Kurze Zeit später schwang die Türe wieder auf, gab für einen Moment den Blick auf die stürmische Herbstwelt frei, bevor sie von den ankommenden Männern geschlossen wurde. Der Raum füllte sich, und Schreiber lehnte sich bald behaglich zurück, genoss die knisternde Wärme des Feuers im gusseisernen Ofen, genoss die Berührungen der Leiber, die in zufälligen Bewegungen mit Ellbogen und Knie an ihn stießen, so als wollten sie ihm zeigen, dass er dazugehörte. Und dann, wie auf ein Zeichen, begann der Seiler. Das Gemurmel, das Gelächter der Anwesenden brach ab, Sätze blieben unvollendet, die Gesichter wendeten sich zu dem Alten, der neben dem Ofen Platz genommen hatte und aus dessen Mund nun Andras und Alma kamen, die jungen Verliebten, ihre verstohlenen, ihre vertrauten Blicke am Sonntag in den Kirchenbänken, auf dem Kirchplatz, die Blicke, die es galt, geheim zu halten vor dem Dorf, vor den gestrengen Augen und den gefalteten Händen der Väter und die doch reichen mussten, um eine ganze Woche Wärme zu geben, Nahrung zu sein für die Fantasie, für die Tagträume, die sie bestürmten, wenn Andras die Sense durch das saftige Gras und den Regen seiner Schweißperlen schwang und Alma wieder und wieder die Wäsche im Zuber wand. Diese Blicke, die eine Wochenration an Nähe für die beiden waren, deren Väter sich im Streit um eine Viehweide nie auf Sichtweite begegneten, außer jener kurzen Stunde am Sonntagvormittag, in der das Dorf dem Ruf der Glocken folgte und sich schweigend in die kleine Kirche zwängte. Und der Seiler erzählte von Familienstreit, von Zwist und Kampf und von Andras und Alma, deren Münder, deren Lippen nie die Gelegenheit hatten, auch nur ein Wort, auch nur einen Hauch auszutauschen, deren Blicke das einzige unsichere Fundament waren, auf dem sie in Gedanken eine andere Welt bauten.

Dann der Tag, an dem das Dorf wusste, dass Alma versprochen war, dem besten Freund ihres Vaters, dem Bernbaumer, der mehr als doppelt so alt war wie sie und dessen Schlägen und Launen seine Frau nur durch den Tod entkommen war. Dieser Tag, an dem die Blätter der Bäume schon von einer ersten Ahnung des Herbstes gerötet waren, an dem Andras auf dem Hügel über dem verfeindeten Hof stand, hinter der alten Steineiche, und seine Augen wie zwei Vögel kreisten, bereit herabzustechen, wann immer sich die kleine, zierliche Gestalt Almas zeigte, wie sie Holz für die Küche holte, wie sie die Wäsche ins Haus trug und wie manchmal fast wie zufällig ihr Blick nach oben ging, um den Zug des Hügels, den Rand ihrer Welt abzumessen, sich vielleicht manchmal auch für einen Augenblick, für eine Ewigkeit in der alten Steineiche verfing. Dort, wo Andras die Nachricht von der bevorstehenden Hochzeit erhielt, vom Wind, von den Blumen, von den Vögeln, die ganze Welt wusste, was zu wissen war, und Andras stand nicht allein unter der Eiche: Neben ihm, hinter ihm standen die Zuhörer aus der Stube des blinden Seilers, dessen Worte flüsternd, fast unhörbar aus den Blättern drangen. Die Männer ballten die Fäuste, waren bereit, mit Andras da hinunterzugehen, dieser Ungerechtigkeit Einhalt zu gebieten, erkannten, dass niemand anderer auf dieser Welt mehr im Recht sein konnte, als der, der liebte, und spürten, wie gut diese Gewissheit tat und dann, wie scharf die Worte des Alten einschnitten, die Andras plötzlich davongehen ließen, durch die Nacht, heim in seine Kammer, auf den Strohsack, ohne die Kälte zu bemerken, den Fortgang der Nacht, das frühe Rot auf den Bergen, Andras, der nicht die fragenden Stimmen und nicht die mahnenden, nicht die besorgten und nicht die zornigen Stimmen hörte, den ganzen nächsten Tag, die folgenden Tage und Wochen nicht, und der erst am Abend vor der Hochzeit sich von seinem Lager erhob, hohlwangig, abgemagert den Weg in die Berge suchte, um dort für die Ewigkeit einer einzigen Nacht mit Alma seine Seele anzubieten.

Und des Seilers Stimme wurde noch raunender, als er ihn beschrieb, ihn, der aus dem Dunkel des Waldes trat mit dem roten Wams, den roten Augen, dem roten Atem, er, der Seelenhändler, der Andras versprach, was dieser wollte; eine Nacht mit Alma, eine Nacht mit Gewissheiten, die nicht mehr nur ihren Blicken entsprangen, eine Nacht mit ihren Lippen, mit ihren auf seinem Gesicht herumirrenden Händen, mit ihrem Mund, der immer wieder das Abenteuer seines Namens formte: Andras. Andras. Andras. Und die Begegnung ihrer Körper, der sanfte Druck der Schenkel, die Schauer, die Andras Hände erzittern ließen, als er den schwarzen Fluss ihrer Haare aus dem Damm ihres Zopfes löste, ihr gestand, wie er diese Nacht erkauft hatte, und ihre bebende Zustimmung bekam, mit ihm zu gehen, mit ihm zu werden, was ein Körper ohne Seele werden musste: Stein. Stein. Stein. Und wie sie ineinandertauchten, immer neu sich und ihre Grenzen auskosteten, immer wieder sich auflehnten gegen das Gesetz des Zeitlichen, des Vergehens, bei jeder Umarmung auf der Suche nach der Ewigkeit, bei jedem Erbeben, bei jedem Zerfließen, und doch nichts aufhalten konnten von dem, was in die bereits verblassenden Sterne geschrieben stand, wovon die erwachenden Vögel sangen, was die Bewegungen der beiden Liebenden langsamer werden ließ, langsamer, stetig langsamer, bis sie still standen, erstarrten, Stein. Stein. Stein.

Und mit dem frühen Morgen jener so teuer erkauften Nacht umkreiste die Stimme des Seilers den seltsam geformten schwarzen Fels inmitten des Waldes, diesen Fels, der der Fantasie befahl, an zwei sich umschlingende Menschen zu denken, und der im Volksmund der Teufelsstein genannt wurde. Die Zuhörer kannten ihn, fast an der Baumgrenze, im Schatten einer schroff aufragenden Felswand, genauso wie sie die Sage von Andras und von Alma kannten, genauso wie sie jedes Mal wieder hofften, dass sie ein anderes Ende nehmen würde, genauso wie sie sich jedes Mal zögernd wiederfanden in der engen Stube des nun schweigenden Seilers, betroffen, benommen, erst langsam und widerstrebend wieder ihre Welt akzeptierten, die schwieligen, verbrauchten Hände, die von der Arbeit verschwitzten Hemden, das Kalb, das seit Tagen nichts mehr fraß, die Kuh, deren Bauch sich täglich mehr aufblähte und die vor Schmerzen toll nach der Notschlachtung brüllte. Und mitten unter den Erwachenden Schreiber, der die Augen nicht lösen konnte, nicht lösen wollte von den jetzt geschlossenen Lippen und den leeren Augen des Alten. Schreiber, der sich so wie die anderen trotzdem erhob, das Leben und die Wirklichkeit wieder in Kauf nahm, den Weg in seine Unterkunft suchte, durch die Nacht, durch die verrauchte Gaststube, durch die lärmenden und nun nicht mehr nach ihm aufblickenden Kartenspieler, über die schmale Treppe und in sein Zimmer, wo er sich aufs Bett warf und ihm das Gemurmel aus der Gaststube zu der raunenden Stimme des Seilers wurde, wo er Andras und Alma wiederfand und auch die Schläge der Glocken der Karlskirche und die Tür, die ins Schloss fiel, als sie ging, die Treppe hinunter, während unten die Straßenbahn vorbeischrillte. Und schließlich sah er den Teufelsstein vor seinen Augen, groß, schwarz, glänzend so wie Almas Haar, in das ihn endlich der Schlaf einzuweben begann ...

Der Sturm überraschte ihn auf einer kahlen Anhöhe. Wie eine Warnung, nicht weiter vorzutreten, schlug er Schreiber kalt ins Gesicht, um sich ein paar Meter weiter in verkrüppelten, vom Wind gebeugten Kiefern zu mäßigen. Schreiber schauderte, als er in die vor ihm liegende Schlucht sah, aus der ihm wie aus einem weit geöffneten Mund der Sturm entgegenkam. Der Weg, dem er gefolgt war, war hier zu Ende, brach ab, führte in die Bodenlosigkeit. Erschöpft ließ er sich auf die kahle Erde fallen, während ein weiterer Windstoß fauchend über ihn hinwegfuhr. Dann sah er, was er auf dem Weg durch den Wald nicht gesehen hatte: die Wolken! Dunkel und lautlos hüllten sie die Gipfel der Berge ein, mit einem einzigen Ruck schoben sie sich vor die Sonne, die lichten Farben in den Tannen und auf den talwärts liegenden Matten stumpften ab, es wurde dunkler, obwohl es erst kurz nach Mittag war. Einige Minuten lang schwieg der Wind, schwieg der Wald, schwieg die Schlucht, als ob der Sturm alle Kraft sammeln würde, um dann von den Gipfeln und Graten loszubrechen.

Schreiber hatte sich erschöpft im Gras ausgeruht, verwünschte diese Idee, die ihn heute Morgen hier heraufgetrieben hatte. Er war gekommen, um zu schreiben, nicht um zu wandern, dachte er bitter und sah mit Besorgnis, wie plötzlich die sonnige Berglandschaft etwas Bedrohliches bekam, etwas Düsteres, als ob sich die Farben in sich selbst zurückziehen würden. Er wartete, bis sich sein Atem beruhigte, blieb noch ein paar Minuten liegen, bis ihm zu kühl wurde, nahm seine Jacke, die er sich beim Anstieg um die Hüfte gebunden hatte, und zog sie an. Als er aufstand und sich abwärts wandte, fuhr ihm der Wind wie eine eisige Faust in den Nacken.

Minuten später kam der Regen, ebenso plötzlich, ebenso kalt, und die Böen ließen die Tropfen auf seinem Rücken zerplatzen. Schreiber begann zu laufen, er hetzte, stolperte den steinigen Weg abwärts, Wurzelarme griffen nach seinen Beinen, die Wassertropfen, die sich unter seinen Füßen sammelten, raubten ihm die Sicherheit eines trockenen Weges. Dann war kein Weg mehr da, nur mehr das Wüten des Sturmes, das Peitschen des Regens, die Kälte und die Nässe, die unaufhaltsam durch seine Kleider und seine Glieder drangen, war nur noch das Tasten, das Rutschen der Füße, dort, wo Weg sein müsste, dort, wo Richtung sein müsste und wo jetzt nur Weglosigkeit war, die Abbrüche, die Schlunde und die Schluchten. Das Wasser sammelte sich zu Sturzbächen, und da war nur mehr die glitschige Oberfläche von nassem Gras, das die Wut des Regens an den Boden hämmerte und auf dem Schreiber vergeblich einen Tritt suchte, rutschte, hinfiel, abrutschte, keinen Halt mehr fand. Regen schlug ihm ins Gesicht, dann waren es Äste, die ihre Spuren in seine Wangen ritzten, ohne ihn festzuhalten, dann waren es Wurzeln, die ihm für Bruchteile von Sekunden Hoffnung gaben, aber letztlich nur als nasses, morsches Stück Holz von seinen verzweifelt greifenden Händen mitgerissen wurden. Die Welt war nicht mehr fest, schien ein einziges Nachgeben zu sein, ein einziges Loch, ein einziger Sog, der Schreiber tiefer riss, obwohl er seine Arme, seine Hände, die Nägel seiner Finger in die Erde bohrte und Furchen zog, in denen sich sofort das Wasser sammelte, so wie sich überall das Wasser sammelte, so wie die ganze Welt aus Wasser zu bestehen schien, aus Wasser und den Schreien von Schreiber, die niemand hörte, die nur Spielbälle waren in den Wirbeln des

Sturmes, im Trommeln des Regens, in den Blitzen, die den Himmel aufrissen, in der Schwärze, die schließlich seinen Sturz abfing.

Erst langsam fand er sich zurecht, fühlte seinen Rücken an den mächtigen Stamm einer Tanne gepresst, die ihn aufgefangen hatte und deren Äste im Wüten des Sturmes hin und her schlugen. Schreiber richtete sich auf. Der Rücken schmerzte, und als er sich mit der Hand die Stirn abwischen wollte, bemerkte er das Rot auf seiner Hand, das sich mit dem Wasser des Regens vermischte. Er schob den zerschlissenen Ärmel seiner Jacke zurück. Ein feiner Riss zog sich über seinen Unterarm, verästelte sich mehr und mehr und breitete sich wie das Delta eines wässrig roten Flusses aus.

Schreiber lehnte sich erschöpft an den rauen Stamm, legte den Kopf zurück und schloss die Augen. Ein heftiger Windstoß fand den Weg durch die Wehr der Äste und fuhr ihm ins Gesicht. Er schauderte vor Kälte, die nassen Kleider legten sich klamm an seine Glieder, und er kauerte sich zu Boden. So vor dem Wind geschützt, versuchte er irgendetwas zu erkennen. Aber da war nichts als das Heulen des Sturmes, das Ächzen und Vibrieren der Tanne, wenn ein heftiger Windstoß in die Krone fuhr, da war nichts als die wild um sich schlagenden Äste und ein undurchdringlicher Vorhang aus Regen, der als ein gleichmäßiges Rauschen durch das Aufschreien der Windböen drang.

Schreiber wusste nicht, wie lange das ging. Erst mit der Zeit wurden die wütenden Attacken des Sturmes weniger, seltener, wurde das Rauschen des Regens die eigentliche Musik. Ein Regen, der schwer wie Blei herabfiel, wie an dicke Schnüre gespannt, riesige Tropfen, die an den Ästen, am Boden, an den Steinen zerschellten, sich vereinigten und als kleine Ströme ihren Weg zwischen Wurzeln, Steinen und umgeknickten Gräsern suchten.

Schreiber kauerte sich immer noch an die beruhigende Stärke des Stammes. Er fror und verfluchte alles: diese Berge, den Regen,

seine Verrücktheit, die ihn hierher gebracht hatte. Er wünschte
sich in seine Wohnung in Wien, dachte daran, wie gerne er sich
dort zum Fenster gesetzt und Regengüssen und Gewittern zu-
geschaut hatte, dem Tanz der Tropfen auf dem Dach gegenüber,
den hastenden Menschen auf der Gasse unten. Es hatte ihn immer mit Befriedigung erfüllt, wenn die Natur ihre Kräfte zeigte,
wenn sie demonstrierte, dass sie keineswegs von den Menschen
beherrscht ist. Aber das war alles in der Sicherheit einer warmen
Großstadtwohnung im zweiten Stock geschehen, nicht unter
dem unzuverlässigen Dach eines ächzenden Baumes, nicht inmitten von kleinen Rinnsalen, die ihren Weg durch das abschüs-
sige Gelände suchten.

Oft war sie da gewesen an solchen Abenden, saß neben ihm
mit einem Buch in der Hand, draußen wie in einem Film, faszi-
nierend, aber nicht bedrohlich, der Sturm, die Blitze, das zuerst
ferne, dann immer näher kommende Grollen des Donners, das
Sekundenzählen zwischen Blitz und Donner, um mit diesem alten Kindertrick zu messen, wie weit das Gewitter noch entfernt
war. Und jener Abend, eigentlich ihr erster gemeinsamer Abend
in der neuen Wohnung, dieser Abend, an dem die Regentropfen
plötzlich vom Wind getrieben an die Scheibe hämmerten und
er das Glas Wein zur Seite stellte, seine Hand aus der pulsieren-
den Wärme ihrer Bluse zog und unter ihrem lachenden Protest
das Fenster öffnete.

»Freie Fahrt für Regentropfen!«, schrie er, und sie klammerte
sich an ihn, drückte sich in seine Arme, an seinen Mund, während sich auf ihnen, neben ihnen die Regentropfen mit dem
Wein aus dem umgestürzten Glas zu einem wässrigen Rot ver-
mischten ...

Schreiber biss sich auf die Lippen. Er hatte lange nicht daran
gedacht, an diesen ersten Abend, an dem alles noch so leicht
schien, so klar, als sie beide noch nicht vom Alltag eingeholt waren, vom täglichen Aufstehen, Arbeiten, von dieser immer mehr

und mehr sich einschleichenden Schwere, diesen Bahnen, die sich wie Schienenstränge durch das Leben zu ziehen begannen, einhergingen mit Ernüchterung, mit Gewohnheit, mit Fantasielosigkeit und geschlossenen Fenstern bei Regenwetter.

Und jetzt? Irgendwo in den Bergen, gefangen in einem Sturm, auf der Suche nach etwas Neuem, nach Ideen für einen Roman, der das Leben jener Frau erzählen sollte, die hier in diesem Dorf verbrannt war, vor den Augen aller, mit dem Einverständnis aller. Ein Manifest der Fantasie wollte er schreiben, schon allein deshalb, weil sie ihm immer jede Fantasie abgesprochen hatte. Die Stimmung wollte er einfangen, die damals zu der Tragödie geführt hatte, weil in dieser Stimmung, in dieser Atmosphäre, im Fühlen der Menschen damals die Wahrheit, die Erklärung liegen musste für das, was passiert war und vielleicht auch für das, was nicht zu erklären war.

Der Regen hatte nachgelassen, ein sanftes, gleichmäßiges Fließen nur noch, es war windstill, nach wenigen Minuten blieben auch die letzten Tropfen aus. Schreiber stand auf und stöhnte, als ihm ein Schmerz wie eine Flamme in die Seite fuhr. Er befühlte die Stelle, spürte den vorsichtigen, fragenden Druck seiner Finger sich in Schmerz verwandeln und trat langsam, den Mund zu einem dünnen Strich zusammengepresst, unter den tief hängenden Ästen hervor. Vor ihm stieg der Abhang auf, die Spuren, die das Wasser gezogen und auch die Spuren, die er bei seinem Sturz hinterlassen hatte. Gut an die zehn Meter musste er den steilen Hang abgerutscht sein, bevor er von dem Stamm des Baumes gebremst worden war. Er wandte sich in die andere Richtung. Ein völlig durchnässter Waldboden erwartete ihn, übersät mit Pfützen und immer noch Tropfen, die sich der Wald aus seinen Wipfeln schüttelte. Schreiber war froh, sich endlich bewegen zu können, er lief, so gut es ging, geradeaus, musste jedoch immer wieder Sträuchern und umgestürzten Baumstämmen ausweichen. Er war ziellos, orientierte sich lediglich daran, abwärtszugehen in der Hoffnung, so irgendwann auf den Weg zu stoßen, dem er in die Berge gefolgt war. Dann trat mit einem Mal der Wald zurück, gab den Blick frei auf eine kleine Lichtung. Schreiber stockte, als er den seltsamen, matt glänzenden Felsen sah, der sich inmitten der Lichtung nach oben reckte, in zwei abgerundete Spitzen auslief, die bis zur Hälfte vereint waren, sich umarmt hatten: Andras und Alma ...

Erschrocken lehnte er sich an den Stamm eines mächtigen Baumes, schaute befangen auf den seltsam leeren Platz. Hinten war eine Felswand, von den anderen drei Seiten schien der Wald an die Lichtung heranzubranden, ohne wirklich in sie eindringen zu können. Es ging eine seltsame Anziehung von diesem eigenartig geformten Felsen aus, und Schreiber vermeinte wieder die Stimme des alten Seilers zu hören, die sich raunend in den Blättern des Waldes verfing, von Andras und Alma erzählte, von ihrer Flucht in die Berge, von ihrer ersten und letzten gemeinsamen Nacht, ihrem Verlangsamen, ihrem Erkalten: Stein. Stein. Stein.

Er konnte sie sich vorstellen, die beiden Liebenden, hier auf dieser Lichtung, wo es der Wald nicht wagte, den Blick zum Himmel zu verstellen, den Blick zu den Sternen, die verblassten und die Bewegungen langsamer werden ließen, langsamer und langsamer, Andras und Alma, und genauso langsam trat nun eine Gestalt hinter dem Felsen hervor, ging ein paar Schritte in die Lichtung hinein und drehte dem sich erschrocken duckenden Schreiber den Rücken zu. Mit der Hand wischte er sich über die Augen, konnte nicht glauben, dass da eine Frau stand, einen Korb in der Hand, aus dem Pilze wie gespannte weiße Schirme glänzten. Mit ihrer freien Hand zog sie ein rotes Schultertuch enger am Hals zusammen, schritt auf den Waldrand zu und verschwand im Halbdunkel der Stämme.

Schreiber, immer noch hingeduckt, immer noch völlig überrascht von dem, was er gesehen hatte, merkte, wie angespannt er war, und stieß die Luft aus. Als er sich endlich erhob, auch im Bewusstsein, dass ihm diese Frau den Weg weisen könnte, war die Lichtung leer, düster, und er zweifelte plötzlich an dem, was er gesehen hatte. Langsam ging er auf die Stelle zu, an der er die Frau verschwinden gesehen hatte, und war froh, als ihn der Wald wieder aufnahm und er von diesem unheimlichen Platz wegkam.

Als er schließlich gegen Abend nach vielen Irrwegen müde und durchgefroren das Dorf unter sich liegen sah, hallten ihm von fern die hellen und seltsam singenden Schläge von Äxten entgegen. Ungeachtet des nassen Bodens setzte sich Schreiber erschöpft an den Rand des Hügels und beobachtete das Dorf, das sich langsam in die schwarze Seide der Nacht einspann. Männer waren damit beschäftigt, am Dorfrand umgestürzte Tannen zu entasten und den Weg freizubekommen. Schreiber kam alles so seltsam, so fremd vor. Er fühlte sich auf eine beunruhigende Weise außer sich oder vielmehr außerhalb dieser Welt, hatte das beklemmende Gefühl, vor einer Fotografie zu sitzen, vor einem Film, nichts anderes zu sein, als ein störender, nutzloser Fremdkörper. Er wusste nicht, wie lange er so saß, dem hellen Singsang der Äxte lauschte, den Rufen der Männer, die manchmal bis zu ihm heraufdrangen, und dem schwindenden Licht zuschaute, das ein letztes Rot auf die nun wolkenfreien Gipfel malte.

Kaum waren die letzten Sonnenstrahlen weg, war schlagartig die Kälte wieder da, von einem Moment auf den anderen fror er bis auf die Knochen. Er erhob sich und folgte dem Weg durch das letzte Waldstück, in dem sich bereits die Dunkelheit sammelte, um dann die Wiesen, die Häuser und schlussendlich die Berge zu umhüllen. Schreiber hatte Mühe. Er fühlte sich unsicher und schwach, stolperte mehr als einmal über Steine und Äste, die der Sturm auf den Weg geworfen hatte. Dann gab der Wald ihn frei, und während er noch mit gesenktem Kopf weiterlief, merkte er, dass sich etwas verändert hatte. Es war still, plötzlich. Das Singen der Äxte war verstummt, und als er den Kopf hob, bemerkte er die kräftige Hand, die ihn am Arm gepackt hatte und stützte. Schweigend hatten sich die Männer um ihn versammelt, die Äxte ruhten schwer in ihren Händen.

Schreiber blickte unsicher in die Runde. Die Blicke der Männer lagen in einer Mischung aus fragender Neugier und feinem Spott auf ihm, auf seinen nassen und zerrissenen Kleidern, seinen mit Schlamm verdreckten Schuhen.

»... der Sturm. Ich habe nicht geahnt, dass ...«

Einer der Männer lachte heiser auf, wandte sich um, ging ein paar Schritte, blieb vor dem über dem Weg liegenden Stamm stehen, hob seine Axt über den Kopf und ließ sie in eine bereits geschlagene Kerbe fahren.

»Aufpassen, Herr Schreiber! Mit den Bergen lässt sich's nicht spaßen.«

Der Sprecher ließ seinen Arm los. Schreiber, der noch den leisen Spott in seinem letzten Satz hören konnte, blickte ihn an und sah, dass quer über seine Stirn eine feine rötliche Narbe verlief. Er nickte. Auch die anderen Männer drehten sich wieder um und gingen an ihre Arbeit.

»Vielen Dank. Ich danke Ihnen.«

Schreiber war bemüht seiner Stimme Festigkeit zu geben und kam sich überflüssig vor, sah nur den Mann mit der feinen Narbe auf der Stirn vor sich stehen, der ihn neugierig betrachtete und sich schließlich mit einem unmerklichen Nicken abwandte. Gleich darauf hatte sich sein Beil wieder in den Chor der Äxte eingefügt, und Schreiber zögerte noch kurz, bevor er sich auf den Weg machte, über den gefällten Stamm kletterte und auf das Dorf zuging.

Den Weg durch die Gaststube hätte er sich gerne erspart, aber es blieb ihm keine Wahl. Noch bevor er den hinteren Ausgang der verrauchten Stube erreicht hatte, bevor er seinen Fuß auf die erste Stufe der schmalen Treppe stellen konnte, der Treppe, die ihn in die Sicherheit und Wärme seiner kleinen Kammer geführt hätte, stoppte ihn die Stimme eines Mannes.

»Na, hat dich der Wind zerzaust?«

Schreiber drehte sich um und nickte.

»Ein wenig«, grinste er.

»Komm, etwas Warmes wird dir guttun.«

Schreiber war unschlüssig, hätte sich lieber zurückgezogen, aber der Mann ließ ihm keine Wahl.

»Nun, komm schon.«

Er packte Schreiber am Arm und zog ihn neben sich auf die Bank. Dabei rutschte der Ärmel von Schreibers Jacke ein wenig hoch und gab den Blick auf seine Armbanduhr frei.

»Olala«, sagte der Mann und pfiff anerkennend durch die Zähne, »eine richtige Armbanduhr, sieht man selten hier. Und wenn ich mich nicht irre ... Gold, ha?«

Er klopfte mit dem Zeigefinger auf die Uhr und schaute Schreiber ins Gesicht. Unangenehm berührt zuckte Schreiber mit den Schultern, Der Mann lachte freundlich auf.

»Aber Gold hält nicht warm, nicht wahr?«

Schreiber schüttelte den Kopf.

»Einen Tee und einen Schnaps, einen doppelten!«, rief der Mann in Richtung Küche und blickte auf seinen Gast.

»Ein raues Klima hier, nicht? Anders als in der Großstadt.«

Schreiber nickte und besah sich sein Gegenüber: ein braun gebranntes, ledriges Gesicht, eingerahmt von einem wirren, grauen Bart.

»War selber eine Zeit lang in Wien, ein halbes Jahr, ist aber schon lange her.«

»Ah, Karl, Zeit für deine Wiener Geschichten?«, ließ sich eine Stimme vom Nebentisch vernehmen.

»Pass bloß auf, dass du die Karten richtig hältst, Kerl. Nie was anderes als dieses Dorf gesehen, aber das Maul aufreißen, wenn man nicht gefragt ist.«

Gelächter dröhnte durch die Stube, der bärtige Alte drehte sich wieder um und wandte sich Schreiber zu.

»Hast es gehört, bin der Karl.«

Er hielt Schreiber die knorrige Hand hin und redete weiter.

»Haben alle keine Ahnung, kennen nichts anderes als diese Berge, die einem Tag und Nacht die Sicht verstellen. Ein Leben lang, ahhh …«

Er machte eine Geste, als wollte er alles, was mit diesem Leben zu tun hat, von sich schieben.

Die Wirtin kam und stellte das Verlangte auf den Tisch. Karl drückte Schreiber den Schnaps in die Hand und sah befriedigt zu, wie er ihn in einem Zug leerte.

»Wärmt auf. Das Zeug. So, kommst also aus Wien? War selbst dort, habe ich dir schon gesagt, ein halbes Jahr, aber wie die Zeiten waren, damals. Kein Geld, keine Chance. Bin also wieder zurück, dann Frau, Kinder, Hof und Arbeit. Das Übliche halt. Und jetzt sitze ich mit diesen Hohlköpfen Abend für Abend hier und vergesse, dass es noch was anderes gibt.«

Bei dem Wort Hohlköpfe hatte er sich leicht umgedreht und war lauter geworden, was ein zweites Mal Gelächter hervorrief.

»Er ist unser Philosoph, der Weise des Dorfes, müssen S' wissen«, klärte eine Stimme vom Nebentisch Schreiber auf.

»Ja, red du nur, red du nur. Immerhin bin ich der Einzige in diesem verdammten Dorf, der weiß, wie man ein Buch richtig in die Hand nimmt.«

Schreiber lächelte und blies in den Tee, der noch zu heiß war.

»Idioten!«, knurrte Karl, während sich ein zweiter Mann zu den beiden an den Tisch setzte.

»Kein Wetter, um spazieren zu gehen«, sagte der Neuankömmling mit einem Seitenblick auf Schreiber.

»Ja, nur weiß man das vorher nicht.«

»Kommt drauf an. Leute, die was vom Wetter verstehen, wissen schon zwei Tage vorher, wie's wird.«

»Möglich«, antwortete Schreiber kurz, er verspürte keine Lust, darüber zu diskutieren.

»Was machen S' eigentlich hier?«, fragte der Mann, und Schreiber hatte das Gefühl, dass es im Raum auf einen Schlag leiser geworden war. Nebenan fielen zwar noch die Karten auf den Tisch, aber es war plötzlich eine angespannte Atmosphäre, der Raum schien mitzuhören.

»Lass ihn in Ruhe!«, raunzte Karl und hob seinen Zeigefinger. »Er ist ein Gelehrter, ein Professor, er schreibt Bücher. Und wenn er dir jetzt erklären würde, was das ist, sitzen wir morgen noch hier.«

Der Angesprochene achtete nicht auf ihn.

»Sehen S', interessiert mich einfach. Das ist alles.«

Schreiber nickte.

»Ja, ich schreibe Bücher«, antwortete er vorsichtig.

»Über was?« Die Stimme lauernd.

Schreiber biss sich auf die Lippen. Er hatte keine Lust, über etwas zu reden, von dem er selbst noch keine rechte Vorstellung hatte. Allerdings konnte es auch nicht schaden, mit diesen Männern ins Gespräch zu kommen. Schließlich war der Winter lang, und er war nicht aus Wien hier hergekommen, um einsam in einer Dachkammer sein Leben zu fristen.

»Ich schreibe historische Bücher, also geschichtliche«, verbesserte sich Schreiber.

»Und über was? Komm Ihnen vielleicht neugierig vor, aber man erzählt sich im Dorf, dass Sie über uns schreiben. Und wenn man über uns schreibt, dürfen wir ja wohl wissen, um was es geht.«

»Blödsinn«, rief Karl, »wer sollte Interesse daran haben, über euch Idioten zu schreiben?«

Wieder Gelächter vom anderen Tisch, Schreiber sah, dass die Karten mittlerweile zusammengeworfen in der Mitte des Tisches lagen. Alle waren begierig auf seine Antwort. In diesem

Moment ging die Tür auf. Die Holzarbeiter traten ein. Schreiber erkannte den Mann mit der feinen rötlichen Narbe auf der Stirn, der sich zusammen mit zwei anderen gleich zu ihnen an den Tisch setzte.

»Wir haben gerade ein interessantes Gespräch mit unserem Professor, es geht um Bücher, Kühbauer.«

Der Sprecher wandte sich wieder Schreiber zu. Schreiber nahm einen Schluck von seinem Tee, der immer noch so heiß war, dass er unangenehm auf der Zunge brannte.

»Ich schreibe ein Buch«, sagte er und spürte die Spannung im Raum. »Ein Buch über eine geschichtliche Person.«

»Eine geschichtliche Person? Aus unserem Dorf?«

»Idiot«, rief Karl entrüstet und hob wieder seinen Zeigefinger, »die einzige geschichtliche Person, die dieses Dorf hatte, war dieser riesige Zuchtbulle vom alten Müller, der Kleinholz aus dem Stall machte, wenn er keine Kuh zu sehen bekam.«

»Ach, halt's Maul, Karl«, sagte der vorher als Kühbauer angesprochene junge Mann mit der feinen Narbe auf der Stirn.

Wieder waren alle Blicke auf Schreiber gerichtet.

»Aus diesem Dorf«, sagte er schließlich, »die kennt ihr alle, die Katharina Schwarzmann.«

Schreiber hatte den Namen leise ausgesprochen, aber er hatte das Gefühl, als würden diese beiden Worte bis in die hintersten Winkel des Raumes dröhnen. Niemand sagte etwas, die Männer saßen unbeweglich da. Schreiber sah sich plötzlich vor einem Gemälde sitzen, nein, das war nicht ganz richtig, er sah sich plötzlich in einem Gemälde sitzen, dem Gemälde eines Malers, der mit kräftigen, kantigen Strichen eine Gasthausszene eingefangen hatte: dunkle Gesichter, in deren Falten sich die Schatten fingen, klobige Hände mit abgebrochenen Fingernägeln und Schwielen, die schwer auf den Tischplatten oder auf den Schenkeln ruhten, schwarze Flecken in dunklen Gesichtern vor einem dunklen Hintergrund, dunkel die Wände, dunkel der Boden, dunkel die Decke, dunkel die groben Schuhe, dunkel die Hosen, nur die Gläser auf den Tischen, voll oder halb voll mit Bier, dessen fahles Gelb in dem Meer aus Schwarz und Grau wie die Flammen wahllos auf den Tischen angeordneter Kerzen wirkte. Die Stille wurde drückend. Er bemerkte, dass er den Atem anhielt und offenbar nicht der Einzige war, der das tat. Endlich, irgendwo von einem Tisch hinten an der Wand, wagte sich eine Stimme in die Stille, zerriss das Schweigen.

»Ach, die alte Geschichte.«

Schreiber fasste Mut. Seine Stimme war unsicher, aber alles war besser als dieses Schweigen.

»Die Geschichte, also Katharina Schwarzmann, die müsste bekannt sein? Es würde mich interessieren, was man sich im Dorf erzählt. Also heute, was man sich heute erzählt, nach hundert Jahren ziemlich genau, sind ja ziemlich genau hundert Jahre ...«

»Und warum? Warum interessiert 's dich?« Kühbauer, der Mann mit der rötlichen Narbe auf der Stirn, lehnte sich angriffslustig vor. Seine Stimme hatte einen anderen, aggressiveren Klang, und es passte dazu, dass er Schreiber jetzt mit Du ansprach.

»Willst was schreiben über die zurückgebliebenen Hinterwäldler? Willst schreiben, wie dumm die Leute in den Bergen sind?«

Die Spannung in der Gaststube stieg.

»Nein, nein«, Schreiber schüttelte unsicher den Kopf, »ich finde es einfach nur, also, wie soll ich sagen, es ist eine besondere Geschichte, ich möchte gern verstehen, was damals passiert ist.«

»Passiert! Passiert!« Kühbauer sprang erregt auf. »Ist alles lang her, damit haben wir nichts zu tun.« Er schaute sich um, zustimmendes Gemurmel schlug ihm entgegen.

»Wird nur unser Dorf in den Dreck gezogen, sonst nichts!«

»Jetzt mal halblang«, mischte sich Karl wieder ein. »Er sagt ja gar nicht, dass es was mit uns zu tun hat. Er will einfach die

Vergangenheit untersuchen, versteht ihr's nicht? Das ist ein moderner Mensch, der glaubt nicht an Hexen.«

Karl drehte sich zu Schreiber.

»Stimmt doch? Oder glaubst, dass es Hexen gibt?«

Schreiber schaute ihn erstaunt an, und in einem Anflug von Übermut lehnte er sich zurück.

»Wer weiß?«, sagte er.

Niemand lachte. Wieder eine unangenehme Stille, die sich im ganzen Raum ausbreitete, bis in die letzten Ritzen der alten Bretter an der Wand, bis in die letzten Falten der ungewaschenen Vorhänge.

»Hexen! Der hat deine Frau gesehen, Karl!«, brüllte plötzlich eine Stimme vom Nebentisch. Lautes Gelächter brandete auf, in dem der wütende Protest von Karl unterging. Noch bevor das Lachen vollständig verebbte, wurden am Nebentisch die Karten wieder aufgenommen. Langsam kehrten die Worte in die Münder zurück, bahnten sich einen Weg durch die nun nicht mehr zusammengepressten Lippen, verbanden sich zu Phrasen, Floskeln, Halbsätzen, teilten sich den Raum mit den Klopfgeräuschen, die entstanden, wenn die Karten auf den Tisch geworfen wurden und dabei die Knöchel der Finger hart auf das Holz der Tischplatten trafen. Niemand schien mehr Interesse an diesem Thema oder an Schreiber zu haben. Nur Kühbauer sagte nichts und schaute nachdenklich auf den jungen Historiker. Dann wandte er sich ab und setzte sich ohne ein weiteres Wort zu den Kartenspielern.

Karl saß versunken über seinem Glas, und Schreiber fühlte sich müde, abgekämpft, fremd. Er blieb noch einige Minuten, trank noch einen Schluck von seinem Tee, erhob sich, ging die steile schmale Treppe nach oben, öffnete die Tür zu seiner Kammer, schloss sie hinter sich, lehnte sich mit dem Rücken gegen die Tür und spürte, wie es langsam in ihm hochkam, so unendlich fremd, so unendlich vertraut. Und als die ersten Tropfen sanft über die Ufer seiner Augen traten und die Wangen hinabrannen, sich in seinen Mundwinkeln verfingen, als er zum ersten Mal nach so vielen Jahren wieder diesen salzigen Geschmack auf seinen Lippen spürte, sank er in die Knie, Rücken und Kopf immer noch an die Tür gelehnt, erschöpft, mit zitternden Lippen, die vielleicht nach Worten suchten, vielleicht auch nicht, mit Fingern, die sich ineinander verhakten, als wollten sie sich gegenseitig halten. Und als diese Finger sich lösten und beide Hände sich auf das Gesicht legten und versuchten diesem schluchzenden, zitternden, bebenden Mann den Blick auf die Welt zu verstellen, da dachte er an sie, wie sie mit ihren Koffern über die Stiege nach unten gegangen war, hinaus aus ihrer gemeinsamen Wohnung, hinaus aus ihrem gemeinsamen Leben, hin zu einem neuen Namen, hin zu einem neuen Leben. Er war auf der Stiege gestanden, schweigend, und hatte ihr nachgeschaut, und jetzt, jetzt an diese Tür gelehnt, in diesem Haus, in diesem Dorf, in diesen Bergen, jetzt wusste er, dass diese Tränen, die er weinte, einen weiten Weg gehabt hatten.

Die Brunnhoferin, hatte man ihm gesagt, als er fragte, ob es im Dorf jemanden gebe, der kaputte Kleider ausbessern könne. Die Brunnhoferin, und ihm den Weg gezeigt, zu dem kleinen Hof am Rande des Dorfes. So saß er jetzt hier zwischen dem tropfenden und grinsenden Bruni, der sichtlich erfreut war über diesen Besuch, und der unverständlich murmelnden Alten, die seine zerrissene Hose flickte. Es war still im Raum, lediglich Brunis Geräusche waren überlaut zu hören. Schreiber bereute es, gekommen zu sein. Er wäre besser, wie er es eigentlich geplant hatte, mit dem Bus ins Tal gefahren und hätte sich dort neue Kleider besorgt, wieder einmal etwas anderes gesehen als dieses Dorf und diese Menschen. Er dachte mit Unbehagen an das Gespräch im Wirtshaus zurück. Er hatte mehr erzählt als er wollte, über sein Vorhaben, über diese Frau, über diese Geschichte, über die er durch Zufall gestolpert war.

Es war vor vier Jahren gewesen, in der Nationalbibliothek in Wien. Ein regnerischer Herbsttag, Nebel hing zwischen den Häuserschluchten, die Wunden des Krieges immer noch in viele Fassaden eingeschrieben, ein unangenehmer Wind, böig, feucht, aggressiv, die quietschenden Bremsen eines russischen Militärfahrzeuges, als Schreiber zerstreut und ohne aufzuschauen auf die Straße getreten war. Die wütenden Rufe des Fahrers, sein Achselzucken, halb entschuldigend, halb gleichgültig, schließlich war er in Gedanken bei seiner Doktorarbeit, für die er schon jetzt, zu einem frühen Zeitpunkt, Material sammelte. Das Thema war ihm immer klar gewesen: Hexen. Schon als kleiner Bub hatte ihn dieses Thema fasziniert. Und jetzt, eben erst den Gräueln eines grausamen Krieges entkommen, der zerstörte Menschen und eine zerstörte Stadt hinterlassen hatte, jetzt flüchtete er sich wieder in diese Faszination seiner Kindheit, in Gräuel, die nichts mit seinem Leben zu tun hatten, die für ihn keine Gefahr darstellten und die schrecklichen Erinnerungen von Schützengräben und Bombenangriffen überlagerten.

Angefangen hatte alles mit dem 1945 erschienenen Buch *Anna Göldi, die Geschichte der letzten Hexe* von Kaspar Freuler, das ihm ein Freund geschenkt hatte. Göldin, *ohngefähr 40 Jahr alt, dicker und grosser Leibsstatur, vollkommnen und rothlechten Angesichts, schwarzer Haaren und Augbraunen, hat graue etwas ungesunde Augen, welche meistens rothlecht aussehen, ihr Anschauen ist niedergeschlagen, und redet ihre Sennwälder Aussprach,* wie in einem Steckbrief im Februar 1782 in der *Zürcher Zeitung* zu lesen war, wurde am dreizehnten Juni desselben Jahres in Glarus hingerichtet. Sie wurde zwar nicht mehr verbrannt, sondern mit dem Schwert getötet, sie gilt aber als die letzte Person in Europa, die aufgrund von Hexerei exekutiert wurde. Ein Urteil, das europaweit für Empörung sorgte, und eine Geschichte, die Schreiber sofort in ihren Bann zog. Er begann mehr und mehr zu lesen über das Thema Hexenverfolgung, erfuhr, dass es bis kurz vor dem Ersten Weltkrieg Anzeigen wegen Hexerei gab, die allerdings nicht mehr verfolgt oder gar vollstreckt wurden. Die Obrigkeiten hatten längst davon Abstand genommen, im Volk war der Glaube an Hexenzauber, magische Kräfte und teuflisches Wirken aber noch lange nicht verschwunden.

An diesem Nachmittag war er jedoch nicht deswegen in der Nationalbibliothek. Er musste eine kurze Seminararbeit schreiben, die ihn eigentlich nicht interessierte, die aber zu machen war und sich mit einem Tiroler Freiheitskämpfer, Christian

Blattl dem Älteren, beschäftigte. Blattl war 1856 gestorben, weshalb Schreiber diesen Jahrgang diverser Zeitungen und Zeitschriften auf der Suche nach Meldungen zum Ableben von Blattl durchstöberte. Dabei stieß er auf einen Bericht, den er kaum glauben konnte. In einem Tiroler Dorf, dessen Namen er noch nie gehört hatte, war eine Frau mit dem Namen Katharina Schwarzmann in ihrem Haus verbrannt. Das alleine hätte vermutlich keine Meldung abgegeben, aber die Umstände waren mysteriös. Angeblich hatten die Dorfbewohner ihr nicht geholfen sondern sich vor ihrer Tür aufgestellt und sie an der Flucht aus dem brennenden Haus gehindert. Der Grund, so wurde in dem Artikel vermutet, könnte gewesen sein, dass die Frau als Hexe verschrien war. Ob das Haus durch Zufall in Brand geraten war oder Brandstifterei dahintersteckte, konnte nicht geklärt werden. Mehr über den Vorfall stand nicht in dem Bericht, und mehr fand Schreiber auch in anderen Zeitungen nicht. Aber sein Interesse war geweckt, und ihm war klar, dass er dieser Sache irgendwann auf den Grund gehen würde. Dieses Irgendwann war nach seinem Studium, nach seiner Beziehung, als die Zeit gekommen war, etwas Neues zu machen.

Und jetzt war er hier in diesem Dorf, saß bei der Brunnhoferin, mit seiner zerrissenen Hose und den zwiespältigen Erinnerungen an den gestrigen Abend in der Gaststube, an diese unangenehme Stille, als er den Namen Katharina Schwarzmann erwähnt hatte. Sicher hatte das schon längst die Runde gemacht, und genauso sicher war, dass ihn diese Sache den Dorfbewohnern nicht sympathischer machen würde. Ihm waren die misstrauischen Blicke seiner Wirtin heute Morgen nicht entgangen, und auf dem Weg zur Brunnhoferin hatte er das unheimliche Gefühl, vom ganzen Dorf heimlich beobachtet zu werden. Fenster wurden zu Augen, hinter denen sich neugierige Gesichter verbargen, Nasen sich platt drückten, zwei Kinder gingen tuschelnd und kichernd an ihm vorbei. Schreiber kam sich lächerlich vor.

Er und sein Vorhaben. Ein Buch schreiben, hier, wo das Leben sich in die schwieligen Hände der Männer, in die verhärmten Gesichter der Frauen schrieb mit Knoten, Falten, mit Schweiß, mit Blasen, hier wollte er Buchstaben auf ein weißes Blatt Papier setzen und damit möglichst nahe an das richtige Leben kommen? Lächerlich!

»Haben schon recht, sich hier einmal umzuschauen.«

Schreiber hob überrascht den Kopf, sah zum Fenster, wo die Brunnhoferin über seine Hose gebeugt saß, als hätte sie nichts gesagt.

»Wie meinen Sie?«

Langsam hob die Alte den Kopf und sah Schreiber an.

»Ich sagte, Sie haben recht. Ist einiges nicht in Ordnung im Dorf.«

Schreiber war verwirrt.

»Ich verstehe nicht ...«

Die Brunnhoferin hob erneut den Kopf, beugte sich nach vorne und flüsterte erregt:

»Geht nicht alles mit rechten Dingen zu ...«

»Rechten Dingen, rechten Dingen, rechten Dingen«, lachte Bruni, hieb sich mit den Händen auf die Schenkel und begann, in einer rhythmischen Bewegung mit seinem Oberkörper zu schaukeln. Die Alte warf einen missbilligenden Blick auf ihren Sohn, der immer noch kicherte und seinen Oberkörper vor- und zurückwarf.

»Nicht mit rechten Dingen«, sagte die Brunnhoferin noch einmal, »nur gut, dass da sind. Werden bestimmt finden, was Sie suchen.«

Schreiber atmete tief durch. Die Szene hatte etwas Gespenstisches: der schaukelnde, kichernde Bruni, die Alte, die ein flüchtiges Kreuz über ihrer Brust schlug und sich wieder über die Hose beugte.

»Was meinen Sie damit?«, fragte Schreiber vorsichtig.

»Gestern ist wieder ein Kalb gestorben, beim Birnbaumer, einfach so. Das dritte in diesem Jahr. Und der alte Mehler liegt seit Wochen. Ein Fieber, hat der Doktor gesagt, als er letzte Woche da war, ein Fieber, ein Fieber ... niemand weiß was Genaues ... ist kein gutes Jahr ... kein gutes Jahr. Die Blätter fallen früh, wird ein harter Winter. Vieles nicht in Ordnung ... An den Herrgott glauben 's nicht mehr, die Leut, und dann passiert 's halt.«

Sie verstummte, aber immer noch, während sie sich über die Hose beugte, bewegten sich ihre Lippen. Brunis Schaukeln war langsamer geworden. Er grinste fröhlich, und wieder sammelte sich der Speichel in seinem Mundwinkel.

Schreiber schwindelte. Er war froh, als die Alte sich erhob und ihm die Hose in die Hand drückte.

»Was meinen Sie damit?« fragte er noch einmal.

Aber die Brunnhoferin schüttelte nur den Kopf, winkte ab und nahm das Geld, das ihr Schreiber entgegenhielt. Als er wenig später draußen war, atmete er tief durch, lief hastig durch das Dorf und sperrte sich in seinem Zimmer ein.

Die nächsten Tage wurde er von einer seltsamen Unruhe erfasst, die ihn oft stundenlang durch das Dorf und die nähere Umgebung trieb, die ihn in der Nacht wach hielt und zwang, mit aufgerissenen Augen an die Decke zu starren, auf der sich seltsame Schatten bildeten, wenn das Licht des Mondes ins Zimmer fiel. Er versuchte zu schreiben, aber er saß nur da vor dem ersten weißen Blatt seines prächtigen, in Leder gebundenen großen Tagebuches, das er sich um viel Geld vor seiner Abreise in Wien gekauft hatte. Er konnte sich nicht überwinden, auch nur ein Wort niederzuschreiben. Die Gedanken tanzten durch seinen Kopf wie wild gewordene Scharlatane, aber es entstand kein vernünftiger Satz, nichts, was einen Anfang ergeben hätte, einen Anfang für etwas, von dem er gar keine Ahnung hatte, was es eigentlich werden sollte.

Selbst lesen konnte er nicht. Schon nach wenigen mühevollen Seiten in einem Roman, den er aus Wien mitgebracht hatte, stand er unruhig wieder auf, lief im Zimmer auf und ab, verließ das Haus, nur um wenig später außer Atem und rastlos zurückzukehren. Das Gefühl, beobachtet zu werden, verstärkte sich. Wenn er durch das Dorf ging, glaubte er die misstrauischen Augenpaare der Dorfbewohner auf seinem Rücken zu spüren, im Wald beschlich ihn das seltsame Gefühl, dass ihm jemand folgte. Aber immer, wenn er sich schnell umwandte, war da nichts als die grüne, schweigende Wand des Waldes, vielleicht ein Rascheln im Unterholz, vielleicht ein Vogel, der sich mit überlautem Flügelschlag in die Lüfte hob, vielleicht ein Windstoß, der sich in den kahlen Ästen des Herbstwaldes fing. Die Begegnung mit anderen wurde anstrengend. Schreiber begriff, dass er nicht einer von ihnen war, es trennten ihn seine feinen Hände, seine feinen Kleider, sein sauberer Haarschnitt, sein sauber rasiertes Gesicht, sein Wiener Dialekt, es trennten ihn seine Gedanken, seine Meinungen, seine Arbeit, es trennten ihn Welten von diesen Menschen.

Wenn er sich am Abend zwang, sich an einen der Tische im Gasthaus zu setzen, war ihm, als ob die Männer das Thema wechselten, als ob es stiller wurde an diesem Tisch. Nie mehr kam das Wort auf das Gespräch jenes Abends, nie mehr fragte ihn jemand, was er hier machte. Zu Karl hätte sich Schreiber manchmal gerne gehockt, aber er hatte Angst, damit wieder ein Gespräch zu entfesseln, das er nicht wollte, und so hielt er sich fern von dem seltsamen Alten, der ihn auch nicht weiter zu beachten schien, an den meisten Abenden versunken über seinem Glas Bier saß und vor sich hin brütete. Schreibers Rolle im Dorf festigte sich: Er war der Fremde, der sich mit Dingen beschäftigte, über die man nicht sprach, zumindest nicht mit ihm.

Eine gewisse Unruhe im Dorf bemerkten auch andere. Der alte Pfarrer etwa, dem da und dort seltsame Geschichten zugetragen wurden, die sich kaum von denen unterschieden, die ihm sonst zu Ohren kamen. Und doch war etwas anders. Der Tonfall manchmal, das Flüstern, das Schlagen eines Kreuzes, manche Worte und Redewendungen, einmal der Satz, dass es doch verhext sein müsse, dass dem Birnbaumer heuer schon das dritte Kalb gestorben sei, einfach so, am Morgen sei es im Stall gelegen, tot, mit aufgequollenem Bauch und aus dem Maul hängender Zunge, schon das dritte heuer, schon das dritte. Und das Heu dieses Jahr war auch schlechter als die Jahre zuvor. Zu oft hatte es geregnet, nur kurz jedes Mal, aber doch geregnet. Es würde ein schwieriger Winter werden, es war überhaupt ein schwieriges Jahr.

Schreibers Unruhe steigerte sich von Tag zu Tag. In der Nacht suchten ihn Albträume heim und wenn er in seinem zerwühlten Bett erwachte, stand ihm der Schweiß auf der Stirn, und eine seltsame Angst, wieder einzuschlafen, ließ ihn stundenlang wach liegen, bis sich die erste Ahnung des Morgens blass ins Zimmer legte. In dieser Zeit begann er, mit sich selbst zu reden. Zuerst nur Wortfetzen, später, auf seinem stundenlangen Hasten durch den Wald, redete er laut. Wenn er am Morgen erwachte, begann er, sein eigenes Tun zu kommentieren, als ob er sich selbst sagen würde, was zu tun sei. Schreiber merkte es, und es beunruhigte ihn, aber stärker als diese Sorge war die Unruhe, die dauernde Unruhe, die quälende Unruhe, die ihn hinaustrieb aus dem Dorf, über die Wiesen und durch die Wälder, zu den Tobel und Karen, rastlos, ziellos. Dann und wann versuchte er zu schreiben, auf losen Blättern Papier, niemals in sein Tagebuch, aber es misslang ihm kläglich. Schon nach den ersten Worten begann er zu stocken, strich durch, suchte Neues, veränderte, zerriss seitenweise Papier. Er versuchte genauso vergeblich, Briefe zu verfassen, nach Wien, an seine Freunde, an sie, an sie und wieder an sie. Aber alles, was er auf Papier bannte, grinste ihm nur höhnisch entgegen, hohl, abgedroschen, leblos, sinnlos.

Die Zeit verging und der Herbst wurde ruhiger, kahler. Die teils heftigen Winde flauten ab, die Blätter auf dem Boden verloren die Farben, wurden braun, schließlich schwarz, vermoderten. Alles wartete auf den Winter.

An einem dieser Tage sah Schreiber die Frau mit den Pilzen wieder. Er hatte sich am Waldrand herumgetrieben, als er plötzlich auf einer kleinen Wiese eine Gestalt bemerkte, die in Richtung Dorf ging. Er erkannte sie sofort: das rote Wolltuch war auch diesmal um ihre Schultern gelegt, die Haare zu einem Knoten zusammengebunden. Schreiber konnte sich von dem Anblick erst lösen, als die Frau von den Häusern im Dorf verschlungen wurde. Er wartete noch eine Weile, in Gedanken bei ihr, und erst als die letzten Strahlen der Sonne die Gipfel röteten und die abendlichen Fallwinde ins Tal zogen, ging er nach Hause.

Die Tage wurden kürzer, Schreibers Spaziergänge länger. Das Licht flacher, seine Unruhe größer. Kaum wurde es hell, trieb es ihn hinaus, streifte er, die Schultern hochgezogen, den Kragen seines Mantels aufgestellt, über die kahlen Äcker und die braunen Wiesen, ein einsamer Schatten unter Wolken von auffliegenden Krähen, eine stumme Silhouette unter dem Geschrei der Vögel. Er ließ sich vom Wind die letzten Farben ins Gesicht blasen, er blinzelte in die fahlen Sonnenstrahlen, die fast waagrecht zwischen zwei Berggipfeln durchschienen, bevor sie mitten am Nachmittag verschwanden und die Landschaft sich verdüsterte, verdunkelte, verfinsterte. Er folgte den Wegen und Pfaden, die bald nur noch ins Dunkel führten, und hatte mehr als einmal Probleme, in der von den Graten herabfallenden Nacht den Weg ins Dorf zu finden.

Immer wieder drängte es ihn in den Wald, zu der Lichtung vor der Felswand, zu dem seltsam schwarzen Felsen, der an zwei Menschen denken ließ, die sich umarmten, Andras und Alma, und er streifte an der Felswand entlang, umkreiste den Teufelsstein, hörte in den Windböen, die sich da und dort an den kahlen Ästen vergriffen, die raunende, flüsternde, beschwörende Stimme des alten Seilers, und zweimal sah er auch aus weiter Entfernung die Frau mit dem roten Tuch, und jedes Mal widerstand er der Versuchung, sich aus seinem Versteck – einmal der dicke Stamm einer uralten Wettertanne, einmal eine Senke im

Boden – zu wagen, sich zu erkennen zu geben, ein Gespräch anzufangen, für das er keinen Anfang wusste, auch keinen Inhalt und kein Ende, und so waren die einzigen Worte, die er in dieser Zeit wechselte, diejenigen in der Gaststube, am Abend an den Kartentischen, unscheinbare Worte, unwichtige Worte, durchsichtige Worte, im Dunst aus Zigarettenrauch und gelbem Licht.

Er war geduldet dort, aber nicht mehr. Man redete weniger, man redete anders, wenn er am Tisch war, und die Karten wurden wieder lauter auf die Tischplatte geknallt, nachdem er aufgestanden war, sich leise verabschiedet hatte und die schmale Treppe nach oben in sein Zimmer gegangen war, verfolgt nur von dem misstrauischen Blick der dicken Wirtin und dem Stimmengewirr aus der Gaststube.

So wenig Worte er sprach, so wenig Worte schrieb er. Und die Worte, die er schrieb, blieben flach, leblos, ohne Nachhall, waren schon vergessen, wenn die Augen den Zwischenraum zum nächsten Wort erreicht hatten. Das nächste Wort, genauso flach, genauso leblos, genauso ohne Nachhall, genauso schnell vergessen. Die wenigen Worte, bedeutungslos, schrieb er auf leere Blätter, die er aus seinem Notizblock riss und die alle zusammen im Papierkorb landeten. Niemals aber fand etwas, was den Namen Gedanken oder Anfang verdient hätte, den Weg in das in Leder gebundene Buch, in das er seinen Roman schreiben wollte und das immer noch jungfräulich war, immer noch auf der ersten Seite aufgeschlagen auf dem alten, wackligen Schreibtisch lag, die Blätter weiß wie Schnee.

Und draußen braun, schwarz, glitschig die am Boden liegenden Blätter und die Tage kürzer und die Nächte länger und die Dämmerungen bedeutender, ja, bald schien es ihm, dass der Tag nur ein kurzer Vorbote für die mächtige Dämmerung und für die undurchdringliche Nacht war, ein Diener, der die letzten Sonnenstrahlen wie einen immer fadenscheiniger werdenden

Teppich auf die brachen Felder rollte, um die Dunkelheit gebührend zu empfangen.

Und doch waren da Worte, Worte aus seinem Mund. Worte, an niemanden gerichtet oder nur an ihn selbst, denn sonst war niemand da, wenn er über die verlassenen Flure schlich. Die Selbstgespräche beunruhigten ihn mehr und mehr, vor allem als er mit Schaudern bemerkte, dass er sie mit Gesten, mit rudernden Armen unterstützte, und ihm wurde bewusst, dass er dringend etwas unternehmen musste, um dieser Haltlosigkeit, dieser Rastlosigkeit, dieser Unruhe Herr zu werden.

So kam es, dass er sich eines Abends auf der Straße im Dorf wiederfand, diesmal aber nicht verloren, sondern mit einer klaren Aufgabe vor Augen. Er wollte endlich weitermachen, endlich nicht mehr ziellos durch die Gegend streifen, sondern den Blick in die Vergangenheit richten. Er wollte sich endlich dem nähern, was er sich vorgenommen hatte, diesem Projekt, diesem Roman über eine Frau, die in ihrem Haus verbrennt, während ein ganzes Dorf, stumm, mit flackernden Augen, zuschaut und die Flucht verhindert. Er wollte sich endlich dieser Geschichte annehmen, und dazu musste er sich Katharina Schwarzmann nähern. So hatte er sich an diesem Abend, nach stundenlangem Herumstreifen in den Wäldern, als eiskalte Regentropfen vom starken Wind getrieben, hart und spitz wie kleine Nadeln sein Gesicht trafen, entschlossen, den Pfarrer aufzusuchen, in der Hoffnung, im Pfarramt Einblick in die Sterbebücher zu bekommen.

Es war schon dunkel, als er durch die Gaststube zur Tür ging und ihn der Ruf eines Kartenspielers einholte.

»Na, Professor, spät für einen Spaziergang?!«

Schreiber blieb kurz stehen und murmelte etwas von einem wichtigen Termin.

»Termin? Jetzt, um diese Zeit?«

Schreiber nickte hilflos, längst war ihm jede Unbeschwertheit, jede Schlagfertigkeit im Umgang mit den Dorfbewohnern abhandengekommen, und das Wort »Termin« wirkte in diesem Umfeld völlig fehl am Platz.

»Na ja«, meldete sich eine andere Stimme, »sucht man Hexen, geht man besser in der Nacht.«

Gelächter brandete auf, Schreiber erschrak. Seit jenem Abend, als sie ihn gefragt hatten, was er hier machte, war dies das erste Mal, dass jemand dieses Thema ansprach. Aber die Männer in der Gaststube waren schon wieder in ihre Karten und ihre Gespräche vertieft, niemand achtete mehr auf ihn, und sein leises »Guten Abend« erreichte kaum die, die neben ihm saßen, geschweige denn die Tische weiter hinten im Raum. Er öffnete die Tür, und die raue Nacht griff mit kalten Fingern nach ihm.

Nach ein paar Schritten tauchte die alte Kirche vor ihm auf, ein grauer Block, schemenhaft ragte der Turm in den nächtlichen Himmel, nicht so majestätisch, nicht so hoch, nicht so selbstherrlich wie die Kirchtürme in den Städten, die nicht der unmittelbaren Konkurrenz durch Berggipfel ausgesetzt sind.

Der Weg zur Kirche führte über den kleinen Friedhof, Kies knirschte unter Schreibers Schuhen, und er bemühte sich, möglichst leise aufzutreten, so als ob er verhindern wollte, dass jemand in den Gräbern erwachte. Er verscheuchte diesen seltsamen Gedanken, schritt auf das Pfarrhaus zu, das neben der Kirche stand. Aus einem kleinen Fenster im Erdgeschoss drang Licht. Drei Stufen, eine schwere Holztür, keine Klingel. Schreiber klopfte. Nichts. Schreiber klopfte noch einmal, aber auch diesmal war nichts zu hören. Er war unschlüssig, was er tun sollte, dann sah er, dass auch in der Kirche ein kleines Licht brannte. Er ging die Stufen hinunter, wieder knirschte der Kies unangenehm laut, und er war froh, als er das schwere, mit einem gusseisernen Griff fast in Augenhöhe beschlagene Kirchentor erreichte und eintrat.

Wie ein kühler, feuchter Mantel legte sich die Luft im Innern um seine Schultern. Die seltsame Atmosphäre des leeren, dunklen Raumes nahm ihn gefangen. Erst allmählich gewöhnten sich seine Augen an das Halbdunkel, ließen ihn die Umrisse der kargen Holzbänke erkennen, den schweren Weihwassertrog, die da und dort gebrochenen Steinplatten am Boden. Von den hoch gelegenen Fenstern fiel das Dunkel der Nacht ein, vorne flackerte unruhig das Licht einiger Kerzen. Schreiber fühlte sich beklommen und erschrak über den lauten Widerhall seiner Schritte, als er im Mittelgang nach vorne ging. Aus dem Schatten im vorderen Teil des Kirchenschiffes löste sich langsam eine kniende Gestalt, erhob sich und kam auf ihn zu. Es war der Pfarrer, der vor Schreiber stehen blieb und ihm eine Hand entgegenstreckte.

»Ah, der Herr Historiker aus Wien«, sagte der alte Priester mit angenehm tiefer Stimme, die so gar nicht zu seiner gedrungenen, fast schon greisenhaften und etwas nach vorne gebeugten Gestalt passen wollte.

»Ja, Schreiber, Max Schreiber«, sagte der Angesprochene und nahm die angebotene Hand des Pfarrers. Der winkte ab.

»Weiß ich, weiß ich. Als Pfarrer muss man alles wissen«, fügte er wie entschuldigend hinzu, »man kann ja nicht alles ihm überlassen.« Er deutete auf das Kreuz an der Wand. Schreiber erkannte ein verschmitztes Lächeln im Gesicht des alten Mannes und entspannte sich.

»Ich wollte nicht stören …«

»Aber was! Wir reden jeden Abend miteinander, er und ich, seit mehr als fünfzig Jahren, da hat man sich oft nicht mehr viel zu sagen.« Wieder deutete er auf das Kreuz. »Deshalb hat er sicher Verständnis, wenn wir 's für heute sein lassen. Kommen Sie, im Pfarrhaus ist es gemütlicher.«

Er beugte ein Knie in Richtung des Kreuzes und verharrte kurz in dieser Stellung. Schreiber zögerte, wusste nicht, was er tun sollte, imitierte dann linkisch diese Bewegung. Er ärgerte sich über sich selbst, hasste diesen Moment, so wie er jede Situation hasste, in der er nicht genau wusste, was zu tun war.

Der Pfarrer erhob sich, ging in Richtung Kirchentür und machte sie auf. Es hatte angefangen zu regnen, ein leichter Nieselregen, ein kalter Windstoß fuhr ihnen ins Gesicht. Der Pfarrer wandte sich zu Schreiber um, mit einer Hand zog er den Hemdkragen enger um seinen Hals.

»Brrr, diese Kälte. Es gab eine Zeit, da glaubte ich, dass alles auf dieser Welt gottgewollt ist und einen Sinn hat. Alles, verstehen Sie? Alles! Heute reicht schon der Gefrierpunkt, und ich fang an, riesige Fragezeichen hinter die ganze Schöpfung zu machen. Aber kommen Sie, kommen Sie ...«

Mit gesenktem Kopf ging er voran über den Friedhof, wieder das laute Knirschen des Kieses unter ihren Schuhen, die drei Stufen hinauf, die nicht verschlossene Tür, und schon standen sie im Gang, als sich der Pfarrer wieder nach seinem Besucher umdrehte und winkte um Schreiber zu signalisieren, dass er ihm folgen sollte. Sie betraten ein kleines, herrlich warmes Wohnzimmer mit einem alten Kachelofen in der Ecke. Der Pfarrer wies auf die Bank, die sich an den Ofen schmiegte, und bedeutete Schreiber, dort Platz zu nehmen, während er sich einen Stuhl heranzog und sich mit einem langen Seufzer hinsetzte. Schreiber ließ sich auf der Bank nieder und bemerkte sofort die Wärme des Kachelofens an seinem Rücken.

»Gut?«, fragte der Pfarrer, und ohne eine Antwort abzuwarten, stand er auf, ging zu einer Kommode auf der anderen Seite des Raumes und kehrte mit zwei Gläsern und einer Flasche Rotwein zurück zum Tisch.

»Die Historiker, die ich gekannt habe, damals, als ich studiert habe in Wien, die haben alle Wein getrunken. Hat sich da was geändert?«

Schreiber lachte auf.

»Zumindest was mich betrifft, nein, da hat sich nichts geändert.«

Dann waren die Gläser gefüllt. Langsam, fast so als würde er in der Messe einen Kelch für die Weihe hochhalten, nahm der Pfarrer sein Glas, hielt es ans Licht, drehte es langsam, sodass die rote Flüssigkeit im Glas in Bewegung geriet, und schien seinen Gast vollkommen vergessen zu haben. Schließlich sah er ihm in die Augen, stieß mit seinem Glas leise an das Glas von Schreiber, der es ebenfalls hochgehoben hatte, und setzte zu einem kleinen genießerischen Schluck an.

»Ob es nun sein Blut ist oder nicht, es ist jedenfalls ein guter Tropfen.«

Schreiber nickte. In diesem Moment, in dieser Stube, die Wärme des Kachelofens im Rücken, der freundliche Pfarrer, hätte ihm aber auch der billigste Fusel ein angenehmes Gefühl vermittelt.

»So so, Historiker, ja, das habe ich auch eine Zeit lang studiert, dann ist es aber doch die Theologie geworden. Das hat mich aber nicht gestört, weil man die Theologie ja auch historisch betrachten kann. Wissen Sie, ich wollte eine Doktorarbeit schreiben über Fälschungen in der Bibel.«

Der Pfarrer lachte auf, schüttelte den Kopf und schlug mit der flachen Hand auf den Tisch.

»Das Gesicht meines Professors hätten Sie sehen sollen! An so einem Thema war bei ihm kein Bedarf. Er ließ mich schreiben über die Bedeutung des Brotes und des Abendmahles als spirituelles Zentrum der Kirche.«

Wieder lachte der Pfarrer auf, wieder schüttelte er den Kopf, als könne er der eigenen Erinnerung kaum über den Weg trauen.

»Ja, so war das damals. Dabei wäre dieses Thema ... Also Fälschungen in der Bibel, da gäbe es so viel. Haben Sie gewusst, dass schon Paulus in seinem zweiten Brief an die Thessalonicher von falschen Briefen in seinem Namen warnt? Da war Christus gerade einmal ein paar Jahrzehnte unter der Erde. So ist das, und das ist nur die Spitze des Eisbergs. Jetzt sagen manche, dass dieser Brief selbst gar nicht von Paulus stammte. Was aber nichts ändert: Entweder Paulus hat den Brief geschrieben, und er wusste, dass es Fälschungen gab, oder irgendjemand anderer hat den Brief im Namen von Paulus geschrieben, und dann ist der Brief an sich eine Fälschung! Ja, und haben Sie gewusst, dass es ein Satz aus diesem zweiten Brief an die Thessalonicher sogar 1936 in die Verfassung der UdSSR geschafft hat?«

Der Pfarrer machte eine kurze Pause, nahm einen Schluck aus seinem Weinglas und beugte sich vor.

»Wer nicht arbeiten will, der soll auch nicht essen! Ja, ja, Paulus in der Verfassung bei den Kommunisten, die Geschichte hatte schon immer Sinn für Ironie. Aber ich komme ins Predigen, das wird Sie sicher langweilen …«

»Überhaupt nicht, ganz im Gegenteil«, beeilte sich Schreiber, die Bedenken des alten Herrn zu zerstreuen.

»Über was haben Sie promoviert?«, fragte ihn der Pfarrer.

»Über die Hexenverfolgungen …« Schreiber brach ab, war sich nicht sicher, wie sein Gegenüber dieses Thema aufnehmen würde.

»Ja, ja, die Hexen«, murmelte der Pfarrer, aber er sagte es mehr zu sich selbst und schien für einige Augenblicke wieder vergessen zu haben, dass er einen Gast hatte.

Schreiber war die plötzliche Stille unangenehm. Er räusperte sich und hatte das Gefühl, sich erklären zu müssen.

»Nicht unbedingt das technische, also nicht die Gerichtsverfahren oder die Foltermethoden oder diese ganzen Sachen, es interessiert mich vielmehr die menschliche Seite dahinter, wie kommt eine Gesellschaft dazu, so etwas zu tun, ich meine …«

Er kam mit seinem hilflosen Gestammel nicht weiter, der Pfarrer unterbrach ihn, leise, aber bestimmt.

»Sie sind wegen der Schwarzmann hier.«

Schreiber nickte erschrocken.

»Ja, ich habe von ihr gelesen, in einer alten Zeitung …«

Wieder unterbrach ihn der Pfarrer.

»Und Sie glauben, dass man das, was mit ihr geschehen ist, in eine Schublade mit den Hexenverbrennungen stecken kann? Ich wäre mir da nicht sicher …«

Der Pfarrer blickte auf sein Glas und drehte es langsam hin und her. Es schien ihn etwas zu beschäftigen, auf seiner Stirn zeichneten sich tiefe Falten ab. Schreiber nahm undeutlich das Prasseln von Regentropfen an einer Fensterscheibe wahr, der Regen war offenbar stärker geworden.

»Nicht, dass ich Sie nicht verstehen kann. Wenn ich ein junger Historiker wäre und mich für Hexenverbrennungen interessieren würde, und ich würde irgendwann von dieser Katharina Schwarzmann hören, ich würde das Gleiche tun wie Sie: meine Koffer packen und dieser Sache vor Ort auf den Grund gehen. Aber ich bin kein junger Historiker, ich bin ein alter Pfarrer, tja, und genau da haben wir ein Problem.«

Der alte Mann stand auf, warf einen besorgten Blick auf Schreiber, drehte sich um und ging zum Fenster. Dort lehnte er sich mit der Schulter an die Wand und schaute hinaus, auch wenn die Nacht nichts mehr zu erkennen gab. Es war still, und Schreiber fühlte sich unbehaglich. Es vergingen einige Sekunden, bis der Pfarrer wieder seine Stimme erhob, leise, aber eindringlich.

»Als Pfarrer dieses Dorfes muss ich Sie bitten, Ihre Nachforschungen zu diesem Thema einzustellen.«

Schreiber war verwundert.

»Ich verstehe nicht …«

Der Pfarrer kam wieder zum Tisch und ließ sich mit einem Seufzer auf seinem Stuhl nieder.

»Ich weiß, dass Sie das nicht verstehen. Wie auch?«

Wieder eine Pause, wieder das Glas Rotwein, das bedächtig nach rechts und links gedreht wurde, wieder das Prasseln des Regens.

»Sie bringen Unruhe in das Dorf, das ist es, was mir Sorgen bereitet.«

»Aber ... wieso Unruhe?«, fragte Schreiber. »Ich meine, das sind doch alte Geschichten? Aberglaube vielleicht.«

Der Pfarrer lachte bitter auf.

»Aberglaube? Aberglaube? Wenn Sie wüssten, wie dünn die Decke der Aufklärung in dieser Höhenlage ist. Könnte Sie durch das Dorf führen und Ihnen an allen Ecken und Enden zeigen, wie stark der Aberglaube ist. Haben Sie schon einmal genau geschaut, was für seltsame Symbole, Schnitzereien oder Sonstiges an den Stalltüren hängt? Oder kennen Sie die alte Müllerin? Die Frau, die immer den Kopf gesenkt hat? Daran ist nicht das Alter schuld. Im Dorf hat sie den Ruf, den bösen Blick zu haben. Also hat sie sich angewöhnt, immer auf den Boden zu schauen. Ist ihr lieber, als ständig zu sehen, wie die anderen wegschauen.«

Der Pfarrer nahm einen Schluck, den letzten im Glas, schenkte sich ein und hielt Schreiber mit einem fragenden Blick die Flasche hin. Der wehrte ab, sein Glas war noch halb voll.

»Und sind Sie schon der Gertraudi begegnet?« Der Pfarrer beugte sich vor, schaute Schreiber ins Gesicht.

»Der Gertraudi?«

»Ja, der Gertraudi!« Der Pfarrer machte eine nachdenkliche Pause. »Eigentlich heißt sie Martha, Martha Maurer. Aber unter dem Namen«, er winkte ab, »kennt sie kein Mensch.«

Wieder Stille. Der alte Mann schien in Gedanken versunken zu sein.

»Was ist mit ihr?«, durchbrach Schreiber das Schweigen.

Der Pfarrer räusperte sich, man sah ihm an, dass er nicht recht wusste, welche Worte er wählen sollte.

»Kennen Sie den kleinen Hügel gleich hinter der Kirche? Er heißt Gertraudi. Angeblich hat da oben, mein Gott, was heißt schon Hügel, er ist ja kaum zwanzig Meter hoch, also, angeblich hat da oben einmal eine Frau gewohnt, eine gewisse Gertraud, da gibt es eine Sage, aber die ist gar nicht weiter interessant. Jedenfalls heißt dieser Hügel Gertraudi.«

»Und die Frau nennt man auch Gertraudi?«, warf Schreiber ein, weil der Pfarrer wieder verstummt war.

»Ja, ja, genauso ist es«, sagte der alte Herr, »sie sieht nämlich die Toten über den Hügel gehen.«

»Die Toten?« Schreiber schüttelte verwundert den Kopf. »Ich verstehe nicht …«

»Ja«, lachte der Pfarrer, »verstehen, was soll man da auch verstehen? Außerdem habe ich mich vorher nicht klar ausgedrückt: Sie sieht in der Nacht manchmal Menschen über den Hügel gehen, manchmal erkennt sie sie, manchmal nicht. Das Problem dabei: Die, die sie sieht, sterben kurz darauf. Ja, so ist es.«

»So ist es?« Schreiber machte eine hilflose Geste, hob beide Arme und drehte dabei die Handflächen nach oben.

»Sie sagen das so, als ob Sie selbst dran glauben?«

Der Pfarrer zuckte unmerklich mit den Schultern, sein Gesicht hatte einen bekümmerten Ausdruck angenommen.

»Was soll ich Ihnen sagen? Ich bin jetzt seit vielen Jahrzehnten in diesen Bergen und ich habe Dinge erlebt, die ich davor nie für möglich gehalten hätte. Verstehen Sie mich nicht falsch: Ich kann diese ganze Sache mit diesen Menschen, die über den Hügel gehen und dann sterben, nicht überprüfen oder beweisen oder so etwas. Aber ich weiß, dass die Gertraudi mir zweimal zugeflüstert hat, wen sie in der Nacht gesehen hat auf dem Hügel. Und, na ja, in beiden Fällen hat sie recht gehabt.«

»Recht?«

»Recht!«, nickte der Pfarrer. »Die beiden sind gestorben, gleich darauf.«

Der Pfarrer schwieg, Schreiber saß beklommen da. Alles in ihm drängte danach zu reagieren, reagieren, so wie man es in Wien unter Studienkollegen wohl tun würde, mit der flachen

Hand auf den Tisch schlagen, Worte in den Mund nehmen, Worte wie »Aberglaube«, »Unsinn«, »Angstmacherei«, die Welt wieder ins rechte Lot rücken. Aber irgendetwas hinderte ihn daran, vielleicht die Stille im Raum, vielleicht die Regentropfen am Fenster, vielleicht, und das wahrscheinlich am ehesten, das ernste Gesicht des Pfarrers, der selbst bekümmert zu sein schien über das, was er erzählte.

»Vielleicht waren das alte Menschen, Kranke«, wagte Schreiber sich in die Stille, »es war klar, dass sie sterben werden.«

»Ja, ja«, sagte der Pfarrer mit einer plötzlich sehr müden Stimme, »so wird 's wohl gewesen sein.«

Schreiber war irritiert von der Antwort: »Sie sind anderer Meinung?«

»Wenn ich an Ihrer Stelle wär«, sagte der Pfarrer langsam, »ja, ich würde genau so argumentieren. Aber es war ganz anders. Ein Bauer, achtundvierzig Jahre alt, gesund, stürzt vom Heustock, zwei Tage nachdem die Gertraudi mit mir geredet hat. Und in dem anderen Fall, da war es ein Kind. Ein noch nicht einmal drei Jahre altes Mädchen. Eine Woche nachdem die Gertraudi mir zugeflüstert hat, dass sie das Kind gesehen hat auf dem Hügel, ist es gestorben. Einfach am Morgen tot im Bett gelegen. Einfach so.«

Ein tiefer Seufzer drang aus der Brust des alten Mannes. Man sah ihm an, dass ihn diese Erinnerungen quälten. Schreiber konnte sich vorstellen, welche Mühe es machen musste, solche Erlebnisse mit dem eigenen Weltbild in Einklang zu bringen. Unruhig versuchte er, weitere Argumente zu finden, irgendeinen vernünftigen Grund, wieso die Gertraudi diese Dinge gewusst haben könnte, aber es wollte ihm nichts einfallen.

Der Pfarrer unterbrach seine Gedanken.

»Wie sind wir denn darauf gekommen?« Er kratzte sich nachdenklich am Kinn. »Ah, genau, wir haben über alte Geschichten und Aberglauben geredet. Lassen wir mal die Gertraudi, es gibt viel lustigere Dinge. Haben Sie schon einmal den Ausdruck Fresszettel gehört? Wissen Sie, woher dieser Ausdruck kommt?«

Ein kurzes Schweigen, ein Blick auf Schreiber, der ratlos mit den Schultern zuckte.

»Sie kennen ja Heiligenbilder, auf denen Schutzpatrone für alles Mögliche abgebildet sind. Wissen Sie, was manche der alten Dorfbewohner mit ihnen machen?«

Der Pfarrer blickte gebannt auf Schreiber. Der hatte wieder nur ein Schulterzucken zu bieten.

»Fresszettel! Sie fressen sie!«

Schreiber blickte ungläubig auf den Pfarrer. Der lachte auf und schlug wieder mit der flachen Hand auf den Tisch.

»Ja, ja, Sie haben schon richtig gehört. Manche Dorfbewohner fressen diese kleinen Bilder, wenn sie Hilfe von einem bestimmten Schutzpatron brauchen. Glauben Sie mir, ich habe es selbst gesehen und nicht nur einmal! Ein schmerzender Zahn? Kein Problem, fressen Sie ein Bild der heiligen Apollonia, der Fürbitterin bei Zahnweh.«

Der Pfarrer hatte beide Arme ausgestreckt und seinen letzten Satz wie ein Marktschreier deklamiert.

»Ich lüg Sie nicht an, bei Gott, ich lüg Sie nicht an! Was glauben Sie, woher sonst so ein Ausdruck kommen sollte? Fresszettel!«

»Kaum zu glauben«, sagte Schreiber, noch nicht sicher, ob er dem Pfarrer glauben sollte, und stellte sich gleichzeitig vor, wie eine alte Bäuerin, vermutlich ein Kreuz um das andere schlagend, eines dieser Bildchen kaute. Er grinste, schüttelte den Kopf und nahm einen Schluck Wein, was den Pfarrer sofort veranlasste, ihm nachzuschenken.

»Sie fressen sie, und wissen Sie, was das Beste ist?«

Der Pfarrer knallte die Weinflasche auf den Tisch.

»Es ist mir früher, als ich hier angefangen habe, öfters passiert, dass man mir eines angeboten hat. Können Sie sich das vorstellen? Sie sind irgendwo auf Hausbesuch und erkältet. Und dann hält man Ihnen ein Bildchen hin wie ein Stück Kuchen, und dann Mahlzeit.«

Jetzt war der Pfarrer kaum mehr zu halten, klopfte sich auf die Schenkel und lachte dröhnend.

»Mahlzeit! Mahlzeit!«

Schreiber stimmte in das Lachen mit ein, und ihm wurde bewusst, dass er zum ersten Mal lachte, seit er in dieses Dorf gekommen war, seit ihn der Bus am Rand der Nacht ausgespuckt hatte, noch schwer von seinem Traum, noch schwer von dessen Szenen, von den Gesichtern und Gestalten und Flammen.

Als ihr Lachen abflaute, verschaffte sich der Regen wieder Gehör. Schreiber spürte die Wärme in seinem Rücken, eine angenehme Müdigkeit, eine angenehme Ruhe, und es hätte ihn nicht gestört, für immer einfach so dazusitzen, dem Regen und dem Atmen seines Gegenübers zuzuhören. Aber der Pfarrer hob seinen Blick und schaute Schreiber einen beunruhigend langen Moment direkt in die Augen.

»Na gut, ich mach Ihnen einen Vorschlag. Ich erzähl Ihnen alles, was ich über Katharina Schwarzmann weiß, und ich kann Ihnen versprechen, dass niemand im Dorf mehr darüber weiß als ich. Dafür versprechen Sie mir, diskret zu bleiben und die Dorfbewohner in dieser Sache in Ruhe zu lassen. Einverstanden?«

Er hielt Schreiber über den Tisch die Hand entgegen. Schreiber nickte, nahm die Hand, drückte zu und trank einen Schluck Rotwein, weil ihm die Situation zu theatralisch, fast peinlich war. Der Pfarrer war still geworden, war wieder mit seinem Glas beschäftigt, drehte es hin und her, sanft, beobachtete den Wein, der stets in der Waagrechten bleiben wollte und in einer anmutigen Bewegung im Glas hin und her floss.

»Katharina wurde 1798 geboren, hier im Dorf, als Katharina

Thaler, in dem alten Lanerhof. Das ist der kleine Bauernhof etwas oberhalb vom Dorf. Sie war das erste Kind, und sie sollte auch das letzte bleiben. Im Winter 1801, Katharina war drei Jahre alt, verschüttete eine Lawine die Familie, als sie auf dem Weg in die Kirche waren. Die Eltern starben, das dreijährige Mädchen überlebte unverletzt. Eine entfernte Tante und ihr Mann, selber kinderlos, nahmen sie auf und zogen sie groß. Katharina war ein stilles Mädchen, aber sie hat viel mit Tieren geredet, erzählte man sich. Was natürlich völlig unwichtig ist: Welches Kind redet nicht mit der Katze, wenn es sie streichelt, oder mit der Kuh im Stall? Aber im Nachhinein haben solche Belanglosigkeiten ein ganz anderes Gewicht bekommen.«

Der Pfarrer hustete, irgendetwas schien ihn im Hals zu kratzen. Er trank einen Schluck Wein und schenkte sich nach.

»Als Katharina achtzehn Jahre alt war, starben ihre Stiefeltern. Blitzschlag auf einem Feld. Katharina stand nur wenige Meter daneben. Sie überlebte unverletzt. Die Leute redeten von einem Wunder, genau genommen vom zweiten Wunder: zuerst die Lawine, dann der Blitzschlag. Katharina blieb in dem Hof ihrer Stiefeltern, und sechs Jahre später heiratete sie einen Mann aus dem Dorf, einen gewissen Jockel Schwarzmann. Die Ehe stand unter keinem guten Stern, sie blieb kinderlos. Und, na ja, ein paar Jahre später starb Jockel, als er sein Vieh im Herbst von der Almweide trieb. Steinschlag! Auch zwei Kühe wurden getroffen und verletzt. Katharina ...«

» ... blieb unverletzt?«, vollendete Schreiber den Satz.

Der Pfarrer nickte und kratzte sich am Kopf.

»Und dann geschah etwas, was sich die Leute überhaupt nicht mehr erklären konnten: Zwei Jahre nach dem Tod ihres Mannes wurde Katharina schwanger. Niemand wusste von wem, und sie weigerte sich, etwas dazu zu sagen. Von jetzt an wird die Geschichte, oder soll ich besser sagen, die Geschichten, die mir die alten Leute erzählt haben, immer seltsamer. Angeblich hatte

83

das Kind, das sie zur Welt brachte, ein Mädchen, ein Muttermal auf der Wange, genau wie es der Jockel gehabt hatte.«

Der Pfarrer warf einen Blick auf Schreiber. Mit einem Seufzer fuhr er fort.

»Irgendwann in dieser Zeit ist die Stimmung wohl gekippt. Den Leuten war auf einmal klar, dass da etwas nicht stimmen konnte: Dreimal hatte Katharina eine Katastrophe überlebt, während ihre Eltern, ihre Stiefeltern, ihr Mann dabei gestorben waren. Und dann bringt sie, zwei Jahre nach dem Tod ihres Mannes, ein Mädchen zur Welt, das ein Muttermal auf der Wange hat, genauso wie ihr verstorbener Mann. Glauben Sie mir, wenn die Alten im Dorf mir diese Geschichten erzählt haben, haben sie geflüstert, sich dauernd umgeschaut und öfters ein Kreuz geschlagen! Was zuerst Wunder gewesen waren, nämlich, dass sie die Lawine, den Blitz und den Steinschlag überlebt hatte, war jetzt Teufelswerk. Katharina war im Dorf verschrien, man nannte sie die Hex. Weiß der Himmel, wie sie überlebt hat, angeblich hat sie das ganze Dorf gemieden, haben die Leute ein Kreuz gemacht, wenn sie sie getroffen haben, und angeblich hat sie sogar der Pfarrer aus der Kirche vertrieben. Fragen Sie nicht, wie es dem Mädel ergangen ist, also ihrer kleinen Tochter, dem armen Ding.«

Der Pfarrer schüttelte den Kopf, einen traurigen Ausdruck im Gesicht, sagte noch einmal: »Das arme Ding«, dann die Weinflasche, die nur mehr ein paar Tropfen hergab, der Pfarrer, der wieder zur Kommode ging, mit einer neuen Weinflasche zurückkehrte, sie zwischen seine Beine klemmte, entkorkte, Schreiber, ohne dessen schwachen Protest zu beachten, das Glas füllte bis zum Rand, dann sein eigenes, auch das bis zum Rand, ein Seufzer, sein Hinsetzen, das Glas Wein, randvoll, ein vorsichtiger Schluck mit vorgebeugtem Kopf, um nichts zu verschütten, wieder das Glas, nun nicht mehr randvoll, leise und andächtig von einer Seite auf die andere schwenkend, draußen der Regen.

Schreiber spürte die Schwere der Geschichte, die Schwere des Weines, drückte sich an den Ofen, und als ob auch der von dieser Atmosphäre gepackt wäre, schien er nun weniger Wärme abzugeben. Schreiber beugte sich vor, um einen Schluck aus dem randvollen Glas zu nehmen, lehnte sich wieder zurück, lehnte den Kopf an den Ofen, draußen der Regen.

»Viele Jahre später, im Winter 1855, ist die Sache eskaliert. Im Dezember ist eine Dachlawine vom Wagnerhof gestürzt und hat Katharina Schwarzmann unter sich begraben. Sie war bewusstlos, als man sie herausgezogen hat, und sie hat aus einer Wunde am Kopf stark geblutet. Angeblich hat sie kein Wort gesagt, als sie aufgewacht ist, nur die beiden Männer, die sie gefunden haben, den Wagner und seinen Sohn, hat sie mit einem furchtbaren Blick angeschaut, und dann ist sie weggegangen in die Nacht. Im Wesentlichen erzählten alle diese Geschichte gleich, aber natürlich gibt es verschiedene Ausschmückungen: Eine alte Frau hat mir erzählt, dass die Augen der Schwarzmann wie Feuer gebrannt hätten, andere sagten, dass sie beim Weggehen in einer unverständlichen Sprache irgendetwas geschrien habe, was die Leute als Fluch oder Schadenzauber gedeutet haben. Wie auch immer: Faktum ist, dass ein paar Tage später der Wagnerhof abgebrannt ist, bis auf die Grundmauern.«

Der Pfarrer verstummte nachdenklich, warf einen Blick auf seinen Gast, der immer noch, den Rücken am Ofen, dasaß.

»Ein paar Wochen später, genau genommen am fünften Jänner 1856, in der Nacht auf Heilig-Drei-König, brannte der Hof von Katharina Schwarzmann. Und damit sind wir schon bei dieser seltsamen und so tragischen Geschichte.«

Der Pfarrer machte eine Pause. Schreiber mochte seine Art zu erzählen: Ein paar Sätze, ein bisschen Stille, in der diese Geschichte sich ausdehnen durfte, Platz nehmen durfte in Schreibers Innerem.

»Fast ein Jahrhundert her«, sinnierte der alte Mann leise.

»Dieser fünfte Jänner 1856 war ein Samstagabend, und das hat viel Anlass für Spekulationen gegeben. Denn am Samstagabend war die Schwarzmann immer alleine. Ihre Tochter, sie hieß übrigens Marianne, Sie wissen schon, das Mädel mit dem Muttermal, hatte etwas mit einem jungen Bauern im Tal und verbrachte jedes Wochenende bei ihm. Ein für die damalige Zeit sehr ungewöhnliches Verhalten, was auch immer mit dem entsprechenden Tonfall erzählt wurde. Jedenfalls, dass der Brand genau an dem Tag ausbrach, als die Schwarzmann alleine zu Hause war, hat manche vermuten lassen, dass es Brandstiftung gewesen ist. Aber das wird wohl nie mehr geklärt werden können.«

Der Pfarrer sog tief die Luft ein, irgendetwas, irgendeine Erinnerung schien ihn zu quälen.

»Ich bin 1903 in dieses Dorf gekommen. Müssen Sie sich mal vorstellen, fast fünfzig Jahre ist das her. Ich war jung und glauben Sie mir, ziemlich schockiert, als ich erfahren habe, wohin mich mein erster Einsatz führen wird. Und ich war nicht nur schockiert, am Anfang war ich auch unerträglich gelangweilt. Ich kam frisch aus dem Studium und dann das hier, das Ende der Welt, so ist es mir damals vorgekommen. Irgendwann in den ersten Jahren habe ich von dieser Geschichte gehört, die ja, das können Sie sicher verstehen, fast so etwas wie ein Trauma für das ganze Dorf ist, zumindest gewesen ist, denn damals war die Sache ja gerade einmal fünfzig, sechzig Jahre her. Es gab genug Leute im Dorf, die das alles zumindest als Kinder oder Jugendliche miterlebt hatten.«

Wieder eine Pause, wieder das Glas Rotwein gegen das Licht gehalten, so als ob sich darin der Rest der Geschichte verbergen würde. Schreiber lehnte am Ofen, draußen der Regen. Der Pfarrer gab sich einen Ruck, er schien eine Entscheidung getroffen zu haben.

»Ich glaube, es war 1909 oder 1910, als der alte Kühbauer zu mir in die Beichte kam. Lorenz Kühbauer, der Großvater vom jetzigen Kühbauer. Er war um die neunzig und ziemlich krank. Ich bot ihm an, die Beichte im Pfarrhaus abzunehmen, an einem Tisch, aber das lehnte er wütend ab. Er wollte in den Beichtstuhl, er wollte sich hinknien, und das hat er dann auch gemacht.«

Der Pfarrer räusperte sich, bevor er weitersprach.

»Es ist vielleicht nicht ganz richtig, was ich ... Sie kennen ja das Beichtgeheimnis. Aber auf der anderen Seite, dieser Mann ist schon lange tot, und ob er überhaupt etwas verbrochen hat, kann ich Ihnen nach all diesen Jahren immer noch nicht sagen. Und ich muss Ihnen ehrlich gestehen, mir täte es auch gut, das einmal jemand erzählen zu können.«

Wieder eine kurze Pause, wieder machte sich der Regen mit einem Prasseln an den Scheiben bemerkbar.

»Kühbauer also. Es war klar, es lastete ihm etwas auf der Seele, das wollte er loswerden. Er hat mir im Beichtstuhl die Geschichte erzählt, so, wie er sie erlebt hat, und so, wie ihn seit damals, seit dieser Nacht 1856, die Schuldgefühle verfolgt haben. Wissen Sie, ich kann mich an jedes Detail seiner Geschichte erinnern, aber ich habe keine Ahnung mehr, was gewesen ist, nachdem er aufgehört hatte zu erzählen. Hab ich was gesagt? Hab ich ein Kreuz gemacht? Ich weiß es nicht mehr. Hab ich ihm etwas aufgegeben? Zehn Vaterunser, drei Rosenkränze? Keine Ahnung. Ich kann mich nicht einmal erinnern, ob ich ihm seine Sünden erlassen hab. Ist das nicht verrückt?«

Er blickte auf Schreiber, suchte nach etwas, das man als Zustimmung nehmen konnte und redete weiter.

»Hat mich oft beschäftigt. Da kommt ein Mann, will von seinen Sünden befreit werden, und der Pfarrer ist von seiner Beichte so mitgenommen, dass er alles vergisst, was in diesem Moment zu tun ist. Denn wahrscheinlich ist es so gewesen, ich würde das zumindest heute als meine wahrscheinlichste Erinnerung bezeichnen, dass ich nach dem Ende seiner Geschichte einfach dagesessen bin, im Beichtstuhl, still, unfähig, irgendwas zu sagen. Wahrscheinlich ist er irgendwann aufgestanden, hat vermutlich ein Kreuz gemacht und ist nach draußen gegangen. Ich habe ihn noch zweimal gesehen, den alten Kühbauer. Beide Male saß er auf der Bank vor seinem Haus, das Gesicht der Sonne zugedreht. Und beide Male, und diese Erinnerung tröstet mich, hat er mir fröhlich zugewinkt. Gute zwei Wochen nach der Beichte ist er eingeschlafen, für immer.«

Der Pfarrer hing seinen Gedanken nach, den Kopf gesenkt, den Blick auf seine gefalteten, auf der Tischplatte ruhenden Hände gerichtet. Draußen rissen Windböen an den Fensterläden, als ob sie Einlass verlangten. Der Pfarrer schien nichts davon wahrzunehmen, er schien auch vergessen zu haben, einen Gast in seinem Wohnzimmer zu haben, er war wie weggetreten, weit weg, in einem Beichtstuhl vor fünfzig Jahren, in einer Geschichte vor fast hundert Jahren.

»Ja, ja«, sagte er schließlich wie aus einem Traum erwachend, »aber das sind natürlich nicht die Sachen, die Sie interessieren. Ich werd Ihnen jetzt die Geschichte erzählen, wie sie mir der alte Kühbauer erzählt hat. Dann können Sie selbst entscheiden, wie diese Sache einzuschätzen ist.«

Plötzlich kam Schreiber der Pfarrer wirklich alt vor, ein Greis, den Kopf nach vorne gebeugt, hohlwangig, dicke blaue Adern auf den Unterarmen, die Stimme rau und belegt, seine Art zu sprechen leise, fast flüsternd, so als wollte er verhindern, dass irgendjemand hörte, wie er zum ersten Mal in seiner langen Amtszeit im Begriff war, das Beichtgeheimnis zu verletzen.

»An diesem fünften Jänner 1856, am Abend, es war schon dunkel, arbeitete der Kühbauer in seinem Stall. Er war damit beschäftigt, den Mist mit einer Gabel zusammenzuschieben. Dann wurde plötzlich die Tür aufgerissen, und der alte Kühbauer hat gesagt, dass es schlagartig kalt geworden ist im Stall, etwas, was er so noch nie erlebt hat, und es sei ihm sofort klar gewesen, dass etwas Schlimmes im Gange ist. Sein Nachbar sei in der Tür gestanden, schwer schnaufend, die Augen aufgerissen und dann habe er gesagt: Die Hex brennt! Sie sind beide nach draußen gestürzt, der Kühbauer mit der Mistgabel in der Hand, und haben zu dem Hof geschaut, der etwa dreihundert Meter entfernt in einer Wiese gestanden ist, dort wo die Schwarzmann gelebt hat, nachdem sie als Dreijährige adoptiert wurde. Sie erinnern sich?«

Er richtete einen fragenden Blick auf sein Gegenüber, wartete aber keine Antwort ab.

»Der untere Stock brannte schon, durch die Fenster sah man die Flammen. Zu diesem Zeitpunkt, so der Kühbauer, sei noch alles so gewesen, wie es in einem solchen Fall eben ist. Überall sind die Menschen aus ihren Häusern gekommen, haben geschrien, vielleicht ein Kreuz gemacht und sind losgerannt, um zu helfen. Der Kühbauer und sein Nachbar sind auch gerannt, der Kühbauer mit seiner Mistgabel in der Hand, die er einfach nicht losgelassen hat und die, so hat zumindest er es vermutet, eine wichtige Rolle gespielt hat, bei dem, was dann passiert ist.«

Der Pfarrer räusperte sich, ein-, zweimal, den Kopf etwas zur Seite gedreht und mit einer Hand vor dem Mund.

»Eine Mistgabel«, murmelte er leise und schüttelte ungläubig den Kopf. Dann schaute er auf Schreiber, nickte ihm zu und redete weiter. Draußen der Regen.

»Es ist zuerst also alles noch so gelaufen, wie man es sich vorstellen würde: Ein paar der Bauern sind sofort in den Stall und haben das Vieh rausgetrieben. Kühbauer, sein Nachbar, ein paar andere, unter anderem auch der Wagner, dem kurz davor der Bauernhof abgebrannt war, nachdem die Dachlawine die Schwarzmann getroffen hatte, also eine Gruppe von vielleicht acht oder zehn Männern sind zur Haustür gestürzt. Drinnen hat es schon lichterloh gebrannt. Und genau in dem Moment, in dem die Männer nur noch ein paar Meter von der Haustür weg sind, schwingt diese auf und die Schwarzmann steht da. Und dann passiert etwas. In diesen Sekunden entscheidet sich etwas, was der alte Kühbauer auch Jahrzehnte später noch nicht richtig begreifen konnte. In seiner Erinnerung ist plötzlich alles stehen geblieben. Die Schwarzmann unter der Tür, die Männer drei Meter, vielleicht vier vor ihr. Kühbauer glaubte, dass alle von dieser Situation überrascht waren. Die Schwarzmann, die aus ihrem Haus fliehen wollte, blieb stehen, als sie die Männer sah, und mitten drinnen in der vordersten Reihe, er selber, er, Kühbauer, mit einer Mistgabel in den Händen. Vielleicht war es diese Mistgabel, so hat der Kühbauer gemeint, die der Schwarzmann das Gefühl gegeben hat, dass diese Männer nicht zum Helfen gekommen sind.«

Der Pfarrer nahm die Flasche Wein, die bereits wieder zur Hälfte leer war, schenkte Schreiber nach, schenkte sich selbst nach, stellte die Flasche andächtig und vorsichtig auf den Tisch, nahm sein Glas, wieder das Ritual des Hin-und-her-Schwenkens, ein langer Schluck, draußen der Regen.

»In diesen wenigen Augenblicken, in dieser Szene, liegt der Schlüssel zu dieser Geschichte. Man darf nicht vergessen, dass die Schwarzmann eine Ausgestoßene war, eine, mit der seit Jahren niemand geredet hatte, wenn es denn nicht sein musste. Und dann kämpft sie gegen die Flammen, reißt in letzter Sekunde die Haustür auf, um zu fliehen, und sieht vor sich eine Gruppe von Männern, und einer der Männer in der vordersten Reihe hält eine Mistgabel in der Hand, vielleicht, ein purer Zufall, auch noch auf sie gerichtet. Die Schwarzmann bleibt erschrocken stehen, kriegt Angst und weiß nicht, ob diese Männer ihr helfen wollen oder nicht. Ja, vielleicht hat der Kühbauer schon recht gehabt, vielleicht hat diese Mistgabel in seinen Händen den Ausschlag gegeben.«

Wieder Stille, wieder Regen an der Scheibe, wieder Stille.

»Vermutlich hat diese Unsicherheit, dieses Innehalten, nur ganz kurz gedauert, aber wohl lange genug. Plötzlich, so hat der

Kühbauer erzählt, hätten die Flammen die Schwarzmann erfasst, und sie sei von einem Augenblick zum anderen vollkommen in Brand gestanden. Kühbauer hatte das Gefühl gehabt, gelähmt zu sein, unfähig, irgendetwas zu unternehmen. Dann wurde seine Erinnerung lückenhaft: Er wusste noch, wie die brennende Schwarzmann ihre Hände ausgestreckt hat, direkt nach ihm, und dann mit einem furchtbaren Schrei rückwärts in die Flammen gestürzt ist.«

Der Pfarrer schnaufte schwer aus, die Geschichte schien ihn mitzunehmen, vielleicht auch das schlechte Gewissen darüber, jemandem von der Beichte eines längst verstorbenen Mannes zu erzählen.

»Irgendwann habe der Wagner hinter ihm gesagt: Jetzt brennst selber, Hex! Aber Kühbauer konnte diesen Satz nicht mehr einordnen, also zeitlich einordnen, er wusste nicht mehr, ob Wagner diesen Satz schon sagte, als die Schwarzmann von den Flammen noch unberührt unter der Tür stand, oder ob er diesen Satz sagte, als sie schon wie eine Fackel brannte und zu Boden stürzte. Jedenfalls sind die Männer weggerannt, erst langsam, nur ein paar Meter, weil die Hitze zu groß geworden war, aber dann schneller und immer schneller, zurück über die Wiese, zurück ins Dorf, jeder zurück in sein Haus.«

Der Pfarrer blickte unsicher auf Schreiber, dann wieder auf den Tisch. Er schwieg, und Schreiber war das recht. Er versuchte, die wild in seinem Inneren umhertanzenden Bilder zu sortieren, er versuchte zu verstehen, was vielleicht nicht zu verstehen war.

»In dieser Nacht brannte der Hof komplett nieder«, holte die Stimme des Pfarrers Schreiber wieder in die Realität. »Und in dieser Nacht wurde überall im Dorf gebetet. Aus all den Geschichten, die man mir erzählt hat, sind das die Fakten, die alle erwähnen: Der Hof ist niedergebrannt, in allen Häusern wurde gebetet. Vor allem die, die damals Kinder waren, haben diese Nacht niemals vergessen. Ihnen war klar, dass etwas anders war als gewöhnlich. Aber niemand getraute sich zu fragen. Man saß in der Küche um den Tisch versammelt, Jung und Alt, alle zusammen, und betete. Eine alte Frau hat mir erzählt, dass sie von ihrem Küchenfenster aus genau auf den brennenden Hof gesehen haben. Aber niemand sei aufgestanden, niemand sei nach draußen gegangen, alle seien nur dagesessen und hätten gebetet.«

Der Pfarrer nahm wieder einen Schluck von seinem Wein und hielt die Hand vor seinen Mund, er hustete, räusperte sich und setzte seine Erzählung fort.

»Natürlich gibt es viele Ausschmückungen, was diese Nacht betrifft: Manche reden von einem schweren Gewitter, andere nicht, manche schwören, dass man die ganze Nacht die Schwarzmann schreien gehört habe, auch wenn diese Schreie überhaupt nicht wie die Schreie eines Menschen geklungen hätten. Sie merken schon, die Legenden fingen schon in dieser Nacht an. Es ist alles ...«

Der alte Mann verstummte, ohne seinen letzten Satz zu vollenden, vielleicht weil es Sätze und Geschichten gibt, die nicht vollendet werden wollen, nicht vollendet werden können, und draußen der Regen und drinnen Schreiber und der alte Pfarrer, nun gefangen in einer Stille, die jeden Winkel im Raum auszufüllen schien. Schreiber versuchte sich all das vorzustellen, die brennende Schwarzmann, die Hände ausgestreckt, rückwärts in die gierigen Flammen stürzend, das brüllende Vieh, verstört, von schreienden Männern in die Nacht getrieben. Die erstarrten Männer vor der Haustür, Kühbauer, die Mistgabel ahnungslos mit beiden Händen wie eine Waffe vor den Körper haltend, Wagner, dem die Hitze die Erinnerung an den Brand des eigenen Hofes ins Gedächtnis brachte und ihn vielleicht diese Worte sagen ließ, vielleicht leise, vielleicht laut, vielleicht hat sie die Schwarzmann gehört, vielleicht nicht, vielleicht haben ein paar Männer, unbewusst, die aufgerissenen Augen mit Flammen bemalt, genickt, vielleicht auch nicht. Dann die ersten Schritte, die ersten Schritte aus dieser Erstarrung, nicht nach vorne, wo es vielleicht noch eine kleine Chance gegeben hätte, die Schwarzmann aus den Flammen zu ziehen, den Lauf des Schicksals zu ändern, Geschichte umzuschreiben, nein, die Schritte gingen rückwärts, weg vom Haus, weg von dieser Hitze, weg von dem Anblick einer brennenden, schreienden, stürzenden Frau, immer schneller und immer schneller. Aus dem Rückzug, ein zögerliches Zurückweichen über die ersten paar Meter vielleicht, Hände und Unterarme zum Schutz gegen die sengende Hitze über die Augen gehalten, wurde Flucht, ein Rennen, Mann neben Mann, Entsetzen neben Entsetzen, Keuchen neben Keuchen. Und in dieser Flucht wuchs schon die erste Ahnung von Schuld, noch unbemerkt, noch namenlos, aber schon nicht mehr aufzuhalten, während im Dorf Gebete ihren Weg durch zusammengepresste Lippen suchten, die Rosenkränze mit ihren glänzenden, abgegriffenen Perlen ihren Rundlauf durch die Hände begannen und Kreuze auf Stirn, Mund und Brust gezeichnet wurden.

In der Stube war es still. Die beiden Männer saßen schweigend da, jeder in sich versunken. Die Kirchenuhr schlug viermal, die Ankündigung einer vollen Stunde, dann begann eine andere Glocke mit ihren Schlägen die Stunden zu zählen. Schreiber hörte den Glockenschlägen zu, die, so kam es ihm vor, nicht mehr aufhören wollten. Endlich wurde es still, so still, dass der Regen wieder zu hören war, der unvermindert niederging auf dieses Haus, auf die Kirche, auf den Friedhof, auf dieses kleine Dorf, hineingekrallt in die steilen Flanken der Berge.

Als er später draußen auf dem Kies zwischen all den Gräbern stand, hatte es aufgehört zu regnen. Er stand und wusste, dass er nach Hause gehen sollte, aber er wollte nicht in sein kleines Zimmer, hatte das Gefühl, dass diese Geschichte gar keinen Platz auf diesen paar Quadratmetern hatte. Er erinnerte sich an die Stille im Zimmer, nachdem der Pfarrer seine Erzählung beendet hatte, erinnerte sich daran, dass die Wärme am Rücken weniger geworden war, die Atemzüge des alten Mannes das Einzige waren, was noch zu hören war. Irgendwann hatte sich der Pfarrer ächzend in die Höhe gestemmt, dabei die rechte Hand an die Hüfte gelegt, so als ob er dort Schmerzen hätte.

»Ziemlich spät für einen alten Mann«, murmelte er, und Schreiber verstand, stand sofort auf und folgte dem Pfarrer zur Tür. Dort, Schreiber schon draußen, der Pfarrer auf der Schwelle, gab er ihm noch ein paar Informationen über die Tochter der Schwarzmann, die am nächsten Tag, am Sonntag, dem sechsten Jänner 1856, ahnungslos in das Dorf zurückgekehrt war, die Straßen und Gassen menschenleer, der heimische Hof in Schutt und Asche, die Leiche der Mutter verkohlt. Schreiend sei sie durch das Dorf gerannt, habe mit Händen und Fäusten an die verschlossenen Türen geschlagen, schreiend von Haus zu Haus, schreiend, halb Verzweiflung, halb Anklage. Schließlich sei sie verschwunden. Am nächsten Tag sei sie wiedergekommen, nicht allein, sondern mit der Polizei. Befragungen und Vernehmungen, Untersuchungen und Protokolle, Anschuldigungen und Verdächtigungen. Beweise für Brandstiftung habe man aber keine gefunden. Auch Journalisten seien im Dorf gewesen, angeblich von Marianne geholt und aufgestachelt, sie war ja der Meinung, dass ihre Mutter, die Hex, von den Dorfbewohnern absichtlich verbrannt worden sei. Was die Journalisten alles erfragt haben, ist nicht bekannt. Aber es hat gereicht, um diese Geschichte in die Zeitungen und in die Welt hinauszubringen. Erst irgendwann im Frühjahr sei wieder so etwas wie Ruhe eingekehrt im Dorf, eine trügerische Ruhe, eine Ruhe, die nur so dünn über das Grauen der Wirklichkeit gespannt war, wie die Haut auf einer Milch, die man zu lange stehen gelassen hat. Eine Ruhe, die jederzeit reißen konnte. Aber die länger werdenden Tage, die stärker werdende Sonne, die im Stall nach dem frischen

Grün der Wiesen brüllenden Kühe hätten geholfen, wieder so etwas wie Normalität und den Weg zurück ins eigene Leben zu finden.

Den Weg zurück ins eigene Leben oder zumindest in das, was derzeit sein Leben war, nahm auch Schreiber wieder in Angriff. Er setzte sich in Bewegung, setzte vorsichtig einen Fuß vor den anderen, beobachtet nur von den kalten Gipfeln, die das Dorf wie riesige Wächter umstanden.

Eine Woche später kam der Winter, jäh und überraschend nach zwei milden, ruhigen Tagen. Überraschend aber nicht für die steinalte Maierin, die sich jeden Mittag für ein paar Minuten auf die Holzbank vor dem Haus bringen ließ, um dort die letzten wärmenden Strahlen der Sonne zu genießen. An diesem Tag sah sie nur kurz in den blassen Himmel über den Bergspitzen, folgte mit ihren Augen den Graten, die seit neun Jahrzehnten ihre Blicke wie einen in den Himmel ragenden Zaun hüteten, sah das erste weiße Band einer dicken Wolkendecke bewegungslos über den Gipfeln hängen und schlug ein hastiges Kreuz, bevor sie von ihrer Tochter verlangte, wieder ins Haus geführt zu werden.

»Er kommt!«, sagte sie leise und setzte sich ächzend auf die Ofenbank.

Nur wenige Stunden später ging es los. Nach der völligen Windstille der vorangegangenen Tage wirkte die erste Sturmbö, die sich in der riesigen Eiche vor der Kirche fauchend verfing, wie ein Paukenschlag. Ein paar Minuten später schien die Welt nur noch aus Sturm zu bestehen. In immer neuen Wellen jagte er von den Höhen herab, ließ die Tiere in den Ställen unruhig werden und schob drohend grauschwarze Wolkendecken über die Gipfel, über die Wälder, über die Schluchten und über das Dorf.

Schreiber war wieder auf einem seiner Wege, als es begann.

Ziellos streifte er durch die Umgebung des Dorfes, wanderte über die brachen Äcker, durch die kahlen Obsthaine und düsteren Wälder. Seit seiner Begegnung mit dem Pfarrer waren einige Tage vergangen, und Schreiber bemerkte, dass eine Veränderung in ihm vor sich ging. Er wurde gelassener, war weniger aufgewühlt. Immer noch streifte er ziellos umher, immer noch brachte er kein einziges Wort auf Papier. Aber seine Schritte wurden langsamer, waren nicht mehr so hastig gesetzt, seine Selbstgespräche wurden weniger, verstummten, er hörte auf zu gestikulieren und steckte die Hände in die Manteltaschen. Der Schlaf holte ihn jeden Abend ab und gab ihn erst wieder frei, lange nachdem die ersten Hähne im Dorf ihren Ruf den morgenrötlichen Graten entgegenkrähten und lange nachdem die Bauern im Stall begonnen hatten, ihre Kühe zu melken.

Nachdem ihm die erste Windbö klatschend ins Gesicht gefahren war, eilte er mit langen Schritten dem Dorf zu. Als er die Gaststätte erreichte und die schwere Tür gegen den hineindrängenden Sturm zugedrückt hatte, ging er die schmale Treppe nach oben in sein Zimmer und ließ sich auf das Bett fallen. Ohne sich auszuziehen, wickelte er seine durchgefrorenen Glieder in die Decke. Draußen war die Hölle los. Der Sturm peitschte auf die Dächer der Häuser ein, riss an den sich ächzend wehrenden Bäumen, schlug Fensterläden und Türen los, ließ krachend losgelöste Ziegel an Hauswänden zersplittern und brachte mehr als einmal die große Glocke in der Kirchturmspitze in Bewegung, sodass ihre lang gezogenen, tiefen Töne mitgerissen, da und dort verschluckt und an anderer Stelle mit umso größerer Wucht in die Ohren der Menschen gedonnert wurden.

Schreiber lauschte dieser entfesselten Symphonie, genoss die Wärme, die langsam in seine Arme und Beine zurückkehrte, und schlief schließlich ein. Als er in der Nacht wieder erwachte, war der Sturm verstummt. Alles war still, aber ein eigenartig heller Schein schien im Zimmer zu sein. Schreiber erhob sich von seinem Bett, ging zum Fenster und sah einen taumelnden, lautlosen Tanz aus dicken Schneeflocken, die vor dem Hintergrund der Nacht herabsanken und die Welt in eine Decke hüllten. Er machte das Fenster auf, schob mit seinen Händen die kalte, dünne Schneeschicht auf der Fensterbank zusammen, formte einen kleinen Ball und warf ihn hinunter, wo er lautlos, und im Dunkeln, Schreibers Blicken entzogen, zerplatzte. Lange stand er am offenen Fenster, bis ihm die Kälte zu viel wurde und er es schloss. Den Rest der Nacht, die paar Stunden, die noch übrig waren, lag er wach, während seine Gedanken zusammenbrachten, was nicht zusammengehörte, Erinnerungen an Wien, an seine Wohnung, an seine Beziehung auf seine innere Leinwand projizierten, dann wieder flammende Bilder von brennenden Frauen, die schreiend ins Feuer stürzten, ihm in seinem Halbschlaf Flüche entgegenschleuderten und ein Funkenregen von der Decke auf ihn herabfiel.

Er musste wohl noch einmal eingeschlafen sein, denn als er die Augen öffnete, war es hell im Zimmer, und es war nicht nur die Helligkeit des Morgens, der sich scheu durch die Scheiben drängte, sondern auch die Helligkeit des Wintertages, die viel klarer, reiner, kälter wirkte. Schreiber wurde klar, dass es der Schnee war, der dieses weiße Licht durch das kleine Fenster schickte. Er stand auf und bemerkte die Kälte im Zimmer. Immer noch dichter Schneefall, draußen bereits alles unter einer weißen Decke, das Dach des Nachbarhofes, die Straße, die zwischen dem Gasthaus und dem Hof lag, die Wiese hinter dem Gasthaus, sogar der Kirchturm, den er am äußersten Rand des Fensters noch erkennen konnte, alles weiß. Den Blick in die Berge gestattete der Flockenwirbel nicht, aber sie mussten längst dieselbe Farbe angenommen haben, genauso wie die Wälder, die Schluchten, die Äcker, die kahlen Obstbäume und selbst die Straße, die vom Dorf hinunter ins Tal, in eine andere Welt führte, selbst sie musste, das war Schreiber angesichts dieses massiven

Wintereinbruchs klar, weiß sein, von einer vielleicht noch dünnen Schneedecke bedeckt, aber doch bedeckt, wie als Zeichen, dass der Winter begonnen hatte, sein Terrain abzustecken, seine Gebietsansprüche zu stellen, und so, als ob er sagen wollte, wer sich so weit in die Berge vorwagt mit seiner Familie, seinem Vieh, wer so weit oben Häuser und Bestallungen errichtet, es wagt, so weit oben sein Leben zu leben, der muss sehr früh mit mir rechnen, dem lege ich als Erstem die kalte Hand auf die Schulter, blase ich als Erstem den kalten Atem ins Gesicht, während die, die unten geblieben sind, noch Zeit haben, die Kühe von den abgeweideten Wiesen weg und in die Ställe zu treiben, noch Zeit, die letzten Äpfel einer späten Sorte auf dem schon leicht gefrorenen Boden aufzusammeln, ihre Gärten winterfest, ihre Fenster dicht zu machen, während sie immer den Blick hinaufrichten, hinauf in die Berge, die schon längst weiß sind.

Als Schreiber in seinem dunklen Wintermantel, den er sich bis zum ersten Schnee verboten hatte, die Treppe nach unten stieg und in die Gaststube trat, war sie leer, so wie jeden Morgen und jeden Vormittag. Lediglich die dicke Wirtin, von der Schreiber weder den Namen noch sonst etwas wusste, da sie auf seine zaghaften Versuche, mit ihr ins Gespräch zu kommen, kaum mit einem Ja oder Nein geantwortet hatte, meist nur mit einem Schulterzucken oder mit einem ausgestreckten Arm, wenn es galt, eine Richtung zu weisen, nur sie stand hinter der Theke, putzte wie immer mit einem fettigen Tuch Gläser aus, wenn es nicht gerade galt, Bier und Spielkarten an die Tische zu bringen. Sie blickte ihm missmutig entgegen, vermutlich, weil er so spät erschien, aber auch das war nicht sicher, er konnte sich nicht an einen einzigen freundlichen Blick dieser Frau erinnern. Trotzdem blieb er bei seiner Gewohnheit, grüßte freundlich mit einem lauten »Guten Morgen«, erhielt so wie jedes Mal ein leichtes Kopfnicken als Antwort, diesmal allerdings zeigte sie noch dazu mit einer energischen Bewegung ihrer ausgestreckten Hand in die Gaststube auf den Tisch in der hinteren Ecke, an dem Schreiber jeden Morgen frühstückte.

Schreiber setzte sich, bemerkte sofort, dass von der großen Tasse Kaffee kein Dampf mehr aufstieg, was ihm unmissverständlich klarmachte, dass er zu spät und die Wirtin zornig war. Er ließ sich nichts anmerken, nahm einen Schluck, lehnte sich scheinbar zufrieden zurück, nahm eine der beiden dicken Scheiben Schwarzbrot und bestrich sie mit einer sehr gelben Butter, an deren starken Eigengeschmack er sich auch nach Wochen noch nicht richtig gewöhnt hatte. Darüber, und das war der Trost, kam eine dicke Schicht Marmelade aus einem Glas ohne Aufschrift, also selbst gemacht, und Schreiber musste, auch wenn es ihm nicht leichtfiel, zugeben, dass es mit Abstand die beste Marmelade war, die er in seinem Leben gegessen hatte. Aber selbst das eine oder andere Kompliment über diese Marmelade an die Wirtin konnte das Eis nicht brechen, auch da war die Reaktion selten mehr als ein Kopfnicken.

Das Einzige, was Schreiber tröstete, war, dass die Wirtin auch nur selten mit den einheimischen Gästen redete, im Gegensatz zu ihrem Mann, der jeden Abend an irgendeinem der Tische zu finden war, manchmal nur als Zuschauer, manchmal die Karten selbst in der Hand, und der auch für Schreiber immer wieder einen netten Gruß, ein paar Worte übrig hatte, sich manchmal sogar besorgt zeigte, ob es seinem einzigen Gast wohl gefallen würde, ob er irgendeinen Wunsch hätte, vielleicht ein anderes Zimmer, vielleicht etwas anderes zum Frühstück, die Auswahl sei natürlich klein, man sei auf dem Land, ja, nicht nur auf dem Land, sondern auf dem Berg, was es noch schwieriger mache, an bestimmte Waren, die er als Großstädter sicher gewöhnt sei, zu kommen.

Schreiber beruhigte ihn jedes Mal, erklärte ihm, dass es ja gerade das sei, diese gewisse Art Bescheidenheit, die ihn fasziniere, die ihm diese andere Atmosphäre gebe, die er gesucht habe, sonst hätte er ja gleich in Wien bleiben können, wo im Übrigen sein Schlafzimmer direkt über einer Kreuzung gelegen sei und ihn jeden Morgen das Quietschen der Straßenbahn geweckt habe, dagegen sei die Ruhe, die er hier genießen könne, etwas ganz Besonderes, etwas, was ein Großstädter gar nicht mehr kennen würde. Ein solch kurzes Gespräch, nicht mehr als eine kurze Frage des Wirtes, nicht mehr als ein paar beruhigende Sätze von Schreiber, endete meist damit, dass der Wirt seinem Gast mit einer etwas plumpen, fast schon väterlich anmutenden Geste auf die Schulter klopfte und froh und erleichtert schien, mit ihm wieder ein kurzes Gespräch geführt zu haben, was er wohl als seine Pflicht ansah. Und obwohl sich Schreiber keinen Illusionen hingab, dass hinter diesen Gesprächen mit dem Wirt mehr stecken könnte als nur eine Pflichtübung des Gastgebers, nicht Sympathie oder Interesse an seinem Gast oder vielleicht, auch damit wäre Schreiber einverstanden gewesen, Stolz, einen Doktor der Geisteswissenschaften in seinem Hause zu beherbergen; obwohl sich Schreiber bewusst war, dass dem nicht so war, bewegten und berührten ihn diese Gespräche auf eine fast zärtliche Weise, und er konnte nicht verhindern, dass er manchmal, wenn er am Abend an der Theke vorbei zur Treppe ging, seinen Schritt unmerklich verlangsamte, mit seinem Blick den Blick des Wirtes suchte, in der vagen Hoffnung, vielleicht ein paar kurze Worte aufzufangen und damit das Gefühl zu bekommen, dass irgendjemand Interesse daran hatte, wie es ihm ging, auch wenn dieses Interesse rein wirtschaftlicher Art war.

Als Schreiber sein Frühstück beendet hatte, nicht ohne am Schluss mit vorgetäuschtem Genuss noch einen Schluck der mittlerweile eiskalten schwarzen Brühe zu nehmen, nicht ohne der Wirtin noch einmal gesagt zu haben, dass es die beste Marmelade sei, die er je gegessen hatte, und dass sie damit, das hatte er noch nie gesagt, sicher ein gutes Geschäft in Wien machen könnte, schien so etwas wie ein kurzes Lächeln über ihr Gesicht zu huschen.

»Meinen S'?«

»Ganz sicher, ich bin mir ganz sicher!«, erwiderte Schreiber, überrascht von dem freundlichen Ton.

»Und dann kann ich mir auch so was leisten?« Die Wirtin deutete auf Schreibers Armbanduhr. Schreiber zuckte verlegen mit den Achseln, wieder einmal nahm er sich vor, die Uhr nicht mehr anzuziehen, um Missgunst zu vermeiden.

»Ja, ich denke schon, das könnte sich ausgehen, die ist nicht so teuer, wie sie vielleicht ausschaut«, fügte er entschuldigend hinzu und streifte den Ärmel seines Hemdes über die Uhr. Es war eine in Gold gefasste viereckige Berg Parat, die ganz unten, wo normalerweise die Zahl sechs steht, in einem kleinen Quadrat noch einen separaten Sekundenzeiger hatte. Er hatte sie erst vor wenigen Monaten aus Anlass seines Studiumabschlusses von seinem Vater bekommen.

Um von der Uhr abzulenken, stand Schreiber auf, nahm seinen Teller, legte das Messer darauf, nahm die Schale in die andere Hand und trug beides zur Theke. Ein überraschtes »Danke« aus dem Mund der Wirtin war die Antwort. Schreiber stellte das Geschirr ab, hob die Hand zum Gruß, drehte sich um, ging zur Tür der Gaststube und trat hinaus in eine andere Welt, eine kalte Welt, eine weiße Welt.

Auf der Straße lag der Schnee bereits mehr als zwanzig Zentimeter hoch. Schreiber war froh, nicht nur seinen neuen Wintermantel, sondern auch die Pelzstiefel angezogen zu haben. Es schneite unaufhörlich und es hing eine seltsame Stille über dem Dorf. Nur hier und da war das schabende Geräusch von Schneeschaufeln zu hören, die über die Straße geschoben wurden. Schreiber stapfte los ohne eine bestimmte Richtung, ohne eine bestimmte Idee, und plötzlich war er von einer seltsamen Freude erfüllt, so wie sie wohl Kinder empfinden, wenn der erste Schnee sein weißes Laken über die Welt legt. Er wunderte sich noch, woher dieses Gefühl kam, als schon die ersten Kinder lachend an ihm vorbeirannten, Schneebälle in der Hand. Schreiber war überrascht, am Vormittag die Kinder zu sehen, dann fiel ihm ein, dass Samstag war und die Kinder aus der Schule kamen, und seine Überlegungen brachten ihn auf sein Zeitgefühl, das seit seiner Ankunft völlig durcheinandergeraten war. Jeder Tag war wie der andere, es gab keine Unterteilung mehr in Wochentage auf der einen, und Sonn- und Feiertage auf der anderen Seite, die Zeit war zu einem gleichmäßigen Fluss geworden, in dem nur noch der Wechsel zwischen Tag und Nacht, zwischen hell und dunkel, zwischen vertraut und unheimlich eine Bedeutung hatte.

Schreiber war überrascht, wie schnell es ging, die Zivilisation abzustreifen, und er lächelte, als ihm dieses Wort in den Sinn kam, wie schnell es ging, zumindest herausragende Merkmale der Zivilisation, die Unterteilung der Zeit, die Markierung gewisser Lebensbereiche, die einem eine bessere Orientierung ermöglichten, zu vergessen. Er dachte an sein früheres Leben, Samstag um diese Zeit wäre er vermutlich mit ihr am Frühstückstisch gesessen, vielleicht wären auch in Wien schon die ersten Schneeflocken vom Himmel gefallen, aber er bezweifelte das, viel eher hätten sie durch das Fenster auf eine graue, kalte, windige Stadt geschaut, und dabei Belanglosigkeiten ausgetauscht. Vielleicht hätte sie von ihrer Arbeit als Kindergärtnerin erzählt, vielleicht hätte er von einer Entdeckung geredet, die er in irgendeiner Bibliothek gemacht hatte, etwa von jener Frau, die vor mehr als vierhundert Jahren in dem kleinen Dorf, in dem seine Eltern aufgewachsen waren, im Streit ihren Nachbarn verwünscht hatte, und wie dieser Stunden später von der erdigen Flut eines vom Regen gelösten Hügels begraben wurde. Diese Frau, die später auf dem Streckrad die Vorwürfe gestand, die Mure gelöst zu haben, genauso wie sie alles gestand, was die glühenden Zangen sie fragten: das nächtliche Tanzen im Wald, die Buhlschaft mit dem Teufel, das Fliegen auf Böcken. Schließlich stellte ihr das Feuer die letzte große Frage nach ihrem Leben, löschte sie aus, aber nur ihren Körper, denn die Erinnerung an sie blieb in Geschichten erhalten, die ihm noch seine Großeltern erzählten, wenn er mit seinen Eltern aus Wien in das kleine Dorf zu Besuch kam, zu Weihnachten meist oder in den Sommerferien.

Allerdings war er vorsichtig geworden, ihr von diesen Dingen zu erzählen, meistens geriet er so ins Schwärmen, dass er gar nicht mehr wahrnahm, wie sehr er sie langweilte, bis sie aufstand, um den Tisch herumging, ihm einen Kuss auf den Mund drückte und ihn mit einem spöttischen Ton in der Stimme »mein kleiner Historiker« nannte, wobei sie das Wort »Historiker« stets ein wenig wie »Hysteriker« aussprach, also eigentlich »mein kleiner Hystoriker« sagte, ihn dann beschämt und gekränkt zurückließ und fröhlich pfeifend zur Tür ging, die Jacke in der Garderobe vom Haken nahm und verschwand.

Sie hatte sich nie für seine Wissenschaft interessiert, nie Verständnis dafür gezeigt, wie man stundenlang in alten Büchern nach Dingen suchen konnte, »die doch heute niemand mehr interessieren«, wie sie immer wieder betonte. Schreiber fragte sich, jetzt in diesem Schneetreiben, in dieser anderen Welt, so weit weg von Wien und Bibliotheken und Straßenbahnen und gemeinsamen Frühstücken, ob das nicht ein viel triftigerer Grund für das Scheitern ihrer Beziehung gewesen war als der Gärtner, dessen Namen sie an einem Morgen in einem anderen Leben plötzlich auf den Frühstückstisch gelegt hatte, neben ihre angebissene Scheibe Brot mit dem schönen gleichmäßigen Rund ihrer Zähne, das wohl für immer die Blaupause für diese Erinnerung bleiben würde.

Nein, sie hatte nie etwas übrig gehabt für die Vergangenheit, sie schwärmte für Pflanzen: Die Wohnung war voller Grünzeug, das für Schreiber im Wesentlichen immer gleich aussah, eine Pflanze war für ihn wie die andere, und dabei war doch jede einzelne etwas Besonderes, zumindest in ihrem Weltbild, hatte jede einzelne einen eigenen Namen, eigene Bedürfnisse, brauchte viel oder wenig Sonne, viel oder wenig Wasser, ja, eines Tages überraschte sie ihn sogar mit einem Zeitungsartikel, der davon berichtete, wie wichtig es sei und angeblich auch wissenschaftlich bewiesen, seinen Zimmerpflanzen Zuwendung zu zeigen. Als sie ihm ein paar Tage später bittere Vorwürfe wegen seiner Gleichgültigkeit gegenüber den Pflanzen machte, der Grund waren ein paar braune Blätter an einem ihrer Lieblingsstöcke, da hätte ihm eigentlich klar sein müssen, dass ein Gärtner hermüsste, dass ein Gärtner die Lösung wäre.

Aber mehr noch als die Trennung, mehr noch als das Verlassenwerden, verblüffte und verletzte ihn die Art und Weise, wie sie vonstattenging. Nüchtern erklärte sie ihm die Vorteile, weniger Blumen, aber mehr Platz für Bücher zu haben, völlig ohne Ironie, die diesem Satz vielleicht besser gestanden und ihm gezeigt hätte, dass auch sie in dieser Situation irgendeinen Schutz sucht, in der Ironie, im Sarkasmus, in irgendetwas, was ihre Verletztheit verbergen könnte und es ihm leichter gemacht oder mit ihr versöhnt hätte. Aber da war nichts. Nur Ruhe, Organisation, Vernunft, Klarheit. Alles, was man in so einer Situation erwarten durfte, Traurigkeit, Schmerz, Orientierungslosigkeit, schien sie ihm zu überlassen.

Schreiber drehte sich um, in seinem Rücken, schemenhaft im Schneefall, die letzten Häuser des Dorfes. Er war in Gedanken versunken durch das ganze Dorf gegangen und nun auf einem Feldweg, der in Richtung Wald führte. Es überraschte ihn, dass er gar nichts von dem Spaziergang mitbekommen hatte, und es überraschte ihn auch, wie klar und deutlich seine Erinnerungen an Wien waren, wie klar, so schien es ihm, er wieder denken konnte nach all der Unruhe, nach all dem Getriebensein der

letzten Wochen, und er konnte nicht anders, er freute sich darüber, rannte ein paar Schritte durch den hohen Schnee, bückte
sich, machte einen Schneeball und warf ihn ins weiße Nirgendwo. Es war, als habe er plötzlich all das abgeschüttelt, was ihn
getrieben hatte, es war, als ob er erst jetzt angekommen sei auf
diesem Berg, in diesem Dorf, in diesem Winter.

Er hatte sie nicht kommen sehen. Plötzlich gab sie die weiße
Wand aus wirbelnden Flocken frei, keine zehn Meter von ihm
entfernt. Sie war wie er im Schritt verharrt, ihr flackernder Blick,
der über ihn streifte, verriet ihm, dass sie ebenso erschrocken
sein musste wie er. Beide standen da, unschlüssig, unsicher.
Durch das Schneetreiben brach aus der Ferne seltsam abgehackt
das heisere Kläffen eines Hundes. Als habe es ihn aus seiner
Erstarrung erlöst, machte Schreiber einen Schritt nach vorne
und nickte flüchtig, während seine Lippen einen tonlosen Gruß
murmelten. Die Frau zog sich mit einer raschen Bewegung
das rote Tuch, das sie zum Schutz gegen den Schneefall über
den Kopf gezogen hatte, weiter in die Stirn, bewaffnete sich mit
einem Nicken und drückte sich an Schreiber vorbei in Richtung
Dorf.

Er sah ihr nach, die paar Meter, die ihm das Schneetreiben
erlaubte, sah, wie der wirbelnde Winter ihr zuerst die Farben
raubte, sodass in seinen Augen nur noch eine schemenhaft graue
Gestalt sich spiegelte, zuletzt verschwand als roter Punkt das
Tuch aus seinem Sichtfeld. Schreiber stand unschlüssig da, hatte
den Impuls, ebenfalls ins Dorf zurückzukehren, ihre Richtung
einzuschlagen, ein Gedanke, den er aber fallen ließ, aus Angst,
sie könne das missverstehen. Gleichzeitig wunderte er sich über
diesen Gedanken, was sollte sie missverstehen? Es gab keinen
einzigen vernünftigen Grund, in diesem Wetter das Dorf zu verlassen. Wenn es etwas gab, das Misstrauen hervorrufen könnte,
dann sein jetziges Verhalten. Trotzdem konnte er sich nicht ent-
schließen, ihr zu folgen, drehte sich stattdessen weg vom Dorf

und setzte wieder Schritt vor Schritt dem Feldweg folgend in Richtung Wald. Nach einigen Minuten hatte er ihn erreicht, stieg über den Rand des Weges, der hier eine Linkskurve machte, und lehnte sich an die erste große Tanne, die er erreichte. Er sah, dass am Waldboden weniger Schnee lag, denn die großen Tannen wirkten wie Schirme. So setzte er sich wieder in Bewegung, streifte zwischen den Bäumen umher, jetzt nur selten von einer kleinen Schneewehe behindert. Ihm war nicht klar, was er hier draußen noch tat, er dachte wieder an Wien, dachte wieder an das Buch, das er eigentlich schreiben wollte, schreiben sollte, er dachte an Katharina Schwarzmann, an ihr Ende, das, wie auch immer es gewesen sein mochte, eine Tragödie war, die zusammen mit ihrem Leben einer Ausgestoßenen auf jeden Fall genug Stoff für ein Buch bot. Er dachte an die Frau mit dem roten Tuch, die er zum ersten Mal beim Teufelsstein gesehen hatte nach dem Sturm, der ihn ins Tal getrieben hatte, und er dachte an den Teufelsstein mitten auf der Lichtung, den schwarzen Stein inmitten all dieser weißen Welt. Er dachte an die Stimme des alten Seilers, in seiner Erinnerung ein raues Flüstern, nicht zu unterscheiden vom leisen Raunen des Windes, der sich nun zu den Schneeflocken gesellte, da und dort einen Ast in Bewegung brachte, da und dort eine kleine Schneefahne über die Wiese jagte.

Schreiber spürte den Wind sofort, auch wenn er nicht stark war, es wurde kälter und die Flocken aggressiver. Er drehte sich weg, ging im Wald das kurze Stück zurück, bis er wieder zu der Stelle kam, an der er den Weg verlassen hatte. Er zögerte kurz, aber dann war ihm klar, dass es keinen Sinn mehr hatte, weiterzugehen, dass er zurück musste, bevor der Weg komplett unterm Schnee versank und ihm keine Richtung mehr wies. Schon jetzt war es schwierig, orientieren konnte er sich nur noch an seinen Spuren, die in Richtung Wald liefen, und an den Spuren der Frau mit dem roten Tuch, die auf das Dorf zugingen. Er stellte den

Kragen seines Mantels auf, hielt ihn am Hals mit einer Hand zusammen und verließ den Schutz des Waldes. Der Wind wurde stärker, aber er hatte ihn jetzt im Rücken. So stapfte er, den Blick auf die Spuren der Frau gerichtet, durch das Schneegestöber. Und auch diesmal sah er sie erst, als sie nur wenige Meter vor ihm stand. Wieder blieben beide stehen, kurz nur, dann senkte sie ihr Gesicht, denn der Wind blies in ihre Richtung, und ging weiter. Schreiber sah, dass sie einen Korb in der linken und eine Tasche in der rechten Hand trug, offenbar voll mit Sachen, die sie im Dorf geholt oder gekauft hatte.

»Warten Sie, ich helfe Ihnen!« Schreiber trat auf sie zu und griff nach der Tasche.

Doch sie zog die Tasche zurück, schüttelte den Kopf. Schreiber stand dicht vor ihr, sah das Gesicht einer jungen Frau, dunkle Augen, dunkle Haare, die unter dem roten Tuch herausragten. Noch einmal schüttelte sie den Kopf, stellte die Tasche im Schnee ab, legte ihre Hand behutsam auf Schreibers Schulter. Dann wandte sie sich wieder zum Gehen. Schreiber blieb ratlos stehen, ein schwaches »Warten Sie!« riss ihm der Wind von den Lippen, und nur wenige Augenblicke später war die Frau im Schneetreiben verschwunden.

Schreiber war unschlüssig, was er tun sollte. Er versuchte sich zu beruhigen: Die Frau musste wissen, was sie tat. Er wusste, dass am Ende dieses Feldweges auf einem Hügel oberhalb des Dorfes ein kleiner Bauernhof stand. Vermutlich wohnte sie dort, ansonsten gab es keinen Grund, bei diesem Wetter einen vollen Korb und eine volle Tasche in Richtung Wald zu schleppen.

Schreiber drehte sich um, folgte ihren Spuren, die ihm entgegenkamen, bis die ersten Häuser aus dem Schneetreiben hervortraten. In Gedanken war er bei ihrer seltsamen Geste, ihrer Hand auf seiner Schulter, die ihm vermutlich etwas andeuten wollte, etwas, was er nicht verstand. Aber ihr Gesicht war freundlich gewesen, dankbar vielleicht, und so nahm er sein Bild mit durch das

Dorf, hinein in die Gaststube, die sich jetzt schon früh am Nachmittag gefüllt hatte, und nahm es mit, dieses Bild, an der Theke vorbei, vorbei an einem freundlichen Nicken der Wirtin, das er nicht wahrnahm, die Treppe hinauf bis in sein Zimmer, wo ihm das Gesicht der Frau mit dem roten Tuch und ihre Hand auf seiner Schulter noch immer Wärme spendeten.

An diesem Nachmittag wurde ihm bewusst, wie klein sein Zimmer war. Bis jetzt war es nur Ausgangspunkt für seine Streifzüge durch die Tage und Rückzugsgebiet für die Nächte gewesen. Jetzt, da ihm der Winter mit gierigen weißen Fingern die Welt entriss, empfand Schreiber sein Zimmer als Gefängnis. Von der Tür bis zum gegenüberliegenden Fenster fünf Schritte. Von einer Wand zur anderen fünf Schritte. Vor dem Fenster der Schreibtisch, auf dem Schreibtisch das in Leder gebundene Buch, aufgeschlagen, weiß, unberührt das erste Blatt. Das Bett entlang der rechten, der Kasten entlang der linken Seite. Hinter der nach innen aufschwingenden Tür drei Haken als Garderobe in die Wand gebohrt, am Boden seine Schuhe. Auf und ab gehen, einmal in diese Richtung, einmal in die andere, sich auf das Bett legen, wieder aufstehen, an den Schreibtisch setzen, aufstehen, auf und ab gehen. Schreiber sehnte sich danach, nach draußen zu gehen, durch die Wiesen und Wälder zu streifen, in dunkle Schluchten zu blicken, im Schutz alter Wettertannen zu sitzen, seinen Gedanken nachhängen zu können. Und ihm war klar, dass er schnell lernen musste, mit dieser neuen Situation zurechtzukommen, wenn er nicht verrückt werden wollte.

Er zwang sich, sich an den Schreibtisch zu setzen, schob das in Leder gebundene Buch zur Seite, riss ein Blatt Papier aus einem Notizblock daneben, nahm seine Füllfeder, die er in den letzten Wochen so oft schon in der Hand gehabt, mit der er aber noch nie etwas geschrieben hatte, was einen Wert gehabt hätte. So saß er da, starrte auf das weiße Blatt, setzte entschlossen die Füllfeder an und schrieb: Ich muss schreiben!

Minutenlang saß er regungslos vor diesem Satz, starrte ihn an, bis die Worte anfingen, vor seinen Augen zu tanzen. Entnervt warf er die Füllfeder auf den Tisch, stand auf und ging zum Fenster, machte es auf, formte einen Schneeball, den er zornig wegwarf, ohne seine Flugbahn beobachten zu können, da der Flockenwirbel seine Blicke stoppte.

Er schloss das Fenster, schlüpfte in seine Stiefel, nahm die Jacke vom Haken und ging nach unten in die Gaststube. Es war später Nachmittag, und die Gaststube war voll. Schreiber zögerte erst, dann setzte er sich an die Theke und bestellte bei der Wirtin ein Bier. Neugierig schaute er sich um. Dass um diese Zeit die Gaststube so voll war, war außergewöhnlich, genauso wie es außergewöhnlich war, dass Schreiber nirgendwo Spielkarten sah. Stattdessen schienen die Männer an allen Tischen in ernste Gespräche verwickelt zu sein. Und auch wenn mehr Leute als sonst in der Stube saßen, war der Lärmpegel niedriger als an anderen Nachmittagen. Schreiber nahm eine seltsame Unruhe wahr, bemerkte, wie erregt und doch gedämpft die Stimmen der Bauern waren. Aus den Wortfetzen, die er da und dort auffing, konnte er schnell schließen, dass es um das Wetter ging, um den Wintereinbruch, der in dieser Höhe nicht unbedingt zu früh gekommen, es war immerhin schon Mitte November, aber ungewohnt heftig über das Dorf hereingebrochen war. Es schneite seit vierundzwanzig Stunden ununterbrochen. Die Straßen und Gassen zwischen den Häusern wurden mit zwei Traktoren und Schneeschaufeln frei gehalten, aber manche kaum benutzten Nebenwege hatte der Winter schon fest im Griff.

In der Gaststube erhob sich Gemurmel, jemand klopfte gegen ein Glas, es wurde still. An einem der Tische war ein Mann aufgestanden, klein und gedrungen, mit einem dichten schwarzen Vollbart. Schreiber wusste, dass das Veith Brückner war, der Vorsteher des Dorfes, das politisch zu der im Tal liegenden Gemeinde gehörte. Der Ortsvorsteher war der verlängerte Arm des

Bürgermeisters und in diesen Tagen die Verbindung ins Tal. Er hatte seit zwei Jahren ein Telefon in seinem Haus, das einzige im ganzen Ort.

Schreiber war Brückner ein paarmal begegnet, weil einer der bevorzugten Wege, die er auf seinen Streifzügen nutzte, an einem Acker des Ortsvorstehers vorbeiführte. Sie hatten manchmal ein paar Worte miteinander gewechselt, Belanglosigkeiten, aber Schreiber hatte stets ein angenehmes Gefühl dabei gehabt. Brückner wirkte auf ihn wie ein ruhiger, besonnener Mann, einer von jenen, denen eine natürliche Autorität angeboren schien. Eine Einschätzung, die Schreiber nun bestätigt sah. Sobald der Ortsvorsteher sich erhoben hatte, wurde es still in der Gaststube.

»Leider keine gute Neuigkeit«, fing er an. »Hab noch mal mit dem Bürgermeister telefoniert. Der Wetterbericht ist schlecht. Es soll noch mindestens zwei Tage lang schneien.«

Erregtes Gemurmel stieg auf, ebbte aber sofort wieder ab.

»Muss uns jetzt noch nicht beunruhigen«, machte Brückner weiter. »Wir müssen nur damit rechnen, dass die Straße ins Tal noch so lang gesperrt sein wird. Wir versuchen sie mit Pflug und Traktor freizubekommen, aber das schaut schlecht aus. Was das Schneeräumen im Dorf anlangt, würde ich vorschlagen, dass wir es für heute belassen, es wird sowieso bald dunkel. Morgen werden wir allerdings ziemlich anpacken müssen, sonst kriegen wir die Massen nicht mehr weg. Ja«, Brückner machte eine Pause, schien kurz über etwas nachzudenken, dann schüttelte er den Kopf, »ja, ich denke, das wär's vorerst.«

Er setzte sich, und langsam hoben die Stimmen wieder an, wurden lauter, da und dort ein Lachen, und als die ersten Spielkarten auf die Tischplatten knallten, empfand Schreiber fast ein Gefühl von Heimat. Er blieb, ganz gegen seine sonstige Gewohnheit, noch einige Stunden an der Theke sitzen, lauschte dem Stimmengewirr, trank sein Bier, dann noch eines und noch eines und spürte bald, wie der Alkohol sich in ihm ausbreitete, ihn müde machte, und als er schließlich als einer der Letzten die Gaststube verließ, die Treppe langsam hinaufstieg, merkte er, dass er schwankte. Er warf sich angezogen auf sein Bett und schlief sofort ein.

Die nächsten Tage blieben Schreiber nur undeutlich im Gedächtnis. Wenn er sich an den Wintereinbruch erinnerte, tauchten nur einzelne Eindrücke in seinem Inneren auf, wie Gemälde in einer Galerie ohne feste Reihenfolge, ohne direkten Bezug zueinander. Sein Zimmer, sein Auf und Ab in diesem kleinen Verschlag, das Gefühl von Rastlosigkeit, das Gefühl, eingesperrt zu sein und immer mehr eingesperrt zu werden von diesem Winter, der schweigsam, aber ohne Unterbrechung vom Himmel und von den Bergen herunterstieg. Die Gaststube, manchmal leer, manchmal voll, voll mit Männern in abgetragener Kleidung, an der der Geruch von Schweiß haftete, die Gaststube, stets überheizt, vor allem in der Nähe des Kanonenofens, in dem immer ein Feuer brannte, die Gaststube, in die jedes Mal ein Schwall kalter Luft drang, wenn die Tür geöffnet wurde und ein paar abgearbeitete Männer an der Schwelle den Schnee von ihren Schuhen stampften und eintraten. Die unzähligen Stunden in dieser Gaststube, während derer er manchmal einem Gespräch lauschte, manchmal an einem Gespräch teilnahm, manchmal zutiefst unruhig war, sodass er es kaum schaffte, auf seinem Stuhl sitzen zu bleiben, dann wieder angenehm entspannt, fast schon schläfrig. Dann die anderen Szenen, draußen im Schnee, er selbst in seinen Stiefeln und seinem Wintermantel, eine Schaufel in den fast blau gefrorenen Fingern, Seite an Seite mit anderen Männern, wie sie den Schnee von der Straße schoben. Eine Arbeit, die von Stunde zu Stunde schwerer wurde, da der herabfallende Schnee von Stunde zu Stunde nasser wurde, eine Arbeit aber, der er verbissen nachging, sich nichts anmerken ließ von seinem schmerzenden Rücken, von seinen steif gefrorenen

Fingern, an denen sich später Blasen bildeten. Ihm war klar, dass das eine Gelegenheit war, seinem Ruf als schwächlicher Großstädter entgegenzutreten. Die Aussicht auf Akzeptanz in diesem Dorf war eine ungeheure Motivation, er schaufelte oft stundenlang ohne Unterbrechung. Da und dort ein Schulterklopfen, ein anerkennendes Nicken, einmal ein »Machen S' mal Pause« eines Unbekannten reichten aus, um Schreiber ein fast euphorisches Gefühl zu geben.

Da war auch eine Erinnerung an Männer auf dem Dach eines Hauses, auf das sie über eine Leiter gestiegen waren und nun oben am Giebel standen und den Schnee von dem Dach schoben, weil sie befürchteten, der Dachstuhl würde dem Gewicht nicht standhalten. Und dann, wie diese Schneemassen auf dem Dach plötzlich ins Rutschen kamen, losbrachen und hinabstürzten und einen der Männer mitrissen. Schreiber stürzte durch einen schmalen, frei geschaufelten Weg auf das Haus zu, dann die Schneemassen, die Schaufeln und Schreiber, der als Erster eine Hand entdeckte, die aus dem Schnee ragte, diese Hand ergriff und den Mann, den die Dachlawine mitgerissen hatte, aus dem Schnee zog. Er hatte Glück gehabt, stand sofort auf, wehrte Fragen nach seinem Zustand energisch ab und reichte Schreiber, der neben ihm stand, die Hand, schüttelte sie und sein kurzes und knappes Kopfnicken war wohl als ein Danke zu verstehen.

Die Erinnerung an diesen Händedruck, diese Erinnerung war für Schreiber etwas Besonderes, so als ob ihm erst jetzt, erst Wochen nach seiner Ankunft, das Dorf die Hand gereicht hätte.

Und dann, draußen an der Straße, er zusammen mit drei anderen Männern, die er alle vom Sehen kannte, aber von keinem den Namen wusste, mit denen er die letzte Stunde geschaufelt hatte, wie sie stehen geblieben waren, weil in der Ferne ein Traktor zu hören war, der mit einem Holzpflug versuchte, die Straße ins Tal freizubekommen, wie aus diesem kurzen Verharren eine willkommene Pause wurde und ein Gespräch entstand, das Schreiber nicht vergessen hatte.

»Was ist mit dem Lanerhof?«

»Was soll sein?«

»Na, ist jemand rauf zur Stummen?«

»Sicher, oder glaubst, er lässt sie allein?«

»Wird ihm nichts nützen, sie will nicht.«

»Stimmt, aber er kapiert's nicht. Die hat ihn ganz schön verhext.«

Es war nicht nur dieses eine Wort, »verhext«, das Schreiber elektrisierte. Auch der Lanerhof schien irgendetwas in ihm wachzurufen. Schreiber glaubte sich zu erinnern, dass der Pfarrer den Lanerhof erwähnt hatte, er wusste allerdings nicht, in welchem Zusammenhang. Aber hatte er nicht von einem kleinen Hof gesprochen, etwas außerhalb des Dorfes? Und wer war die Stumme? In seinem Kopf ging es rund, und plötzlich wie aus dem Nichts begriff er: der abgelegene Hof, die Frau mit dem roten Tuch, die durch den Schneesturm ihre Sachen nach Hause getragen hatte, ihr seltsames Verhalten, ihre Hand auf seiner Schulter, jetzt begriff er: Die Stumme konnte nur diese Frau sein. Er sah sie wieder vor sich stehen, voller Schnee, unter dem roten Tuch, das ihren Kopf bedeckte, ihre schwarzen Haare und dann ihre seltsame Geste, ihre Hand auf seiner Schulter. Es war ihre Art gewesen, ihre stumme Art, ihm für sein Angebot zu danken.

Nur wer dieser eine war, der sie nicht im Stich ließ und den sie offenbar verhext hatte, wusste Schreiber nicht, und die Männer taten ihm auch nicht den Gefallen, einen Namen zu sagen. Für sie war das Gespräch beendet, wieder wurden die Schaufeln gepackt, wieder waren die einzigen Geräusche die heftigen Atemzüge der Arbeiter und das Schaben der Schaufeln am Boden, wenn sie die unterste Schicht Schnee erreichten und das Metall über den Kies oder den Asphalt glitt.

Der Wetterbericht hatte recht gehabt: Achtundvierzig Stunden nach Beginn des Sturmes hörte es auf zu schneien. Erst wurden die Flocken kleiner, dann weniger, dann waren es nur noch vereinzelt ein paar, die auf die tief winterliche Welt fielen. Als die Dämmerung einsetzte, stoppte der Schneefall ganz, als die Nacht sich über das Dorf gelegt hatte, klarte es sogar auf, und zwischen den dünner werdenden Wolken funkelte da und dort ein erster Stern.

Das nahm aber kaum jemand wahr: Die Männer hatten sich in die Gaststube zurückgezogen. Dort wurde geredet und gelacht, getrunken, dort wurde Karten gespielt, die Stimmung war gelöst. Schreiber saß eine Zeit lang an einem der Tische, versuchte, die Regeln des Kartenspiels zu verstehen, die ihm sein gut gelaunter Sitznachbar erklärte. Da war die Rede von Schlag und Trumpf und dem Guten und den Rechten, da wurde geboten, wurden die Karten auf den Tisch geknallt, wenn deren Besitzer der Meinung waren, dass sie gut genug seien, den Gegner zu schlagen, da wurde diskutiert, über diesen Spielzug, über jenen, über die Vorteile, die eine andere Variante gebracht hätte, wurden dem gegenübersitzenden Partner mit allerlei Gesten und Zwinkern Informationen über die eigenen Karten mitgeteilt, natürlich so, dass es die beiden Gegner nach Möglichkeit nicht mitbekamen, und da wurde nach jedem Spiel das Bierglas gehoben, angestoßen, während einer schon wieder den Stapel mischte und die Karten für das neue Spiel mit geübten Bewegungen verteilte.

Schreiber genoss diese Stunden an diesem Tisch, genoss das Gefühl, irgendwie dazuzugehören, und es war schon recht spät und die Gaststube schon halb leer, als er sich erhob und die Treppe hinauf in sein kleines Zimmer stieg. Er war nicht müde und bemerkte sofort wieder die Enge, ging ein paarmal die wenigen Schritte hin und her, die ihm der kleine Raum gestattete, und war wieder in Gedanken bei dem Gespräch der Männer über den Lanerhof, über die Stumme, setzte sich schließlich an den Schreibtisch vor ein leeres Blatt Papier, und schrieb das Gespräch der Männer auf, so wie er sich erinnerte. Er las die Sätze ein paarmal, verbesserte hier etwas, änderte dort etwas, bis er das Gefühl hatte, die Sätze so aufgeschrieben zu haben, wie sie gesprochen worden waren, freilich nicht im Dialekt der Einheimischen, sondern auf Hochdeutsch. Er überlegte erneut, wer dieser eine sein könnte, den sie angeblich verhext hatte, erging sich in allerlei Mutmaßungen, begann die Mutmaßungen aufzuschreiben und merkte plötzlich, dass er im Schreiben war, dass es zu fließen begann. Er beschrieb die Szene auf der verschneiten Straße, nicht nur das Gespräch, sondern auch die Männer, die er alle vom Aussehen her kannte, aber von keinem den Namen wusste, beschrieb seine blau gefrorenen Finger, seinen schmerzenden Rücken, das Knirschen der Schaufeln, wenn sie auf den Asphalt kamen, beschrieb die Männer auf dem Dach, die Dachlawine, den Mann, der in die Tiefe gerissen wurde, ließ sich von einem Satz auf den Feldweg führen, auf dem ihm seine Füllfeder die Frau mit dem roten Tuch entgegenschrieb, und er ließ sie stehen bleiben vor ihm, er ließ sie noch einmal ihre Hand sanft auf seine Schulter legen und dann sprang er auf, erregt plötzlich, denn plötzlich war ihm klar, was er schreiben wollte, was er schreiben musste. Katharina Schwarzmann war zu weit weg, viel zu weit, in einem Nebel verborgen, in den Worte sich nur schwer vortasten konnten. Er musste über das schreiben, was direkt vor ihm lag, was ihn unmittelbar betraf, er musste über sich schreiben, über einen jungen Historiker, der von einer unglaublichen Geschichte gehört, sich daraufhin in ein kleines Dorf in den Tiroler Bergen begeben hatte und dort eingeschneit wurde. Das hatte Farbe, das hatte Leben, dafür hatte er Worte, hatte er Sätze, und wer wusste denn schon, ob ihn diese Worte, diese Sätze nicht irgendwann auch zu Katharina Schwarzmann führen würden.

Der Gedanke, sich selbst und seinen Aufenthalt auf dem Berg zum Inhalt seines Schreibens zu machen, packte Schreiber mit einer ungeheuren Wucht. Er setzte sich, riss ein neues Blatt Papier aus seinem Notizblock und schrieb, erzählte von seinem Aufenthalt im Dorf, von seinen Gefühlen, ein Durcheinander, das war ihm schon im Moment des Schreibens bewusst, aber es störte ihn nicht, denn endlich, endlich reihte sich wieder Buchstabe an Buchstabe, an Buchstabe und es entstanden Wörter, die Kraft, Sätze, die Klang hatten, und so füllte er in den nächsten Stunden, ohne die wachsende Kälte und die fortschreitende Nacht zu bemerken, Zettel um Zettel um Zettel mit kleinen Skizzen: Er ließ bei dem alten Pfarrer den Regen an die Scheibe prasseln, er ließ den Sturm erneut von den Graten losbrechen, er ließ die Äxte der Holzarbeiter singen, die Gipfel in die Höhe streben, die Schluchten klaffen, er malte sich die Bühne für das Buch, das er schreiben wollte, er ließ die Stimme des Seilers flüsternd und raunend durch den Wald streifen, er ließ Andras und Alma ihre erste und letzte Nacht erleben, die Brunnhoferin seine Hose flicken und ihm erklären, dass es im Dorf nicht mit rechten Dingen zugehe, er ließ Karl in der Gaststube philosophieren, und er ließ noch einmal die ohrenbetäubende Stille entstehen, die gefolgt war, nachdem er den Namen Katharina Schwarzmann in der Gaststube ausgesprochen hatte. Und dann endlich legte er dem steilen Hang, der mehr als tausend Höhenmeter hinunter ins Tal führte, einen Gürtel um, eine Straße, die sich in Schlingen hinaufwand, und ließ den alten Bus hinaufschnaufen, und als er damit fertig war, wischte er mit einer Handbewegung die Zettel vom Schreibtisch, zog das in Leder gebundene Buch zu sich her, schlug es auf, sah das ungeheure Weiß der ersten Seite, und über diese erste Seite ratterte nun der Bus, knallten die Fehlzündung des Motors, und wann immer ein jäher Ruck seinen Kopf nach vorne riss, schrak er kurz auf aus seinem Traum, sah die leeren Sitze des Busses, die hinter einer Milchglasscheibe verschwommene Figur des Fahrers, die dunkler werdenden Berge, die wie seltsame Riesen am Fenster vorbeigaukelten, sah die holprige Straße, die sich wie ein Gürtel um den Berg schmiegte, und sank wieder zurück in seinen Traum, in das alles übertönende Prasseln des Feuers.

Als Schreiber Stunden später den Blick hob, war es hell geworden vor seinem Fenster. Ein erster Sonnenstrahl drang durch die Scheibe und legte einen gelben Streifen Licht auf sein Manuskript.

VOR VIER TAGEN

Dienstag

Sie müssen da sein, ich weiß es. Doch immer noch gibt das regnerisch trübe Wetter den Blick auf die umliegenden Berge nicht frei. Alles ist grau in grau. Nichts klärt sich auf, und es scheint, als ob das Wetter mir zu verstehen geben will, dass es kein Durchkommen, keine Klarheit geben wird.

Beim Frühstück hatte sich die Kellnerin zu mir an den Tisch gesetzt. Es war wenig los, sie hatte Zeit, und ihr war meine Aussprache aufgefallen, obwohl ich nur wenige Worte zu ihr gesagt hatte. Schließlich hatte sie sich mir gegenüber gesetzt, selbst eine Tasse Kaffee in der Hand, und mich gefragt, ob ich Amerikaner sei. Sie wollte wissen, woher ich komme, sie würde sich für alles interessieren, was mit Amerika zu tun habe. Ihr Interesse war schnell geklärt: Ihre Tochter war vor drei Jahren nach New York gezogen und hatte dort geheiratet. »Einen Schwarzen«, fügte die Kellnerin fast entschuldigend hinzu, während sie mit ihrem Löffel den Kaffee umrührte und mich aus den Augenwinkeln beobachtete, um abzuwarten, was diese Ankündigung bei mir wohl auslösen würde. Ich wusste nicht, ob ich mich über die Aufdringlichkeit der Frau ärgern oder vielleicht doch froh darüber sein sollte, lenkte sie mich doch ein wenig von all dem ab, was mir in der Nacht den Schlaf geraubt hatte. Wir machten eine Zeit lang höfliche Konversation, sie wollte wissen, warum ich in Innsbruck sei und warum ich so gut Deutsch spreche. Ich blieb freundlich, aber distanziert, sagte, dass ich hier etwas zu erledigen habe. Ich würde mich für die Vergangenheit meiner Familie interessieren, und da gebe es einen Cousin, der verschwunden sei vor vielen Jahren, und ich sei hier, um herauszufinden, was mit ihm passiert sei.

»Die verrückte Idee eines alten Mannes, der nicht so recht weiß, was er sonst tun soll und Briefmarken sammeln … mein Gott, dafür fühle ich mich doch tatsächlich zu jung«, sagte ich in dem Versuch, meinem Vorhaben etwas mehr Leichtigkeit zu geben. Das wäre aber nicht notwendig gewesen, denn die Kellnerin hörte kaum zu und schien mit ihren Gedanken mehr bei ihrer Tochter und ihrem schwarzen Schwiegersohn zu sein. Irgendwann leerte sie in einem Zug ihren Kaffee, stand auf und verabschiedete sich.

»Viel Glück bei Ihrer Suche, ich hoffe Sie finden Ihren Cousin«, sagte sie, »obwohl bei diesem Wetter, passen Sie besser auf, dass Sie nicht auch noch verloren gehen. Seit zwei Wochen Regen und Nebel …«

Sie schüttelte noch im Weggehen den Kopf und ließ mich wieder allein mit meinen Gedanken und diesem Gefühl im Körper, das man hat, wenn man eine Nacht ohne Schlaf verbracht hat, höchstens kurz weggedämmert ist, in einen Traum gerutscht, dann wieder aufgewacht, wieder die Gedanken und wieder die Gedanken und wieder die Gedanken.

Als ich gestern Abend das Landesarchiv verlassen hatte, hatte ich Mühe gehabt, mich zurechtzufinden. Ich war gefangen in Schreibers Manuskript, in dieser abgeschlossenen Welt, wo der Winter nun endgültig die Verbindung nach draußen gekappt hatte. Die junge Frau, die mich an meinen Platz geführt und die Unterlagen gebracht hatte, überreichte mir im Gehen mit einem neugierigen Gesichtsausdruck die Kopien der Polizeiberichte oder dem, was nach dem Brand davon noch übrig geblieben war. Sie hatte sie in einen Nylonsack gesteckt, und man sah ihr an, dass sie vor Neugier fast platzte. Ich war dankbar, dass sie nichts sagte, nickte ihr zu und versuchte ein freundliches Lächeln, was mir aber vermutlich nicht so recht gelang. Die nächsten zwei Stunden lief ich ziellos durch die Straßen, zweimal setzte ich mich in irgendeine Bar, trank ein kleines Bier, bezahlte schon, nachdem mir der Kellner das Glas hergestellt hatte und nahm sofort meine ruhelose Wanderung wieder auf. Ich wollte den Augenblick hinauszögern, in dem ich mein Zimmer aufsuchte, mir war klar, dass in meinem Zustand an Schlaf nicht zu denken war. Aber irgendwann wurde ich doch zu müde, außerdem hatte es angefangen leicht zu regnen, und ich hatte Angst, dass die Unterlagen in meiner Nylontasche nass werden könnten.

Es war kurz vor Mitternacht, als ich in meinem Zimmer ankam. Ich nahm die Kopien aus der Tasche, setzte mich an den kleinen Schreibtisch vor dem Fenster, auf dem in einer Vase Blumen standen. Sie sahen frisch aus, aber nach einem kurzen prüfenden Griff war klar, dass sie aus Plastik waren. Direkt neben den Blumen warf eine Stehlampe einen kleinen runden Lichtkegel auf den Schreibtisch. Vor mir lagen die alten Polizeiberichte, und ich musste sie nur in diesen Lichtkegel schieben, um sie zu lesen. Aber dann war plötzlich diese Angst da, schnürte mir den Hals zu, ließ meine Hände zittern. Was stand in diesen Berichten? Was stand da, was ich vielleicht gar nicht wissen wollte? Ich weiß nicht, wie lange ich so dasaß, die Polizeiberichte anstarrte, und nicht imstande war, sie ins Licht zu rücken. Irgendwann sprang ich auf, ging in das kleine angrenzende Badezimmer und stellte mich unter die Dusche.

Aber auch das half nicht, geschlafen habe ich die ganze Nacht nicht. Und das spüre ich jetzt im ganzen Körper, nachdem ich gefrühstückt habe und wieder in meinem Zimmer am Fenster stehe und vergeblich nach den Gipfeln der Berge am grauen Horizont Ausschau halte. Ein achtzigjähriger Mann auf der Suche nach ... ja, wonach eigentlich?

Ich setze mich aufs Bett, müde, unerträglich müde, und es

kommt mir sinnlos und aussichtslos vor, das weiter zu verfolgen, weswegen ich hergekommen bin. Ich fühle mich nicht einmal in der Lage, heute Nachmittag wieder, so wie ich es mir vorgenommen habe, ins Landesarchiv zurückzukehren und in Schreibers Manuskript weiterzulesen. Ich glaube, Rosalind würde mich verstehen. In Gedanken überquere ich einen Kontinent und einen Ozean und stehe auf einem Friedhof vor einem Grab, und der imaginäre Anblick der blauen Kornblumen treibt mir fast Tränen in die Augen. Sie sind seit fast einer Woche in der Vase, sie müssen jämmerlich aussehen. Und das wird so bleiben, weil ich auch morgen nicht kommen werde, zum ersten Mal seit zwölf Jahren werde ich an einem Mittwoch keine frischen Blumen bringen.

Ich sehe das Bild von Rosalind vor mir; jenes, das auf ihrem Grabstein ist. Es ist mein Lieblingsbild von ihr, in keinem anderen Porträt von ihr entdecke ich so viel Rosalind: Da ist ihr leicht spöttisches Lächeln, das so typisch ist für sie, und das ich in all den Jahren lieben lernte. Da ist ihre linke Augenbraue, wie immer ein wenig hochgezogen, was dieses spöttische Lächeln noch unterstreicht. Ihre Augen sind weit geöffnet, sie strahlen in ihrem wunderbaren Blau, blau wie Kornblumen. Um den Hals trägt sie eine Kette mit einem indianischen Symbol, beides in Silber. Ich habe es ihr geschenkt, wie immer, wenn es um etwas Indianisches ging, mit der nötigen Ironie, habe ihr mit einem Augenzwinkern, das nur wir beide sehen konnten, erklärt, dass diese Kette einmal der Tochter von Sitting Bull gehört hat, was sie, es war schon viele Jahre nach dem denkwürdigen Treffen mit der indianischen Wahrsagerin, und längst hatte der Humor Platz gefunden in der Leidenschaft meiner Frau, was sie also mit einem lauten Lachen quittierte. Trotzdem ist diese Kette die Lieblingskette meiner Frau geworden, und es hat mich immer mit Stolz erfüllt, wenn sie sie auch nach vielen Jahren noch getragen hat.

Das Foto ist in einem Vorort von Vancouver entstanden, dort, wo ihr Vater seine letzten Lebensjahre verbrachte. Im Hintergrund sieht man das kleine Haus, in dem er wohnte, alleine, nachdem seine Lebensgefährtin ein paar Jahre zuvor gestorben war. Es war der achte Juli 1992. Ich kann mich deswegen an das genaue Datum erinnern, weil an diesem Tag für Rosalind die Welt zusammenbrach, zum ersten Mal zusammenbrach. Ihr Vater hatte uns angerufen, ein paar Tage zuvor, und uns gebeten, ihn zu besuchen. Es wird das letzte Mal sein, hatte er Rosalind am Telefon gesagt. Obwohl sie ihn seit Jahren, genau genommen, seit er nach Vancouver gezogen war, nur mehr selten gesehen hatte, hatte sie doch den Kontakt mit ihm gehalten und ihm einen besonderen Platz in ihrer Erinnerung zugedacht.

»Er war ein guter Vater«, sagte sie öfters. Ich hatte dabei immer das Gefühl, dass sie sich das selbst vorsagte, um besser daran glauben zu können, aber vielleicht empfand sie ja wirklich so. Nein, sie verschloss nicht die Augen vor der Vergangenheit, vor den Alkoholproblemen ihres Vaters, vor der Tatsache, dass er die Familie, ihre Mutter, Rosalind und ihre Schwester nach einem guten Dutzend Jahren im Stich gelassen hatte, und trotzdem hütete sie sein Andenken wie einen Schatz, polierte Erinnerungen an ihre Kindheit, etwa daran, dass ihr Vater jeden Sonntag mit ihr und ihrer Schwester einen Ausflug gemacht hatte, und ließ nichts auf ihn kommen. Ich selbst habe ihren Vater vielleicht zehnmal im Leben getroffen. Ein aufgeweckter, nicht unsympathischer Mann, der mit seinen Gedanken allerdings ständig irgendwo anders war. Wenn man mit ihm redete, hatte man das Gefühl, dass er nur mit einem Ohr zuhörte, mit dem anderen aber beständig der großen Symphonie des Lebens lauschte. Er wirkte gedankenverloren, immer abgelenkt, immer auf dem Sprung. In diesem Sommer, an diesem achten Juli 1992, als wir ihn auf sein Bitten hin in Vancouver besuchten, war es jedoch anders.

Die Tage davor, die Stunden im Flugzeug, die Minuten im Taxi vom Flughafen zu seinem Haus, die ganze Zeit rätselten

Rosalind und ich, was den alten Herrn bewegt haben mochte, uns zu sich zu bitten. Als wir schließlich im Garten vor seinem Haus standen, Rosalind mit unserer Reisetasche in der Hand, das Taxi war bereits wieder abgefahren, nahm ich den Fotoapparat, den ich um den Hals hängen hatte, rief »Rosalind!«, und drückte auf den Auslöser, genau in dem Moment als sie sich umdrehte, meine Absicht erkannte und ihr spöttisches Lächeln auf ihrem Gesicht erschien wie die Morgensonne. Wer hätte damals geahnt, dass dieses Foto, dieser Schnappschuss einmal von ihrem Grabstein lächeln würde?

Ich weiß nicht, ob dieses Lächeln auf Rosalinds Gesicht, das zum Abschiedslächeln ihres Lebens geworden ist, nur eine mechanische Reaktion war oder ob es mir gelungen ist, sie für Sekunden aus den schweren Gedanken zu reißen, die sie seit dem Anruf ihres Vaters plagten. Denn dass seine Bitte, ihn zu besuchen, einen positiven Grund haben könnte, konnten wir uns beide nicht vorstellen.

»Er wird wohl nicht noch einmal heiraten«, sagte Rosalind zu mir, als wir die Koffer packten, in einem schwachen Versuch, das Ganze mit Humor zu nehmen.

»Sicher nicht«, korrigierte sie sich selbst, »er hat ja gesagt, dass es das letzte Mal sein wird. Ich denke, er ist schwer krank.«

Als wir, nur wenige Sekunden nachdem ich das Foto gemacht hatte, klingelten, als wir ein paar Sekunden später noch einmal klingelten, und als wir dann, nachdem niemand geöffnet hatte, vorsichtig die Klinke der Haustür nach unten drückten, sie unverschlossen vorfanden und leise eintraten, hatte unsere Anspannung ihren Höhepunkt erreicht.

Der alte Herr lag auf einem Sofa im hinteren Teil des Wohnzimmers. Die Luft war stickig, und es roch unangenehm. Rosalinds Vater hob die Hand, als er uns entdeckte, und winkte uns zu sich. Er richtete sich langsam auf, aber schon das schien ihm Mühe zu machen. Ich muss gestehen, dass ich erschrak, als ich ihn sah, und Rosalind erging es nicht anders. In den beiden Jahren, seit wir ihn das letzte Mal getroffen hatten, hatte das Alter den Meißel angesetzt oder, besser gesagt, der Tod hatte schon mit seiner Arbeit begonnen. Vor uns saß ein schwer atmender einundneunzigjähriger Greis, der Mühe mit dem Sprechen hatte und seine abgehackten Sätze mit fahrigen Gesten begleitete.

»Ja, ja, mir geht es schlecht«, waren die ersten Worte, die er an uns richtete. Er wollte von vornherein jede Diskussion um sein Befinden unterbinden, was ihm allerdings nicht gelang.

»Warst du beim Arzt?« Rosalind ging vor ihrem sitzenden Vater in die Knie und hielt seine Hand.

»Arzt? Wieso Arzt?«, fragte er. »Ich bin nicht krank, ich bin alt.«

Dann stemmte er sich ächzend hoch, während Rosalind ihn unter den Arm fasste, um ihn zu stützen. Ich trat hinzu, unsicher, was ich tun sollte, aber er winkte mit einer zornigen Geste ab und zeigte in Richtung Tisch.

»Setzen wir uns.«

Wir folgten seinen Anweisungen, Wort für Wort; es war so, wie es immer gewesen war: Rosalinds Vater sagte an, und die Welt gehorchte. Rosalind holte aus dem Kühlschrank drei Flaschen Bier, der alte Herr nahm eine in seine zittrigen Hände und hebelte mit einem Feuerzeug den Verschluss weg.

»Seht, ich kann noch für mich selber sorgen«, grinste er, aber es war mehr eine Grimasse.

Es entstand eine kurze Pause, eine Stille, die ich als sehr unangenehm empfand. Ich überlegte mir, ob es vielleicht angebracht wäre, die beiden alleine zu lassen. Aber der alte Herr kam mir zuvor.

»Heute Abend feiern wir zu dritt, morgen muss ich mit Rosie etwas alleine besprechen. Tut mir leid, John.«

»Kein Problem«, sagte ich.

Danach verschwimmen meine Erinnerungen. Einzelne Szenen

sind hängen geblieben, immer wieder tauchen die so irritierenden Momente auf, wenn mein Schwiegervater in irgendeiner Weise seine zärtlichen Gefühle für Rosalind zum Ausdruck brachte. Wenn er ihr gedankenverloren übers Gesicht strich, eine ihrer Locken streifte, seine Hand auf die ihre legte oder einfach »meine Rosie« sagte. So etwas hatte es früher nie gegeben, und es war klar, dass ihn etwas plagte, was er seiner Tochter mitteilen wollte.

Der alte Herr trank an diesem Abend mehrere Flaschen Bier und versuchte auf seine unbeholfene Art, so etwas wie einen netten Abend zu inszenieren. Er erzählte Geschichten aus seiner Kindheit, und ich sah an der Mine meiner Frau, die immer wieder Überraschung zeigte, dass ihr einige davon neu waren. Aber unsere Anspannung wich nur für wenige Augenblicke. Wir waren froh, als der alte Mann abrupt erklärte, er sei müde und würde schlafen gehen. Er erhob sich schwerfällig von seinem Stuhl, fast zeitgleich sprangen Rosalind und ich auf, um ihm zu helfen. Er wehrte uns beide mit einer ungeduldigen Bewegung ab, knurrte etwas, das ich nicht verstand, und verschwand in erstaunlich aufrechter Haltung in seinem Zimmer. Rosalind und ich blickten uns an, sie zuckte mit den Schultern, genauso ratlos wie ich. Kurze Zeit später gingen auch wir schlafen, in einem Zimmer im oberen Stock, in einem alten Doppelbett mit durchgelegenen Matratzen, die bei jeder Bewegung quietschten. Ich glaube nicht, dass wir viel geschlafen haben, vor allem Rosalind nicht. Ihr war anzumerken, dass sie Angst hatte. Meinen Versuch, sie in die Arme zu nehmen, wehrte sie ab.

»Nein, nein, schon gut, es geht schon.« Sie verstummte, und wir lagen unseren Gedanken nachhängend im Bett. Irgendwann durchbrach sie die Stille: »Er wird nicht mehr lange leben.«

Sie sollte recht behalten: Zwei Wochen nach unserer Abreise starb ihr Vater. Wir gingen nicht auf die Beerdigung, sein Grab in einem kleinen Vorort von Vancouver haben wir nie gesehen.

Ein Klopfen reißt mich aus meinen Gedanken. Bevor ich etwas antworten kann, geht die Tür auf und ein Zimmermädchen streckt den Kopf herein. Als sie mich sieht, hebt sie entschuldigend die Hand und will sich schon zurückziehen. Aber ich stehe schnell auf und winke sie herein.

»Schon gut, kommen Sie nur, ich wollte sowieso gerade gehen.«

Das Zimmermädchen lächelt schüchtern, macht die Tür ganz auf und zieht ihren Wagen voller Putzutensilien herein. Ich schnappe mir meinen Mantel, drücke mich mit einem leichten Nicken und einem »Guten Tag« auf den Lippen an ihr vorbei und verlasse das Hotel.

Ich bin froh, dass mich das Zimmermädchen aus meinen Gedanken gerissen hat. Schon nach ein paar Schritten fühle ich mich besser, ausgeruhter und auch in der Lage, am Nachmittag, so wie ich es mir vorgenommen habe, in das Landesarchiv zu gehen und wieder in die Welt von Schreiber einzutauchen. Wieso ich mir diesen Plan zurechtgelegt habe, immer am Nachmittag in das Landesarchiv zu gehen und die Vormittage anders zu nutzen, darauf habe ich keine Antwort. Vermutlich ist ein Mann in meinem Alter nicht mehr scharf auf Überraschungen und auf Unbekanntes. Vielleicht ist diese strikte Anordnung, die ich mir auferlegt habe, auch dazu da, mir Sicherheit für etwas zu geben, von dem ich keine Ahnung habe, wohin es mich führen wird.

Wohin mich meine Schritte führen, weiß ich in diesem Moment auch nicht. Es stört mich nicht. Das Gehen tut mir gut, und je länger ich gehe, desto ruhiger wird es in meinem Kopf, desto besser fühlt sich mein Körper an, und als auch der Himmel ein wenig heller wird, verbessert sich meine Laune zusehends. Es scheint noch keine Sonne, noch immer ist alles grau in Grau und die Straßen glänzen nass, aber wenn man hinauf in den Himmel blickt, sieht man genau die Stelle, an der die Sonne sein muss: Dort sind die Wolken licht, fast weiß und manchmal schon von einem leichten Gelbton, als ob die Sonne jeden Augenblick durchbrechen würde. Ich suche den Horizont in alle Richtungen ab, aber die Berge zeigen sich noch nicht.

Nach einiger Zeit komme ich an einer kleinen Kirche vorbei, dahinter befindet sich ein Friedhof. Ich kann nicht widerstehen, Friedhöfe ziehen mich an. Das war nicht immer so, aber seit Rosalinds Tod haben sie eine besondere Bedeutung für mich. Ich trete durch ein gemauertes Tor, folge einem Weg zwischen den Gräbern hindurch, langsam, bedächtig, denke an nichts Bestimmtes, lese Inschriften auf den Grabsteinen, betrachte Kränze und Blumenschmuck. Als ich bei einem Grab mit blauen Blumen vorbeikomme, bleibe ich stehen. Sofort fallen mir die Kornblumen auf Rosalinds Grab ein, sicher schon verwelkt, die ich morgen austauschen müsste, aber nicht austauschen kann, weil ich in einem anderen Land, auf einem anderen Kontinent bin, auf der Suche nach einem Stück Wahrheit.

Ein paar Meter weiter bleibe ich wieder vor einem Grab stehen. Ich lese den Namen, die Jahreszahlen, geboren 1901, gestorben 1992, zähle die roten Rosen, es sind sieben, die in einer Vase stehen, und weiß nicht, was mich an diesem Grab berührt. Und dann weiß ich es doch, schlagartig: Es sind die Lebensdaten des Verstorbenen, dieselben wie die meines Schwiegervaters.

»Nein, nein, sicher nicht«, hatte Rosalind gesagt und das Telefon aufgelegt. Ich war zufällig daneben gestanden, an jenem Tag, an jenem schicksalhaften Tag, hatte an ihrer Stimme und ihrem Gesichtsausdruck gemerkt, dass etwas nicht stimmte. Mit ihrer Aussage konnte ich freilich nichts anfangen.

»Was sicher nicht?«, fragte ich irritiert.

»Wir werden nicht hingehen«, erklärte mir Rosalind bestimmt und realisierte erst in diesem Moment, dass ich gar nicht wusste, wovon sie redete.

»Vater, also, er ist gestorben. Das war meine Schwester«, fügte sie hinzu und deutete auf das Telefon, »und was ich sagen wollte, wir werden nicht hingehen auf die Beerdigung. Das heißt, ich werde nicht hingehen, du kannst natürlich machen, was du willst.«

»Natürlich, Rosalind«, stotterte ich, »dann gehe ich auch nicht …«

»Das brauchst du nicht, tu was du willst«, sagte sie mit brüchiger Stimme, und dann war es mit ihrer Selbstbeherrschung vorbei. Sie drückte sich eine Hand auf den Mund, wandte sich ab, lief die Treppe hinauf und schloss sich in ihrem Zimmer im obersten Stock ein.

Jemand zupft mich am Ärmel, ich erschrecke und drehe mich um. Eine ältere Dame, über ihrem rechten Unterarm hängt eine Handtasche, in der Linken hält sie eine Spritzkanne.

»Entschuldigen Sie, ich würde gerne gießen«, sagt sie und deutet auf das Grab.

»Natürlich, ich war ganz in Gedanken …«

»Sie haben ihn gekannt?«

»Ihn?« Ich bin irritiert, und erst dann verstehe ich, dass sie den Mann meint, der hier in Innsbruck begraben ist, der 1901 geboren und 1992 gestorben ist, genau wie mein Schwiegervater.

»Nein, nein …« Ich suche nach Worten, deute auf die Rosen. »Sie sind sehr schön.«

Sie nickt, während ich mich umdrehe und langsam weitergehe. Ich komme nur ein paar Schritte, dann holen mich erneut meine Erinnerungen ein. Ich stehe wieder vor der verschlossenen Tür im oberen Stock, durch die Rosalinds Weinen dringt und an die ich zaghaft klopfe, aber keine Antwort bekomme, so wie ich auch zwei Jahre später an derselben Stelle keine Antwort mehr bekommen würde.

Vancouver war ein Wendepunkt für Rosalind gewesen. Der Morgen nach unserer schlaflosen Nacht bei unserem letzten Besuch war eine Tortur: Rosalind und ich warteten auf das, was ihr Vater ihr mitteilen wollte. Der alte Herr aber schien es nicht eilig zu haben. Er setzte sich erst kurz nach neun an den Tisch, den Rosalind mit viel Liebe gedeckt hatte. Das schien er jedoch nicht zu registrieren, er wirkte mürrisch und verschlossen. Auf die Frage, ob er gut geschlafen habe, schüttelte er nur den Kopf, nahm einen Schluck Kaffee, den ihm Rosalind frisch eingeschenkt hatte, und widmete sich, ohne ein weiteres Wort zu verlieren, seinem Brot.

»Wann kommt das Taxi?«

»Um drei, Papa, um drei«, antwortete Rosalind.

»Genug Zeit«, sagte ihr Vater wie zu sich selbst und schwieg. Die nächsten Stunden verliefen qualvoll langsam. Rosalind erzählte ihrem Vater von unserem Antiquariat, von unserem Leben, in einem verzweifelten Versuch, die Kommunikation aufrechtzuerhalten. Wie viel ihr Vater davon mitbekam, ich weiß es nicht. Nur selten reagierte er, nur selten beteiligte er sich mit einem Wort oder einer Frage, mehr als einmal glitt sein Blick vorsichtig auf die große Uhr, die über der Tür hing, vorsichtig, aber ich bemerkte es doch. Gegen Mittag legte er sich etwas hin, bat Rosalind, ihn um zwei Uhr zu wecken. Wir beide blieben allein am Tisch sitzen, stumm. Heute bin ich mir nicht mehr sicher, ob wir uns einfach nichts zu sagen hatten, vielleicht weil die Anspannung, die drückende Stimmung so mächtig war, oder ob wir einfach Angst hatten, dass er uns hinter der Tür hören könnte. Schließlich erhob sich Rosalind, kam um den Tisch herum auf mich zu, drückte mir einen Kuss auf die Wange und sagte, dass sie etwas spazieren gehen würde.

Ich blieb auf dem Stuhl sitzen, konnte mich zu nichts entscheiden. Kurz vor zwei kam Rosalind zurück. Ihren Vater zu wecken war nicht notwendig. Die Tür zu seinem Schlafzimmer ging auf, er trat heraus, und er hatte sich frisch gemacht: die Haare sorgfältig gekämmt, ein frisches Hemd, weiß und tadellos gebügelt, eine dunkle Hose, dunkle Schuhe.

»Ihr sollt mich gut in Erinnerung behalten«, sagte er, und

ich glaube mich erinnern zu können, dass ein gequältes Lächeln auf seinem Gesicht zu sehen war.

»Papa!«, protestierte Rosalind, doch ihr Vater ging auf sie zu, umarmte sie und winkte mich zu sich heran. Er löste sich von Rosalind, reichte mir die Hand und klopfte mir auf den Arm. Er tat sich sichtlich schwer mit der Situation und damit, die richtigen Worte zu finden.

»John, du bist in Ordnung, pass mir auf sie auf. Tja, das ist wohl so etwas, was man traurig nennen kann, so ein Abschied ...« Er verstummte, während sich hinter ihm Rosalind zur Wand drehte und leise schluchzte. Er zuckte mit den Achseln, nahm wieder meine Hand und drückte sie kräftig.

»Ich hab's ja gestern schon gesagt, also, John, vielleicht nimmst du schon mal die Reisetasche und wartest draußen. Mach's gut.«

Ich schluckte, drehte mich um, nahm die Tasche und trat, an der Schwelle noch einmal zurückschauend, ins Freie. Was ich sah, hat sich mir eingebrannt: Der alte Mann, bewegungslos, in seinem gebügelten weißen Hemd, daneben seine Tochter, meine Frau, meine Rosalind, den Kopf abgewandt, die Hand vor den Mund gelegt, weinend.

Ich wartete draußen in dem kleinen Garten, und es erschien mir eine endlos lange Stunde. Plötzlich wurde hinter mir die Tür aufgerissen, und Rosalind trat ins Freie. Ich werde ihr Gesicht nie vergessen und ich werde es nie beschreiben können. Ich trat auf sie zu, meine Arme ausgebreitet, aber sie blieb stehen, die Schultern hochgezogen, die Arme abwehrend nach vorne gestreckt. Ihr leises »Nein« war kaum zu hören, erschütterte mich aber bis ins Mark. Wir standen nebeneinander an der Straße und warteten auf das Taxi. Sie hatte die Lippen aufeinandergepresst, irgendwann blickte sie mich an und sagte: »Bitte«, ohne daran etwas anzuschließen.

Ich war froh, als das Taxi endlich kam und nickte dem Fahrer zu, als er aus dem offenen Fenster heraus fragend auf uns deutete.

Die Fahrt zum Flughafen verlief schweigend, die halbe Stunde vor dem Abflug verbrachten wir stumm nebeneinander in der Abflughalle. Dann im Flugzeug, nachdem wir schon in der Luft waren und die Gurte gelöst hatten, sagte sie einen Satz, einen einzigen: »Er ist nicht mein Vater.«

Ich wollte sofort nachfragen, aber sie wehrte ab. Erst als das Taxi vor unserem Haus stoppte, erst als wir durch unseren Garten gegangen, die drei Stufen zu unserer Haustür hinaufgestiegen, erst als wir über die Schwelle getreten waren, die Tür hinter uns geschlossen hatten, erst dann brach sie zusammen. Ihre Schultern begannen zu zucken, sie sank auf die Knie, das Gesicht in ihre Hände gebettet, und weinte haltlos. Ich hob sie vom Boden auf und führte sie zum Sofa. Diesmal wehrte sie sich nicht. Sie legte sich widerstandslos hin, während ihr Körper bebte und ihr Tränen über die Wangen liefen. Ich weiß nicht, wie lange dieser Zustand dauerte, nur, dass sie irgendwann einschlief und dass ich für den Rest der Nacht neben ihr saß.

Mehr hat sie mir nie verraten.

»Das ist meins«, sagte sie, »es reicht, wenn du weißt, dass er nicht mein Vater ist.«

Weitere Fragen wehrte sie ab. Ich weiß bis heute nicht, ob sie ein lediges Kind war, das ihre Mutter mit in die Ehe gebracht hatte, oder das Ergebnis eines Seitensprunges oder gar einer Vergewaltigung. Sie hat es mir nie gesagt. Sie hat, soweit ich mich erinnern kann, nie mehr über dieses Thema gesprochen. Bis zu jenem Tag, an dem ihre Welt ein zweites Mal zusammenbrach, zwei Jahre später ...

Es ist so wie gestern genau vierzehn Uhr als ich vor der schweren Tür des Landesarchivs stehe. Wieder überkommt mich ein seltsames Gefühl, fast so etwas wie Schwellenangst. Da drinnen wartet eine andere Welt auf mich, eine Welt aus Schnee und Eis, eine Welt, mit einem Geheimnis, das ich lüften will. Ich atme tief durch und drücke die Türe auf. So wie gestern trete ich in ein Halbdunkel, so wie gestern hebt die Frau an der Rezeption den Kopf, und so wie gestern kommt von der Seite die junge Frau mit den kurzen blonden Haaren auf mich zu, so wie gestern mit einem Lächeln auf den Lippen.

»Mr. Miller, ich habe Sie schon erwartet«, sagt sie. »Da ist noch etwas, was ich gestern vergessen habe, nur eine kleine Formalität, aber haben Sie Ihren Reisepass oder sonst ein Dokument dabei?«

Ich greife in meine Manteltasche und reiche ihr meinen Pass. Sie legt ihn auf die Empfangstheke.

»Bürokratie. Wir müssen genau aufschreiben, wer hier gewesen ist. Aber das kann ich machen, während Sie lesen. Kommen Sie, Sie wollen sicher keine Zeit verlieren?«

Ich lasse mich von ihr bereitwillig denselben Weg entlangführen wie am Tag davor.

»Sind Sie zufrieden mit dem Platz?«, fragt sie mich.

Ich nicke, und das genügt ihr schon. Sie drückt gegen eine Tür, hält sie auf, bis ich durchgegangen bin.

Am Eingang des Lesesaales verlässt sie mich, um die Unterlagen zu holen. So wie gestern sind die beiden Männer da. Sie begrüßen mich mit kurzem Nicken und scheinen zur Kenntnis zu nehmen, dass auch ich auf unbestimmte Zeit in diesen Raum gehöre. Ich weiß, dass diese Zeit nicht allzu lange dauern wird. Ich weiß, wann mein Flugzeug zurück in die Staaten fliegt, und ich weiß, dass ich bereit bin, das Geheimnis Geheimnis sein zu lassen, wenn ich bis dahin nichts gefunden habe. Rosalind kann nicht ewig warten, sie hat ein Recht auf ihre Kornblumen, auf frische Kornblumen, auf frische, blaue Kornblumen.

Ich ziehe leise den Stuhl zurück, sodass ich mich setzen kann. Kurz darauf kommt das Mädchen mit der Schachtel, und erfreulicherweise macht sie es kurz.

»Da ist alles, Mr. Miller, ich wünsche Ihnen einen schönen Nachmittag.«

Sie dreht sich um und geht zum Ausgang. So wie gestern warte ich, bis ihre Schritte verklungen sind, so wie gestern sitze ich noch ein paar Augenblicke da, bevor ich den Deckel der Schachtel öffne und das Manuskript herausnehme. Ich lege es auf den Tisch, streiche mit der Hand vorsichtig über das Leder des Einbandes, ehe ich es aufschlage und die Stelle suche, an der ich Schreiber gestern verlassen habe.

SCHREIBERS MANUSKRIPT

II. Das Feuer

Aus vielen Mündern steigen sie empor, die Worte, uralt, so oft gesprochen, füllen den Raum zwischen den schwarzen Gestalten, steigen auf, langsam, aber stetig, immer höher, ein gigantisch anschwellendes Miteinander von Stimmen, stoßen an die Wände, an die Decke, und hängen sich als leises Echo an die nachfolgenden Worte, die Worte, die ineinandergreifen, zum Gebet werden, so wie die Hände der Menschen, all dieser dunklen Gestalten, ineinandergreifen, zum Gebet gefaltet sind.

In der kalten Luft entstehen Atemwolken vor den Mündern der Betenden, die Atemwolken, die sofort wieder verschwinden, anders als die Worte, die steigen und steigen und nachströmen und nachströmen, ein unerschöpflicher Fluss aus Buchstaben, der seinen Weg hinauf zur Decke sucht.

Dazwischen die Augen, die Blicke aussenden, nach vorne schicken, über die Schulter des Vordermannes hinweg, nach vorne, dort, wo eine weiß gekalkte Wand die Blicke abfängt, vor der der alte Pfarrer steht, die Arme über dem einfachen Altar ausgebreitet wie zwei Schwingen. Vor dem Altar der Sarg, einsam, karg, eine Kerze auf jeder Seite, keine Blumen, wo sollte man die auch hernehmen, wenn draußen der Winter seine weiße Hand auf die Berge gelegt und die Straße ins Tal versperrt hat?

Dazwischen die Worte des Pfarrers, Worte, so oft gesprochen, so oft gehört, so selten wirkungsvoll, wenn der Tod zum Abschied ruft. Trotzdem werden sie gesprochen, diese Worte, weil in dieser Situation alles willkommen ist, was den Raum füllt, der größer geworden ist, leerer, so wie immer, wenn jemand für immer geht.

Inmitten all dieser Gestalten, inmitten dieser kleinen Kirche inmitten dieser hohen Berge steht Schreiber, den Kopf gesenkt wie die anderen, die Hände gefaltet wie die anderen, die Worte murmelnd wie die anderen, schwarz gekleidet wie die anderen. Rechts und links die Bauern, hin und wieder streifen sie ihn an den Schultern, eine Berührung, die Schreiber angenehm ist, so wie ihm alles angenehm ist, was ihm das Gefühl gibt, dazuzugehören. Er steht rechts in der Kirche, so wie alle anderen Männer auch, auf der linken Seite sind die Frauen, dazwischen der Mittelgang, durch den jetzt die Trauernden in zwei Reihen nach vorne gehen, rechts die Männer, links die Frauen, vorne, vor dem Sarg, eine kurze Kniebeuge, ein Kreuzzeichen, das Weihwasser, dann der Weg zurück, an der ersten Bankreihe vorbei, an der Wand entlang zurück zu der eigenen Bankreihe. Auch Schreiber in der langen Reihe, auch er eine kurze Kniebeuge, ein Kreuzzeichen, das Weihwasser und vorbei an der ersten Reihe, in der die Angehörigen sitzen, in schwarzen Anzügen, die noch ein bisschen schwärzer scheinen als die Anzüge der anderen, mit blassen Gesichtern, die noch ein bisschen blasser sind als die Gesichter der anderen, mit rot geweinten Augen, Tränenspuren, kaum weggewischt.

Als sich alle wieder in ihren Bänken gesammelt haben, stimmt der Pfarrer ein Lied an. Sein Gesang ist alt und zittrig, anders als sein Reden, wie Schreiber sich erinnert. Aber schon fallen die anderen in seinen Gesang ein, die Frauen als Erstes, entschlossen und sicher, die Männer etwas zögerlicher, aber dann baut ihr Bass bestimmt und laut das dunkle Fundament, auf dem die hellen Stimmen der Frauen funkeln. Und alles steigt empor in dieser kleinen Kirche, in diesem kleinen Dorf, das *Großer Gott wir loben dich,* und die Stimmen bejubeln seine Stärke und bewundern seine Werke, dem Tod zum Trotz.

Seit vielen Jahren hat Schreiber dieses Lied nicht mehr gehört. Er ist nicht sehr religiös aufgewachsen, aber zumindest an Weihnachten, an Ostern und natürlich bei Beerdigungen und Hochzeiten hat er mit seinen Eltern die Kirche besucht. Und auch wenn es lange her ist, die Melodie und der Text dieses Liedes haben sich tief in sein Gedächtnis gegraben, und schon nach den ersten Tönen ist alles wieder da, die Erinnerung an Text und Melodie, aber auch die Erinnerung an das Gefühl, ein erhabenes Gefühl, das er als Kind hatte, als er zwischen Mutter und Vater in einer dunklen Kirche stand und diesen erhabenen Gesang aus Hunderten Kehlen vernahm. Jetzt ist dieses Gefühl vielleicht stärker als je zuvor, und obwohl Schreiber kein guter Sänger ist, singt er lauthals mit, vereint seine Stimme mit den anderen Stimmen in der Kirche, vereint sich mit den anderen Betenden, und das gibt ihm ein Gefühl von Wärme und Geborgenheit. Wenn es nach ihm ginge, könnte das Lied Dutzende Strophen haben, er würde singen, bis er heiser wäre, bis irgendwann kein Ton mehr aus seinem Mund kommen würde.

Aber das Lied ist zu Ende, der letzte Ton scheint sich nicht gleich zu verflüchtigen, scheint noch irgendwo im Raum nachzuhallen, bevor ihn die Stille übertönt. Der Pfarrer geht mit zwei Ministranten die Stufen in den Mittelgang hinab, dreht sich zum Sarg, macht ein Kreuz, dreht sich wieder um und geht langsam den Gang entlang. Hinter ihm haben vier Männer den Sarg hochgehoben, geschultert und folgen dem Pfarrer ins Freie. Hinter dem Sarg kommen die Gläubigen, zuerst die Angehörigen, dann die Männer, schließlich die Frauen mit den Kindern.

Der Trauerzug, Schreiber inmitten der Männer, fängt an, einen Rosenkranz zu beten. Schreiber murmelt die Worte mit, auch sie haben sich irgendwo in seiner Erinnerung eingegraben. Der Zug, vom Pfarrer angeführt, schreitet betend durch den Friedhof auf die Straße und durch das Dorf. An eine eigentliche Beerdigung ist nicht zu denken: Der Schnee liegt immer noch sehr hoch, und der Boden ist hart gefroren. Die Beerdigung wird, wie in den Bergen üblich, im Frühjahr stattfinden, bis dahin wird der Sarg in der Scheune des Verstorbenen aufgebahrt.

»Er kann also noch eine Weile in seinem geliebten Zuhause sein«, wie der Pfarrer in der Messe tröstend sagte und dabei einen Blick auf die gesenkten Köpfe der Angehörigen warf.

Schließlich erreicht der Zug den Hof der Kühbauers. Georg, der Sohn des Toten, löst sich aus dem Zug, geht an den Sargträgern und am Pfarrer vorbei und öffnet die beiden hölzernen Tore der Scheune. Der Pfarrer tritt zur Seite, die Sargträger tragen den Sarg hinein, wo am Boden, unmittelbar vor dem Heustock, eine Decke ausgebreitet ist. Der Sarg wird langsam abgestellt, die Sargträger verweilen kurz, bekreuzigen sich und gehen hinaus. Nach und nach treten alle hinzu, schlagen ein Kreuz, drehen sich um und verlassen die Scheune. Auch Schreiber ist unter ihnen, steht vor dem Sarg, macht ein Kreuz und wirft einen Seitenblick auf die Angehörigen des toten Bauern, die neben dem Sarg stehen. Er sieht die Witwe, rechts und links gestützt von ihren zwei Söhnen, von denen er nur den älteren kennt, Georg, den Mann mit der roten Narbe auf der Stirn, der ihm bei dem Gespräch im Gasthaus, als er erklärte, wieso er hier sei, so aggressiv entgegengetreten war. Der junge Kühbauer begegnet Schreibers Blick, die beiden sehen sich in die Augen. Schreiber nickt, Kühbauer reagiert nicht. Dann tritt Schreiber zur Seite, macht Platz für den Nächsten, der sich vor dem Sarg bekreuzigt, und tritt hinaus ins Freie. Dort haben sich kleine Gruppen gebildet, leise wird geredet, die eine oder andere Zigarette angezündet. Schreiber steht unschlüssig da, sieht die Reihe der Frauen und Kinder, die immer noch warten, um vor dem Sarg ihr Kreuz zu machen, und plötzlich sieht er sie, die Frau mit dem roten Tuch. Auch sie hat ihn gesehen, ihr Blick verfängt sich in seinem, und er sieht ein freundliches Lächeln, das er in sich aufnimmt und das sich warm in seinem Inneren ausbreitet. Es ist nur ein Augenblick, der Zug der Frauen setzt sich wieder in Bewegung, schweigend, nur das Knirschen des Schnees unter ihren Schuhen ist zu hören.

Die meisten Männer gehen los, das Gasthaus als Ziel. Schreiber ist unschlüssig, weiß nicht, was er tun soll, die lärmende Gaststube scheint ihm nicht die richtige Umgebung zu sein, um dieses Lächeln der Frau mit dem roten Tuch in seinem Inneren zu bergen. Also setzt er sich in Bewegung, in die andere Richtung, folgt der Straße, die ihn aus dem Dorf hinaus auf den Feldweg führt, den er in den letzten Tagen schon öfters gegangen ist, den Feldweg, der zu dem kleinen Hof etwas oberhalb des Dorfes führt. Schreiber genießt es, Schritt vor Schritt zu setzen, die vielen Stunden, die ihn der Winter in sein Zimmer zwingt, sind lange genug, auch wenn ihm mittlerweile die Worte gegeben sind, die immer mehr Seiten in dem mit Leder eingebundenen Buch füllen. Fast jeden Abend sitzt er da bis weit in die Nacht und schreibt, zwischendurch legt er immer wieder die Füllfeder zur Seite, hält die klammen Finger vor den Mund, um sie mit seinem Atem zu wärmen. Stets sind es zuerst Skizzen auf Notizblättern, bevor er es wagt, in sein Buch zu schreiben. Skizzen, die er allesamt in den Papierkorb wirft, sobald die Geschichte, die Begebenheit, die Szene, das, was er schreiben will, in seinem Inneren eine Form angenommen hat und die Worte aus ihm herausdrängen.

Auch heute Nacht werden es wieder Stunden werden, er weiß es. Da ist diese Totenfeier, die beschrieben werden will, da sind die Gebete und Gesänge, die den Raum erfüllten, da ist der Sarg in der Scheune, da ist das Lächeln der Stummen, und da ist das Summen der Gerüchte, die den Tod des alten Kühbauers umschwirren wie ein Schwarm bösartiger Hornissen.

Seine Frau hat ihn gefunden am Morgen vor drei Tagen, im Stall liegend, auf dem Bauch, das Gesicht im Mist seiner Kühe, darunter eine Lache aus Blut, durch den Mist mehr braun als rot. Die Schreie der Kühbauerin haben Georg alarmiert, der den leblosen Vater sofort an den Schultern packte, ihn umdrehte, ihm mit einer Hand den Mist aus dem Gesicht wischte, immer wieder in seinem rauen Dialekt »Vater!« rief, dann, »Da ist Blut!«, dann zu seiner Mutter gedreht, »Hol den Pfarrer!«, obwohl ihm selbst schon in diesem Moment irgendwie klar war, dass das keine Eile mehr hatte. Die Mutter rührte sich auch nicht von der Stelle, hielt nur ihre Hände vor den Mund gepresst, stand, wartete, schwieg. Georg legte seinen Kopf auf die Brust des Vaters, presste sein Ohr an die Stelle, an der er das Herz wusste. Nur einen kurzen Augenblick, dann hob er den Kopf, packte das dicke Hemd seines Vaters, riss es auf und legte den Kopf noch einmal auf dessen Brust, nun nur noch durch das Unterhemd von dem Herzschlag getrennt, den er verzweifelt suchte. Aber auch das half nichts, da war nichts mehr zu hören, es sei denn, man kann das Schweigen eines stillstehenden Herzens hören.

»Tot, er ist tot!«, sagte er und schaute mit einem ungläubigen Blick auf seine Mutter, die sich immer noch nicht rührte. Kurze Zeit darauf füllte sich der Stall: Verwandte, Nachbarn, der Ortsvorsteher, und als schließlich der Pfarrer eintrat, teilte sich die Menge schweigend, die meisten hatten noch immer ihre Hände gefaltet, manche bekreuzigten sich, während der Geistliche zu der Leiche trat, die auf einem Büschel Stroh lag. Auch der Pfarrer faltete die Hände, bekreuzigte sich und begann ein Vaterunser, in das die Umstehenden schnell einstimmten. Dann ging er in die Hocke, zeichnete dem alten Kühbauer ein Kreuz auf Stirn, Mund und Brust und richtete sich auf.

»Der Herr gib ihm die ewige Ruhe«, sagte er mit sanfter Stimme.

»Und das ewige Licht leuchte ihm«, antworteten die Anwesenden.

»Herr, lass ihn ruhen in Frieden!«
»Amen.«

Leises Schluchzen war zu hören. Schreiber, der im hinteren Teil des Stalles stand, sah, wie sich ein paar Männer über die Leiche beugten und erregt miteinander diskutierten. Kurze Zeit später wurde der Leichnam von ihnen aufgenommen und an den Umstehenden vorbei aus dem Stall und ins Haus getragen. Langsam zerstreuten sich die Menschen vor dem Hof, auch Schreiber ging zurück ins Gasthaus, setzte sich an einen freien Tisch und sah zu, wie sich die Stube füllte. Die Stimmung war gedrückt, Thema gab es klarerweise nur eines: den Tod vom Kühbauer, nur vierundsechzig Jahre alt, ist doch kein Alter zum Sterben, vor allem, bei einem wie ihm, keine Zigaretten, kein Alkohol, immer gesund und jetzt das. Niemand konnte sich einen Reim darauf machen, warum er gestorben war. Das blieb auch an den nächsten Abenden so, auch wenn sich mehr und mehr Details in die Erzählungen mischten und für zusätzliche Verwirrung sorgten.

Natürlich wurde allgemein angenommen, dass Kühbauer einen Herzinfarkt erlitten hatte. Was sonst sollte es sein? Aber diese Antwort schien die wenigsten zufriedenzustellen. Zu stark, zu jung der Mann, um an einem Herzinfarkt zu sterben. Zu grob die Wunde im Gesicht, als dass sie entstehen könnte, wenn jemand einfach zu Boden fällt, noch dazu nicht auf etwas hartes wie Beton, sondern in den Mist, der noch einmal den Sturz abfängt und dämpft.

Am zweiten Abend in der Gaststube war die Rede von einer Leiter, die direkt neben der Leiche gestanden sei, angelehnt an einen Dachbalken. Was diese Leiter dort sollte, was es dort oben zu tun gäbe, konnte niemand sagen. Aber allmählich schien sich die Einsicht durchzusetzen, dass sich diese grobe Verletzung im Gesicht nur mit einem Sturz aus großer Höhe erklären ließ und das wiederum bedeutete, dass Kühbauer von der Leiter gestürzt war. Eine Theorie, die heftig diskutiert wurde. Viele widersprachen ihr. Wenn jemand von der Leiter fällt, fällt die Leiter auch um, sagten die einen, nicht, wenn er auf der Leiter den Herzinfarkt gehabt hat, argumentierten die anderen. Stunden später, schon kurz vor Mitternacht, mit ein wenig Alkohol im Spiel, wurden die Theorien noch gewagter. Sein Gesicht hätte ausgesehen, als ob man mit einem Hammer hineingeschlagen hätte, hatte einer gesagt, und allein dieser Vergleich führte dazu, dass am letzten Tisch, der zu dieser späten Stunde noch besetzt war, plötzlich über die Möglichkeit eines Verbrechens diskutiert wurde, die Stimmen nun leiser, manchmal fast flüsternd, als würde man dieser gewagten Spekulation nicht mehr an Lautstärke zugestehen, als ob etwas mehr Wirklichkeit hat, wenn es lauter ausgesprochen wird. Der Wirt, der sich immer wieder interessiert an den Tisch setzte und selbst an den Diskussionen teilnahm, schüttelte bei diesem Gedanken empört den Kopf.

»Ihr seid ja verrückt. Ein Verbrechen, was anderes fällt euch nicht ein. Ich glaub, ich werd euch nur mehr Wasser bringen, wird das Beste sein.«

»Schon gut, hast ja recht«, beruhigte ihn ein anderer, »aber ist halt seltsam, wenn man sich etwas nicht erklären kann. Dann fällt einem alles Mögliche ein. Und wenn wir unten im Tal wären, kannst dir sicher sein, dass die Polizei das auch fragen würde.«

»Trotzdem Blödsinn«, knurrte der Wirt, »wer sollte dem Kühbauer den Schädel einschlagen?«

»Genau, genau, genau«, sagte der Sprecher von eben und tippte bei jedem »Genau« mit seinem Finger dem Wirt an die Schulter. »Genau das hätte die Polizei auch gefragt. Genau das!«

»Blödsinn«, knurrte der Wirt ein zweites Mal, aber es klang schon nicht mehr so überzeugt. »Hat ja keiner einen Grund.«

»Oh, da wär ich mir nicht so sicher. Schon die Streitereien wegen dem Feld hinter der Kirche vergessen?«

»Na, jetzt reicht's«, empörte sich der Wirt und stand auf.

»Mindestens fünf Jahre her das, nein, mehr, das reicht gar nicht ...«

»Stimmt, ist zehn Jahre her«, eine andere Stimme. Ein paar Zwischenrufe, dann schmetterte der Wirt seine Faust auf den Tisch.

»Ob fünf oder zehn oder hundert Jahre, ist doch egal, wegen so einer Lappalie wie diesem Feld ...«

»Lappalie? So nennst das? Hast vergessen, was damals los war, wie die aufeinander los sind, mit einer Axt in der Hand ...«

Empörte Zwischenrufe.

»Keine Axt ...«

»...alles nicht wahr ...«

Der Rest ging in Geschrei unter. Wieder war es der Wirt, der seine Faust auf den Tisch hämmerte und für Ruhe sorgte.

»Ist genug für heute, gehen wir schlafen, morgen mit einem kühlen Kopf kommt uns so ein Unsinn sicher nicht mehr ...«

»Ja, ja«, einer der Männer erhob sich, »ist spät, hast recht.« Und dann standen sie auf, einer nach dem anderen, leerten mit einem letzten kräftigen Schluck noch das eine oder andere Glas, bevor sie die Tür aufrissen und in der Nacht verschwanden.

»Blödsinn, das«, sagte der Wirt kopfschüttelnd in Richtung Schreiber, der der einzige in der Stube verbliebene Gast war und sich jetzt ebenfalls erhob und zur Treppe ging.

»Hören S' nicht auf das Geschwätz!«, rief der Wirt ihm nach, als Schreiber bereits die Stufen zu seinem Zimmer hinaufstieg.

Aber die Gerüchte verschwanden nicht. Am Tag der Totenfeier, Schreiber war unruhig gewesen und kaum, dass die Morgensonne den Kirchturm mit einem blassen Rosa bemalte, zur Kirche gegangen, traf er die Brunnhoferin, die mit ihrem Sohn ebenfalls schon dort wartete. Sie nickte ihm zu, während er langsam über den kleinen Friedhof schlenderte. Plötzlich merkte er, dass sich jemand näherte, und als er sich umdrehte, sah er die

Alte nur einige Schritte hinter sich. Sie schaute ihm fragend ins Gesicht.

»Glauben S' mir jetzt?« Und während sie das sagte, leise und mit einem verschwörerischen Ton, blickte sie hastig nach rechts und links, so als ob sie etwas Verbotenes tun würde. Hinter ihr bewegte Bruni seinen Kopf hin und her und lallte »Glauben S' mir? Glauben S' mir? Glauben S' mir?«, bis ihn ein harsches »Pscht!« der Brunnhoferin verstummen ließ.

»Entschuldigen Sie«, fragte Schreiber verunsichert, »ich weiß nicht, was …«

Die Brunnhoferin schnitt ihm mit einer ungeduldigen Bewegung die Worte ab.

»Hab Ihnen ja gesagt, damals, wie S' bei mir waren, wegen der Hose, erinnern S' sich?«

»Ja ja, natürlich«, sagte Schreiber, »die Hose.«

»Und da hab ich's Ihnen ja gesagt, dass nicht alles mit rechten Dingen zugeht!«

Den letzten Teil des Satzes flüsterte sie und kam so nahe an Schreibers Gesicht, dass er ihren Atem riechen konnte.

»Rechten Dingen! Rechten Dingen! Rechten Dingen!« hatte Bruni aufgeschnappt und begann wieder mit seinem Ritual, warf seinen Kopf hin und her und wurde auch diesmal mit einem strengen »Pscht!« seiner Mutter zum Schweigen gebracht.

»Ich weiß nicht …«, sagte Schreiber hilflos und blickte ebenfalls in die Runde, weil ihm diese Unterhaltung peinlich war und weil er nicht wollte, dass man ihn dabei sah. Die Brunnhoferin legte zu Bruni gewandt den Zeigefinger auf den Mund und blickte wieder zu Schreiber. Sie schien zu zögern, zu überlegen, dann hatte sie eine Entscheidung getroffen.

»Die Stumme! Es geht wieder los, geht wieder los.«

Bevor Schreiber etwas sagen konnte, ergriff sie Bruni bei der Hand, zog ihn grob zur Kirche, warf einen letzten Blick auf Schreiber und verschwand im Gotteshaus.

All das will in Worte gefasst werden, heute Abend, all das geht Schreiber jetzt durch den Kopf, den er eingezogen hat, weil ihm ein kalter Wind entgegenbläst. Er hat fast den Wald erreicht, es müsste bald Mittag sein, und er hat Hunger. Er wirft einen letzten Blick nach oben, Hochnebel hüllt die Berge ein, die Wälder unterhalb der Gipfel sind tief verschneit. Oberhalb der kleine Hügel, der kleine Bauernhof, der Hof, in dem die Stumme wohnt, deren Lächeln ihm wieder einfällt, und er dreht sich um, geht den Feldweg zurück, auf dem der Schnee mittlerweile hart gefroren ist. Das Gehen ist einfacher so, kein Einsinken wie bei Neuschnee, aber es ist rutschig, sehr rutschig, und Schreiber achtet bei jedem Schritt darauf, das Gleichgewicht nicht zu verlieren. Trotzdem passiert es. Plötzlich rutscht er seitlich weg und stürzt auf den Boden. Er rappelt sich benommen auf, bleibt aber noch sitzen und greift sich mit der Hand an den Kopf. Erst jetzt spürt er den Schmerz, und erst jetzt sieht er, dass jemand vor ihm steht, vor ihm in die Hocke geht, sein Gesicht ergreift, eine Frau, eine Frau mit einem roten Tuch, und er steht schnell auf, nickt ihr zu.

»Alles in Ordnung, alles in Ordnung.« Er klopft sich den Schnee vom Mantel, unsicher, »ich bin nur ausgerutscht, da, genau da«, sagt er und weist mit dem Zeigefinger auf den Boden vor sich, so als ob genau diese Stelle irgendeine Bedeutung hätte, irgendeine Erklärung wäre dafür, dass er ausgerutscht ist auf einem Weg, der durchgehend vereist ist.

Sie lächelt, ein besorgtes Lächeln, deutet auf seinen Kopf.

»Ja, tut schon weh, aber alles in Ordnung«, sagt er unsicher. Sie tritt auf ihn zu, in der schwarzen Kleidung, die sie für das Begräbnis Kühbauers angezogen hat, nur das rote Tuch um den Kopf ist ein farbiger Kontrast. Vorsichtig legt sie ihre Hand auf seine Schulter, dreht ihn herum und tastet mit der anderen Hand seinen Hinterkopf ab. Dann hält sie ihm ihren Finger entgegen, auf dem er einen roten Punkt sieht, sein Blut. Er erschrickt, greift in die Tasche, zieht ein Tuch heraus, legt es über ihren Finger und hält dabei ihre Hand. Diese Szene, so wird es ihm später in seiner Kammer vorkommen, ist plötzlich eingefroren: Eine kahle Ebene, ein Mann, eine Frau, die sich gegenüberstehen, er hält ihre Hand, die Landschaft weiß, die beiden Menschen schwarz, eine Schwarz-Weiß-Fotografie mit einem roten Punkt, dem Tuch, das die Frau um ihren Kopf gewickelt hat.

Nach einem langen Augenblick nimmt er das Taschentuch weg von ihrem Finger, auf dem nun kein Blut mehr zu sehen ist, und steckt es in seine Tasche. Sie macht mit den Händen eine Bewegung um ihren Kopf, Schreiber versteht und wehrt mit einem Lächeln ab.

»Einen Verband? Nein, nein, so schlimm ist es schon nicht.« Und wie um das zu beweisen, fährt er mit seiner Hand über den Hinterkopf, zeigt sie der Frau, zeigt ihr, dass kein Blut zu sehen ist. Sie schaut, lächelt, nickt. Schreiber lächelt zurück, ein Windstoß fährt ihm in den Rücken, sie wendet kurz das Gesicht zur Seite, Schutz vor dem Wind, ein prüfender Griff nach dem roten Tuch.

»Ja, also dann, kommen Sie gut nach Hause und passen Sie auf«, sagt er, »es ist ein bisschen rutschig.«

Er verzieht sein Gesicht zu einem unsicheren Lächeln und sieht, wie auch über das Gesicht der Frau ein Lachen huscht. Sie legt ihm wie bei ihrer letzten Begegnung die Hand auf die Schulter und geht vorbei. Schreiber bleibt stehen, sieht ihre Silhouette kleiner und kleiner werden, bis er sich endlich einen Ruck gibt, sich umdreht und in Richtung Dorf weitergeht. Bevor ihn der Feldweg der Obhut der ersten Häuser übergibt, schaut er noch einmal zurück, aber da ist nichts mehr zu sehen, da ist nur mehr eine weiße Ebene, eine weiße Landschaft, kein roter Punkt, nichts.

Langsam setzt er seinen Weg fort, Schritt für Schritt, während es in ihm pocht und pulsiert. Plötzlich hat er es eilig, die letzten

Schritte vor dem Gasthaus muss er sich zusammenreißen, um nicht zu rennen. Die Frage der Wirtin, ob er ein Mittagessen wolle, wehrt er dankend ab. Endlich ist er in seinem Zimmer, sitzt an seinem Schreibtisch, noch in den Stiefeln, noch im Mantel, die Füllfeder in der Hand, und schon gießt er die Bilder, die aus seinem Inneren aufsteigen, in die Buchstabenformen, lässt sie zu Worten erstarren, ordnet sie zu Sätzen, zu Skizzen, zu Gedanken, zu Gefühlen, beschreibt eine Leiche, die im Stall liegt, Mist und Blut im zerschmetterten Gesicht, Stimmen, die Gebete formen, Gesänge, die aufsteigen, Landschaften ohne Farben und Hände, die nach seinem Gesicht greifen, sanft seinen Kopf untersuchen, kurz seine Schulter bewohnen und dann verschwinden, lautlos in einer weißen Ebene, stumm.

Die Nacht hat schon ihren dunklen Mantel um das Dorf gelegt, als Schreiber die Treppe in die Gaststube hinuntersteigt, müde, hungrig, all der Worte entleert, die nach der Totenfeier des alten Kühbauer, nach der Begegnung mit der Stummen, aus ihm herausgedrängt sind. Jetzt fühlt er sich leer, steht in der Gaststube, sieht einen kleinen Tisch im hintersten Eck und geht darauf zu. Da und dort empfängt ihn ein Nicken, begleitet ihn ein paar Schritte, da und dort trifft ihn ein flüchtiger Blick, der aber nicht auf ihm verweilt sondern seinen Streifzug durch den Raum fortsetzt. Schreiber ist zu etwas Alltäglichem in dieser Stube geworden, zu etwas Vertrautem, ein kurzer Blick genügt, dann kann man sich wieder den eigenen Angelegenheiten widmen: den Karten in der Hand, die im rechten Moment gespielt werden wollen, dem Bierglas, das in regelmäßigen Abständen zum Mund geführt werden will.

Schreiber ist das recht, auch wenn er sich oft einsam fühlt unter all diesen Männern in der Gaststube, auch wenn er sich oft danach sehnt, dass sich einer an seinen Tisch setzt und mit ihm redet. Heute ist das anders. Was an Worten und Sprache in ihm ist, hat er schon verbraucht, hat er auf weißes Papier gebannt, in ein mit Leder eingebundenes Buch.

Die Wirtin holt ihn aus seinen Gedanken.

»Was zu essen? Vom Mittagessen ist noch da.«

Schreiber nickt.

»Und ein Bier?«

Schreiber nickt wieder, und die Wirtin zieht sich zurück. Es ist nicht zu übersehen: Die Marmelade, vielmehr Schreibers Lob über dieselbe, hat das Eis etwas gebrochen.

Die nächste Stunde verbringt er in Gedanken versunken. Er isst und trinkt, ohne zu merken, was er isst und trinkt. Mehr und mehr bereitet sich eine angenehme Wärme und Müdigkeit in ihm aus, der Lärm aus der Gaststube wird zu einem Gemurmel, das wie aus einer fremden Welt an sein Ohr dringt. Doch dann ist da ein Wort in diesem Gemurmel, das bei ihm anklopft, das Aufmerksamkeit begehrt, und während er den letzten Schluck aus seinem Bierglas nimmt und bemerkt, wie die Wirtin schon ein neues vor ihn auf den Tisch stellt, während er sich noch wundert, weil er sich nicht erinnern kann, noch eines bestellt zu haben, ist da dieses Wort wieder, das etwas von ihm will. Es kommt von schräg links, von einem kleinen Tisch mit drei Männern, die Schreiber nicht kennt, die nicht Karten spielen und die die Köpfe über dem Tisch zusammengesteckt haben, so als wollten sie nicht, dass jeder hört, was sie zu sagen haben; unter anderem dieses eine Wort, das Schreiber in seinem Innersten trifft, weil es eine Erinnerung weckt, der er sich nicht entziehen kann. Schreiber setzt nachdenklich das frische Bierglas an den Mund, hält inne, ohne zu trinken, weil er alle seine Sinne auf das Gespräch der drei Männer konzentriert, auf die Suche nach diesem Wort, das ihn fordert und das er jetzt wieder hört: »Gertraudi!«

Plötzlich ist Schreiber wach, hellwach. Erst ist es nur dieses eine Wort, dann ganze Wortfetzen, Wortgruppen, Sätze, die sich aus dem allgemeinen Lärm herausschälen, und die alle um dieses eine magische Wort kreisen.

» ... hat ihn gesehen, letzte Woche ... «

»Wer hat das gesagt?«

Ein Lachen am Nebentisch verschüttet die Antwort. Schreiber

wirft einen missbilligenden Blick zu der Kartenrunde, setzt das Glas ab und schaut zu den drei Männern, die das Gespräch unterbrochen haben, weil die Wirtin bei ihnen steht, um eine neue Bestellung aufzunehmen. Kaum ist sie weg, reden sie weiter.

»... der Kühbauer über den Hügel, hat sie gesehen ...«

»Schon letzte Woche meiner Schwägerin ...«

»... aber nicht allein, der alte Kühbauer ist nicht allein über den Hügel ... Sie hat noch jemanden gesehen, eine Frau ...«

Wieder ein Lachen von den Kartenspielern, diesmal hält der Lärm länger an, erregte Diskussionen und Geschrei, offenbar um einen Spielzug, der nicht von allen gutgeheißen, aber von dem Spieler, der ihn gemacht hat, heftig verteidigt wird. Die erregte Diskussion überlagert alles andere in der Gaststube, auch die drei älteren Männer haben aufgehört zu reden und schauen amüsiert zum Nebentisch. Einer der Männer stopft eine Pfeife, die ihm, als er sie in den Mund steckt, bis auf die Brust herabreicht. Er zündet sie an und zieht selbstvergessen am Mundstück, stößt immer wieder kleine Wolken aus, bis die Pfeife glimmt. Schon erreicht ein erster herrlicher Geruch von Pfeifentabak Schreibers Tisch, und er atmet tief ein. Der Lärm ebbt ab. Aber die drei Männer sitzen schweigend da, nehmen das Gespräch über die Gertraudi und über die, die sie über den Hügel gehen sah, nicht mehr auf. Sehr zur Enttäuschung von Schreiber, der überlegt, sich zu den drei Männern zu setzen und sie zu fragen. Aber ihm ist klar, dass das keine gute Idee ist, und die Erinnerung an die Totenstille in der Gaststube, als er den Namen Katharina Schwarzmann erwähnte, hält ihn davor zurück, zu fragen, was er fragen will, was in seinem Inneren brennt, was nach Antworten verlangt. Was hat die Gertraudi gesehen? Welche Frau ist mit Kühbauer über diesen Hügel gegangen? Und natürlich, welche Frau wird als Nächstes sterben?

Bei diesem Gedanken schüttelt er verärgert den Kopf, verärgert über sich selbst, weil er diesen verrückten Aberglauben ernst nimmt. Wütend nimmt er einen Schluck. Die Tür wird aufgerissen, und mit einem Schwall kalter Luft treten zwei Männer in die Gaststube. Es wird stiller, an den vorderen Tischen erheben sich einige, reichen den beiden Neuankömmlingen förmlich die Hand, da und dort ein Schulterklopfen, dann setzen sie sich zu den anderen. Erst jetzt erkennt Schreiber, dass es die Söhne Kühbauers sind, Georg, der ältere mit der roten Narbe auf der Stirn und sein jüngerer Bruder, dessen Namen Schreiber nicht kennt. Beide noch im schwarzen Anzug, vielleicht das mit ein Grund, wieso Schreiber sie nicht gleich erkannt hat.

Die Karten werden wieder aufgenommen, die Biergläser gehoben, aber die Stimmung ist eine andere: Die Karten werden leiser auf die Tischplatte geknallt, das Lachen ist verhaltener, die Gespräche ruhiger, die Diskussionen sanfter. Die drei Männer, die vorher leise über die Gertraudi geredet haben, sprechen überhaupt nicht mehr, scheinen tief in ihre Gedanken versunken zu sein, ohne Bewegung, ein Gemälde, aus dem nur aus dem Pfeifenkopf hin und wieder etwas Rauch steigt. Schreibers Aufmerksamkeit nimmt ab, er greift nach seinem Glas Bier, wundert sich, dass es schon zur Hälfte leer ist. Aber er genießt die Wärme und Müdigkeit, und er leert den Rest des Glases mit einem Schluck. Als hätte sie darauf gewartet, steht die Wirtin da, hat ein volles Glas in der Hand und stellt es vor den erstaunten Schreiber hin. Sie strahlt ihn an, und er hebt zum Dank das neue Glas und sagt, oder vielleicht denkt er es auch nur, so genau weiß er das nicht, jedenfalls ist das Glas in der Höhe, und er deutet damit auf die Wirtin und sagt oder denkt: Auf die Marmelade! Über das Gesicht der Wirtin huscht ein Lachen, bevor sie sich umdreht und mit dem leeren Glas zur Schank geht.

Die späte Stunde, die ungewohnt große Menge Alkohol, das auf- und abschwellende Gemurmel in der Gaststube, all das trägt seinen Teil dazu bei, dass Schreiber immer wieder kurz einnickt, aber jedes Mal, wenn ihm der Kopf nach vorne fällt, wieder aufschreckt, verlegen in die Runde blickt, automatisch zum Bier greift, es an den Mund hebt und einen kräftigen Schluck nimmt. Das Bierglas, das immer voll ist, weil die Wirtin ständig ein neues bringt und er ihr jedes Mal zu ihrer Marmelade gratuliert, die Wirtin, die ihn, ohne dass er es bemerkt, mit einem ständigen Grinsen beobachtet, so wie längst auch die anderen in der Gaststube bemerkt haben, dass der Doktor, der Schriftgelehrte, angetrunken an seinem Tisch in der Ecke sitzt, ständig einschläft, ständig wieder aufwacht, manchmal mit sich selbst redet, manchmal mit der Hand einen Gruß in die Gaststube sendet, ohne dass ersichtlich wäre, wem er gilt, und er wird mehr und mehr zur Erheiterung der anderen Gäste, die sich amüsiert mit dem Ellbogen anstoßen und die Wirtin ermuntern, dem Doktor das Bierglas zu füllen.

Plötzlich sieht Schreiber, wie einer der Männer aufsteht und sich, von allen beobachtet, ihm gegenüber hinsetzt. Er sieht einen Mann in einem schwarzen Anzug, eine brennende Zigarette in der Hand, eine Narbe auf der Stirn, und er weiß, dass es der junge Kühbauer ist, der Georg Kühbauer, dessen Vater mit dem zerschmetterten Gesicht voll Mist und Blut sie heute aufgebahrt haben, und er sieht in die Augen seines Gegenübers, rot geädert, und er weiß, dass da nicht nur Tränen sondern auch Alkohol im Spiel ist. Es ist ruhig geworden in der Gaststube, alle warten gespannt auf ein Schauspiel, ohne zu wissen, was auf der Bühne geboten wird.

»Na, Herr Doktor«, sagt Kühbauer.

»Ja«, antwortet Schreiber, sichtlich bemüht, seiner Stimme Kraft und Festigkeit zu geben, was ihm nicht gelingt.

»Viel Medizin heute«, sagt Kühbauer und zeigt auf das Glas Bier, das vor Schreiber steht. Leises Gelächter in der Gaststube, Schreiber nickt.

»Viel Medizin, ja!« Er zeigt ebenso wie vorher Kühbauer auf das Bier. Inzwischen ist die Wirtin an den Tisch getreten, zwei volle Gläser in der Hand, und stellt sie vor den beiden ab. Das noch halb volle Glas von Schreiber nimmt sie mit.

»Noch mehr Medizin«, spricht Kühbauer.

»Ja«, antwortet Schreiber schwer.

Kühbauer nimmt sein Glas, sie stoßen an.

»Runter mit der Medizin!«, befiehlt er, und Schreiber nickt, setzt sein Glas an und trinkt. Aus den Augenwinkeln heraus sieht er, dass Kühbauer nicht absetzt, und selbst in seinem Zustand ist ihm klar, dass er nicht klein beigeben sollte. Beide leeren das Glas in einem Zug, und als sie es abstellen, brandet Gelächter und Applaus in der Stube auf. Schon ist die Wirtin da mit einem neuen Glas. Schreiber macht eine abwehrende Bewegung, aber so genau ist das nicht zu erkennen, so genau weiß er es selbst nicht, er weiß nur eines, er muss seine Fahne hochhalten, und deshalb nimmt er das Bier, hält es hoch, hält es seinem Gegenüber entgegen, stößt an, und dann ist er es, der es an den Mund nimmt, ansetzt, trinkt und nicht mehr aufhört, bis das Glas geleert ist. Diesmal ist es Kühbauer, der nicht nachstehen will und das Glas ebenfalls in einem Zug leert, während ringsum wieder Applaus ertönt.

Dann wird es ruhig, jeder wartet, wie es weitergeht.

»Mein Beileid«, sagt Schreiber, »das mit deinem Vater ...«

Er verstummt, hat das Gefühl, dass dieser Satz fehl am Platz ist, sieht die Wirtin, die wieder zwei volle Gläser auf den Tisch stellt, sieht Kühbauer, der nickt und irgendetwas sagt, was er nicht versteht. Schreiber ist unsicher, was er tun soll. Er spürt, wie der Alkohol brutal Besitz von ihm ergreift, und weiß, dass er nicht mehr lange hier sitzen und dieses Spiel mitspielen kann. Er merkt, dass Kühbauer etwas gesagt hat, merkt auch, dass es still geworden ist in der Gaststube. Es gelingt ihm, sich zu sammeln, und er schaut auf die Lippen seines Gegenübers, auf die Lippen, die sich bewegen und etwas sagen.

»Was machen die Hexen, Doktor?«

»Alle weg, sind alle weg«, lallt Schreiber in die Totenstille und macht mit den Händen Bewegungen, als ob er lästige Fliegen vor seinem Gesicht verscheuchen möchte. Einen Augenblick herrscht gespannte Ruhe, dann brüllt Kühbauer los, klatscht sich auf die Schenkel, dreht sich um in Richtung Gaststube, brüllt »Alle weg!«, und imitiert die Handbewegungen von Schreiber. Sofort sind einige dabei, die den Ruf aufnehmen. »Alle weg!«, hallt es durch die Stube, und Dutzende Arme verscheuchen unter großem Gelächter und Gejohle imaginäre Fliegen. Kühbauer klopft dem verdattert dreinschauenden Schreiber auf die Schulter.

»Dann gibt's ja nichts mehr zu schreiben«, grölt er, »kannst du uns ja im Holz helfen. Stimmt's Doktor?«

»Kann ich«, antwortet Schreiber schwer, und wieder lachen die Männer in der Stube.

Kühbauer steht auf und wendet sich zum Gehen.

»Also dann, Doktor, morgen beim Lantobel.«

Schreiber nickt, gibt eine Antwort, die er selbst nicht mehr versteht. Sieht, wie sich die Männer von ihren Tischen erheben. Einige nicken ihm amüsiert zu, gehen zur Tür, und dann ist es ruhig in der Stube. Schreiber steht auf und spürt, wie ihn eine Hand unter der Schulter packt. Er sieht das Gesicht der Wirtin, breit lächelnd, und er wehrt sich nicht, als sie ihn über die Treppe nach oben zieht und in sein Zimmer bringt. Er sieht ihr Gesicht vor sich, er sieht ihre Lippen sich bewegen, er sieht, wie kleine schwarze Vögel aus ihrem Mund steigen, und er versucht, diese Vögel einzufangen, aber es will ihm nicht gelingen, zu schnell flattern sie, zu wirr ist ihr Flug, zu viele sind es an der Zahl, und dann verändert sich auch das Gesicht über ihm, eine lächelnde Fratze zuerst, dann überhaupt nur noch ein großer, aufgerissener Mund, dem ein übler Geruch entströmt, und hunderte Vögel, die auf ihn einstürzen, und er weicht nach hinten aus, spürt, dass er fällt, fällt und fällt, und irgendwann liegt er, sieht nichts mehr, nur Dunkelheit, alles ist dunkel, alles ist dunkel, nein, nicht alles, da in einem hellen Schein, vielleicht Mond, vielleicht nicht, ein Weg, ein schmaler Weg, der auf einen Hügel geht, auf einen kleinen Hügel, und da geht ein Mann, dessen Gesicht nicht zu erkennen ist, weil es zerschmettert ist. Er winkt Schreiber zu, steigt den kleinen Hügel hinauf, und Schreiber sieht hinter dem Mann eine zweite Gestalt, eine zarte Gestalt, eine Frauengestalt, auch auf dem Weg, und irgendetwas in ihm schreit, einen stummen Schrei, doch die Frau hat ihn nicht gehört, steigt weiter auf den Hügel hinauf, dem alten Kühbauer mit dem zerschmetterten Gesicht hinterher. Schreiber greift entsetzt mit seinen Händen nach vorne, nach vorne ins Nichts, in einem sinnlosen Versuch, die Frau aufzuhalten oder ihr zumindest das rote Tuch vom Kopf zu reißen, das sich plötzlich in einen Vogel verwandelt und sich mit kräftigem Flügelschlag in die Luft erhebt, über den Hügel hinweg, so wie auch Kühbauer schon über den Hügel verschwunden ist und so wie auch die Frau jeden Moment in der Ferne verschwinden muss. In diesem Augenblick schreit Schreiber ein zweites Mal, und dieses Mal ist sein Schrei nicht mehr stumm, und so als würde er sich selbst wecken, fährt er hoch, starrt in die Dunkelheit in seinem Zimmer und merkt, wie Übelkeit in ihm hochsteigt. Ohne richtig zu denken, schafft er es aus dem Bett, schafft es, die Tür seines Zimmers aufzureißen, über den Gang zu gehen, die nächste Tür aufzumachen, dort auf die Knie zu fallen und sich in das Klo zu erbrechen.

Es ist einer dieser Tage, die es vermögen, den Menschen mit dem Winter zu versöhnen, vielleicht sogar mit dem ganzen Leben: Der Himmel ein blaues Tuch, wolkenfrei über eine weiße, in der Sonne gleißende und glitzernde Landschaft gespannt. Die Gipfel rings um das Dorf ragen feierlich in die Höhe, selbst die scharfen Grate können dem seidenen Himmelstuch nichts anhaben. Kinderlachen fliegt mit Schneebällen um die Wette, die Gesichter der Menschen sind freundlicher, die Köpfe nicht mehr eingezogen, die Grüße etwas lauter, das Händedrücken kräftiger, das Schulterklopfen freundlicher, da und dort ein Pfeifen aus gespitzten Lippen, das man sich freilich verbietet, wenn man am Kühbauer-Hof vorbeikommt, weil man sich erinnert, dass man erst gestern den Kühbauer dort in die Scheune gelegt hat, das zerschmetterte Gesicht von Blut und Mist gesäubert. Aber danach verlangen der blaue Himmel und die strahlende Sonne wieder ein Lebenszeichen, vielleicht einen etwas beschwingteren Gang, vielleicht ein freundliches Blinzeln in die Sonne, vielleicht auch, die alte Melodie mit gespitzten Lippen wieder aufzunehmen.

Von dieser Fröhlichkeit, von dieser Leichtigkeit spürt Schreiber, als er spät an diesem Vormittag aufwacht, nichts. Ihm ist zwar bewusst, dass die Sonne scheint, ein Sonnenstrahl zeichnet sich an der gegenüberliegenden Wand ab, aber das für ihn Vordergründige ist das Pochen in seinem Schädel, und als er aufsteht, kann er ein Stöhnen nicht unterdrücken. Der belustigte Blick der Wirtin entgeht ihm nicht, als er kurze Zeit später über die schmale Stiege hinunter in die Gaststube geht.

»Einen guten Morgen«, wünscht er mit einer gekünstelt fröhlichen Stimme.

»Wie geht's?«, fragt sie, und er merkt, dass sie sich ein Lachen kaum verbeißen kann.

Schreiber zögert, dann beschließt er, auf ein Spielchen zu verzichten.

»Um ehrlich zu sein, ging schon mal besser!«

Die Wirtin lacht freundlich und trägt ihm das Tablett mit seinem Frühstück an den Tisch.

»Kommt gleich noch was«, sagt sie und verschwindet in der Küche. Schreiber ist es recht, wenn er allein ist, wenn er nicht reden muss. Er hebt vorsichtig die Kaffeeschale mit beiden Händen zum Mund, zieht den Duft ein und nimmt einen Schluck. Die Wirtin kommt zurück und stellt ihm einen Topf mit dampfender Suppe auf den Tisch. Schreiber blickt sie fragend an.

»Runter damit«, sagt sie in einem Ton, der schon fast etwas Mütterliches hat. »Glauben S' mir, nach so einer Fleischbrühe fühlen S' sich besser!«

Sie stützt sich mit beiden Händen auf die Lehne des Stuhls und signalisiert, dass sie nicht gewillt ist, den Platz zu verlassen, bevor Schreiber die Suppe gegessen hat. Bei den ersten Löffeln verspürt er noch einen Widerwillen, aber mehr und mehr entfaltet die warme Brühe in seinem Inneren ein wohliges Gefühl. Er hält seinen Daumen hoch, ein Zeichen für die Wirtin, die ihren Beobachtungsposten aufgibt und hinter den Schank zurückgeht.

»Das hat gutgetan«, Schreiber reibt befriedigt die Hände gegeneinander, »ich bin schon fast wieder der Alte.«

»Dann können S' ja den zwei Kühbauers helfen«, lacht die Wirtin und scheint sich zu amüsieren. Schreiber versteht nichts.

»Helfen? Den Kühbauers?«

»Ja, ja natürlich, das haben S' doch gestern versprochen!«

Schreiber stützt den Kopf in beide Hände und versucht, sich an den gestrigen Abend zu erinnern. Ja, der Georg Kühbauer ist bei ihm gesessen, sie haben Bier getrunken, zu viel Bier, zu schnell, sie haben gelacht, aber über was, kann sich Schreiber nicht erinnern.

»Der Georg hat gefragt, ob S' heut mit ins Holz kommen.« Die Wirtin schaut gespannt herüber, aber bei Schreiber stellt sich keine Erinnerung ein.

»Und ich hab Ja gesagt?«

Die Wirtin stößt ein glucksendes Lachen aus, während sie mit einem Tuch Gläser abreibt.

»Ja!«

Schreiber zuckt mit den Schultern.

»Aber es ist doch gerade erst der Vater gestorben? Die werden doch heute nicht arbeiten?«

Die Wirtin lacht heiser auf: »Glauben S', dass die Arbeit sich von alleine macht? Das ist vielleicht bei euch in der Großstadt so. Da kann man sich ein paar Tage hinsetzen und an den alten Vater denken. Aber hier? Das Holz muss aus dem Wald, und da kann man auf so einen Tag mit so einem Wetter kaum verzichten. Außerdem, glauben S' mir, sind die beiden froh, wenn S' was zu tun haben.«

Schreiber hat noch nie so viele Worte an einem Stück von der Wirtin gehört. Er schaut auf den Tisch, unschlüssig was er tun soll. Schließlich zuckt er mit den Achseln.

»Ja, wenn das so ist, dann werde ich wohl gehen. Wo finde ich die beiden?«

»Also, wenn S' das ernst meinen ...?« Die Wirtin wirft einen zweifelnden Blick auf Schreiber und kommt hinter der Theke hervor.

»Ja, ja, natürlich«, beteuert Schreiber.

»Am Waldrand beim Lawinenstrich. Da haben sie ein paar Tannen gefällt. Einfach den Weg in Richtung Lanerhof. Kurz vor dem Hof ist rechts das Lantobel. Da sehen S' die beiden schon.«

»Lawinenstrich?« Schreiber blickt hilflos auf die Wirtin.

»Eine Schneise im Wald«, erklärt sie, »dort kommt jeden Winter die Lawine!«

»Jeden Winter?«, echot Schreiber.

»Jeden Winter!«, bekräftigt die Wirtin. »Deshalb heißt das auch Lantobel. Lan ist die Lawine in unserem Dialekt«, fügt sie hinzu. Schreiber nickt.

»Also da finde ich die beiden?«

»Ja, nicht zu verfehlen. Aber«, und damit wirft sie einen missbilligenden Blick auf seine Kleidung, »das ist nicht das richtige Gewand, um ins Holz zu gehen.«

»Weiß ich, weiß ich«, versichert Schreiber, »aber ich bin gut ausgerüstet.«

Und als er ein paar Minuten später umgezogen wieder aus seinem Zimmer kommt, sieht er sich einem prüfenden Blick der Wirtin unterzogen. Schließlich deutet sie an, dass das in Ordnung ist, zupft ihm noch den Hemdkragen zurecht, der etwas unter der Jacke hervorsteht, tritt zwei Schritte zurück, ein letzter Blick, und ihre Hand weist Richtung Tür.

»Aber passen S' auf, arbeiten im Holz ist was andres, als Papier kratzen!« Sie freut sich über diesen Ausdruck, lacht herzhaft auf und geht hinter die Schenke. Schreiber lacht mit, geht zur Tür und verlässt die Gaststube, verlässt die Wirtin, die ihn wochenlang kaum gegrüßt hat und die ihm jetzt den Hemdkragen richtet, wenn er aus dem Haus geht.

Der strahlende Wintertag zaubert auch auf sein Gesicht einen Ausdruck der Freude. Er geht die Dorfstraße entlang, auch er, so wie alle anderen, etwas langsamer, etwas ernster, als er am Hof der Kühbauers vorbeigeht. Dann gibt ihn das Dorf frei, der Feldweg begrüßt ihn wie einen alten Freund und führt ihn weiter.

Wie immer an dieser Stelle auf diesem Wege, auf diesem freien Feld ist er nicht allein. Wie immer an dieser Stelle tauchen in seinem Inneren Bilder auf, stille Bilder, sehr still, aber mächtig. Bilder von einem roten Tuch vor weißem Hintergrund, Bilder von dunklen Haaren und dunklen Augen, die fragend auf ihm ruhen, Hände, die kurz, aber so angenehm Anteil nehmen, seine Schulter bewohnen. Schreiber schüttelt den Kopf, um seine Gedanken auf etwas anderes zu bringen. Aber das Kopfschütteln ist keine gute Idee, sofort spürt er wieder ein Pochen in seinem Schädel, sofort wird ihm wieder der schale Geschmack in seinem Mund bewusst, sofort merkt er das flaue Gefühl in seinem Magen, das die Fleischbrühe der Wirtin nur ungenügend überdecken kann. Er bleibt stehen, merkt, wie unruhig und hart sein Atem geht, obwohl er bis jetzt nur ein paar Meter gegangen ist. Um besser hören zu können, hält er den Atem an, aber da ist nichts, was ihm einen Hinweis gäbe, einen Hinweis auf die beiden Brüder, nicht das leiseste Geräusch, kein abgedämpftes Krachen, wenn die gefällten Tannen in den Schnee fallen, keine metallisch singenden Äxte, nichts. Die Sonne steht schräg über ihm, er muss seine Augen mit der Hand beschatten, um in Richtung Lanerhof schauen zu können. Aber seine Blicke werden nicht fündig, und er wendet sich wieder ab, zuckt mit den Schultern und setzt seinen Weg fort.

Der Weg steigt an, Schreiber geht langsam den Hügel hinauf in Richtung Lanerhof, wieder bemerkt er ein leichtes Unwohlsein im Magen, ein leichtes Pochen im Kopf und denkt sich: Zeit für die nächste Suppe! Er muss über sich selbst lachen, schüttelt den Kopf und dann hört er es: das hohe Singen, wenn sich die Schneide einer Axt durch die Luft herabschwingt und in das Holz fährt. Er bleibt stehen, keine zehn Meter vor ihm tritt der Wald zurück, und er sieht eine steile Rinne, vielleicht dreißig, vielleicht vierzig Meter breit, die sich den Berg hinaufzieht.

»Das Lantobel«, sagt er leise und sieht ein paar Meter abseits vom Weg am Waldrand mit einem Seil an eine Tanne gebunden, ein braunes Pferd mit einem Schlitten. Das Tier kaut auf ein paar Wipfeln herum und scheint keine Notiz von ihm zu nehmen. Schreiber entdeckt ein Stück weiter oben im Wald einen Mann, die Axt hoch in der Luft, dann fährt sie mit einem dumpfen Schlag herab, und er verlässt den Weg und macht sich daran, hinaufzusteigen.

Vielleicht sind es Schreibers laute Atemzüge, vielleicht seine Stiefel, die bei jedem Schritt durch die Schneedecke brechen, jedenfalls ist da ein Geräusch, das nicht in die Einsamkeit des Mannes mit der Axt passt, ihn herumwirbeln lässt, und diese unkontrollierte Bewegung reißt ihn fast von den Beinen. Aber er kann sich mit einem schnellen Schritt zur Seite abfangen, und Schreiber sieht, dass es Georg ist und dass sich sein Gesicht in einem Ausdruck ungläubigen Erstaunens verzieht.

»Der Doktor?«, sagt der junge Kühbauer.

Schreiber zuckt mit den Achseln, versucht zu Atem zu kommen, bevor er antwortet.

»War ja ausgemacht«, sagt er wie beiläufig.

Kühbauer nickt, er hat sich immer noch nicht von seiner Überraschung erholt.

»Na dann, Doktor, da drüben liegt eine Axt.« Kühbauer macht eine Geste mit der Hand.

Schreiber nickt und geht in die angewiesene Richtung. Nicht einfach, denn immer wieder versperren Tannen den Weg. Am Waldrand, an einen der frisch abgeschnittenen Baumstümpfe gelehnt, sieht er das Beil. Es ist abgerutscht, der Stiel steckt im Schnee, und als er sich bückt, um es aufzuheben, berührt sein Gesicht fast den frischen Baumstumpf, und ein intensiver Geruch fährt ihm in die Nase. Er kann diesen Geruch nicht einordnen, er kennt ihn nicht, aber er kann nicht anders, als ein paarmal tief Luft zu holen.

»Frisches Holz, Doktor«, holt ihn die Stimme des jungen Kühbauer ein. »Was anderes als die Fabrikschlote in der Stadt.«

Schreiber richtet sich auf und merkt, dass er das Beil immer noch nicht in der Hand hat, bückt sich erneut, ergreift den kalten Stiel und stapft zurück zum Kühbauer.

»Wo soll ich anfangen?«

»Wo du willst«, antwortet Kühbauer achselzuckend, schwingt seine Axt in die Höhe und lässt sie mit einem wuchtigen Stoß genau dort ins Holz fallen, wo ein armdicker Ast in den Stamm mündet. Ein zweiter Schlag in die gleiche Kerbe, und der Ast ist weg. Kühbauer richtet sich auf, schaut auf Schreiber, der sich noch nicht gerührt hat, und deutet auf eine Tanne, die ein paar Meter oberhalb von ihnen liegt.

»Die da«, sagt er, »die liegt einigermaßen gerade. Die Äste weg.«

Schreiber stapft die paar Meter nach oben und merkt, dass Kühbauer recht hat, dass die Tanne auf einem kleinen, fast flachen Geländeabsatz liegt.

»Da hast einen guten Stand, Doktor«, ruft Kühbauer. »Wichtig!«

Schreiber antwortet nicht, packt stattdessen seine Axt, hebt sie in die Luft und lässt sie auf einen Ast niedersausen. Das Geräusch, mit dem seine Klinge auf das Holz trifft, ist anders als das Geräusch, das er bei Kühbauer gehört hat. Die Klinge der Axt dringt nicht ins Holz ein, das Werkzeug wird aus Schreibers Hand gerissen und fällt in den Schnee. Schreiber blickt sich unsicher um, sieht, dass Kühbauer schon auf dem Weg ist.

»Festhalten, festhalten, Doktor, musst zupacken, ordentlich zupacken.«

Er hebt die Axt auf und drückt sie Schreiber in die Hand.

»Zupacken, Doktor!« Er legt seine Hände auf die Hände von

Schreiber, der den Stiel umklammert hat. Dann drückt er zu. Schreiber merkt, wie seine Finger um den Stiel hart zusammengepresst werden, aber er lässt sich nichts anmerken, erwidert entschlossen Kühbauers Blick. Endlich lässt der Druck nach.

»Zupacken, weißt jetzt, was ich meine?«, grinst Kühbauer. In seiner Stimme ist ein belustigter Unterton, und er klopft Schreiber kumpelhaft auf die Schulter.

»Glaub schon«, sagt Schreiber, während er die Axt in den Schnee stellt und die Hände ausschüttelt. Kühbauer lacht zufrieden, erfreut über den Eindruck, den seine Demonstration bei Schreiber hinterlassen hat.

»Noch etwas, mein lieber Doktor.« Kühbauer ist wieder ernst geworden. »Immer auf der anderen Seite stehen!«

Er schaut Schreiber an, aber seine Botschaft ist nicht angekommen.

»Pass auf!« Kühbauer greift nach der Axt und zeigt, was er gemeint hat.

»Wenn du die Äste auf dieser Seite wegschlägst«, er lässt die Axt in einen Ast krachen, »dann stell dich auf die andere Seite vom Stamm. Haust daneben oder reißt's dir die Axt aus den Händen, geht sie in den Stamm und nicht in deine Füße. Verstanden, Doktor?«

»Verstanden, Bauer«, sagt Schreiber und imitiert einen salutierenden Soldaten. Kühbauer nimmt die Axt in beide Hände und wirft sie Schreiber zu. Dem gelingt es, sie zu fangen.

»Sehr gut, Doktor, du schaffst das.«

Mit einem neuerlichen Klopfen auf Schreibers Schultern dreht sich Kühbauer um und steigt die paar Meter durch den Schnee hinab, bis er bei seiner Axt ankommt, die er in den gefällten Stamm einer Tanne geschlagen hat.

Schreiber beginnt, die Tanne zu entasten. Die ersten beiden Schläge sind nicht von Erfolg gekrönt, zu ungenau, die Klinge geht nicht ins Holz, sondern dreht sich nach außen. Aber

Schreiber, der sich den Rat Kühbauers zu Herzen nimmt, hält den Stiel fest umklammert, und so bleibt das Beil in seiner Hand. Der dritte Schlag passt: Mit einem feinen Singen fährt die Klinge ins Holz, genau dort, wo Ast und Stamm sich vereinen. Der Ast ist fast abgeschlagen, aber nur fast, eine Faser hängt noch am Stamm. Mit einem leichten Schlag durchtrennt Schreiber diese letzte Verbindung und beobachtet mit einer ungeheuren Befriedigung, wie der Ast in den Schnee fällt. Wieder holt er aus, wieder dreht sich die Klinge, wieder holt er aus, wieder fällt ein Ast, wieder holt er aus, wieder fällt ein Ast, und noch einer fällt, und Schreiber spürt ein Hochgefühl in sich aufkeimen, das mit jedem Schlag stärker wird. Er beginnt zu schwitzen, reißt sich die schwere Jacke vom Leib, wischt sich den Schweiß von der Stirn, holt aus, und wieder fällt ein Ast, und das Singen der Äxte, das schwere Atmen der beiden Männer, das Knirschen der Schuhe im Schnee schwillt an zu einer gleichmäßigen, sich ständig wiederholenden Melodie.

Schreiber ist glücklich. Natürlich, er spürt jeden Hieb in seinem Kopf, das Pochen hat nicht ganz aufgehört, natürlich, er spürt seinen flauen Magen, und er spürt, dass er nicht ganz bei Kräften ist. Aber das alles nur am Rande, viel wichtiger, mächtiger, unmittelbarer ist diese Kraft, die ihn die Axt heben lässt, auch wenn seine Muskeln in den Armen schon krampfen, diese Kraft, die der Axt, wenn sie niedersaust, noch die Richtung und die letzte Gewalt mitgibt, obwohl der Oberkörper kaum noch in der Lage ist, das Gleichgewicht für den Schlag zu halten. Und viel mächtiger und unmittelbarer ist die Erinnerung an das Schulterklopfen von Kühbauer, ein Schulterklopfen, für das er gerne noch stundenlang mit dem Beil auf das Holz eindrischt. Ein bisschen Anerkennung, und schon funktioniert der Doktor, denkt er bei sich, aber in diesem Gedanken liegt keine Bitterkeit, da ist Stolz, da ist Kraft, da ist ein Weg, zumindest ein erster Schritt auf diesem Weg in Richtung Anerkennung, in Richtung Gemein-

schaft in diesem kleinen Dorf in den Bergen mit ihren schneebedeckten Gipfeln, die die Menschen in Schach halten und sie
mit Lawinen bedrohen.

Als Schreiber den letzten Ast der Tanne abgeschlagen hat,
richtet er sich auf und greift sich stöhnend an die Seite. Ein leises Lachen im Hintergrund, Schreiber dreht sich um.

Keine zwei Meter hinter ihm sitzt Kühbauer auf einer gefällten Tanne und prostet ihm mit einer kleinen Metallflasche zu.

»Nicht schlecht, Doktor!« Kühbauer steht auf und reicht
Schreiber die Flasche, die, was dieser sofort bemerkt, als er sie
an die Lippen führt, Schnaps enthält. Schreiber zögert, der bei-
ßende Geruch des Alkohols ist nicht unbedingt das, wonach
ihm und seinem Magen ist. Doch er gibt sich einen Ruck, nimmt
einen kräftigen Schluck und gibt Kühbauer die Flasche zurück.
Der nimmt das Beil und geht prüfend den Stamm entlang, den
Schreiber entastet hat. Da und dort bessert er mit kräftigem
Schwung etwas nach. Vor allem, wo Schreiber die Äste nicht genau beim Eintritt in den Stamm erwischt hat und noch kurze
Holzstrünke herausstehen.

»Die bremsen beim Ziehen«, erklärt Kühbauer, kommt zu
Schreiber zurück und drückt ihm wieder die Axt in die Hand.

»Zwei haben wir noch, Doktor, eine für dich, eine für mich.«
Jetzt erst schaut Schreiber den Hang hinunter und merkt, dass
Kühbauer in der Zwischenzeit mehrere Tannen alleine entastet
hat. Und wieder singen die Äxte, wieder kommt Schreiber in
den Rhythmus, wieder fühlt er sich glücklich. Er bemüht sich,
die Äste genau am Stamm abzuschlagen und schnell zu sein.
Trotzdem ist er kaum mit der ersten Seite fertig, als Kühbauer
am anderen Ende seiner Tanne schon mit der anderen Seite beginnt. Schreiber dreht sich um, sieht, dass die Tanne von Kühbauer bereits komplett entastet ist. Kühbauer bemerkt den Blick.

»Was glaubst denn? So schnell lernt man das nicht. Aber für
den Anfang, Doktor, nicht schlecht!«

Als sie wenig später Seite an Seite auf dem kahlen Stamm sitzen, einen Schluck aus der Flasche nehmen, die Kühbauer wieder hervorgeholt hat, steht die Sonne bereits tief. Die letzten Strahlen lassen das Feld zwischen ihnen und dem Dorf glänzen, die mit Schnee bedeckten Dächer der Häuser in der Ferne glitzern. Die beiden Männer sind still, beide scheinen das Schauspiel zu genießen. Schließlich durchbricht Kühbauer das Schweigen.

»Auf geht's, Doktor, es wird kalt. Wir ziehen drei Stämme nach unten und hängen sie dem Pferd an, dann ab nach Hause. Genug für heute.«

»Alles klar, mir reicht es auch«, sagt Schreiber. »Wo ist denn eigentlich dein Bruder?«

»Zu Haus«, antwortet Kühbauer leise. »Der Hans ist bei der Mutter.«

Er schaut Schreiber ins Gesicht, vergewissert sich, dass dieser verstanden hat.

»Geht es ihr schlecht?«, fragt Schreiber und verwünscht sich im selben Moment, die Frage gestellt zu haben. Aber Kühbauer scheint kein Problem damit zu haben.

»Ja, sie ist fertig. Sie kann's nicht verstehen, ja, gut«, er kratzt sich nachdenklich am Kopf, »verstehen kann ich's auch nicht.«

Eine verlegene Stille entsteht zwischen den beiden Männern.

»Tut mir leid«, sagt Schreiber leise und beißt sich auf die Lippen, weil ihm dieser Satz so abgedroschen vorkommt. Kühbauer starrt vor sich auf den Boden, wo sein Fuß im Schnee hin und her scharrt, als müsse er einen Flecken entfernen, Spuren verwischen, irgendwas machen, was irgendeinen Sinn ergeben würde.

»Danke«, murmelt er, »ist halt der Vater.«

Damit wendet er sich um, geht entschlossen ein paar Schritte Richtung Waldrand, packt einen Zapin, der an einem der frischen Strünke lehnt, kehrt mit ihm zurück, holt aus und jagt die gebogene Spitze des Werkzeuges in den entasteten Stamm. Mit großen Schritten geht er abwärts und zerrt mit dem Zapin den Stamm hinter sich her. Es ist steil und so ist das für ihn kein großes Problem. Einmal kommt der Stamm ins Rutschen, Kühbauer muss zur Seite springen, um von dem Holz nicht überrollt zu werden. Schreiber, der oben steht und zuschaut, ist fasziniert von dieser Arbeit.

»Hast du noch so eines?«, fragt er und zeigt auf den Zapin, als Kühbauer wieder oben ist. Der schüttelt den Kopf.

»Lass gut sein, Doktor, ist nicht ungefährlich. Kannst unser Werkzeug zusammentragen, da beim Waldrand, und hinunterbringen. Ist mir auch geholfen.«

Schreiber nickt, obwohl es nicht das ist, was er wollte. Aber gleichzeitig spürt er eine solche Erschöpfung in sich, dass er froh ist, nur die Werkzeuge hinuntertragen zu müssen. Wieder ist Kühbauer schneller: Er scheint von etwas getrieben zu sein, hat drei Stämme bereits hinuntergezogen, das Pferd vom Baum losgebunden und die Baumstämme mit Ketten an dem kleinen Schlitten befestigt, als Schreiber mit dem letzten Werkzeug und der Jacke vom Kühbauer herunterkommt.

Mittlerweile ist die Sonne weg, auch das Dorf liegt schon im Schatten, kein Glitzern mehr, kein Glänzen, die Temperatur sinkt. Kühbauer tätschelt dem Pferd den Hals, klopft Schreiber auf die Schulter, verstaut das Werkzeug in einer Kiste, die seitlich am Schlitten angebracht ist. Er nimmt den Zapin, schlägt ihn mit enormer Wucht in den dicksten der drei Stämme und reibt sich die Hände, vielleicht weil sie kalt geworden sind, vielleicht als eine Geste der Zufriedenheit. Schreiber kann es nicht beurteilen, er nimmt nur diese Unruhe wahr, die Kühbauer erfasst hat, ihn nicht zur Ruhe kommen lässt, da ein Handgriff, dort ein hastiges Überprüfen der Ketten, noch einmal ein beruhigendes Wort für das Pferd, noch einmal ein Schulterklopfen für Schreiber, ein Vergewissern, dass der Zapin sicher im Holz steckt.

Endlich bleibt er stehen, direkt vor Schreiber, kratzt sich nachdenklich am Kopf und schaut, als müsste er das Wetter überprüfen, in den Himmel.

»Ja, Doktor, es ist jetzt so.« Er macht eine Pause, sucht nach den richtigen Worten, schickt seine Blicke zum Himmel, schickt sie zum Boden, als könnte er dort die Worte finden, die er sucht.

»Komm her«, er winkt Schreiber, ihm zu folgen, geht zum Pferd und drückt ihm die Zügel in die Hand.

»Ein braves Tier, geht, wenn du gehst, bleibt stehen, wenn du stehst.« Kühbauer kratzt sich am Kopf, boxt Schreiber mit einer kumpelhaften Geste auf den Arm.

»Schaffst du doch, Doktor? Der Hans ist zu Hause, er macht den Rest.«

Schreiber ist verwirrt, versteht nicht, was Kühbauer ihm sagen will, aber der redet schon weiter.

»Unten in der Kurve, also, kann sein, dass du hinten mit der Zapin die Stämme wieder ein bisschen richten musst, das ist alles, geht doch, Doktor?« Jetzt blickt Kühbauer seinem Gegenüber direkt in die Augen, und Schreiber nimmt erstaunt einen flehenden Ausdruck in seinem Gesicht wahr. Er zuckt unsicher mit den Schultern.

»Du meinst, ich ...«

»Genau!« Kühbauer nickt eifrig mit dem Kopf. »Ich hab noch was zu tun.«

»Du kommst nicht mit?«

»Muss noch was erledigen«, antwortet Kühbauer leise und weicht Schreibers Blick aus.

»Erledigen? Jetzt? Hier?«, fragt Schreiber verwundert. »Es wird gleich dunkel.«

Kühbauer schnauft auf, es ist offensichtlich, dass ihn dieses Gespräch quält, dass er es beenden will.

»Also, was ist, Doktor? Ein kleiner Freundschaftsdienst?«
Ein Blick auf Schreiber, der wieder diesen flehenden Ausdruck

wahrnimmt und dann nickt, langsam, und seine Hand wandert aufwärts und er klopft Kühbauer auf die Schulter.

»Na gut, Bauer, ich hoffe, das Pferd kennt den Weg.«

Kühbauer lacht auf, erleichtert, boxt Schreiber noch einmal ordentlich auf den Arm.

»Wusst ich doch, bist ein ganzer Kerl, Doktor!« Er klatscht in die Hände, und als ob das Pferd darauf gewartet hätte, zieht es an. Langsam kommen die Stämme in Bewegung, und Schreiber geht, die Hand am Zügel des Pferdes, drei entastete Stämme im Schlepptau, den Weg hinunter. Als er sich nach einigen Metern umdreht, sieht er Kühbauer dastehen, ihm den erhobenen Daumen zeigen, und Schreiber spürt etwas, das vielleicht Wärme, vielleicht Sympathie, vielleicht Zuneigung sein könnte, sicher aber Freude ist, Freude über jedes Schulterklopfen, das er bekommen hat, über jedes wohlwollende Wort, das er gehört hat, und der ganze Kerl, wie ihn Kühbauer genannt hat, rauscht in seinen Ohren, während er weitergeht neben dem Pferd, von dem Ruhe und Sicherheit ausgehen und das auch nicht stehen bleibt, als der Weg flach wird und in einer Kurve vom Waldrand weg auf das freie Feld in Richtung Dorf führt. Die Stämme bleiben in der Spur, bemerkt Schreiber, als er sich umwendet, und als er bei dieser Gelegenheit auch einen Blick hinauf zum Waldrand wirft, ist Kühbauer verschwunden. Schreiber schüttelt verwundert den Kopf, hat keine Ahnung, was dieser vorhat, was überhaupt einer zu dieser Zeit an diesem Ort vorhaben kann, wenn die Schatten aus dem Wald kriechen, die Dunkelheit von den Graten steigt, die Kälte klirrend nach allem greift. Aber er muss sich auf den Weg und auf das Pferd konzentrieren, das langsamer geworden ist. Schreiber wird klar, dass es jetzt anstrengend ist für das Tier, der Feldweg ist flach, es geht nicht mehr abwärts, das Gewicht der Stämme ist jetzt ein anderes. Doch das Pferd scheint zu wissen, was man von ihm erwartet, es geht langsam, aber stetig dahin. Schreiber an seiner Seite fühlt sich gut, verdammt gut, und er fragt sich, ob die Zeit der langen Einsamkeit in diesem Dorf, die Zeit im Abseits vielleicht vorbei, das Eis vielleicht gebrochen ist. Die Wirtin fällt ihm ein und Kühbauer, der vielleicht ein Freund werden könnte. Schreiber lacht auf bei diesem Gedanken.

Dann ist da wieder der Weg, der ihm seine Geschichte erzählt, wie immer, wie jedes Mal, die Geschichte von einer Frau mit einem roten Tuch, die Geschichte einer Hand, die so warm und so voller Anteilnahme auf seiner Schulter lag, und Schreibers Hochgefühl verstärkt sich, und er dreht sich um, wie immer, wie jedes Mal an dieser Stelle und schaut zurück zum Wald und hinauf, dort, wo der Weg zum Lanerhof führt, dort, wo sie wohnt, und plötzlich durchfährt es ihn siedend heiß, schlagartig ist ihm klar, was jemand an diesem Ort zu dieser Zeit vorhaben kann, wenn doch die Schatten aus dem Wald kriechen und die Dunkelheit von den Graten steigt, wenn die Kälte nach einem greift, schlagartig ist ihm klar, dass all das nicht wichtig ist, wenn man an eine Tür klopfen kann, die einem geöffnet wird, wenn Kühbauer an die Tür des Lanerhofes klopft, und die Frau mit dem roten Tuch öffnet.

Schreiber stöhnt auf, will stehen bleiben, doch das Pferd lässt sich nicht aufhalten, es geht weiter und weiter und weiter, und es zieht jetzt nicht nur drei Stämme, sondern auch einen Mann hinter sich her, der die Hand zwar am Zügel hat, aber den Kopf gewendet und den Blick auf einen Hügel gerichtet, auf dem es nichts zu sehen gibt, nichts zu sehen, aber alles zu vermuten. Seine Gedanken sind wie scharfe Messer und Schreiber, der nun mit eingezogenem Kopf durch das Dorf trottet, nimmt die erstaunten Blicke nicht wahr, die ihm folgen, dem Wissenschaftler aus der Großstadt, dem Mann, der wegen einer alten Geschichte gekommen ist, und der jetzt mit einem Pferd und einer Ladung Holz durch das Dorf geht und gar nicht merkt, dass er schon vor dem Hof der Kühbauers steht und Hans auf ihn zukommt, hastig, erregt.

»Der Georg? Was passiert?«

Schreiber, aus seinen Gedanken gerissen, schüttelt den Kopf.

»Nein, schon alles in Ordnung, er wollte noch ...«, Schreiber sucht nach Worten, »...was erledigen.«

»Erledigen?«, fragt Hans verständnislos, dann versteht er.

»Natürlich, erledigen, ha«, er lacht bitter auf, »er kann 's nicht lassen, kapiert 's nicht.«

Er schüttelt den Kopf, nimmt Schreiber den Zügel aus der Hand und führt das Pferd in Richtung Stall. Schreiber bleibt allein auf der Straße zurück, nur langsam löst er sich aus der Erstarrung und macht sich auf den Weg ins Gasthaus. In seinem Kopf jagt ein Gedanke den anderen: Kühbauer im Lanerhof, Kühbauer bei der Stummen, die Aussagen von Hans, er kann's nicht lassen, kapiert 's nicht und plötzlich fällt ihm dieses Gespräch wieder ein, dieses Gespräch beim Schneeräumen, das er aufgeschrieben hat, das damals seine Schreibblockade beendet hat, und er rennt los zum Gasthaus. Vor der Tür bremst er ab, bemüht sich, mit ruhigen Schritten durch die Gaststube zu gehen, vorbei an den Tischen mit den Kartenspielern, vorbei an der Wirtin, die ihn freundlich grüßt, die schmale Stiege hinauf und in sein Zimmer, an seinen Schreibtisch und das Manuskript und das Blättern und Blättern und Blättern, bis er die Stelle gefunden hat:

»Was ist mit dem Lanerhof?«

»Was soll sein?«

»Na, ist jemand rauf zur Stummen?«

»Aber sicher, oder glaubst, er lässt sie alleine?«

»Wird ihm nichts nützen, sie will nicht.«

»Stimmt, aber er kapiert 's nicht. Die hat ihn ganz schön verhext.«

Schreiber wirft sich auf sein Bett, angezogen, den Blick auf die Decke gerichtet. Kühbauer ist es also, dieser eine, den die Stumme verhext haben soll. In seinem Kopf geht es rund, und er muss sich eingestehen, in diesem kleinen Zimmer in diesem kleinen Dorf auf seinem Bett liegend, dass es ihm nicht egal ist, wenn jemand bei der Stummen ist, wenn ihre Hand vielleicht eine andere Schulter bewohnt, ihre Augen vielleicht auf einem anderen Gesicht ruhen. Diese Gedanken folgen ihm wie ein Rudel hungriger Hunde durch die Nacht, die keinen Schlaf für ihn bereithält.

Fast eine Woche hält das Schönwetter an. Keine Wolke am Himmel, die dicken Schneedecken auf den Dächern und auf den Feldern funkeln und glitzern. Das Lachen der Kinder ist leicht, und auch Schreiber ist mehr und mehr angesteckt von der fröhlichen Stimmung. Er ist täglich draußen, geht die Wege, die zu gehen möglich sind, verbringt die Abende in der Gaststube und hält einmal sogar Karten in der Hand, als ihn Hans Kühbauer an den Tisch winkt und versucht, ihm die Grundzüge des Kartenspieles beizubringen. Schreiber hat auch in Wien nicht Karten gespielt, es ist eine völlig neue Welt für ihn, und er braucht lange, bis er die einzelnen Karten unterscheiden kann, bis er ihre Funktion verstanden hat. Aber allein die Tatsache, dass ihn einer dazuholt, dass ihm einer Karten in die Hand drückt, muntert ihn auf, tut ihm gut, gibt ihm das Gefühl, dazuzugehören.

Noch viel mehr bedeutet ihm diese Geste von Hans. Er fühlt ein Band zwischen ihnen, das keine Worte nötig macht, eine Gemeinsamkeit, fast so, als ob er Hans' Verbündeter sei gegen seinen Bruder Georg, gegen seine Absichten mit der Stummen, gegen seine sehnsüchtigen Blicke zum Hügel hinauf, gegen seine abendlichen Gänge den Feldweg entlang, vielleicht bis zum Lanerhof, vielleicht auch nur bis zu den letzten Tannen vor dem einsamen Gehöft, um dasselbe Abendrot zu sehen, das auch ihr den Abend beleuchtet.

Auch Georg trifft Schreiber in dieser Woche einige Male. Er ist fröhlich und guter Dinge und klopft dem Doktor, wie er Schreiber nennt, immer wieder auf die Schultern. Er scheint nicht zu merken, dass Schreiber deutlich distanzierter ist, sich, wenn es geht, fernhält von ihm. Das fällt Schreiber nicht leicht: Die Offenheit, mit der Kühbauer auf ihn zugeht, tut ihm gut, seine Anerkennung schmeichelt ihm. Mehr als einmal erzählt dieser in der Gaststube, dass der Doktor gar nicht ungeschickt sei, gar kein schlechter Holzer, und das, obwohl er am Morgen sicher noch nicht nüchtern war. Ein harter Hund, sagt Kühbauer einmal in einer Karten spielenden Runde über ihn, und Schreiber bemüht sich, das herunterzuspielen und seinen Stolz nicht zu zeigen. Aber es ist nicht zu leugnen: Die Anerkennung und die Sympathie, die ihm Kühbauer entgegenbringt, öffnen ihm endlich die Türen im Dorf, was er sich seit Wochen sehnlichst wünscht.

Schreiber genießt diese Momente: Wenn er am Abend mitten unter den Männern sitzt, wenn er auf einem seiner Spaziergänge in ein Gespräch verwickelt wird, auch von den Frauen, die sehr neugierig Fragen über das Leben in Wien stellen, wenn er von einem Bauern in den Stall gebeten wird, sei es, weil ein Handgriff nur zu zweit zu machen ist, sei es, weil ihm der Bauer nur seine Tiere zeigen will, ihre Namen erklärt, »das ist die Braune, die da, eine heißt bei uns immer Braune, war immer schon so, schon der Vater hat es so gehalten«, oder sei es, wenn er mit Hans Kühbauer am Tisch sitzt, der ihm die Karten erklärt und ihm dann den ganzen Packen in die Hand drückt, »sind für dich, kannst am Abend im Zimmer nochmal üben«.

Einmal geht er mit Georg Kühbauer noch ins Holz. Dieser holt ihn ab auf seinem Zimmer, sagt, »ich brauch dich, Doktor«, und dann gehen sie zu zweit, das Pferd in der Mitte, wieder zum Wald beim Lantobel, um die letzten dort verbliebenen Stämme an den Schlitten anzuhängen. Sie müssen zweimal den

Weg machen, das erste Mal kehren sie zu zweit ins Dorf zurück, das zweite Mal wird Kühbauer wieder unruhig, als er die letzten Stämme am Schlitten befestigt.

»Alles klar, Doktor?« Er wirft einen unsicheren Blick auf Schreiber.

Der stellt sich ahnungslos und zuckt mit den Schultern.

»Machst wieder allein, geht in Ordnung das?«

Schreiber antwortet nicht, in seinem Inneren wühlt es.

»Muss noch was erledigen«, sagt Kühbauer und blickt unsicher auf Schreiber, der sich immer noch nicht rührt.

»Was denn?«, fragt Schreiber. Aber die Frage, der er einen völlig unverbindlichen Ton mitgeben wollte, klingt zu scharf.

»Ich meine«, setzt Schreiber hinzu, »was gibt es hier zu erledigen?«

Kühbauer sagt nichts, schaut ihn finster an. Eine unangenehme Stille, das Pferd schnaubt auf. Kühbauer scheint zu überlegen, was er sagen soll, dann gibt er sich einen Ruck.

»Maria«, sagt er mit einer Stimme, die so unsicher ist, das sie Schreiber, hätte er Kühbauer nicht vor sich stehen, niemals als seine Stimme erkannt hätte. »Du weißt ja, Maria, also die Stumme …«

Kühbauer zuckt bekümmert die Achseln. Über dieses Thema zu reden, fällt ihm sichtlich schwer. Aber Schreiber hat keine Lust, darauf Rücksicht zu nehmen, im Gegenteil.

»Ja, ich hab von ihr gehört«, sagt er langsam, »soll ziemlich unnahbar sein?«

Der Satz trifft, Schreiber merkt es sofort.

»Blödsinn, so ein Blödsinn«, fährt Kühbauer auf. »Nur weil sich eine Zeit lässt und sich nicht gleich …« Seine Arme rudern hilflos durch die Luft, als könnten sie Worte einfangen, so wie man vielleicht Schmetterlinge einfängt, auf einer grünen Wiese im Sonnenlicht, aber nicht in der kalten Abenddämmerung im Dezember, zwischen den Schatten, die aus dem vereisten Wald kriechen und sich zu den beiden Männern gesellen. Kühbauer lässt seine Arme sinken, er wirkt geknickt.

»Sie muss vertrauen lernen, mir vertrauen, verstehst?«

Kühbauer sieht Schreiber an, und die Angst, die Unsicherheit, die in seinem Gesicht steht, die seine Augen unruhig hin und her tanzen lässt, nimmt Schreiber wahr, sehr deutlich wahr.

»Läuft's nicht?« Schreiber kann nicht verhindern, dass Häme in seiner Stimme mitschwingt, aber Kühbauer bemerkt es nicht. Er steht da, den Kopf gesenkt, fixiert den Schnee.

»Vertrauen ist das Wichtigste. Irgendwann wird sie mir vertrauen, wenn sie sieht, dass ich immer zu ihr halte, immer, verstehst?«

Wieder ein unsicherer Blick auf Schreiber, wieder lässt dieser ihn zappeln.

»Und jetzt, jetzt wo der Vater tot ist, kann ich den Hof übernehmen.« Er schaut hilfesuchend zu Schreiber, sucht in dessen Gesicht irgendeine Antwort, irgendeine Bestätigung, irgendetwas, was ihm recht gibt, was sagt, Ja, Georg, du hast recht, jetzt ist alles anders, welche Frau kommt schon gerne auf einen Hof, wenn der Vater noch lebt, aber jetzt kriegst du den Hof, jetzt ist alles klar ...

Schreiber tut ihm den Gefallen nicht. Er verzieht keine Miene und erwidert Kühbauers Blick, der ihm unruhig ausweicht.

»Also, was ist? Gehst mit dem Pferd?« Kühbauers Stimme ist leise, fast nicht zu hören. Vielleicht ist es diese Hilflosigkeit, die Schreiber berührt.

»Ja, wenn das für dich ..., na klar, Georg, kannst auf mich zählen.« Schreiber geht zwei Schritte auf Kühbauer zu, klopft ihm auf die Schulter und will sich umdrehen, als Kühbauer ihn mit beiden Händen an den Schultern packt, ihm ins Gesicht schaut und ihn an sich drückt.

»Danke, Doktor, danke! Weißt, im Dorf reden s' über mich, lachen mich aus, wegen dieser Sache. Aber es wird anders, glaub

mir, sie muss nur lernen, mir zu vertrauen.« Und mit diesen
Worten dreht Kühbauer sich um und geht mit hastigen Schritten in Richtung Lanerhof.

Schreiber steht da, bis Kühbauer hinter der Kuppe verschwunden ist. Dann geht er langsam mit dem Pferd und dem Schlitten
mit den angehängten Stämmen in Richtung Dorf, überquert
das Feld zusammen mit seinen Gedanken, mit seinen Erinnerungen an ihre Hand auf seiner Schulter, aber auch mit der Eifer-
sucht, die in ihm auflodert, wenn er daran denkt, dass Kühbauer
jetzt vielleicht in ihrer Küche sitzt, vielleicht mit ihr etwas trinkt,
vielleicht ihr etwas erzählt, vielleicht aber auch stehen sie, vielleicht schauen sie sich an, vielleicht legt sich ihre Hand leicht
und zaghaft auf seine Schulter, vielleicht sprießt gerade jetzt, gerade in diesem Moment das erste zarte Vertrauen zwischen den
beiden, auf das Kühbauer so wartet, so sehnlichst wartet, und
vielleicht ist gerade jetzt der Augenblick, der ihm recht geben
und das Gerede der Leute verstummen lassen wird.

Diese Gedanken nagen an Schreiber, auch als er das Pferd zum
Hof führt, auch als Hans zur Tür herauskommt, gefolgt von seiner Mutter, ihm die Zügel des Pferdes abnimmt und ihm einen
fragenden Blick zuwirft. Zumindest interpretiert Schreiber diesen Blick so, er hat das Gefühl, dass Hans ihn verstanden hat.
Gerne würde er jetzt etwas hören, einen Satz, der klarmacht, was
für ein Idiot Georg ist, wie lächerlich er sich aufführt, aber Hans
bleibt stumm, blickt zurück zu seiner Mutter, die unter der offenen Tür stehen geblieben ist, und dieser Blick scheint ihre Frage
zu beantworten, denn sie dreht sich um, verschwindet im Haus
und schlägt die Tür hinter sich zu.

Schreiber steht unschlüssig da, dann geht er heim, falls man
diese paar Quadratmeter in diesem kleinen Gasthaus in diesem
kleinen Dorf nach dieser kurzen Zeit als etwas bezeichnen kann,
was diesen Ausdruck rechtfertigt.

Und einmal in diesen Tagen, in diesen Tagen voll Sonnenschein, voll wunderbarer Schneelandschaft, einmal in diesen Tagen, in denen er angekommen zu sein scheint im Dorf, in denen ihn die Leute freundlich grüßen im Vorbeigehen und in der Gaststube, einmal in diesen Tagen nähert er sich wieder der Außenwelt. Die Straße ins Tal ist seit Tagen wieder frei, der Laden der Neubäuerin wieder mit Waren gefüllt. Schreiber verlässt das Dorf talwärts, geht ein paar Kurven hinunter auf der schneebedeckten Straße, auf der vor einigen Wochen schnaufend der Bus hinauffuhr mit ihm, dem einzigen Fahrgast, und Schreiber beißt sich beim Gehen auf die Lippen, beschleunigt den Schritt, muss sich zwingen, nicht umzukehren, weil ihn seine Wege sonst in die andere Richtung führen würden, in Richtung des Waldes, in Richtung der Berge, aber vor allem, das muss er sich eingestehen, in Richtung Lanerhof, in Richtung Hoffnung, Hoffnung darauf, sie wiederzusehen, einen Blick von ihr, eine Berührung von ihr, irgendetwas. Aber jetzt, jetzt geht er in die andere Richtung, in Richtung Tal, und plötzlich hört er ein Hupen hinter sich, registriert erschreckt, dass er mitten auf der Straße geht, springt zur Seite, dreht sich um und sieht Veith Brückner, den Ortsvorsteher, in seinem Jeep.

Schreiber will zuerst ablehnen, als Brückner die Beifahrertür öffnet und ihm winkt. Dann überlegt er es sich anders, stapft seitwärts durch den tiefen Schnee, um auf der schmalen, einspurigen Straße an der offenen Beifahrertür vorbeizukommen, steigt ein, nimmt auf dem Sitz Platz und klopft sorgfältig den Schnee von seinen Stiefeln auf die Straße.

»Schon gut«, beruhigt ihn Brückner, »sind ja nicht in der Großstadt.«

Schreiber nickt lachend, dreht sich richtig auf den Sitz und macht die Tür zu. Brückner beißt sich auf die Lippen, offenbar bereut er den Satz, den er gesagt hat.

»War nicht bös gemeint«, sagt er und wirft einen besorgten Blick auf seinen Fahrgast, während er die Handbremse löst und der Wagen langsam anfährt.

»Kein Problem«, winkt Schreiber ab, »ich werde es schon noch lernen.«

»So wie das Holz führen. Das geht ja schon tadellos!« Brückner ist froh, dass ihm Schreiber seine Bemerkung nicht übel genommen hat.

»Ein gutes Pferd«, lacht Schreiber, und Brückner stimmt in das Lachen ein. Schreiber beginnt sich wohlzufühlen. Er hat noch nie viel mit Brückner zu tun gehabt, aber immer ein gutes Gefühl, wenn er diesen Mann trifft. Vielleicht ist es sein Blick, der einem stets freundlich begegnet, vielleicht sind es seine Hände, die er ruhig und mit Bedacht einsetzt um das, was er sagt, mit Gesten zu untermalen, vielleicht auch ein etwas verspielter Zug um seine Mundwinkel, der seiner sonst so ernsten Erscheinung unter dem dichten schwarzen Bart etwas Lausbubenhaftes verleiht.

Sie kommen nur langsam voran, Brückner steuert den Geländewagen vorsichtig ins Tal. Mehr als einmal kommen sie ins Rutschen, aber Brückner bleibt ruhig und gelassen. Eine Ruhe und Gelassenheit, die auch Schreiber zu erfassen beginnt.

»Noch ein Kurzurlaub im Tal?«

Schreiber wird aus seinen Gedanken gerissen.

»Ja, eigentlich weiß ich nicht genau, einfach mal wieder was anderes sehen«, stottert Schreiber. Bis jetzt war es ja erst ein Ausflug in Richtung Tal, jetzt aber wird ihn der Wagen ganz hinunterbringen, in die kleine Gemeinde, zu der auch das kleine Dorf oben in den Bergen gehört, zu Straßen, die von Schnee geräumt sind, zu Gasthäusern, zu Einkaufsläden, zu beleuchteten Weihnachtsbäumen auf den Plätzen, zu vielen Menschen, und Schreiber ist sich nicht sicher, ob er das wirklich will.

»Neben der Kirche ist ein nettes Lokal«, sagt Brückner. »Ich hab zu tun bis am Abend, dann kann ich Sie wieder mitnehmen.«

Schreiber nickt. Er hat wohl keine andere Wahl, denn zu Fuß

den Weg zurückzugehen, ist zu weit, und Busse fahren im Winter nicht.

Brückner hält direkt neben der Kirche, Schreiber steigt aus und steht unsicher an der Straße. Nicht, dass viel los wäre. Aber die paar Autos, die an ihm vorbeifahren, die Fußgänger, die sich an ihm vorbeidrücken, manchmal auch seine Schultern streifen, all das macht ihn nach den letzten Wochen in dem abgelegenen Dorf nervös. Er sieht sich unschlüssig um, geht in irgendeine Richtung, es könnte auch eine andere sein, geht eine Straße entlang, die sich an der Kirche und am Friedhof vorbeizieht, es könnte auch eine andere sein, biegt in eine kleine Gasse ab, die an drei Bauernhöfen vorbei wieder zur Kirche führt, es könnte auch eine andere sein, bleibt unter einer überdachten Bushaltestelle stehen, kommt ins Gespräch mit einem alten Mann, der auf den Bus wartet, aber es könnte auch jemand anders sein, und als die Kälte mehr und mehr in seine Stiefel dringt, die Dämmerung langsam das letzte Tageslicht aus den Straßen und Gassen treibt, als mehr und mehr Fenster zu hell erleuchteten Rechtecken werden und als immer weniger Menschen auf den Straßen, Gassen, Plätzen sind, als der Bus schließlich den alten Mann mitnimmt und der Busfahrer ihn fragend anblickt, da winkt Schreiber ab, und als ob er dem Fahrer eine Erklärung für seine Absage liefern müsste, zeigt er auf das Lokal auf der anderen Straßenseite. Der Busfahrer fährt los, und Schreiber folgt der eigenen Hand, die den Weg zur Gaststätte gewiesen hat.

Das Lokal ist klein, und Schreiber staunt über die vielen Leute. Er findet einen Tisch am Fenster, der noch leer ist, und setzt sich. Die plötzliche Wärme tut gut, genauso wie der heiße Tee, den ihm die Kellnerin kurze Zeit später auf den Tisch stellt. Wie von fern dringt das Gemurmel der Gäste an sein Ohr. Es ist weitaus stiller, als es wäre, wenn er daheim in seinem Gasthaus sitzen würde, und Schreiber lacht belustigt auf, weil er in Gedanken das Gasthaus in dem kleinen Dorf mit dem Wort daheim verknüpft hat. Und doch ist es irgendwie so: Er gesteht sich ein, dass er sich in diesem Lokal fremd fühlt und dass er nichts dagegen hätte, jetzt in der kleinen Gaststube in dem kleinen Gasthaus in dem kleinen Dorf zu sitzen, sich vielleicht von Hans Kühbauer die Karten erklären zu lassen, vielleicht auch mit Georg ein Bier zu trinken. Aber der Gedanke an Georg führt ihn augenblicklich zu der Stummen, zu Maria, und lässt ihn auf die Lippen beißen, die innere Ruhe, die er vor wenigen Augenblicken noch genossen hat, ist dahin, er fühlt sich weit weg, viel zu weit weg von allem, und er weiß, dass dieses alles vor allem der Lanerhof ist, der Weg zum Lanerhof, die Hoffnung, sie zu sehen. Es gelingt ihm nicht mehr, sich von diesen Gedanken zu lösen, und er ist froh, als die Tür aufgeht und Brückner eintritt. Sein suchender Blick schweift durch das Lokal, er sieht Schreiber, hebt die Hand und kommt auf ihn zu.

Schreiber steht auf, kommt ihm schon entgegen.

»Schon bezahlt, wir können fahren.«

Brückner steht unschlüssig vor ihm und dreht sich zum Gehen.

»Auch recht, obwohl ich es nicht eilig hab. Schauen S'!« Brückner hält einen Karton in die Höhe, den Schreiber bisher nicht wahrgenommen hat.

»Ein Fotoapparat«, erklärt Brückner sichtlich stolz. »Haben wir uns schon lange gewünscht, meine Frau und ich, wird unser Weihnachtsgeschenk!«

Schreiber nickt zerstreut, merkt, dass Brückner auf eine Antwort wartet.

»Das ist gut! Ein schönes Geschenk«, ringt er sich ab, aber seine Stimme trägt nicht einen Funken Begeisterung in sich.

»Ich glaub, es ist der Erste im Dorf«, erklärt Brückner. »Da werden ein paar Augen machen.«

Schreiber reagiert nicht, er spürt seine Unruhe, er will schon wieder oben sein, oben im Dorf, in dieser kleinen Welt, die so viel mehr Welt ist als die ganze andere Welt, und er überlegt, ob er nicht einfach noch im Dunkeln zum Lanerhof gehen soll, anklopfen, sehen, wie die Tür aufgeht und wie sie mit einem Lächeln im Gesicht ihre Hand als Willkommensgruß auf seine Schulter legt.

Brückners Stimme reißt ihn aus seinen Träumen.

»Und Sie? Wie hat's Ihnen gefallen? Der Ausflug in die weite Welt?«

»Gut, ja, gut, schon mal was anderes«, antwortet Schreiber unsicher, während er den Schritt seiner Gedanken zu bremsen versucht, die schon den Feldweg entlangeilen, den dunklen Feldweg, der auf ihn wartet am Rande des Dorfes, und er merkt, wie sehr ihn das Motorengeräusch des Geländewagens stört, den Brückner gerade startet, und wie sehr ihn die Stimme und die Fragen Brückners stören, wie sehr ihn alles stört, was ihn nicht zum Lanerhof gehen lässt, und sei es nur in Gedanken. Brückner schafft es trotzdem, ein Gespräch aufzubauen, vor allem weil er Schreiber konkret nach seiner Arbeit fragt.

»Kommen S' voran?«

»Wie man's nimmt«, antwortet Schreiber ausweichend und ist sich bewusst, dass er Brückner wohl etwas mehr an Antwort schuldig ist. »Ich habe ein paar Skizzen gemacht, einen Entwurf, ja, so könnte man es vielleicht bezeichnen.«

»Über Katharina Schwarzmann?«, fragt Brückner vorsichtig, während er das Auto von der Hauptstraße weg auf die Straße lenkt, die in die Berge führt. Er bemüht sich zwar um einen möglichst gleichgültigen Ton, kann aber nicht verhindern, dass seine Stimme bei der Erwähnung des Namens leicht zittert. Das bemerkt auch Schreiber, den diese Frage abrupt vom Feldweg wegreißt, aus seinen Gedanken wirft und ihn hellwach werden lässt.

»Katharina«, fragt er langsam und gedehnt, »Sie meinen Katharina Schwarzmann? Ach so, diese Geschichte ...« Schreiber reibt sich unsicher die Hände und sucht nach Worten.

»Also, ich glaube, das hat man im Dorf ein bisschen falsch verstanden, um genau zu sein ... « Schreibers Arme fahren unruhig durch die Luft, während er immer noch nach Worten sucht, nach Worten, die diese Situation entschärfen können.

»Also diese Geschichte mit der Schwarzmann, natürlich interessant, aber es war nie meine Absicht, ein Buch über sie zu schreiben. Ich habe nur die Ruhe gesucht, um Zeit zu haben, mein Buch zu schreiben.«

»Und um was geht es in dem Buch?« Brückner schaltet in den ersten Gang zurück.

»Um gesellschaftliche Phänomene im Zuge der Verfolgung von Ketzern und Hexen. Katharina Schwarzmann, nun, wie soll ich sagen, ich kann noch gar nicht abschätzen, ob ich sie überhaupt erwähnen kann in diesem Zusammenhang.« Schreiber bricht ab und fragt sich, ob ihm Brückner sein Gestammel abkauft.

»Interessant«, antwortet der Ortsvorsteher, »interessant, das Thema!«

»Ja, das schon, hat mich schon immer fasziniert.«

»Wissen S'«, Brückner geht kurz vom Gas, weil der Jeep eine schlingernde Bewegung macht, »im Dorf ist Ihr Buch ein ziemliches Thema.«

Schreiber gibt sich ahnungslos.

»Wirklich? Warum denn?«

Brückner zuckt mit den Achseln und kaut nervös auf seiner Unterlippe. Ein paar Sekunden ist es still, Schreiber nimmt überdeutlich laut den Motor und das surrende Geräusch der Heizung wahr.

»Das darf man natürlich nicht überbewerten«, beginnt Brückner, »und es wird im Dorf auch kaum einer wirklich das Wort »Hexen« in den Mund nehmen. Da sind die Leute schon drüber, keine Sorge.« Er lacht nervös auf. »Aber sonst, Sie würden staunen, an was die Leute so alles glauben: böser Blick,

Schadenzauber, schlechte Einflüsse und was weiß ich noch was alles.« Wieder lacht Brückner, ein verlegenes Lachen, fast so, als ob er sich für sein Dorf schämen würde. Schreiber bemerkt die Unsicherheit und kommt ihm zu Hilfe.

»Wissen Sie, dieses Ganze, ich weiß gar nicht, wie ich das nennen soll, dieses Magische oder dieser Aberglaube, also, ich finde das sehr interessant, das sind alte, ganz alte Traditionen, vor so etwas habe ich Respekt. Der Pfarrer übrigens auch.«

Bei der Erwähnung des Pfarrers lacht Brückner auf, greift sich mit der Hand ans Kinn und beginnt, an seinem Bart zu zupfen.

»Ja, nach so vielen Jahrzehnten hat Hochwürden gelernt, auf das Volk zu hören.« Er schafft es, diesem Satz einen ironischen Anstrich zu geben, und das bricht das Eis zwischen den beiden Männern, die jetzt gemeinsam lachen.

»Ja, Hochwürden«, fährt Schreiber fort und erzählt Brückner von seinem Besuch bei ihm. Auch dass ihn der Pfarrer gebeten hat, seine Nachforschungen zum Thema Katharina Schwarzmann einzustellen. Schreiber merkt zu spät, dass er sich wieder aufs Glatteis begibt.

»Er hat das alles falsch verstanden«, fügt er hinzu, »das mit meinem Buch und der Schwarzmann.«

Brückner nickt, konzentriert sich auf die von den Scheinwerfern beleuchtete Straße. Der Wagen wühlt sich weiter und weiter den Berg hinauf.

»Er hat mir dann sogar von der Gertraudi erzählt«, berichtet Schreiber und ist froh, so schnell einen anderen Namen gefunden zu haben, der von Katharina Schwarzmann wegführt.

»Ja, die Gertraudi.« Brückners Stimme ist leise, kaum zu verstehen. Irgendetwas ist da plötzlich, irgendetwas scheint ihn unangenehm zu berühren.

»Hat der Pfarrer Ihnen also ...« Stille, Brückner hat Mühe, weiterzusprechen. »Hat er die Geschichte von dem kleinen Mädchen erzählt?«

Brückner blickt zur Seite, fixiert Schreiber. Es ist nur ein Moment, aber er kommt Schreiber ewig vor. Er sieht Brückners flackernde Augen, sieht, dass sie glänzen, nass glänzen, bevor dieser den Kopf abwendet und wieder auf die Straße schaut.

»Von dem kleinen Mädchen«, wiederholt Schreiber leise und versucht sich zu erinnern. »Ja, da war etwas, die Gertraudi hat ihm irgendetwas gesagt, dass ein kleines Mädchen sterben wird.«

Die Stille in dem Geländewagen ist plötzlich laut. Aus den Augenwinkeln sieht Schreiber, wie Brückner, die Lippen aufeinandergepresst, mehrmals hintereinander nickt.

»Das war meine Kleine, meine Tochter.«

Es ist nur ein Flüstern, aber ein Donnern könnte nicht lauter, nicht verstörender sein. Schreiber sitzt da wie erstarrt, schluckt, hebt seine Hände in einer hilflosen Bewegung.

»Das tut mir leid«, flüstert er, aber Brückner hört das nicht, weil er im selben Augenblick mit der Faust auf das Lenkrad schlägt.

»Ich glaub nicht daran, ich glaub nicht an so verdammtes Zeug«, seine Stimme ist laut und wird dann leise, »aber das war mein Mädchen!«

Der Geländewagen wühlt sich um eine Kurve, scheint stecken zu bleiben. Brückner steigt wütend aufs Gas, schlägt noch einmal mit der Faust auf das Lenkrad, und Schreiber sieht plötzlich einen anderen Menschen vor sich, einen Menschen, den Trauer und Zorn überschwemmen, dessen Blick nicht mehr einladend, dessen Hände nicht mehr ruhig, dessen Worte nicht mehr bedächtig sind.

»Ich versteh's nicht«, presst er zwischen den Zähnen hervor. »Der Pfarrer hat's mir erzählt, ein paar Jahre nachdem die Kleine gestorben ist. Ich hab ihn rausgeworfen ...«

Wieder kracht die Faust aufs Lenkrad.

»Rausgeworfen! Ich wollt's nicht glauben, aber warum sollte er mir das erzählen, wenn 's nicht wahr ist?«

Brückner blickt auf Schreiber, als erwarte er von ihm endlich eine Antwort auf diese quälende Frage. Doch Schreiber sitzt stumm da, den Blick starr auf die Straße gerichtet.

»Und wenn's stimmt«, Brückners Stimme ist jetzt ganz leise, »wieso hat er mich dann nicht gewarnt?«

Wieder der Hilfe suchende Blick auf die Seite. Schreiber zuckt mit den Achseln, es fällt ihm schwer irgendetwas zu sagen.

»Vielleicht glaubte er selber nicht daran? Er wollte Sie nicht beunruhigen.«

Brückner nickt langsam mit dem Kopf. Es ist das resignierte Nicken eines Menschen, der Antworten erhält, die er sich selbst schon längst gegeben hat, der wieder mit Antworten zurückbleibt, die ihm nicht wirklich Antworten sind.

»Ja, so ist's gewesen.« Seine Stimme ist ein Flüstern, kaum zu hören in dem Motorenlärm. »So ist es wohl gewesen.«

Die nächsten paar Hundert Meter ist nichts außer dem Motor zu hören. Die beiden Männer schweigen. Schreiber würde gerne etwas sagen, aber er weiß nicht, was, seine Kehle ist wie zugeschnürt.

»Morgen kommt Schnee«, sagt Brückner unvermittelt.

Schreiber, überrascht über den plötzlichen Themenwechsel, dreht den Kopf zum Fahrer.

»Schnee? Aber es war doch der ganze Tag strahlend blau?«

»Morgen kommt Schnee«, wiederholt Brückner. »Unsere alten Leute im Dorf sagen das, und die sind besser als der Wetterbericht. Glauben S' mir, glaubens mir, die sind besser!«

Schreiber antwortet nicht, aber er ist froh, dass das Thema nun ein anderes ist, und er ist froh, als die Scheinwerfer des Wagens plötzlich ein Haus erfassen und wie aus dem Nichts das Dorf auftaucht.

»So, sind da«, stellt Brückner überflüssigerweise fest. Er hält vor dem Gasthaus. Schreiber öffnet die Tür, dreht sich zu ihm hin, streckt Brückner die Hand entgegen, die dieser ergreift und kräftig drückt.

»Danke«, sagt Schreiber, und er würde gerne noch etwas anderes sagen, gerne etwas, was Brückner Sympathie oder Mitgefühl vermitteln könnte, aber es fällt ihm nichts ein, kein Wort, das angebracht wäre, und so nickt er nur stumm und steigt aus. Sein letzter Blick auf Brückners Gesicht sieht einen müden Mann, die Augen ohne Glanz, die Hände teilnahmslos am Lenkrad. Schreiber macht die Tür zu, zu schwach, als dass sie richtig einrastet, er muss sie noch einmal aufmachen, wirft sie nun energisch ins Schloss und sieht dem Wagen nach, der langsam in der Dunkelheit verschwindet.

Unbeweglich steht er da. Längst sind die Rücklichter nicht mehr auszumachen, immer noch kann er sich nicht losreißen aus einer seltsamen Erstarrung, und erst als vor ihm lachend drei Männer aus dem Dunkel der Nacht tauchen, grüßend an ihm vorbei auf das Gasthaus zugehen, löst sich Schreiber, dreht sich ebenfalls um und folgt ihnen in die Gaststube.

Eine andere Welt empfängt ihn, eine Welt aus Dunst, Zigarettenrauch, Gelächter, Gläserklirren. Er will auf sein Zimmer gehen, aber eine Stimme holt ihn ein. Als er sich umdreht, steht Georg Kühbauer vor ihm.

»Na, Doktor, spielst mit?« Zwar wahrt Kühbauer mit der Anrede Doktor einen gewissen ironischen Abstand, aber wer genau hinhört, bemerkt einen anderen Ton, einen Ton, den man anschlägt, wenn man mit jemandem redet, der einem vertraut ist, den man akzeptiert. Schreiber folgt Kühbauer an einen Tisch, an dem schon sein Bruder Hans sitzt, mit einem weiteren Mann, den Schreiber nicht kennt. Sie nehmen Platz, Schreiber muss sich Georg Kühbauer gegenüber hinsetzen, du spielst mit mir, hat dieser entschieden und Schreiber mit der Hand auf die Schulter geklatscht.

»Wenn du so gut spielst, wie du holzt ...« Kühbauer lässt den Satz unvollendet, er ist sichtlich gut gelaunt. Schreiber merkt das, und es berührt ihn unangenehm. Was macht Kühbauer so fröhlich? So zuversichtlich? War er auf dem Lanerhof? Brennt seine Schulter noch von der Erinnerung einer Hand, die dort einen Gruß, ein bisschen Vertrauen, etwas Wärme, ein Ja abgelegt hat? Schreiber beißt sich auf die Lippen, hat aber keine Zeit, seinen Gedankengang zu verfolgen. Vor ihm liegen Karten. Hans Kühbauer macht den Vorschlag, ein paar Spiele offen zu spielen, und so drehen alle ihre fünf Karten um, legen sie offen vor sich auf den Tisch. Gelächter brandet auf, als Schreiber seine Karten umdreht, er versteht nur langsam weshalb, offenbar hat er ein unglaublich gutes Blatt in den Händen, diese Karte da, das ist der Gute, und der da, das ist der Rechte, und da, noch ein Schlag, mit den Karten kannst du gar nicht verlieren, wenn du willst, kannst du jetzt gleich bieten, also, pass auf, das geht so ...

Von allen Seiten stürmen die Informationen auf Schreiber ein, von allen Seiten bedrängen ihn die Stimmen, türmen sich die Ratschläge, und es geht nicht lange, da fängt er an, erste kleine Strukturen des Spiels zu verstehen, gut, wenn ich drei Stiche habe, habe ich also gewonnen, richtig? Langsam bekommen die Karten ein Gesicht, lösen, je nachdem, welche Farbe Trumpf ist, je nachdem, welche Karte Schlag ist, ein besonderes Gefühl in ihm aus, dann und wann beginnt er, seine Mitspieler zu imitieren und gute Karten mit entsprechender Vehemenz auf die Tischplatte zu knallen, freilich auch hin und wieder völlig daneben, aber das wird von den anderen gutmütig lachend aufgenommen, wird schon, Doktor, wird schon, nicht schlecht für den Anfang. Vor allem Georg Kühbauer ist gut aufgelegt und steht, wenn Schreiber ein guter Spielzug gelungen ist, schon mal auf und klopft seinem Partner auf die Schulter.

So geht der Abend dahin, Stunde um Stunde, Spiel um Spiel, Bier um Bier, und Schreiber fühlt sich gut, verdammt gut, genießt es, zwischen diesen Männern zu sitzen und sich als einer von ihnen zu fühlen, als einer aus diesem Dorf, und als die Wirtin den Tisch abräumt, die Karten mit einem schnellen Griff und unter vierstimmigem Protestgeheul packt und in ihrer Schürze verschwinden lässt, registriert Schreiber, dass sie die Letzten in der Gaststube sind. Er steht auf, leicht schwankend. Hans Kühbauer und der andere Mann sind bereits zur Tür hinaus, Arm in Arm. Georg Kühbauer steht vor Schreiber, und man sieht ihm an, dass er noch etwas auf dem Herzen hat.

»Gut gemacht, Doktor«, sagt er, packt Schreiber am Unterarm und zieht ihn zur Tür. »Komm mit, bei mir gibt 's noch was.«

Schreiber wehrt sich nicht, alles ist ihm angenehm, das Vertrauliche, das Kumpelhafte, die Berührung am Unterarm. Er lässt sich von Kühbauer auf die Straße führen, nicht einmal seinen Mantel nimmt er vom Haken, was die Wirtin kopfschüttelnd registriert, aber Schreiber verschwendet keinen Gedanken daran, lässt sich von seinem Gefährten am Unterarm weiterziehen und sieht bald, dass sie vor dem Kühbauer-Hof stehen, dass im Hausgang noch Licht brennt und in dem kleinen Fenster neben der Haustür kurz die Silhouette von Hans zu sehen ist. Kühbauer dirigiert ihn daran vorbei in Richtung Scheune, entriegelt das große Holztor, und die beiden treten ein. Er lässt Schreiber stehen und stolpert fluchend durch die Dunkelheit, bis endlich ein Streichholz aufflammt. Im Schein des Feuers taucht Kühbauers Gesicht auf, die Flamme nähert sich einer Petroleumlampe, und ein fahles Licht breitet sich aus.

»Das hätten wir, Doktor«, lacht Kühbauer befriedigt, hängt die Petroleumlampe an einen Nagel an der Wand, nimmt von einer Ablage eine staubige Flasche, die zur Hälfte mit einer durchsichtigen Flüssigkeit gefüllt ist, und bedeutet Schreiber, sich auf einen Hackstock zu setzen, während er sich ihm gegenüber niederlässt. Er dreht den Verschluss der Flasche auf, setzt sie an seine Lippen, nimmt einen kräftigen Schluck von dem Schnaps und reicht sie an Schreiber weiter, der ebenfalls einen

Schluck nimmt und sie Kühbauer zurückgeben will. Der wehrt ab.

»Nein, nein, Doktor, sind hier nicht in Wien bei den feinen Damen. Hier oben in den Bergen nimmt man einen ordentlichen Schluck, verstehst?«

Schreiber nickt gut gelaunt, hebt die Flasche noch einmal an die Lippen und nimmt einen kräftigen Schluck. Aber Kühbauer ist immer noch nicht zufrieden, wehrt wieder ab.

»Nicht schlecht, aber auch nicht gut. Richtig ansetzen!«

Schreiber lacht auf, setzt an und schluckt dreimal ordentlich, während ihm die Tränen in die Augen schießen. Kühbauer klatscht begeistert in die Hände, und Schreiber, lachend und mit brennenden Augen, hebt noch einmal an, und in diesem Augenblick, als der Schnaps scharf und schnell in seine Kehle schießt, wird ihm bewusst, dass Kühbauer auf dem Sarg seines Vaters sitzt. Er verschluckt sich, gleitet vom Hackstock herunter auf die Knie und hustet. Kühbauer lacht auf, klopft Schreiber herzhaft auf den Rücken.

»Scharf das Zeug, ich weiß«, lacht er.

Schreiber schüttelt den Kopf, kann aber nichts sagen, zu sehr brennt es in seinem Hals, und so deutet er mit tränenden Augen auf den Sarg. Kühbauer versteht nicht gleich, dann nickt er, plötzlich ernst geworden.

»Der Vater, der Vater«, flüstert er in seinem rauen Dialekt, in dem Vater mehr wie »Voater« klingt, und er zieht aus der Jackentasche eine Packung Zigaretten heraus. Gedankenverloren nimmt er eine heraus, steckt sie in den Mund und zündet sie an.

»Jetzt kannst nicht mehr schreien, Vater«, sagt er leise mit dem Kopf zum oberen Teil des Sarges gewandt und bläst den Rauch auf die Stelle, an der unter dem Holz das Gesicht seines toten Vaters sein muss. Schreiber sitzt am Boden, noch immer kratzt es in seinem Hals, und er glotzt ungläubig auf den rauchenden Kühbauer. Plötzlich kommt von unten etwas herauf, und Schreiber spuckt aus, und etwas drängt nach, und es ist ein lautes Lachen, und Schreiber kann nicht mehr anders und lacht und lacht und haut mit der Faust auf den Boden und lacht. Kühbauer ist verblüfft, versteht nicht, was er da sieht, aber dann steckt ihn das Lachen von Schreiber an, und er nimmt neuerlich einen Zug, bläst mit einer schnellen Drehung seines Kopfes wieder den Rauch auf den Sarg.

»Jetzt bestimm ich«, sagt er heiser, und dann kommt es auch aus ihm heraus, ein heiseres Krächzen, ein heiseres Lachen, und er gleitet vom Sarg auf den Boden, packt den haltlos kichernden Schreiber an den Schultern, zwischen den Fingern einer Hand die brennende Zigarette. Er reißt Schreiber mit einer erstaunlichen Kraft vom Boden auf. Beide stehen da, lachend, schwankend, Tränen in den Augen.

»Der Vater, Rauchen im Stall streng verboten. Wegen Brandgefahr, das Heu, verstehst, verstehst doch, Doktor?«, japst Kühbauer außer Atem.

Schreiber nickt, während er versucht, seinem Lachanfall Herr zu werden und sich auf den Hackstock zu setzen.

»Der Alte hatte Angst, dass ich alles abfackle, so ein Idiot«, knurrt Kühbauer, der aufgehört hat, zu lachen. Er steht auf, dreht sich um und spuckt auf den Sarg. »So ein Idiot!«, wiederholt er und setzt sich. Schreiber sitzt wie betäubt da, das Lachen ist plötzlich vorbei, Stille breitet sich aus. Er merkt, dass er längst nicht mehr klar denken kann, merkt, wie Kühbauer unruhig auf dem Sarg hin- und herrutscht, sich wieder in Richtung Sarg dreht und mit dem Hemdärmel über die Stelle wischt, auf die er vorher gespuckt hat. Mit einem Seufzer wirft er die erst zur Hälfte gerauchte Zigarette auf den Boden, setzt seinen Fuß darauf und dreht ihn energisch hin und her.

»Schon gut, Vater, nicht so gemeint«, murmelt er leise und steht auf. »Ich zeig dir was, Doktor, musst mir helfen.«

Schreiber reagiert nicht, starrt nur stumm vor sich auf den Boden, bis ihm Kühbauer auf die Schulter klopft.

»Hier, schau ...« Er hält Schreiber etwas vor das Gesicht, es pendelt hin und her. Schreiber kneift die Augen zusammen, spürt, dass Kühbauer etwas von ihm will, greift nach diesem schaukelnden Etwas vor seinen Augen. Es ist dünn, schmal, er spürt Holz, aber er sieht eine Blume, eine Rose, schüttelt den Kopf und steht unsicher auf.

»Ich hab's geschnitzt«, sagt Kühbauer leise, »gefällt's dir?«

In Schreibers Kopf geht es rund, aber er schafft es doch, aus den drei Begriffen Rose, Holz und geschnitzt die richtigen Schlüsse zu ziehen, und klopft unsicher auf die Schulter von Kühbauer.

»Schön, schön, schön, Bauer, bist ein richtiger ... Künstler, du«, stammelt Schreiber, fängt wieder an zu lachen, packt Kühbauer an den Schultern, schüttelt ihn und schreit: »Künstler, Künstler, Künstler! Du!« Und mit diesem Du sticht er mit der Blume in Richtung Brust seines Gegenübers. Doch Kühbauer passt auf, fängt seine Hand ab, bevor mit der Blume etwas passieren kann. Schreiber lacht, versucht Kühbauer zum Mitlachen zu bewegen, aber der bleibt ernst.

»Das da, bitte Doktor, ich kann nicht gut schreiben, aber du, du musst mir sagen, ob da Fehler sind.« Kühbauers Stimme ist leise und ernst, fast so, als ob auf einmal die Wirkung des Alkohols völlig verpufft wäre. Schreiber lacht, merkt aber trotz seines Zustandes, dass die Stimmung eine andere ist.

»Schreiben? Ja, natürlich, zeig ...«

Kühbauer gibt ihm ein gefaltetes Stück Papier in die Hand. Schreiber merkt erstaunt, dass es rosarot ist, und er will schon etwas sagen, aber der Mund gehorcht ihm nicht, also winkt er enttäuscht ab, öffnet das Blatt und starrt auf die Buchstaben und Wörter, die mit einer ungeübten, aber bemühten Hand geschrieben wurden, Wörter, die keinen richtigen Sinn ergeben, zumindest zuerst nicht, dann fängt er an, sie nach und nach einzufangen, da steht Treue, da steht immer, und da steht dein Georg, und er kann das Wort Vertrauen entziffern, obwohl das erste »r« fehlt, er erkennt das Wort Liebe, auch wenn es ohne langes »i« geschrieben ist, er findet das Herz, auch wenn in dessen Mitte ein kleines »ä« schlägt, und er merkt, wie schlecht ihm ist, und trotzdem schafft er es, eins und eins zusammenzuzählen, und das ist Rose, Brief, Maria, und genau in diesem Moment packt ihn Kühbauer an der Schulter, schaut ihm mit einem ebenso ängstlichen wie hoffnungsvollen Blick in die Augen.

»Was sagst? Fehler? Hab ich Fehler gemacht?« In seiner Stimme ist ein ungeheures Flehen. Schreiber steht da, die tanzenden Worte vor seinen Augen, die Worte, die ihn verhöhnen, das Papier in der Hand, das für jene Hand gedacht ist, die seine Schulter mit Verheißungen und Versprechungen besucht hat, und er merkt, wie Kühbauer ihn gespannt anschaut.

»Bitte, Doktor, du musst mir's sagen, wenn da Fehler … Du verstehst das doch? Darf keinen falschen Eindruck machen.«

Schreiber blickt ungläubig auf den Zettel, auf dieses ungelenke Gestammel, und plötzlich ist ein wilder Zorn in ihm und er lacht auf, ein böses Lachen, und drückt Kühbauer den Zettel in die Hand.

»Ich muss sagen, Georg, das hätte ich dir … Also, ehrlich, hätte ich dir nicht zugetraut. Das ist …« Schreiber schwankt etwas, als er den Finger hebt und auf den Brief zeigt, »das ist ganz große Klasse!« Bei den letzten beiden Worten im Satz schwingt sich Schreibers Stimme nach oben, wird lauter, hämischer, doch das bekommt Kühbauer nicht mit. Er schaut Schreiber mit weit aufgerissenen Augen an.

»Ehrlich?«, fragt er, und sein Blick sucht in Schreibers Gesicht nach Gewissheit.

»Aber sicher, sicher …« Schreiber klatscht ihm mit der flachen Hand auf die Schulter.

»Kein Fehler?« Kühbauer kann es nicht fassen.

»Kein Fehler!«, bekräftigt Schreiber und beginnt zu lachen. Es ist ein gehässiges Lachen, aber Kühbauer bemerkt das nicht, hat den Brief aufgeklappt, liest ihn noch einmal durch. Dann zieht er ein Kuvert aus seiner Jackentasche und steckt den Brief hinein. Zusammen mit der Rose aus Holz verstaut er den Brief vorsichtig in seiner Jacke, packt Schreiber am Unterarm und drängt ihn zur Scheune hinaus auf die Straße.

»Danke, Doktor, kannst dir gar nicht ... Ich kann das ja niemandem zeigen ... Ich muss los, leg es ihr jetzt noch vor die Tür, eine Überraschung am Morgen, verstehst?« Kühbauer erwartet keine Antwort, hat schon die ersten Schritte gemacht, die Schritte weg von Schreiber, der mitten auf der Straße steht und ihm verloren nachschaut. Kühbauer geht die Straße entlang, die ihn zum Feldweg führen wird, der ihn zum Lanerhof führen wird, mit einem Brief voller Fehler, einer Rose aus Holz und einem Herzen, das nah am Zerspringen ist.

Schreiber steht schwankend da, schaut Kühbauer nach, das Wort »Idiot« auf den Lippen. Er schüttelt den Kopf, und wieder steigt etwas aus ihm herauf, von ganz unten herauf, und er ist überrascht, dass es diesmal kein Lachen ist, sondern ein Schluchzen. Er dreht sich um, schwankt die Dorfstraße die paar Meter bis zum Gasthaus, fällt auf die Knie und kotzt in den Schnee, und wieder und wieder würgt es ihn, wieder steigt es in ihm hoch, und er kotzt und kotzt und kotzt, bis ihn plötzlich eine Hand streng und bestimmt an der Schulter packt, herumdreht und er ungläubig in das Gesicht der Wirtin blickt.

Aus vielen Mündern steigen sie empor, die alten Worte. Aneinandergereiht zu Gebeten füllen sie den Raum zwischen den schwarzen Gestalten, steigen auf, langsam, aber stetig, immer höher, ein gigantisch anschwellendes Miteinander von Stimmen, die an die Wände und Decken stoßen, sich in den Ästen des riesigen Weihnachtsbaumes verfangen, der rechts vom Altar aufgestellt ist, geschmückt mit Kerzen, Strohsternen, Lametta, das silbrig glitzert und glänzt, an der Spitze ein riesiger Stern aus Metall, auch er funkelt in dem wenigen Licht, das die paar Kerzen in dem Kirchenschiff verbreiten. Und die Worte, aneinandergereiht zu Gebeten, streichen sanft um die Krippe links vom Altar, eine große Krippe, ein verfallenes Haus, die Figuren darin gut einen halben Meter hoch, alt, die Farbe schon abgeblättert, Josef, Maria, das Kind in der Krippe, dahinter die Tiere, kaum zu sehen im Halbdunkel.

Und die Worte strömen aus dem Mund des alten Pfarrers, der mit ausgebreiteten Armen am Altar steht, die Arme höher als an einem normalen Sonntag, die Stimme lauter als an einem normalen Sonntag, die Gesichtszüge feierlicher als an einem normalen Sonntag, und seine Worte vereinigen sich mit den Worten der Gläubigen, die die Kirche bis auf den letzten Platz füllen, Schreiber mitten unter ihnen.

Er ist nicht wirklich religiös, aber er fühlt sich wohl zwischen all den Menschen. Nach langen Tagen, in denen es ihm schlecht ging, hat er nun das Gefühl von Erlösung, und bei diesem Gedanken muss er selbst lächeln. In den letzten Tagen vor Weihnachten, als das Dorf spürbar in einen Ausnahmezustand geriet, die Menschen mehr und mehr mit den Vorbereitungen auf das Fest beschäftigt waren und eine heitere Fröhlichkeit manche erfasst hatte, fühlte Schreiber sich einsamer denn je. Es gab für ihn nichts zu tun, nichts vorzubereiten, und zum ersten Mal in seinem Leben bedauerte er, dass er sich keine Gedanken machen musste, wem er etwas schenken würde. Er verwünschte sich dafür, dass er bei seinem Ausflug ins Tal nicht ein paar Geschenke mitgenommen hatte, etwas für die Wirtin zum Beispiel, vielleicht auch etwas für die beiden Kühbauer-Brüder, für den Pfarrer, für Brückner, für Maria. Es wäre eine wunderbare Gelegenheit gewesen, die zarten Beziehungen, die da und dort entstanden waren, zu festigen.

Außerdem plagte ihn das schlechte Gewissen. Es tat ihm leid, wie er Kühbauer behandelt hatte, wie er ihn mit diesem stümperhaften Liebesbrief zu Maria hatte gehen lassen. Schon der Gedanke daran quälte Schreiber, und er nahm sich vor, nicht mehr so zu handeln, ja, in einer stillen Stunde in der Nacht, schwor er sich, Kühbauer nie mehr zu hintergehen.

Oft dachte er in diesen Tagen an die Frau mit dem roten Tuch, an die Frau ohne Worte, an die Frau mit dieser warmen Hand auf seiner Schulter, an Maria. Was verband ihn mit ihr? Warum fühlte er sich so zu ihr hingezogen? Warum nahm es ihm fast den Atem, wenn er daran dachte, dass Kühbauer bei ihr war, ein Lächeln von ihr auffangen, ihre Hand halten könnte, warum? Er kannte diese Frau nicht, er hatte keine Ahnung, was sie für ein Mensch war, er hatte noch nie, wie auch, ein Wort mit ihr gewechselt. Was war es, das ihn Tag und Nacht an sie denken ließ?

Jetzt, während der Pfarrer predigt, erinnert er sich an die wenigen Begegnungen, die es mit ihr gegeben hat, und er fragt sich, ob ein paar zaghafte Berührungen, ein paar vorsichtige Blicke, ein angedeutetes Lächeln die Saat für seine Leidenschaft waren? Oder ist diese Frau, unerreichbar und stumm, einfach nur ein Abbild seiner Sehnsüchte, in das er in seiner Einsamkeit alles projiziert, was er sich wünscht?

Er findet keine Antwort auf diese Fragen, nicht die letzten Tage, nicht die letzten Nächte, auch nicht jetzt in der Kirche, als ihn ein vielstimmiges Amen aus seinen Gedanken reißt und er sieht, wie der Pfarrer von der Kanzel steigt. Er registriert, dass die Predigt zu Ende ist, er erhebt sich automatisch mit den anderen und wirft zum wiederholten Mal einen Blick auf die andere Seite zu den Frauen. Er zwingt sich, sich nicht umzudrehen, was er ganz am Anfang der Messe gemacht hat, nur um sicherzugehen, dass sie auch da ist. Und sie ist da, in einer der letzten Reihen, das rote Tuch über ihr schwarzes Haar gelegt, den Blick gesenkt.

Schreiber würde sich gerne umdrehen, einen einzigen Blick von ihr auffangen, ein Lächeln vielleicht, aber er tut es nicht. Andras und Alma fallen ihm ein, ihre Blicke am Sonntag in der Kirche, Nahrung für eine ganze Woche. Er fragt sich, ob der Seiler auch in der Kirche ist, schaut vorsichtig die Männerreihen durch, aber er kann ihn nirgendwo entdecken.

Er wundert sich, wie schnell ihm die Texte der Gebete und Lieder wieder einfallen, sie müssen alle irgendwo in seinem Gedächtnis archiviert sein, und schon die erste Zeile eines Gesanges reicht aus, um die alten Schubladen zu öffnen, und er betet mit und er singt mit und er genießt dieses Verschmelzen mit der Gemeinschaft und letztlich auch mit ihr, denn irgendwo in dem dunklen Kirchenschiff wird sich seine Stimme mit ihrer Stimme verbinden, und diese Vorstellung zaubert ein Lächeln auf seine Lippen.

Und dann der Augenblick, in dem alle aufstehen, aufstehen für die berühmte Melodie. Schon als Kind hat er diesen Moment geliebt: Stille Nacht, Heilige Nacht, von so vielen Menschen gesungen, als er zwischen seinen Eltern in einer dunklen Kirche stand, ist eine unvergessliche Erinnerung. Aber so eindrucksvoll ihm das als Kind schon vorgekommen ist, es ist nichts im Vergleich zu dem Gefühl, das ihn jetzt befällt. Er fühlt eine innige Verbundenheit zu allen in der Kirche, er fühlt sich zugehörig und kann nicht verhindern, dass er in der dritten Strophe nicht mehr weitersingen kann, weil plötzlich Tränen über seine Wangen laufen.

Verlegen wischt er sich mit dem Taschentuch die Wangen. Der letzte Ton verklingt, der letzte Nachhall, das letzte Echo, und der Pfarrer breitet seine Arme aus, holt die Gläubigen aus dieser ewigen Melodie zurück, bringt sie wieder auf die Erde und entlässt sie mit persönlichen Worten und Wünschen für ein gesegnetes Weihnachtsfest.

Die Menge strömt schweigend hinaus, Schreiber mitten unter ihnen, den Kopf leicht gesenkt, immer noch ergriffen von der Stimmung, immer noch nicht ganz Herr seiner selbst. Auf dem Vorplatz der Kirche bilden sich kleine Gruppen, Wünsche werden ausgetauscht, Hände geschüttelt. Es ist kalt, die Menschen stampfen mit den Füßen auf den Boden, um sich zu erwärmen. Schreiber fällt ein Gedicht einer Bekannten ein, ein Gedicht über Weihnachten, in dem sie den wunderbaren Satz geschrieben hat: Eisige Nacht, die uns wärmt!

Er steht etwas abseits, allein, verloren, weiß, dass dieses Gefühl der Zusammengehörigkeit, das er in der dunklen Kirche genossen hat, wieder weg ist, er überlegt, nach Hause zu gehen, er zögert, er zaudert, er schaut, seine Augen immer auf der Suche nach etwas Rotem, einem roten Schultertuch, aber er kann die Stumme nirgendwo entdecken.

Jemand klopft ihm von hinten auf die Schulter. Er dreht sich um, sieht Georg Kühbauer vor sich stehen.

»Na, dann, Doktor, frohe Weihnachten!«

Schreiber ergreift die Hand von Kühbauer, drückt sie kurz und stark.

»Dir auch, Bauer, dir auch, frohe Weihnachten!«

Die beiden Männer lassen die Hände los, stehen sich verlegen gegenüber. Schreiber würde gerne ein unbefangenes Gespräch führen, schon um sein schlechtes Gewissen Kühbauer gegenüber zu beruhigen. Aber ihm fällt nichts sein.

»Alles in Ordnung zu Hause?« fragt er schließlich, »die Mutter, wie geht 's ihr?«

Kühbauer, die Hände in die Jackentaschen gesteckt, zuckt leicht mit den Schultern, antwortet aber nicht.

Wieder Stille zwischen den beiden, und Schreiber bemerkt, dass die Augen von Kühbauer unruhig über den dunklen Vorplatz schweifen, auch er ist auf der Suche. Schreiber beißt sich auf die Lippen, und in diesem Moment sehen beide, wonach sie Ausschau gehalten haben: Maria geht keine zwei Meter vor ihnen vorbei, den Blick hat sie auf den Boden gerichtet, dann verschwindet sie in der Menge, um gleich darauf am Rand des Friedhofs aufzutauchen. Sie geht durch das Tor aus dem Friedhof hinaus auf die Straße. Als wäre damit ein Bann gebrochen, setzt sich Kühbauer in Bewegung.

»Also dann, Doktor, muss los, heute Abend gilt 's, drück mir die Daumen!«

Er drängt sich durch die Menge zum Eingang des Friedhofes und verschwindet auf der Straße. Schreiber steht da wie betäubt, verloren, in seinem Inneren beginnt es zu wühlen, und nach einem letzten Zögern setzt er sich in Bewegung, fängt an, sich durch die Masse zu drängeln, schlägt den Weg ein, den vor ihm schon Maria und Kühbauer gegangen sind. Aber er kommt nicht weit: Brückner steht vor ihm, eingehakt an seinem Ellbogen eine kleine rundliche Frau mit einem freundlichen und neugierigen Lächeln.

»Herr Schreiber, frohe Weihnachten!«

Brückner reicht Schreiber die Hand, die dieser automatisch aber abwesend ergreift.

»Darf ich Ihnen meine Frau vorstellen?«

Schreiber nickt, ringt sich ein Lächeln ab, während seine Augen wie zwei tolle Hunde die Straße vor dem Friedhof nach etwas Rotem absuchen, aber die Dunkelheit ist dort undurchdringlich.

» ... der Fotoapparat«, reißt ihn Brückners Stimme aus seinen Gedanken.

»Ja, eine wunderbare Sache«, schaltet sich seine Frau in das Gespräch ein. »Einen Fotoapparat haben wir uns schon lange gewünscht.«

Brückner nickt, richtet seinen Blick auf Schreiber.

»Das ist ganz nett von Ihnen«, stottert Schreiber und merkt, dass dieser Satz überhaupt nicht passt.

»Entschuldigung«, sagt er und versucht ein Lächeln, »aber ich bin gerade sehr in Gedanken ...«

»Sie denken sicher an zu Hause?«, sagt Brückners Frau in einem besorgten Ton.

»Nein, ja, ja natürlich«, stammelt Schreiber, »ich hätte vielleicht doch über Weihnachten nach Hause fahren sollen.«

»Haben S' Kinder?«

»Kinder? Nein!« Schreiber schüttelt den Kopf. »Nein, nein, das nicht, aber die Eltern hätten sich sicher gefreut ...«

»Ihre Eltern leben in Wien?«

Schreiber nickt, während seine Augen wieder die Straße vor dem Friedhof absuchen. Er will weg, das Gespräch abbrechen, aber er will auch nicht unhöflich sein. Er merkt, dass Brückners Frau wieder etwas gesagt hat.

»Wie? Entschuldigung, ich habe Sie gerade nicht gehört.«

Brückners Frau schüttelt lachend den Kopf.

»Ach, nicht wichtig. Außerdem ist es fast ein wenig zu kalt, um zu plaudern, das sollten wir vielleicht mal privat bei uns zu Hause nachholen.«

Mit einer leichten Geste legt sie ihre Hand auf Schreibers Schulter. Schreiber erschrickt, diese Geste, diese so vertraute Geste! Es ist nur ein kurzer Moment, dann wendet sich Brückners Frau mit ihrem Mann zum Gehen.

»Einen schönen Abend noch.«

Schreiber steht da wie versteinert, gibt keine Antwort. Erst langsam wacht er auf aus seiner Erstarrung, erst langsam verblasst die Erinnerung an die Hand, die auf seiner Schulter lag, die Hand von Brückners Frau, genau auf der gleichen Stelle, an der ihn auch Marias Hand berührt hatte. Und als ob dieser Gedanke plötzlich jeden Bann bricht, rennt er los durch die Menge, bemerkt nicht die verwunderten Blicke, das Kopfschütteln, bemerkt nicht, wie Brückners Frau stehen bleibt und auf ihn deutet, merkt nicht, wie die Menschen vor ihm zurückweichen, sieht nur das Tor, das vom Friedhof auf die Straße führt, auf die Straße, die im Dunkeln liegt, auf der nichts zu sehen ist, auf der sie irgendwo sein müssen, sie, die Stumme, er, Kühbauer, und vielleicht, vielleicht liegt gerade ihre Hand auf seiner Schulter, es ist schließlich Weihnachten, eine stille Nacht, eine heilige Nacht, eine Nacht, in der Wunder geschehen können, wenn überhaupt Wunder geschehen können, und er erreicht das Tor, rennt hinaus auf die Straße und bleibt schwer atmend stehen.

Es ist dunkel, nichts zu sehen. Kein Licht, das aus den Fenstern der Häuser fällt, die Menschen sind alle auf dem Friedhof, stehen dort, wünschen sich frohe Feiertage und wundern sich über Schreiber, der plötzlich weggerannt ist und nun auf der Straße steht, auf der dunklen Straße, auf der nichts zu sehen ist, nichts, schon gar nicht das, was er sehen will.

Schreiber atmet tief durch. Er ist sich bewusst, wie seltsam sein Verhalten auf die anderen wirken muss. Nervös beißt er sich auf die Lippen, steckt die Hände in die Manteltaschen und zwingt sich stehen zu bleiben, nicht weiterzugehen, sich zu beruhigen, ja, er dreht sich sogar um, blickt zurück zum Friedhof, nicht in die Richtung, in die es ihn drängt. Aber er kann seine Ungeduld nicht lange zügeln. Er wendet seinen Blick ab vom Friedhof und geht in Richtung Gasthaus. Langsam, Schritt für Schritt, einmal spitzt er sogar die Lippen, pfeift ein Lied, um sich ja nicht den Anschein zu geben, in höchster Aufregung zu sein, niemand soll ahnen, dass er die Hände in seinen Taschen zu Fäusten geballt hat, niemand soll ahnen, wie es in seinem Inneren ausschaut. Denn da ist nur Platz für sie, für Maria, für ihn, Kühbauer, und für all die Möglichkeiten, die zwei Menschen in der Nacht einer angespannten Fantasie bieten können.

Schreiber hat das Gasthaus fast erreicht, und noch immer ist nichts zu sehen. Das Stimmengemurmel vom Friedhof, das ihn noch eine Weile begleitet hat, hat die Nacht verschluckt, es ist still, nur das Knirschen seiner Schuhe auf dem Schnee ist zu hören. Er verlangsamt seine Schritte noch einmal und noch einmal, bis er stehen bleibt, denn schon ist er beim Gasthaus angelangt, bei seinem Daheim, und ab jetzt ist jeder Schritt weiter diese Straße entlang nicht mehr gerechtfertigt. Bis jetzt ist er nur vom Friedhof nach Hause gegangen, aber jetzt, wie soll er diesen Schritt erklären und wie den nächsten, diese Schritte, die wegführen, weg vom Gasthaus, weg von seinem Zimmer, weg von seinem Bett, weg von allem, was vernünftig wäre, hinein in die dunkle Nacht, in die stille Nacht, in die heilige Nacht und das, was sie bereithalten wird.

Er hat aufgehört zu pfeifen, er hat aufgehört, gelassen und langsam zu gehen. Nun geht er am äußersten Straßenrand, fast berührt er die Mauern der Häuser, ein Schatten in der Nacht, der sich dazu noch in den Schatten der Häuser drückt, als wäre die Nacht dort noch etwas dunkler als mitten auf der Straße. Er setzt seine Schritte vorsichtiger, das Knirschen, das jeden seiner Schritte begleitet, stört ihn, er möchte es vermeiden und wenn es schon nicht zu vermeiden ist, möchte er wenigstens, dass es leise ist, so leise es irgendwie geht, so leise ein Schatten sein kann in der stillen Nacht, in der heiligen Nacht, und wieder beschleicht ihn sein schlechtes Gewissen. Der Brief, den Georg ihm gezeigt hat, sein Vertrauen, das er, Schreiber, so schamlos missbraucht hat, ihm fallen die langen Nächte ein, in denen ihn dieses schlechte Gewissen geplagt hat und in denen er sich geschworen hat, nicht mehr so zu handeln, und er weiß, dass dieser Schwur Schall und Rauch ist, vergessen ist, mit jedem Schritt, den er setzt, zertreten wird, zermalmt.

Später, irgendwann später, irgendwann in seinem kleinen Zimmer, als er an seinem Manuskript sitzt, wird er beim Schreiben diesen Moment als Bruch erleben. Diesen Moment, als er trotz der Scham in seinem Inneren wieder eine Grenze überschritt und etwas tat, was er sich vor Kurzem noch geschworen hatte, nicht zu tun. In diesem Moment wird er sich zurückziehen und ganz Schreiber, der Autor, in seiner Kammer sein und nicht mehr Schreiber, der Schatten, auf der nächtlichen Straße. Und er, er, Schreiber, der Autor, wird diese Sätze schreiben, diese bittere Selbsterkenntnis, und er wird die Erinnerung an diese stille und heilige Nacht nicht wie eine Erinnerung an etwas, was er selbst erlebt hat, beschreiben, sondern sich zu einem unbeteiligten Beobachter machen und von Schreiber, dem Schatten, berichten, wie der sich eng an die Hauswand drückt, der Schatten im nächtlichen Schatten, der Schatten, der jetzt auf die andere Straßenseite blickt, auf den Hof der Kühbauers, der völlig im Dunkeln liegt. Aber was heißt das schon? Wenn sich zwei Menschen gegenseitig leuchten, braucht es kein Licht.

Dann löst sich der Schatten aus dem Schatten des Hauses, tut das Unfassbare, was Schreiber, der Autor, später voller Scham zu Papier bringen wird, geht über die Straße, leise, gebückt, aber doch mit schnellem Schritt, und umkreist mit klopfendem Herzen den Hof, den nächtlichen Hof, bleibt immer wieder an der Scheunenwand stehen, hält den Atem an, lauscht auf etwas, das ihm sagen würde, sie sind hier, sie, die Stumme, die Frau mit dem roten Tuch, die Frau mit der sanften Hand, die Frau mit den dunklen Augen, Maria und er, der Mann mit der feinen Narbe auf der Stirn, der Mann mit dem Willen, ihr Vertrauen zu gewinnen, ihr Leben zu gewinnen, ihre Liebe, vielleicht in dieser Scheune, nur wenige Meter entfernt vom Sarg seines Vaters, wer weiß das schon, wer weiß überhaupt etwas in Nächten wie diesen, in denen man selbst zu einem Schatten wird, zu einem Schatten im Schatten und den Hof umrundet, einmal, ein zweites Mal, und wieder die Straße überquert, wieder Schutz sucht im Schatten des Hauses gegenüber dem Hof und plötzlich Stimmen hört, Schritte hört, Menschen, die vom Friedhof kommen, beladen mit Weihnachtswünschen.

Dem Schatten im Schatten des Hauses bleibt jetzt nur noch die Flucht, weiter die Straße entlang, weiter in Richtung Dorfende, weiter weg von all diesen Menschen, aber näher hin zu dem Feldweg, der hinausführt aus dem Dorf, hin zum Wald und hinauf auf den Hügel, zu dem kleinen Hof, dort, wo sie auch sein könnten, die Frau mit dem roten Tuch und der sanften Hand und der Mann, der ihr Vertrauen, ihr Leben, ihre Liebe sucht, und so torkelt, schleicht, huscht der Schatten aus dem Dorf hinaus, mehr und mehr aus sich selbst heraus, mehr und mehr aus Schreiber, dem Autor, heraus, dem beim Schreiben die Scham rot im Gesicht steht, der sich aber trotzdem zwingt aufzuschreiben, was gewesen ist, freilich nicht mit ihm, nicht mit ihm, Schreiber, dem Autor, sondern mit Schreiber, dem Schatten, dem Schatten auf dem Feldweg, dem Schatten am Waldrand, dem Schatten, der plötzlich im Schnee liegt, der sich erschrocken hingeworfen hat, weil ihm der Wind ein paar Worte zugetragen hat. Nicht zu verstehen, aber erregte Worte, Worte aus dem Mund eines Mannes, Worte, die mit einer Mischung aus Flüstern und Flehen in die Nacht gelangen, vibrieren vor Erregung, und Schreiber, der Schatten, vor Schreck und Scham hingeworfen, der flach im Schnee liegt und sich verbirgt, sieht nichts, aber hört wieder die flehende, flüsternde, heisere Stimme, und er kann nur diese Stimme hören, nicht die Antworten, denn ein Kopfschütteln oder vielleicht ein Kopfnicken, ein Schulterzucken, eine abwehrende Geste mit den Händen oder eine Hand auf der Schulter ist nicht zu hören, nichts, was der Wind einem zutragen kann, und den Augen ist jeder Weg versperrt, zu dunkel die Nacht, eingehüllt in Wolken, kein Mond, keine Sterne, kein Licht.

Wieder hört Schreiber ein paar hastige Worte, wieder hört er keine Antwort, es ist ruhig, lange ruhig, endlich ein einzelnes Wort, wieder nicht zu verstehen, aber erregt hineingezischt in die Nacht, in die stille Nacht, in die heilige Nacht, in die gleichgültige Nacht. Dann sind Schritte zu hören, Schritte, die lauter werden, lauter, immer lauter, Schritte, die auf ihn zukommen, auf ihn, Schreiber, den Schatten, der mitten auf dem Weg liegt, mitten in der Nacht, mitten im Schnee und einfach nur daliegen kann, und er hört die Schritte, lauter als vorher, näher als vorher, und er weiß, der Schatten weiß, dass er nicht mehr wegkommt, und plötzlich ist es still, keine Schritte mehr, dafür ein überraschter unterdrückter Ausruf und diesmal versteht Schreiber die Worte »Was ist …?«. Genau das sind die Worte und dann »Verdammt!«, und wieder die Schritte, lauter und schneller jetzt, hastige Schritte, und Schreiber, der Schatten, spürt eine Hand an seiner Schulter, die ihn herumreißt und über ihm ist ein Mann zu sehen, vage nur als dunkle Silhouette in der dunklen Nacht und Schreiber muss nicht mehr erkennen, um zu wissen, dass es Kühbauer ist, Georg Kühbauer, der jetzt den auf dem Boden liegenden Schatten erkennt.

»Doktor? Du?« Eine kurze Pause. Schreiber reagiert nicht.

»Was ist passiert? Bist verletzt?«

Jetzt zwingt sich Schreiber den Kopf zu schütteln. Er schiebt Kühbauers Hand von seiner Schulter weg und steht auf, klopft sich den Schnee vom Mantel.

»Nein, nein, alles in Ordnung ...«

Kühbauer hat sich aus der Hocke wieder aufgerichtet, die beiden Männer stehen sich stumm gegenüber.

»Was ist passiert, Doktor?«, fragt Kühbauer noch einmal, und Schreiber kann sehen, dass er ungläubig den Kopf schüttelt.

»Was ist passiert?« Eine Stille zwischen den beiden Männern, eine Stille, in der sich etwas zusammenbraut, eine gefährliche Stille, in der die Gedanken in Kühbauers Kopf unruhig werden, sich zu Fragen formen und keine Antworten bekommen.

Schreiber spürt, dass er reagieren muss, dass die Situation kurz davor ist, ihm völlig zu entgleiten. Er zuckt ratlos mit den Schultern, aber er weiß nicht, ob er diese Bewegung wirklich gemacht oder sie nur gedacht hat, und er weiß nicht, falls er sie wirklich gemacht hat, ob Kühbauer sie gesehen hat, und er weiß auch nicht, welchen Sinn das hätte, denn was wäre ein Achselzucken, ein hilfloses, ratloses Achselzucken schon anderes als ein Schuldeingeständnis?

»Bin hingefallen, ja, ziemlich rutschig der Weg ...« Schreiber merkt, wie kümmerlich die Antwort ist.

»Hingefallen?«, wiederholt Kühbauer langsam und gedehnt, und man merkt ihm an, wie es in ihm rumort.

»Hingefallen!«, bekräftigt Schreiber, aber seine Stimme ist leise, kaum zu verstehen, sein Kopf gesenkt, sein Blick auf Kühbauers Schuhe gerichtet und seine Schultern herabgesunken.

»Warum ...?« Kühbauer verstummt. Noch kriegt er sie nicht zu fassen, diese Fragen, die durch seinen Schädel rasen, und er fragt noch einmal »Warum?«. Er tippt Schreiber mit dem Finger auf die Brust und noch einmal ein »Warum?«. Und wieder der Finger, der auf Schreibers Brust tippt, härter schon als vorher und endlich kriegt Kühbauer sie zu fassen, die Frage, und er stößt sie aus seinem Mund hervor, wie man etwas ausspuckt, in das man versehentlich gebissen hat.

»Warum bist hier?« Der Finger auf Schreibers Brust.

Schreiber zuckt mit den Achseln, versucht seiner Stimme einen harmlosen Ton zu geben.

»Spazieren, konnte nicht schlafen …«

Aber seine Stimme zittert, und Kühbauer merkt das, und ein Keuchen kommt aus seiner Brust.

»Spazieren, ha!« Der Finger auf Schreibers Brust.

»Spazieren, ha!« Die Hand auf Schreibers Brust.

»Spazieren nennst das?« Die Faust auf Schreibers Brust. Die Stimme verzerrt, und plötzlich wird Kühbauer laut.

»Nachspionieren, schleichst mir nach!« Die Faust auf Schreibers Brust. Schreiber weicht einen Schritt zurück, hebt beide Hände, ein schwaches »Georg, hör mir zu«, kommt über seine Lippen, aber er weiß, dass diese Worte nicht mehr ankommen, dass diese Worte irgendwo in dieser unendlichen Weite zwischen ihm und Kühbauer in den Schnee fallen werden, auseinandergebrochen, sinnlos geworden. Er sieht etwas Schwarzes auf sich zukommen, und der Faustschlag wirft seinen Kopf in den Nacken, er stürzt rückwärts in den Schnee, und er glaubt, nach Georg zu rufen, und er glaubt, sich aufzurichten, aber da ist Kühbauer schon über ihm, und er hört das Keuchen, er spürt die Schläge, die in seine Brust, in seinen Bauch krachen, und er glaubt, Georg zu rufen, und er glaubt aufzustehen, aber er liegt nur da und merkt, dass es still geworden ist, nicht ganz still, denn da sind Schritte zu hören, Schritte, schnelle Schritte, aber Schritte, die leiser werden, die sich entfernen, und dann ist Ruhe, dann ist still die Nacht, die heilige Nacht, und der Schatten, der Schreiber ist, rappelt sich hoch und macht sich schwankend auf den Weg am Waldrand entlang und dann hinaus auf das nächtliche Feld.

Eine Flüssigkeit dringt in seinen Mund und er ahnt, dass es Blut ist, das Blut eines Schattens. Er fällt hin und wartet, wartet auf eine Hand auf seiner Schulter, auf einen Blick aus dunklen Augen, aber da ist nichts und niemand, nur sein Blut in seinem

Mund, und so steht er auf, lässt sich vom Feldweg zum Dorf führen, lehnt sich an die Mauer des ersten Hauses, streicht erschöpft mit dem Ärmel seines Mantels über seine blutige Lippe, weiter im Schatten der Häuser, an den Mauern entlang, am Hof der Kühbauers vorbei, und er sieht aus den Ritzen der Scheune ein Licht nach außen dringen. Endlich ist er beim Gasthaus, reißt die Tür auf, ohne zu denken, und merkt schlagartig, dass er nicht allein ist, dass noch eine Handvoll Männer an einem Tisch sitzt, und er sieht, wie die Wirtin auf ihn zukommt, ein Tuch in der Hand und es ihm auf die Lippe drückt.

»Ausgerutscht«, stöhnt Schreiber, »nichts Schlimmes, geht schon ...«

Aber die Wirtin unterbricht ihn grob.

»Jetzt einfach mal ruhig, damit ich das in Ordnung bringen kann.«

Sie geleitet Schreiber zu einem Stuhl und fordert ihn auf, sich hinzusetzen und den Kopf in den Nacken zu legen. Schreiber weiß nicht, wie lange er so sitzt, wie oft die Wirtin mit einem nassen Tuch kommt und sein Gesicht abwischt, aber er ist froh um diese Fürsorge, um jede Berührung, und als sie fertig ist, ist er fast enttäuscht. Langsam steht er auf und bedankt sich.

»Geht's?«, fragt die Wirtin. Die Männer in der Gaststube haben ihr Gespräch unterbrochen und schauen zu ihm. Schreiber versucht ein Lächeln, das jedoch mehr eine Grimasse ist, und hebt den Daumen.

»Alles in Ordnung, danke, bei der Pflege kann nichts schiefgehen.«

Die Wirtin reagiert nicht auf seinen Scherz.

»Ich geh schlafen«, sagt Schreiber, und seine Stimme ist genauso müde wie er selbst. Er wendet sich ab, geht durch den schmalen Gang, über die schmale Stiege, vielleicht ist da noch ein »Gute Nacht«, das ihm hinterhereilt, vielleicht auch nicht, er tritt ein in sein Zimmer, in seine kleine Welt, zieht den Mantel aus, lässt ihn auf den Boden fallen, setzt sich auf das Bett, zieht die Schuhe aus und legt sich hin, die Decke hochgezogen bis ans Kinn.

Später weiß er nicht mehr, ob er geschlafen hat und wie lange, später weiß er nicht mehr, was ihn geweckt hat oder, falls er wach war, was ihm klarmachte, dass etwas nicht stimmte. Er weiß nicht mehr, ob es dieses seltsame Leuchten in seinem Zimmer war oder ob es die Stimmen von der Straße waren, erregte Stimmen, Schreie, hastige Schritte, Gebrüll. Schreiber klettert mühsam aus seinem Bett, ein dumpfes Pochen in seinem Schädel, und als er seine Schuhe anzieht und einen Blick zum Fenster wirft, sieht er dieses Licht, dieses unruhige, flackernde, rote Licht, das nichts in einer Nacht verloren hat, schon gar nicht in der stillen Nacht, schon gar nicht in der heiligen Nacht, und als er den Mantel, den achtlos auf den Boden geworfenen Mantel, aufnimmt und anzieht, ist zum ersten Mal das Wort »Feuer« in seinem Kopf. Er reißt die Tür auf, rennt die Stiege hinunter, rennt durch die Gaststube, tritt ins Freie und sieht den Feuerschein, sieht die Menschen, schreiend, weinend, brüllend auf der Straße rennen, und er ist einer von ihnen, er rennt mit ihnen, die paar Meter, die zu rennen sind, denn es ist nicht weit vom Gasthaus bis zum Hof der Kühbauers, bis zur Scheune, aus der die Flammen lodern und aus der ein paar Männer aus dem Rauch auftauchen und durch das offene Tor ins Freie stürzen und eine Gestalt mit sich schleifen. Schreiber spürt, ahnt, weiß, dass das Kühbauer ist, den sie nach draußen bringen und in den Schnee werfen, wo die Gestalt sich stöhnend umdreht und versucht, auf die Beine zu kommen, schwankend, unsicher. Plötzlich dringt ein Schrei, ein unmenschlicher Schrei aus der Brust des jungen Kühbauer, es ist nur ein Wort, immer wieder ein Wort, immer wieder das gleiche Wort, dieses Wort, das Schreiber auch von ihm gehört hat, als er mit ihm in der Scheune war. Vater in dieser harten Aussprache, »Voater« und noch einmal »Voater«, und er stürzt auf die Scheune zu und verschwindet im Rauch, bevor einer der Umstehenden etwas unternehmen kann. Alles scheint stillzustehen mit Ausnahme der Flammen, die an der Seite aus der Scheune schlagen. Dann wieder ein Schrei, und eine Gestalt taucht auf aus dem Rauch, gebückt, mit dem Rücken voran. Sie zieht etwas mit sich, etwas Brennendes, und Schreiber kapiert, und er rennt auf die gebückte Gestalt zu und reißt mit ihr gemeinsam den brennenden Sarg weg von der Scheune. Schreiber kippt den Sarg auf die Seite und beginnt mit seinen Händen wie verrückt Schnee auf die Flammen zu werfen. Dann sind andere da, andere Hände, die Schnee auf die Flammen schieben, bis der Sarg fast völlig begraben ist.

Erschöpft stoppt Schreiber, richtet sich auf und steht Kühbauer gegenüber, Kühbauer, der mit riesig aufgerissenen, rot geäderten Augen und halb geöffnetem Mund die Lippen bewegt, Worte bildet, die niemand versteht, die niemand hört, die keine richtigen Worte sind. Es ist ein Augenblick, der völlig aus der Zeit gerissen scheint, Schreiber und Kühbauer, Kühbauer und Schreiber, und keiner der beiden weiß, wie lange das dauert, bis sie wieder irgendetwas in die Welt zurückholt, in die Nacht, die stille Nacht, die heilige Nacht, die Nacht, in der plötzlich alles aus den Fugen gerät, in der eine Flammenwand in den Himmel ragt und sich das Prasseln des Feuers mit den Schreien der Menschen vermischt. Dazwischen die Schläge mit Vorschlaghämmern und Äxten und Beilen und Zapins und Hacken, mit denen die Männer die Wände der Scheune dort einreißen, wo das Wohnhaus angrenzt, um ein Übergreifen der Flammen zu verhindern. Die Bretter werden weggezerrt, alles weg vom Haus, was den Flammen den Weg dorthin weisen könnte. Mit Schaufeln wird Schnee auf das Feuer geworfen, und zum Nachbarhaus hin hat sich eine Menschenkette gebildet. Kübel auf Kübel wandert durch die Reihe, bis der Letzte das Wasser auf die wütend zischenden Flammen schüttet. Ein paar Männer treiben das Vieh aus dem Stall, weg vom Haus zu einem Hof, der ein paar Meter weiter liegt, wo die Stalltür schon geöffnet ist und durch die die verstörten Tiere von den Männern mit Schreien und Stockschlägen getrieben werden.

Schreiber reiht sich ein in die Kette und reicht Kübel um Kübel seinem Vordermann weiter, jedes Mal schwappt Wasser heraus auf seine Hose, auf seine Schuhe. Er ist durchnässt, aber er spürt nicht die Kälte, nicht das Pochen in seinem Schädel, er ist nur ein Teil dieser Kette, dieses vielarmigen Wesens in der immer gleich bleibenden Bewegung. Kübel auf Kübel wird dem Drachen in das Feuermaul geschüttet, Schaufel auf Schaufel wird Schnee auf die Flammen geworfen, und plötzlich sieht Schreiber sie, sieht ihr rotes Tuch in der Reihe gegenüber, in der die leeren Kübel zurück zum Haus wandern, um wieder gefüllt zu werden, und es ist ein Blick, der die Zeit erneut anhält, und ihre Augen vereinigen sich, und dann senkt sie den Kopf, und er senkt den Kopf und Kübel auf Kübel und Schaufel auf Schaufel und Schreie und Gebrüll und das Prasseln, das leiser wird, die Nacht, die wieder dunkler wird, die Flammen, die nun keine Flammen mehr sind, nur noch Rauch, der aufsteigt in die letzten Stunden der stillen Nacht, der heiligen Nacht. Die Bewegungen der Menschen werden langsamer, die Kübel landen auf dem Boden, die Schaufeln werden aus den erschöpften Händen gelegt, und plötzlich ist das erste Licht da, das erste Licht des neuen Morgens, das erste Licht des Weihnachtstages, das erste Erröten der Grate und Gipfel, und eine eigenartige Ruhe macht sich breit vor dem Kühbauer-Hof, kein Geschrei mehr, kein Hämmern mehr, kein Schaufeln mehr.

Die Menschen stehen erschöpft vor den rauchenden Trümmern der Scheune. Nur einer bewegt sich: Hans Kühbauer geht zum Sarg seines Vaters, der halb im Schnee begraben liegt. Mit einer Schaufel in der Hand räumt er sorgfältig den Schnee weg und zieht den Sarg heraus, das Holz angesengt, oben eingebrochen. Eine atemlose Stille liegt über dem Dorf, während wie aus einer anderen Welt die ersten Strahlen der Sonne sich auf der Kirchturmspitze niederlassen. Hans Kühbauer ist in der Hocke vor dem Sarg. Lange, unbeweglich. Dann richtet er sich auf, sieht Georg, der ein paar Meter weiter teilnahmslos dasteht. Hans geht los, langsam. Einen Schritt vor Georg bleibt er stehen, und seine Hand klatscht mit einer ungeheuren Wucht in das Gesicht seines Bruders.

VOR DREI TAGEN

Mittwoch

Noch immer sind keine Berge zu sehen. Noch immer hängen graue Tücher über der Stadt. Noch immer glitzern die Straßen, nass von Regentropfen, noch immer sehe ich, wenn ich von meinem Fenster aus nach unten schaue, keine Menschen, sondern Regenschirme, die die enge Gasse vor meinem Hotel entlanggehen, Autos ausweichen, kurz das Wasser von den Schirmen schütteln.

Es ist der dritte Tag in Innsbruck. Ich stehe wie jeden Morgen am Fenster. Interessant, wie schnell der Mensch Gewohnheiten entwickelt. Meine rechte Hand liegt auf dem Fensterbrett, sie zittert, das tut sie seit Jahren. Am Anfang tat sie es unmerklich, rücksichtsvoll, sodass ich sie oft selbst lange beobachtete, um festzustellen, ob ich mich vielleicht täuschte. Manchmal in jenen Tagen habe ich ein Glas Wasser in die Hand genommen, um zu sehen, ob sich die Wasseroberfläche bewegt. Aber das war keine verlässliche Methode, denn auch mit der linken Hand, die nicht von dem Zittern befallen war, konnte ich das Glas nicht so ruhig halten, dass das Wasser unbeweglich blieb. Mittlerweile hat die Hand jegliche Scheu verloren, sie zittert immer. Ich weiß nicht, was es ist, Alzheimer vielleicht, Parkinson, ich habe bis jetzt noch keinen Arzt aufgesucht, ich will meinem Feind noch keinen Namen geben.

Und jetzt stehe ich, ein übermüdeter Greis mit weißen Haaren, weißem Bart und einer zitternden Hand, in einem Hotelzimmer in Innsbruck und sehe keine Berge. Die Hand zittert stärker als sonst. Das überrascht mich nicht. Ich bin erschöpft, ich merke, dass es an der Zeit wäre, ein Taxi zu rufen, zum Flughafen zu fahren und ein Flugzeug zu finden mit einer Stewardess in einem himmelblauen Kleid und himmelblauem Lächeln, die einen alten Mann an der zitternden Hand nimmt und an seinen Platz führt. Doch ich kann nicht weg, nicht, bevor ich Schreibers Manuskript ganz gelesen habe, nicht, bevor ich das zu Ende gebracht habe, weswegen ich hergekommen bin.

Wenn ich an gestern zurückdenke, an den Lesesaal im Landesarchiv, merke ich, dass ich mich nicht an alles erinnern kann. Ich weiß noch, dass ich das in Leder gebundene Buch zugeschlagen habe, hastig, schnell, so als könnte ich damit die Flammen ersticken, die aus den letzten Seiten von Schreibers Bericht geschlagen sind wie aus der Scheune der Kühbauers, doch gleichzeitig war mir klar, dass das nicht gelingen würde, dass dieser Brand schon auf meinen Kopf übergegangen war, dass darüber schon die Flammen zusammenschlugen und eine alte Erinnerung in meinem Inneren auftauchte, eine furchtbare Erinnerung, eingebrannt in mein Gehirn, die Erinnerung an ein Haus, das in Flammen steht. Ich sprang auf, als könnte ich sie so vertreiben, und ging im Lesesaal, der sich schon geleert hatte, auf und ab, auf der Flucht vor den inneren Bildern, auf der Flucht vor den Flammen auf Rosalinds Grabstein, auf der Flucht vor Rosalind in dem brennenden Haus, und ich weiß nicht, wie lange dieser Zustand gedauert hat, ich weiß nicht, ob ich mit mir selbst geredet habe, ich weiß nur, dass mich plötzlich jemand am Arm fasste und eine besorgte Stimme durch die Flammen hindurch zu mir drang.

»Alles in Ordnung mit Ihnen?«

Die ältere Frau von der Rezeption stand vor mir, unschlüssig, was sie tun sollte. Sie ließ meinen Arm los, ihren fragenden Blick aber immer noch auf mich gerichtet.

Ich schluckte mühsam und nickte.

»Ja, alles in Ordnung, ich war wohl etwas ... etwas aufge-wühlt«, erklärte ich und merkte, wie trocken meine Kehle war, wie heiser meine Stimme. Ich schaute sie an, und mein Blick muss ein fragender gewesen sein.

»Meine Kollegin, die Sie sonst immer betreut, ist nach Hause gegangen. Ihr ist plötzlich schlecht geworden.«

»Schlecht geworden?«, antwortete ich, immer noch halb ge-fangen in meinen Erinnerungen, Flammen und Rosalind.

»Ja, vielleicht ist sie schwanger, man weiß ja nie, bei diesen jungen Dingern«, sagte die Dame und stieß ein glucksendes La-chen aus. »Hier ist jedenfalls Ihr Reisepass.« Sie reichte mir meinen Pass, den ich mechanisch entgegennahm und in meiner Manteltasche verschwinden ließ.

»Ich räume Ihre Sachen weg, Sie kommen ja morgen wieder, oder?« Sie sah mich eindringlich an, und ich glaube, ich habe genickt, mich umgedreht und bin losgegangen. Doch plötzlich war sie neben mir, hakte sich ein und führte mich durch den Saal.

»Ich bringe Sie nach draußen, Sie schauen mir so blass aus?« Ich schüttelte den Kopf, wollte etwas Beschwichtigendes sa-gen, aber meine Lippen brachten keine Worte zustande.

»Das muss Sie nicht beunruhigen«, redete die Dame weiter, während sie mit der einen Hand die Flügeltür des Lesesaals auf-hielt, ohne mich mit der anderen loszulassen. »In diesen Lese-sälen ist einfach zu wenig Sauerstoff, das ist das Problem. Sie sind nicht der Erste, der dringend frische Luft braucht.« Wir gingen vorbei an der Rezeption, und sie hielt mir die Tür ins Freie auf. Ich konnte es nicht leugnen, die feuchte, regnerische Luft tat gut.

»Sehen Sie«, sagte sie zufrieden und ließ meinen Arm los, aber ich ahnte, dass sie unter der offenen Tür stand und mir be-sorgt nachschaute, bis ich um die erste Ecke gebogen war. Ich irrte durch die regennassen Straßen, war froh, als es stärker zu regnen begann, als ob dieser Regen etwas ausrichten könnte gegen die Brände in meinem Inneren, gegen die Flammen, gegen die Erinnerungen an jenen Tag, an jenen Tag vor zwölf Jahren, als ich nach der durchwachten Nacht am Morgen in die Stadt gefahren war, um etwas Gutes für mich und Rosalind zum Frühstück zu holen, weil das Leben ja schließlich weitergeht, auch wenn die Welt am Vorabend untergegangen ist. Wir sind gewöhnt, dass es immer weitergeht und können überhaupt nichts damit anfangen, wenn es doch anders ist, wenn die Welt wirklich untergeht, wenn man mit den frisch duftenden Brötchen auf dem Nebensitz in die eigene Straße zurückfährt und merkt, dass etwas nicht stimmt, nein, dass vieles nicht stimmt, weil überall Leute sind, weil weiter vorne große Wagen mit Blaulicht stehen und Wörter sich ihren Weg ins Gehirn bahnen, Wörter wie »Feuerwehr!«, und »Es brennt!«, und ganz dunkel und ganz weit hinten, da ist die Ahnung, dass das noch nicht die ganze Wahrheit ist, dass die entscheidende Information noch fehlt, weil die Autos mit den blauen Lichtern die Einfahrt zu meiner Garage versperren, weil sie vor meinem Haus stehen und weil es mein Haus ist, über dem die Flammen zusammenschlagen, weil es mein Haus ist, das brennt.

Ich sprang aus dem Auto und brüllte: »Rosalind!«, und »Rosalind!«, und »Rosalind!«, und rannte auf das Haus zu, rannte zwischen Händen hindurch, die mich aufhalten, zwischen Rufen, die mich stoppen wollten, rannte über Schläuche, durch die Wasser gepumpt wurde, und ich stand auf unserem Rasen und starrte hinauf zu den Fenstern im oberen Stock und brüllte »Rosalind!« und »Rosalind!« und dann rissen mich Arme weg vom Haus, drückten mich auf den Boden, während ich immer wieder »Rosalind!« schrie, und »Rosalind! Rosalind! Rosalind!«

Ich sah plötzlich eine Frau vor mir stehen, die ich nicht kannte und die sich mit dem Rücken an ein Schaufenster presste, um den schmalen Gehsteig frei zu machen für jemanden, der es eilig hatte. Ich sah, wie sie mich fixierte, unsicher, fragend, fast ängstlich, und mir wurde bewusst, dass sie vor mir zurückgewichen war, einem alten, weißhaarigen Mann, der von seinen Erinnerungen gejagt durch Innsbruck rannte, vielleicht gestikulierend, vielleicht schreiend, vielleicht »Rosalind!« schreiend, und ich sah aus den Augenwinkeln heraus andere Menschen, die stehen geblieben waren, ihre Blicke auf mich gerichtet, unsicher, fragend, misstrauisch. Schwer atmend stoppte ich, hob meine Hände und hörte meine Stimme.

»All right, everything is all right!«

Ich setzte meinen Weg fort, langsam, und ich spürte in meinem Rücken, wie ihre Blicke mir folgten wie misstrauische Hunde. Endlich erreichte ich eine Ecke, bog ab in eine Seitengasse, kam zu einem Lokal mit offener Tür, Musik und Lichter fielen auf den nassen Asphalt, den vorbeigehenden Passanten vor die Füße, mir vor die Füße, und automatisch trat ich ein in dieses Lokal, in dem die Musik viel zu laut war und die Lichter viel zu unruhig, aber es war mir egal, ich hatte die Hunde, die sich an meine Fersen geheftet hatten, abgeschüttelt. Ich setzte mich an die Bar, und als der Kellner mich fragend anblickte, zeigte ich auf das Bier meines Nebenmannes, und als ein Bier vor mir stand, hob ich es an den Mund und trank es ganz gegen meine Gewohnheit sofort aus. Der Barkeeper hob überrascht die Augenbrauen, ein seltsamer Gast, mehr als doppelt so alt wie jeder andere und so durstig. Er fragte nicht nach, stellte das zweite Glas vor mich hin. Es war mir recht, aber ich beherrschte mich und nahm diesmal nur einen kleinen Schluck. Dann saß ich da, das Bier vor mir, beide Hände um das Glas gelegt, als könnte ich mich daran festhalten. Die Musik brüllte in meine Ohren, die Lichter blitzten in meine Augen, und mir war alles recht, alles, was anders klang als das Prasseln von Feuer, was anders roch als

Rauch, und ich bemühte mich, ruhig zu werden, langsam zu atmen, zwang mich, an etwas anderes zu denken, nicht an sie, nicht an die Flammen.

Selbst jetzt, am Fenster, das mir keine Berge zeigen kann, selbst jetzt noch nimmt mich die Erinnerung an den gestrigen Abend mit, und ich denke mir, dass es höchste Zeit wäre, frühstücken zu gehen, mich etwas zu stärken, mich abzulenken, vielleicht ein kleiner Plausch mit der Kellnerin, deren Tochter in Amerika einen Schwarzen liebt, aber es fehlt mir die Kraft, all das in Angriff zu nehmen, was für ein Verlassen des Zimmers notwendig wäre, ein letzter Blick in den Spiegel vielleicht, die Schuhe kontrollieren, wer weiß, ob sie sauber sind. So bleibe ich stehen und starre auf die grauen Tücher über Innsbruck und höre dem gleichmäßigen Plätschern des Regens zu.

Ich denke an gestern Nacht, als ich endlich in das Zimmer gekommen bin, todmüde aber aufgekratzt, unmöglich so zu schlafen, zu stark und mächtig wurden die Bilder, die sich vor mein inneres Auge drängten, immer dann, wenn ich mich hinlegte. Glühende Flammen bemalten die Innenseite meiner geschlossenen Lider rot, mit dem Gesicht einer Frau, die ich nicht kannte, aber von der ich ahnte, dass es Katharina Schwarzmann sein musste, inmitten der Flammen mit aufgerissenen Augen auf die starrend, die nur wenige Meter vor ihrer Haustür standen und ihr vielleicht den Weg versperrten, ihr vielleicht aber auch helfen wollten. Aus dem Gesicht dieser unbekannten Frau wurde eine große brennende Kiste, ein Sarg, aus dem die Flammen schlugen, und der Sarg brach auf, der Deckel sprang weg, und Rosalind stieg heraus, fröhlich nach allen Seiten winkend, lachend, während die Flammen sich bereits gierig an ihr vergriffen, und dann habe ich wohl geschrien, bin aufgewacht, aufgesprungen aus dem Bett in dem kleinen Hotel in Innsbruck, viel zu schnell aufgesprungen für einen alten Mann wie mich, und mir wurde schwarz vor Augen, ich ging in die Knie und sank langsam vornüber auf den Boden. Es war kalt, ich fror. Schließlich kroch ich auf allen vieren zum Bett und legte mich wieder hin. Aber schlafen wollte ich nicht mehr, zu groß war die Angst, wieder in den Flammen zu versinken, und so knipste ich die kleine Lampe über dem Bett an, setzte mich aufrecht hin, den Rücken an das Polster an der Wand gelehnt und nahm aus meiner braunen Ledertasche, die neben dem Bett am Boden lag, die Polizeiberichte heraus.

Viele der Kopien zeigten mit schwarzen Rändern an, wo die Originale bei dem Brand in der Polizeistation angesengt worden waren, auf vielen war die Schrift verlaufen, vermutlich wegen des Löschwassers. Ich zählte sechsundzwanzig Blätter, die die freundliche Assistentin für mich kopiert und in eine Klarsichthülle gegeben hatte. Und ich sah erst jetzt, dass sie mit einem roten Stift die Klarsichthülle beschriftet hatte, mit einem einzigen Wort: Polizeiberichte. Das rührte mich. Ich dachte an die kleine Assistentin, der gestern plötzlich schlecht geworden war, und ich wünschte mir, dass sie da wäre, und ich mit ihr über Schreiber und sein Manuskript reden könnte.

Ich rückte meine Lesebrille zurecht, verscheuchte den Gedanken und konzentrierte mich auf die Berichte und das wenige, was zu entziffern war. Der Großteil der Blätter enthielt Protokolle von den Befragungen der Dorfbewohner. Auffallend war, dass alle Protokolle damit anfingen, dass der Historiker Max Schreiber im Herbst in das Dorf gekommen war. Es schien für alle Befragten klar zu sein, dass diese Geschichte und alles, was passiert war, damals seinen Anfang genommen hatte, damals, als der alte Bus schnaubend stehen geblieben war und einen einzigen Gast in die Dämmerung entlassen hatte. Das war der Anfang gewesen, damals war der Grundstein gelegt worden für das, wofür jetzt die Polizei benötigt wurde: Für Mord und Befragungen und Misstrauen und Anschuldigungen und für die Angst, die im Dorf eingekehrt war, Hand in Hand mit der Dämmerung, denn wer konnte in den Wochen nach der blutigen Tat schon wissen, wo Schreiber sich aufhielt? Ob er sich nicht in einem alten Stadel verkrochen hatte, in einem vergessenen Kellerloch, in einer abgelegenen Nische, im hintersten Eck eines dunklen Stalls, vielleicht in einem Heustock vergraben oder zwischen alten Balken in einem Dachstuhl kauernd? Denn das war allen klar in diesen ersten Tagen nach dem Mord: In diesem Sturm, mit diesen Lawinen, mit diesem meterhohen Schnee war ein Entkommen in das Tal unmöglich. So durchkämmten die Bewohner immer zu zweit, zu dritt die Höfe, die nicht verschüttet waren, die Ställe, die Scheunen, die Stadel, die Keller. Einer erklärte in seiner Aussage, dass nachts die ganze Familie in einem Schlafzimmer geschlafen habe, Mann und Frau und die vier Kinder und sogar der Großvater, und dass er, der Mann, neben sich in seinem Bett griffbereit eine Axt liegen gehabt habe.

Manche Protokolle waren völlig unlesbar, manche gaben nur ein paar Sätze preis. Aber die Protokolle erzählten immer die gleiche Geschichte: Max Schreiber war ein Mörder, einer, der von Anfang an nicht in das Dorf gepasst hatte, einer, dem man viel früher hätte nahelegen sollen, das Dorf zu verlassen, und die Gertraudi, so las ich in einem sonst völlig verwaschenen Protokoll, habe flüsternd immer wieder gewarnt vor dem Fremden, aber niemand habe sie ernst genommen.

Nachdem ich die Protokolle durchgeschaut hatte, legte ich sie neben mich auf das Bett. Die Berichte wühlten mich auf, aber wenigstens lenkten sie mich ab von den Bildern von Rosalind und den Flammen. Ich beruhigte mich ein wenig und fragte mich, ob ich es wohl wagen könnte, etwas zu schlafen. Aber ich beschloss weiterzumachen, denn es waren nur noch vier Blätter in der Klarsichthülle. Vier Blätter, die keine Aussagen von Bewohnern enthielten, sondern mit einem viel späteren Datum versehen, April 1966, und mit *Abschlussbericht* überschrieben waren. Die vier Blätter waren in einem sehr schlechten Zustand. Ich entzifferte den ersten Satz:

In Sachen des flüchtigen, unter Mordverdacht stehenden Maxi-
milian Johannes Schreiber ...

Ich atmete schwer auf und legte das Papier zur Seite. Für all
diese Menschen schien klar zu sein, dass Schreiber und nur
Schreiber für die Bluttat infrage kam. Genau das war es, was ich
nicht glauben konnte, nicht glauben wollte. Deshalb war ich
hier, ein alter Mann, weit weg von seinem Zuhause. Ich saß lange
da, ruhig, unbeweglich, bevor ich endlich den Abschlussbericht
oder zumindest die paar Zeilen, die zu lesen waren, wieder zur
Hand nahm und studierte.

Viel gaben sie nicht her, genauso wie die kaum lesbaren Protokolle: die Personalien des unter Mordverdacht stehenden Ma-
ximilian Johannes Schreiber, sein Geburtsdatum, als seine Herkunft wurde Wien angegeben, die Namen seiner Eltern wurden
genannt, deren Befragung kurz nach dem Mord nichts gebracht
habe und die mittlerweile verstorben seien. Im Folgenden
wurde der Aufenthalt von Schreiber im Dorf dargestellt, die
Tatsache, dass er ein Buch über sich selbst geschrieben habe. In
diesem Zusammenhang wird aus einem Gutachten zitiert, das
ein gewisser Dr. Bernhard Havlica, Psychiater in Wien, anhand
des Manuskripts abgegeben hatte. Havlica vertrat die Ansicht,
dass Schreiber, wie aus seinem Manuskript hervorgehe, unter
einer Persönlichkeitsspaltung gelitten habe, weil er sich abwechselnd als Schreiber, der Schatten, und Schreiber, der Autor, be-
zeichnet habe und zudem am Ende seiner Aufzeichnungen zum
Teil wieder in der ersten Person geschrieben habe, eine Tatsache,
die ...

Dann wurde die Schrift unleserlich, und so sehr ich mich auch
bemühte, es gelang mir nicht auch nur ansatzweise zu erahnen,
welche weiteren Schlussfolgerungen der Psychiater gezogen hatte,
und so weit ich die Unterlagen im Landesarchiv kannte, war dieses Gutachten im Original auch nicht mehr vorhanden.

Der Abschlussbericht endete mit dem Satz:

Obwohl die Leiche des mordverdächtigen und flüchtigen S. auch nach der Schneeschmelze im Frühjahr 1951 nicht gefunden wurde, ist davon auszugehen, dass er mit dem Sprung aus dem Fenster seiner Unterkunft zwar vor den Dorfbewohnern fliehen konnte, es ihm aufgrund der damaligen Witterung jedoch unmöglich war, ins Tal zu gelangen und er bei seinem Fluchtversuch ums Leben gekommen ist. Der Fall wird deshalb geschlossen.

So muss ich eingeschlafen sein, vielleicht nicht gleich, vielleicht nachdem ich noch eine Weile in das dunkle Zimmer gestarrt hatte, ich weiß es nicht mehr. Ich weiß nur, dass ich später aufgewacht bin, den Abschlussbericht lose in meiner Hand, mit dem Rücken steil gegen das Kissen gelehnt, das Kinn auf der Brust. Mein Nacken schmerzte, und mit der Hand, meiner rechten, zitternden Hand, fuhr ich gewohnheitsmäßig über meinen Mund, aus dem in der Nacht immer der Speichel tropft, was mir peinlich ist, selbst wenn ich alleine bin. Rosalind würde das verstehen.

Jetzt stehe ich am Fenster, das mir keine Berge zeigen kann, und als es an der Tür klopft, weiß ich, dass das das Zeichen ist, auf das ich gewartet habe. Ich sehe dasselbe Zimmermädchen wie am gestrigen Morgen vorsichtig den Kopf hereinstecken, bitte sie mit einem freundlichen Lächeln herein, sitze schon auf dem Bett, binde mir die Schuhe zu und mache mir sogar den Spaß, das Mädchen zu fragen, ob meine Frisur richtig sitzt. Sie schaut zuerst ungläubig und dann lacht sie, ein fröhliches, unbeschwertes Lachen, und das tut mir gut. Sie nimmt ihre Hand und streicht mir über eine widerborstige Stelle auf meinem dichten weißen Haarschopf, und ich stehe da, mehr als einen Kopf größer als sie, ein wenig nach vorne gebeugt, die Augen geschlossen, und genieße diese Berührungen, wünsche mir, dass sie nie mehr damit aufhört.

Beim Frühstück sucht mein Blick die Kellnerin, die sich gestern zu mir gesetzt hat. Ich hätte nichts gegen einen kleinen

Plausch, je simpler desto besser, aber sie ist nirgendwo zu sehen. Lange nachdem das Frühstücksgeschirr abgeräumt ist, stehe ich auf und verlasse das Hotel. Die schwarze regennasse Straße, ein Schwall frischer Luft. Ich atme tief ein und beschließe, ohne Umweg gleich ins Landesarchiv zu gehen.

Dort empfängt mich die alte Dame, sie steht auf, kommt hinter dem Tresen hervor.

»Meine Kollegin ist immer noch krank, aber ich habe Ihre Sachen schon hergerichtet. Sie finden doch den Weg?«

»Natürlich«, nicke ich. Zu meiner Verwunderung bemerke ich, dass ich enttäuscht bin, dass die blonde Assistentin nicht da ist. Als ich alleine in den Lesesaal trete und die beiden Herren, die so wie jeden Nachmittag an ihren Tischen sitzen, mit einem leichten Kopfnicken begrüße, fühle ich mich einsam. Ich setze mich an den Tisch, öffne den Karton, nehme das in Leder gebundene Buch heraus und schlage es auf. Das Tor in die Vergangenheit ist geöffnet, und es dauert nicht lange, bis ich die Welt, in der ich sitze, vergessen habe.

SCHREIBERS MANUSKRIPT

III. Die Schuld

Sie sagen, dass es nur das Gesicht erwischt hat. Sie, die Stimmen im Gasthaus, die Stimmen an den Häuserecken, die Stimmen in den Hausfluren, die Stimmen in den Ställen, in den Scheunen, die flüsternden Stimmen, die heiseren Stimmen, die leisen Stimmen. Es hat nur das Gesicht erwischt, sonst nichts, nur das Gesicht, alles andere ist unversehrt. Aber das Gesicht ist schwarz, unkenntlich, verkohlt. Raunen die Stimmen. Nicht einmal die beiden Söhne, nicht einmal der Hans und der Georg konnten ihn noch erkennen. Wissen die Stimmen. Und die Frau habe man weggeführt, sie sei nicht dabei gewesen, als der Leichnam des alten Kühbauer aus dem verbrannten Sarg gehoben und in einen neuen Sarg gelegt wurde. Der Sarg steht nun im Keller, im Erdkeller, im Halbdunkel neben den Regalen mit den eingelagerten Äpfeln, neben den Holzkisten mit den Kartoffeln, flüstern die Stimmen. Jeden Abend steigt jemand hinunter, der Hans oder der Georg, und dann saugen sie tief die Luft ein, schnuppern am Sarg, denn im Keller ist es nicht ganz so kalt, wie es eine Leiche wohl haben sollte. Aber bis jetzt sei alles in Ordnung, es würde nach Äpfeln riechen im Keller und nicht nach einer Leiche, sagen die Stimmen, obwohl kaum einer sagen könnte, wie denn eine Leiche rieche. Die Frau würde nicht mehr in den Keller steigen, um Kartoffeln oder Äpfel zu holen oder Sauerkraut aus dem Fass zu schöpfen, das müsse nun der Hans oder der Georg machen, erzählen die Stimmen. Dabei wisse man immer noch nicht, wieso das Gesicht des alten Kühbauer so eingeschlagen gewesen sei, so schaue kein Gesicht aus, wenn man nur zu Boden stürze, aber das würde man jetzt sowieso nicht mehr sehen, jetzt, wo das Gesicht kein Gesicht mehr sei, nur mehr ein verkohltes Etwas.

Dafür wissen die Stimmen, warum es gebrannt hat. Der Georg sei schuld, völlig betrunken sei er gewesen, geraucht habe er neben dem Heustock, der Hans habe Zigarettenstummel unter einem verkohlten Balken gefunden, auch den Flachmann, das Blech geschmolzen. Der Hans habe das schon am Morgen nach dem Brand gewusst, als er vor allen Leuten dem Georg die Ohrfeige gegeben habe. Das sei erst der Anfang gewesen, der Anfang von einem Streit zwischen den beiden Brüdern. Der Hans wolle jetzt den Hof übernehmen, der Georg sei unfähig dazu, weil er nur die Stumme im Kopf habe und nicht akzeptieren wolle, dass diese nichts von ihm wissen wolle. Und die Mutter der beiden würde Hans unterstützen, wissen die Stimmen. Immerhin habe der Georg in der Scheune geraucht, und das habe ihrem verstorbenen Mann das Gesicht weggebrannt, und so etwas könne eine Frau nicht vergessen.

Die Stimmen sind überall, auch Schreiber kann ihnen nicht entgehen. Nicht in seinem Zimmer, nicht auf seinen Spaziergängen, die nun nicht mehr der Hauptstraße durch das Dorf folgen, sondern kleinen Nebengassen auf das Feld und zum Wald, dorthin, wo er seinen Blick schweifen und ihn den Hügel hinaufstürmen lassen kann, vorbei am Lantobel und hinauf, die letzten Meter hinauf auf die kleine Anhöhe, zu dem kleinen Hof, dem Lanerhof, der sich an den Waldrand drückt, hingekauert vor den dahinter aufragenden Hängen, die bis weit in die Felsen führen, hinauf zu den Graten und Gipfeln. Durch die Nebengassen geht er, nicht mehr die Hauptstraße entlang, weil die am Hof der Kühbauers vorbeiführt und dort jetzt, Tag für Tag, die beiden Kühbauer-Söhne und manchmal ein paar Helfer mit dem Aufräumen beschäftigt sind. All die Balken und Bretter, manche verkohlt, manche nur angesengt, manche vom Feuer verschont geblieben, werden zusammengetragen, die alten Nägel herausgezogen, das Holz in kurze Stücke gesägt, gehackt und als Brennholz entlang der Hausmauer aufgeschichtet. Auf der anderen Seite des nun freien Platzes stapelt sich auf einem Haufen, was den Flammen zum Opfer gefallen und nicht mehr zu gebrauchen ist. Verschmortes Heu, zerstörtes Werkzeug, angesengte Planen, zu seltsamen Formen geschmolzene Kübel, Unkenntliches.

Tag für Tag arbeiten die beiden Brüder, manchmal mit Helfern, manchmal alleine. Hans mit forschen, energischen Bewegungen, zornig seine Schläge mit dem Hammer, laut und knapp seine Anweisungen an den Bruder, Georg mit eingefallenen Schultern, hängendem Kopf, schweigsam, folgsam.

Am dritten Morgen nach dem Brand gibt sich Schreiber einen Ruck und gesellt sich zu den beiden. Hans nickt ihm zu, Georg dreht sich weg. Schreiber beginnt, Bretter und Balken herauszuziehen, Hans deutet ihm stumm, wohin er sie zu legen hat. Die Stimmung ist angespannt, selbst Hans verhält sich sehr reserviert, was Schreiber überrascht und beunruhigt. Als Georg mitten am Vormittag kurz im Haus verschwindet, tritt Hans auf ihn zu.

»Was ist mit euch? Was ist passiert?«

Seine Stimme ist hart und fordernd. Schreiber gibt keine Antwort.

»Was war los in der Nacht?«

Schreiber schüttelt den Kopf, aber so leicht, dass es Hans nicht bemerkt.

»Du spielst doch auch eine Rolle in diesem ganzen Mist!«

Hans wird aggressiver. Schreiber fühlt sich außerstande, etwas zu sagen. Was denn auch? Soll er Hans von dem Schatten erzählen, der Georg und der Stummen gefolgt ist?

»Geht's um die Maria? Um die Stumme?«

Hans atmet schwer.

»Hast was mit ihr? Hat sich der Georg darum so angesoffen?«

Hans kann seine Erregung kaum mehr im Zaum halten.

»Schau's an!« Er zeigt auf die zerstörte Scheune, dann schreit er los: »Schau's dir an! Schau's dir an! Diese ganze Scheiße!« Die Männer stehen sich gegenüber, und Schreiber wird bewusst, dass beide einen Hammer in der Hand halten. Plötzlich kommt ihm die Situation völlig irreal vor, er lässt den Hammer in den Schnee fallen. Hans rührt sich nicht, einen unendlich langen Augenblick dauert es, bis er sich umdreht, und den Hammer mit Wucht auf ein Brett krachen lässt. Schreiber geht weg, und als er sich, schon auf der Straße, noch einmal umdreht, sieht er Georg aus der Haustür kommen, und dessen Augen, zwei Messer in seinem Rücken, verfolgen ihn, bis er das Gasthaus erreicht, die Eingangstür öffnet und im Haus verschwindet.

An einem dieser Tage vor dem Jahreswechsel, die wie Perlen auf einem Rosenkranz aneinandergereiht sind, eine Perle wie die andere, ein Tag wie der andere, immer bewölkt, immer grau in grau, immer düster, meist mit leichtem Schneefall, an einem dieser immer gleichen Tage folgt Schreiber der Nebengasse wieder auf den Feldweg. Es ist spät am Nachmittag, schon steigt eine Ahnung von Dämmerung aus dem Boden. Schreiber steht unschlüssig da, weiß nicht, in welche Richtung er gehen soll, weiß nicht, was er tun soll, die Mittel, die Zeit totzuschlagen sind begrenzt, die Wege eingeschränkt, zum einen durch den Winter und den Schnee, zum anderen durch die Kühbauers, die jeden Tag vor ihrem Hof im Einsatz sind, stumm, zornig, verbittert. Sein Zimmer ist zu klein für all die Zeit, die es zu überbrücken gilt, und er weiß nicht einmal, worauf er wartet. Er könnte seine Sachen packen, ein paar Stunden Fußmarsch, und er ist unten im Dorf. Dort gibt es Busse, Züge, die ihn wieder zurück in sein früheres Leben bringen, zumindest zurück in das, was noch von seinem früheren Leben übrig ist. Trotzdem hält es ihn, kommt er nicht weg, und darüber wundert er sich manchmal, und manchmal, wenn er ehrlich zu sich selbst ist, weiß er, dass es ihm um Maria geht, um die Stumme, und er hat das beklemmende Gefühl, auf irgendetwas zuzusteuern, dem er nicht ausweichen kann, einer Katastrophe, die unaufhaltsam näher kommt.

Seine Unruhe ist viel zu groß für sein kleines Zimmer, selbst die weißen Blätter seines Manuskriptes können ihm nicht die Räume eröffnen, die er bräuchte, um durchzuatmen. Er schreibt nur Skizzen, einzelne Sätze und Phrasen, ja, manchmal sogar einzelne Worte, losgelöst von allem, sinnentleert. Er schreibt sie nicht in das in Leder gebundene Buch, sondern auf seine zahlreichen Zettel, die wahllos auf seinem kleinen Tisch verstreut sind, und nur wenn er spürt, dass dieses Feuer in seinem Inneren ist, nur wenn er spürt, wie sich in seinem Kopf die Worte sammeln, gruppieren, sich in Sätzen aufstellen und mit Wucht aus ihm hinausdrängen, nur dann schlägt er das Buch auf und beginnt von Neuem zu schreiben.

Und dann schreibt er und erzählt von seiner Rastlosigkeit, von einem dieser Tage, von einem dieser immer gleichen Tage, an dem ihn seine Nebengasse, und er schreibt tatsächlich »seine Nebengasse«, auf den Feldweg führt, bei Anbruch der Dämmerung, im Schneegestöber. Lange steht er dort, merkt, dass es dunkler wird, und als er sich umdreht, sieht er einen Schatten vom Dorf herkommen, sich aus dem Halbdunkel lösen, einen Schatten, der ihn beunruhigt. Er erkennt Maria, die Stumme, die eine Hand an den Trägern ihres Rucksacks über einer Schulter, in der anderen Hand einen Korb, mit einem Tuch zugedeckt, um den Inhalt vor Schnee zu schützen. Sie stoppt ihren Schritt, steht vor ihm, ihre Augen ein freundlicher Blick, ihr Kopf ein leichtes Nicken, ihr Mund ein zaghaftes Lächeln.

Vorsichtig streckt Schreiber seine Hand aus, packt den Rucksack an den Gurten, nimmt ihn langsam von ihren Schultern. Dabei berührt seine Hand ihre Hand, eine Berührung, die wie ein Versprechen ist. Ein kurzes Zögern und sie gibt die Gurte frei. Schreiber schultert den Rucksack. Ohne ein Wort, ohne ein Zeichen, gehen sie los, gemeinsam, langsam, Schulter an Schulter in die dunkler werdende Dämmerung hinein, Schneegestöber im Gesicht.

Es ist ein langer Weg, länger als sonst, und das ist Schreiber recht. Fast scheint es ihm, als würden sie sich auf der Stelle bewegen, Schritt für Schritt, die dunkle Silhouette des Waldes nähert sich nur langsam. Eine plötzliche Windbö, die ihn seitlich erfasst, drückt ihn gegen Maria. Beide kommen aus dem Tritt, ein kurzer Blickwechsel, dann wieder einen Fuß vor den anderen, aber jetzt, vielleicht die Anregung des Windes aufgenommen, noch ein wenig näher aneinander, sodass zufällige Berührungen und manchmal auch nur die Ahnung einer Berührung sich als leiser Schauer im Körper von Schreiber fortsetzen.

Der Schneefall wird stärker, der Wind heftiger, und dann ist der Wald nicht mehr ferne Silhouette, sondern im Wind rauschende Kulisse. Ihre Blicke über das Feld finden keine Lichter mehr, kein Dorf mehr. Da ist nur Dunkelheit, Schneegestöber, Wind und Schulter an Schulter, Schritt für Schritt. Schreiber könnte ewig so gehen, ewig neben ihr, neben Maria, begleitet nur vom Schnee und vom Wind, und dann rutscht er aus und noch im Sturz, den er selbst mit einem schnellen Schritt abfangen kann, spürt er eine Hand an seinem Arm, die ihn hält, stützt. Er schaut ihr ins Gesicht, und sie lächelt und deutet mit ihrem Finger auf seinen Kopf, und er versteht, dass sie ihn daran erinnert, wie er gestürzt ist auf dem Feldweg, dem eisigen Feldweg, und wie er geblutet hat und sein Blut auf ihrem Finger war, und jetzt nimmt er ihre Hand in seine Hände, nimmt ihren Zeigefinger und hält ihn zwischen seinen Fingern, und sie versteht, dass er erzählt von seinem Blut auf ihrem Finger, und sie lächelt, und er lächelt, und Schneegestöber und Wind sind weit weg, so wie das Dorf, so wie alles andere. Er weiß nicht und sie weiß nicht, wie lange sie so stehen, Hand in Hand, Blick in Blick vor dem rauschenden Wald, und es gibt kein Wort und es gibt kein Zeichen, das den Aufbruch signalisieren würde, und doch ist er da, gemeinsam, wieder einen Schritt vor den anderen, wieder Schulter an Schulter, und jetzt sind es auch noch die Hände, die sich berühren, für Momente festhalten, wieder loslassen. Der Sturm wird stärker, aber es ist, als würde er in einer anderen Welt seine Kräfte spielen lassen, er kann den beiden nichts anhaben, die nun die Ebene erreichen und dem verschneiten Weg zu dem kleinen Hof folgen, der geduckt am Waldrand auf sie wartet.

Sie öffnet die Tür, geht voran, er folgt ihr. Eine einsame nackte Glühbirne gießt ihr Licht aus. Die plötzliche Helligkeit taucht die beiden in eine andere Welt, in eine offenere Welt. Draußen im Halbdunkel waren Berührungen kaum zu sehen, ihre Konturen nicht so deutlich wie jetzt. Ihre Blicke reagieren auf die neue Situation, verweilen nur kurz auf dem anderen, mehr im Vorbeigehen, ihre Schultern und ihre Hände halten Abstand, auch wenn es in dem engen Gang nicht einfach ist. Sie geht voran in einen kleinen Raum. Schreiber folgt ihr, benommen, auch in diesem Raum zündet sie das Licht an, und es ist nicht nur eine nackte Glühbirne, ein einfacher, gelber Lampenschirm hängt über dem kleinen Tisch, und Schreiber sieht, dass sie in der Küche stehen. Sie deutet mit dem Finger zum Tisch, er nickt und setzt sich.

Draußen rüttelt der Wind, aber Schreiber nimmt es kaum wahr. Maria ist vor dem Holzherd in die Hocke gegangen, schneidet mit einem langen Messer Späne von einem Scheit, legt sie hinein und zündet sie mit einem Streichholz an. Ruhig bleibt sie in der Hocke, beobachtet die Flammen, die sich zaghaft über die dünnen Späne hermachen, bläst da und dort in die Flammen, die sofort reagieren. Schreiber hört ein leises Knistern, die Flammen beginnen mit ihrem Tanz auf Marias Gesicht, und sie legt noch ein paar Scheite Holz nach, schließt die kleine Luke und steht auf. Ein Lächeln in Schreibers Richtung, ein Topf, mit Wasser gefüllt, auf den Herd gestellt. Sie kommt mit einem kleinen Stoffsack auf Schreiber zu, öffnet ihn und hält ihn Schreiber unter die Nase. Er nimmt einen tiefen Atemzug, riecht Kräuter, die er nicht kennt, angenehm, wunderbar, und angenehm und wunderbar ist auch die leichte Berührung oder vielleicht auch nur die Ahnung einer Berührung ihrer Hände, die den Stoffsack halten, an seinem Gesicht. Er würde gerne so bleiben, ihre Hände so nah, den Duft der Kräuter in der Nase, aber sie geht einen Schritt zurück, deutet mit einem fragenden Ausdruck im Gesicht auf den Stoffsack, und er nickt.

Die nächsten Minuten dreht sie ihm den Rücken zu, steht am Herd, überprüft das Feuer, legt noch einmal Holz nach, und als das Wasser anfängt zu kochen, gießt sie es in eine Teekanne, in die sie vorher ein paar Kräuter gestreut hat. Schreiber beobachtet jede kleine Bewegung, ist seltsam angetan von der Anmut ihrer Hände, wenn sie nach einem Stück Holz greifen oder Kräuter zwischen den Fingern zerreiben. Schließlich kommt sie mit der dampfenden Teekanne auf ihn zu, stellt sie auf den Tisch und setzt sich gegenüber. Erst jetzt fangen ihre Blicke wieder an, sich gegenseitig zu suchen, gegenseitig zu finden, einer im anderen zu verweilen.

Schließlich steht sie auf, geht zurück zum Herd, kehrt mit zwei Tassen und einem Sieb an den Tisch zurück und schenkt zuerst Schreiber und dann sich selbst ein, langsam, vorsichtig. Ihre Hand zittert, und Schreiber hat den Impuls, ihr die Kanne aus der Hand zu nehmen und selbst einzuschenken. Aber es bleibt beim Gedanken, seine Hände bleiben auf der Tischplatte liegen, und vielleicht ist es gut so, denn er weiß nicht, ob seine

Hände nicht noch mehr zittern würden als die Hände von Maria, die jetzt das Gefäß abstellt und sich hinsetzt, plötzlich aber aufspringt, wieder zum Herd geht, eine Schublade öffnet und mit entschuldigender Miene mit zwei kleinen Löffeln und einer Schale voll mit Zucker zurückkommt.

Als sie den Zucker auf den Tisch stellt und Schreiber einen der beiden kleinen Löffel neben die Teetasse legt, berühren sich ihre Hände. Sie schaut ihn an, ein verlegenes Lächeln auf den Lippen. Er legt seine Hand auf die ihre. Wieder entspinnt sich einen Moment lang Ewigkeit, bis sie sich auf ihren Stuhl setzt, aber ohne ihre Hand aus der seinen zu lösen.

Draußen rüttelt der Wind, Schreiber hört nichts davon. Da ist nur seine Hand auf ihrer Hand, da sind nur ihre Augen in seinen Augen. Als er zum ersten Mal einen Schluck nimmt, nachdem Maria lächelnd mit ihrer freien Hand auf seine Tasse gezeigt hat, steigt längst kein Dampf mehr auf, der Tee ist nicht mehr heiß, aber angenehm warm. Auch sie nimmt einen Schluck, und als er die Tasse absetzt, deutet sie mit ihrer Hand noch einmal auf seine Tasse und ihre Augenbrauen sind fragend nach oben gezogen. Er versteht, dass sie ihn nach dem Tee fragt, und er nickt mit dem Kopf, hat Worte wie »gut« und »hervorragend« auf der Zunge. Aber all diese Worte sind klein, drängen nicht nach außen, als ob sie beeindruckt wären von der Stille, dieser Stille, die keine Worte braucht, keine Worte will.

Als Schreiber schließlich aufsteht, aus dem Wir ihrer Augen auftaucht, seine Hand aus ihrer Hand löst, geschieht auch das wie von alleine, genauso wie er, gefolgt von ihr, in den Gang geht, seine Stiefel, seinen Mantel anzieht. Sie stehen sich gegenüber, die Tür bereits geöffnet, der kalte Wind greift schon nach seinem Rücken. Langsam legt sich ihre Hand auf seine Schulter, ihr Blick ruht auf ihm. Er hebt seine Hand und streicht ihr sanft über die Haare, nur einmal, und er spürt, wie sie ihren Kopf leicht in seine Handfläche drückt, die Augen geschlossen, seine

Hand in ihre nimmt, ein kurzer Druck, und ihre Hände lösen sich. Er dreht sich um, geht in die Nacht hinaus. Am Rand der kleinen Ebene bleibt er stehen, schaut zurück, sieht sie in der hell erleuchteten Tür, ein unbewegter Schatten. Er hebt die Hand, auch wenn ihm bewusst ist, dass sie ihn in der Dunkelheit nicht sehen kann. Dann dreht er sich um und geht den schmalen Weg den Hügel hinunter.

Der Wind, das Schneegestöber, der rauschende Wald, der Weg und irgendwo hinter dem Vorhang der Nacht das Dorf: Schreiber fragt sich, ob das die gleiche Welt ist, die ihn hierhergebracht hat, der gleiche Wind, das gleiche Schneegestöber. Wald, Weg und Dorf, es kommt ihm alles wunderbar verwandelt vor. Er geht den Feldweg entlang, der ihn zum Dorf bringen wird. Nach und nach tauchen die Lichter auf, schemenhaft die Umrisse der ersten Häuser, und plötzlich ist Schreiber seltsam beunruhigt. Seine Augen suchen den Rand des Dorfes ab, so als könnten sie dort etwas finden, etwas anderes als Nacht und Dunkelheit, etwas, das jetzt dort nicht zu sein hat. Als er die ersten Häuser erreicht und von dem Feldweg nach links abbiegt in die Nebengasse, um den Kühbauer-Hof zu meiden, sieht er ihn, den Schatten, geduckt in der Dunkelheit, und er ahnt, spürt, weiß, wer dort steht, dort im Dunkeln, und den Weg und den Hügel beobachtet, vielleicht schon seit Stunden, und der ihn gesehen hat, ihn, den Schatten, zurückkehren, von wo er nicht zurückkehren sollte. Schreiber geht instinktiv schneller, verschwindet in der Gasse, wird wieder zu einem Schatten, so wie der andere ein Schatten ist in diesem kleinen Dorf in den Bergen. Schnell ist sein Schritt und unsicher die Blicke, die er über die Schulter zurückwirft. Sie sehen viele Schatten, so wie jede Nacht viele Schatten zu bieten hat, wenn man sie denn sucht. Endlich hat Schreiber die Gaststätte erreicht und endlich kann er die Tür aufmachen, vom Schatten wieder zum Menschen werden, und merkt erleichtert, dass niemand mehr in der Gaststube sitzt, nur mehr die Wirtin hinter der Theke. Ein Gruß, und dann ist er an ihr vorbei auf der Stiege, während ihre neugierigen Blicke ihm auf den Fersen folgen, bis er in sein Zimmer tritt und die Tür schließt. Er setzt sich aufs Bett, und in seinem Inneren kämpfen die Blicke von Maria und die Bewegungen des Schattens um die Vorherrschaft. Und draußen eine andere Welt: Schnee und Wind und Dunkelheit.

Alles ist anders seit dem Brand, schreibt Schreiber in sein Buch, und das fahle Licht der Glühbirne kann den Raum kaum erhellen. Nacht.

Alles ist anders seit dem Abend mit Maria, ist der nächste Satz, den er schreibt. Unruhig steht er auf, getrieben, ein paar Schritte bis zur Tür, umdrehen, wieder zurück im fahlen Licht der Glühbirne. Er muss sich zwingen, sich wieder hinzusetzen, langsam all das aufzuschreiben, was so schnell aus ihm herauswill, er muss es kontrollieren, ruhig, ein Wort nach dem anderen aufschreiben, ein Satz nach dem anderen, Gedanke an Gedanke.

So beginnt er aufs Neue und schreibt: Alles ist anders seit dem Brand. Die Blicke der anderen begegnen ihm nicht mehr, sie weichen aus. Das Nicken der anderen ist kaum mehr wahrzunehmen, fast nur zu erahnen. Kommt es zu einem Händedruck, ist er kurz und knapp, kommt es zu einem Gespräch, versiegen die Worte nach wenigen Sätzen. Geht er in die Gaststube, in der sich die beiden Kühbauer-Söhne nie mehr blicken lassen, grüßt man ihn nur noch selten. Keine Einladung, sich dazuzusetzen, die Blicke der Wirtin ernst, streng, abweisend, auch ein Loblied auf ihre Marmelade ändert nichts.

Schreiber beginnt zu verstehen: Natürlich war Georg Kühbauer betrunken in jener Nacht, natürlich hat er in der Scheune geraucht, natürlich ist es seine Schuld, dass die Scheune abgebrannt ist. Aber natürlich hatte er auch einen Grund, zu trinken und zu rauchen. Und diesen Grund sehen sie in ihm, ihm, Schreiber, dem Historiker, der in dieses Dorf gekommen ist, um in der Vergangenheit zu wühlen. Schreiber, der Eindringling, Schreiber, der Fremdling. Was hat Georg erzählt? Wissen sie alle, wie Schreiber in dieser Nacht zu einem Schatten geworden ist? Viele haben ihn gesehen, wie er nach der Mette überstürzt den Friedhof verließ. Wissen sie warum? Wissen sie, dass er Georg und Maria verfolgte? Ahnen sie es? Brückner und seine Frau vielleicht, die sicher gemerkt haben, wie abwesend er im Gespräch war, wie angespannt, und wie unruhig er aus dem Friedhof hinausgehastet ist, hinaus auf die Straße, auf die dunkle Straße, wohin ihm ihre Blicke nicht folgen konnten, wohl aber ihre Ahnungen und Vermutungen.

Was hat Georg erzählt? Wissen sie, wohin er gegangen ist? Zuerst aufrecht, dann, ab dem Gasthaus, als es keinen Grund mehr gab, weiterzugehen in dieser stillen und heiligen Nacht, ein Schatten im Schatten der Häuser, ein Schatten im Schatten der Nacht und schließlich, ein Gedanke, der Schreiber peinigt, ein Schatten im Schnee, von Georg entdeckt, enttarnt, entblößt. Wissen sie es? Sind darum ihre Blicke flüchtig, ihre Worte zögernd, ihr Gruß selten? Oder reicht dafür schon die Ahnung, dass etwas nicht stimmt zwischen ihm und Georg und Maria?

Schreiber springt auf, ein paar Schritte zur Tür, erregt, umdrehen, zum Schreibtisch, umdrehen, zur Tür, wieder der gleiche Weg, dann reißt er die Tür auf, geht auf den Gang hinaus, auf die Toilette, obwohl er keinen Drang verspürt, steht vor dem kleinen Waschbecken, schaut in den kleinen Spiegel, sieht ein Gesicht, sieht sein Gesicht, verspürt eine plötzliche Fremdheit bei diesem Anblick, wendet sich ab, geht zurück über den Gang in sein Zimmer, die Tür zu, zum Schreibtisch, umdrehen, zur Tür, umdrehen, wieder zum Schreibtisch. Er setzt sich an den alten Tisch vor sein Buch, in einem anderen Leben gekauft, sein in Leder gebundenes Buch, das jetzt wie das Symbol seines

Scheiterns vor ihm liegt. So viele Seiten weiß, leer, so viele Seiten, die er noch zu beschreiben hat, er, Schreiber, der Schriftsteller, so vieles, was er noch zu erleben hat, er, Schreiber, der Schatten.

Wieder fließen ein paar Sätze aus seiner Füllfeder, Sätze über den Schatten, dem er folgt mit einem Netz aus Buchstaben, mit einem Koffer voller Worte, mit einem Manuskript voller Sätze. Er liest noch einmal den ersten Satz, den er in dieser Nacht geschrieben hat, den Satz, alles ist anders seit dem Brand, und er nimmt die Füllfeder, setzt am Ende des Geschriebenen an und schreibt:

Alles ist anders seit dem Abend mit Maria. Das Morgenrot ist ein wenig heller, die Tage ein wenig freundlicher, die Schritte fallen leichter, auch im tiefen Schnee, die langen Stunden in der Nacht immer noch schlaflos, aber voll mit schönen Gedanken, mit Erinnerungen an Blicke und Hände und an ein Feuer im Ofen, das, so kommt es ihm vor, in seinem Inneren immer noch brennt. Weiß sie, wie er sich fühlt? Weiß sie, was er alles mitgenommen hat von ihr? So viel an Wärme? Aber weiß sie auch, dass er ihnen beiden gefolgt ist, gefolgt in der stillen und heiligen Nacht, dass er ein Schatten war, auf den Georg auf dem Weg gestoßen ist? Weiß sie das? Weiß sie, dass er am Anfang jener Kette von Ereignissen steht, durch die die Scheune in Flammen aufging? Weiß sie, wie er sich schämt? Könnte sie diese Scham mit einer einzigen Bewegung ihrer Hand, die langsam und zärtlich über seinen Kopf streicht und auf seiner Schulter liegen bleibt, wegwischen? Könnte sie das?

Schreiber weiß es nicht, aber die Fragen sind da, kreisen in seinem Kopf, genauso wie die Scham da ist und in seinem Inneren bohrt. Obwohl er es kaum aushält, verbringt er die nächsten Tage viele Stunden auf seinem Zimmer. Wenn er draußen ist, geht er neue Wege, Wege, die in Richtung Tal führen, auch wenn seine Gedanken und seine Gefühle immer eine andere Richtung einschlagen. Er verbietet sich das, stapft Minute um Minute, manchmal auch Stunde um Stunde durch den Schnee, immer bedacht, möglichst wenig Leute zu treffen und keinen Anlass zu bieten für Vermutungen, es würde ihn in Richtung Lanerhof ziehen. Er will die Fragen zerstreuen, er will sie in den Schnee treten mit jedem Schritt, die Fragen, die überall im Dorf gestellt werden, auch wenn er sie nicht hören kann.

Selbst beim Jahreswechsel ändert er sein Verhalten nicht. Nach dem Frühstück verschwindet er wieder auf sein Zimmer, wortkarg auch diesmal die Wirtin, nach dem Mittagessen ein Spaziergang, der ihn über den Gertraudi-Hügel und die daran angrenzenden verschneiten Felder führt, weit weg vom Dorf, aber auch weit weg vom Lanerhof, und mit jedem Schritt in dem tiefen Schnee werden die Fragen leiser werden, so hofft er, leiser und weniger.

Nach dem Spaziergang kehrt er zurück, rechtzeitig vor der Dämmerung und früh genug, um durch eine noch leere Gaststube in sein Zimmer zu gehen. All die Stunden danach, all diese letzten Stunden des Jahres 1950, sind endlos. Er liegt auf dem Bett oder er steht am Fenster oder er geht auf und ab, aber egal, was er tut, von unten aus der Gaststube, aus der vollen, überfüllten Gaststube, dringen Gelächter und Geschrei bis zu ihm herauf, Musik ist zu hören, eine Ziehharmonika spielt auf und das Jahr endet, nicht aber Gelächter, Geschrei und Musik, das alles füllt die ersten Stunden des neuen Jahres, als ob die Menschen damit das alte und das neue Jahr aneinanderketten möchten, um den Fluss der Zeit nicht zu unterbrechen.

Erst in den frühen Morgenstunden reißt der Lärm ab, verebbt. Ein letztes Mal fällt die schwere Tür des Gasthauses ins Schloss, noch ein paar Wortfetzen auf der Straße, noch ein paar Schritte in knirschendem Schnee. Nur noch wie von fern, wie aus einer anderen Welt, leises Klirren von Gläsern, das Geräusch, das entsteht, wenn Tische und Stühle auf dem Boden zurechtgerückt werden, ein letztes Mal fällt die Tür ins Schloss und dann ist Stille, Ruhe, Frieden.

Schreiber liegt da, da auf seinem Bett, plötzlich nicht mehr müde, und plötzlich sieht er sich in völliger Klarheit, sieht er, in welch absurder Situation er ist, gefangen in diesem Dorf, in diesem kleinen Dorf in den Bergen, und er fragt sich, wieso, die Straße ist frei, kein Problem ins Tal zu gelangen, er kann morgen hinuntergehen, beim Frühstück die Rechnung bezahlen, sich jemanden organisieren, der ihn ins Tal bringt, Brückner vielleicht, und dann in den nächsten Bus, in den nächsten Zug, zurück nach Wien, hinein in seine Wohnung, die jetzt seit Monaten leer steht, in der es kalt ist, die Luft abgestanden. Aber das sind Kleinigkeiten, das kann sofort behoben werden: Die Fenster auf, frische Luft, die Heizung an und schon am nächsten Tag wieder in der Normalität sein, einkaufen gehen, Freunde verständigen, dass man wieder in der Stadt ist, dass man genug hat von den Bergen, vom Schnee, von den misstrauischen Blicken und den knappen Grüßen, nur weil man einer Frau geholfen hat, den Rucksack nach Hause zu tragen, nur weil man sich interessiert für eine Geschichte, die hundert Jahre zurückliegt. Katharina Schwarzmann kommt ihm in den Sinn, und plötzlich muss er lachen, laut lachen über sich selbst, über diese absurde Geschichte, die ihn in die Berge gelockt hat. Soll sie doch brennen, die alte Hex, bis in alle Ewigkeit brennen, und es amüsiert ihn, dass er selbst das Wort »Hex« verwendet, er lacht wieder auf, schüttelt den Kopf, denkt sich, brenn du nur, brenn du nur, Hex, aber ohne mich, ohne mich.

Er denkt an Wien, an Normalität, an das Quietschen der Straßenbahn vor seinem Fenster, an den Verkehrslärm, an die Stimmen der Betrunkenen, die nachts den Weg nach Hause suchen. Und er denkt an sie, denkt an den Gärtner, wer weiß, was in diesen paar Monaten die Normalität, der Alltag, mit ihnen schon angerichtet hat. Vielleicht sitzen sie schon schweigsam beim

Frühstück, und sie legt ihr Stück Brot, einmal abgebissen, vor sich neben ihre Kaffeetasse, und sie sieht das Rund ihrer Zähne im Brot, und vielleicht erinnert sie das an das Frühstück mit ihm, als sie es ihm gesagt hat, das mit dem Gärtner. Vielleicht tut es ihr schon leid, vielleicht weiß sie schon, dass es ein Fehler war. Was nützt ein Mann, der die Blumen versteht, aber nicht die Frauen? Aber vielleicht ist auch alles ganz anders, und sie reden nichts beim Frühstück, weil ihnen die Blicke des anderen noch genug zu erzählen haben, vielleicht, denkt Schreiber, beginnt der Niedergang jeder Beziehung erst, wenn man beim Frühstück anfangen muss zu reden, weil einem die bloße Anwesenheit des anderen nicht mehr genügt, weil die Zeit der Worte angefangen hat, mit der man die Welt nun ausschmückt am Frühstückstisch, und weil die Zeit der Worte angefangen hat, hat auch die Zeit der Phrasen angefangen, die Zeit der Wiederholungen, die Zeit der Lügen, die Zeit, in der die Lippen gelernt haben, Worte zu formen und dem anderen hinzureichen, während die Gedanken gleichzeitig auf Reisen gehen. Aber vielleicht sind sie und der Gärtner noch im Land ohne Worte, nur Blicke und leise zufällige Berührungen und Stille am Frühstückstisch und ein angebissenes Brot, das nur ein Brot ist und nichts weiter, keine Erinnerung auslöst an eine andere Zeit, einen anderen Ort, einen anderen Tisch und einen anderen Mann, einen anderen Mann, der am Ende der Worte angelangt war, als sie den Namen des Gärtners auf den Tisch legte zusammen mit ein paar aneinandergeflochtenen Sätzen, die sie wohl schon oft in Gedanken zurechtgezupft hatte, da ein bisschen gestutzt und dort ein bisschen geglättet. Er müsste doch auch froh sein über diese Entwicklung, schließlich würde er eine Frau verdienen, die mit ihm intellektuell mithalten kann, die mit ihm in die verstaubten Bibliotheken steigt und so wie er Leben entdecken kann, Leben zwischen all den Toten, zwischen all den vergangenen Geschichten, das wäre doch etwas anderes, als eine Frau, die an den Blumen

herumzupft, wenn er nach Hause kommt. Und es hätte nichts
mit ihm zu tun, er sei ein wunderbarer Mensch, auch ein wunderbarer Mann, fügte sie an dieser Stelle hinzu und blickte kurz
auf, das einzige Mal während ihrer Rede, schaute ihn an in einer
Mischung aus Unsicherheit und Trotz, versuchte in seinem Gesicht zu lesen, versuchte herauszufinden, ob das Wort »Mann«
bei ihm irgendetwas auslöste, irgendeinen Stolz auf sein Gesicht zauberte. Was sie in seinem Gesicht sah, weiß Schreiber
nicht, er weiß nur, dass sie den Blick wieder senkte und weiter-
redete von diesem und jenem, von Menschen, die zusammenpassen, und Menschen, die nicht zusammenpassen, und das sei
das Todesurteil für jede Beziehung, auch wenn man sich natürlich mag, ja, vielleicht sogar liebt, aber man muss auch zusammenpassen, und dann zuckte sie hilflos mit den Schultern, am
Ende angelangt, am Ende ihrer in Gedanken wohl schon so oft
gehaltenen Rede, und nach ein paar Sekunden Pause sagte sie:
»Warum sagst du denn nichts?«

Schreiber springt auf von seinem Tisch in Wien, auf aus seinem Bett in dem kleinen Dorf in den Bergen, und er geht zum
Fenster, reißt es auf beim Frühstück in Wien, und er reißt es auf
in seiner kleinen Kammer in dem kleinen Dorf in den Bergen,
und ein Schwall von frischer Luft trifft ihn, damals in Wien,
heute in den Bergen, und er schüttelt den Kopf, schlägt das Fenster zu, in Wien und in den Bergen, dreht sich um, reißt den
Mantel vom Haken, hier wie dort, verlässt die Wohnung dort,
die Kammer hier, und flüchtet hinaus, damals in Wien, heute
hier in den Bergen. Die Luft ist kalt damals und heute, aber
ansonsten trennt sich die Erinnerung von der Wirklichkeit an
der Tür des kleinen Gasthauses, die hinter Schreiber ins Schloss
fällt, denn in Wien war es schon hell, geschäftiges Treiben auf
den Straßen, auf denen er ziellos unterwegs war, auf der Flucht
vor einem Gärtner, und heute, auf der Flucht vor Erinnerungen,
taucht er ein in eine noch dunkle Welt, noch keine Ahnung von

Morgen auf den Gipfeln und Graten, noch kein Licht im neuen Jahr, nur ein zorniger Mann, den Mantelkragen hochgeschlagen, die Schultern hochgezogen, der gejagt von den Bildern, die sich vor sein inneres Auge drängen, durch ein verschneites Bergdorf stapft, ohne die abgebrannte Scheune wahrzunehmen, an der er vorbeigeht, ohne den Feldweg zu erkennen, der ihn zum Wald führt, und erst, als er den Weg hinaufstapft, hinauf auf die kleine Anhöhe, wo der kleine Lanerhof sich hinduckt vor der Übermacht der Nacht, erst dort erwacht er aus seinen Gedanken, stoppt seinen Schritt und schickt seinen Blick voraus in die Dunkelheit. Still liegt der kleine Hof vor ihm, kaum zu sehen in der Nacht. Schlagartig verwandeln sich die Bilder in seinem Inneren, kein Gärtner mehr, kein Wien mehr, dafür Schnee und ein Weg in der Nacht und ein Schatten auf dem Weg und ein Mann, der diesen Schatten findet, und Schreiber wird siedend heiß, Scham erfüllt ihn, und er geht hastig ein paar Schritte zur Seite, weg von dem offenen Feld, hinein in den Wald, der ihn stumm empfängt und hinter ihm die Reihen schließt.

Schreiber stellt sich hinter eine Tanne, die Finger auf der rauen Rinde und blickt hinaus auf das freie Feld und auf die Andeutung eines Schattens, die der Hof sein muss, der kleine Hof, der kleine Lanerhof, in dem sie ist, und plötzlich denkt er sich, dass er herauskommen könnte aus dem Wald, über das Feld gehen und an die Tür klopfen könnte, dass sie aufmachen würde, und ein Lächeln huscht über ihr Gesicht, als sie ihn erkennt, hereinbittet und, ihre Hand auf seiner Schulter, ihn begrüßt. Aber im gleichen Moment weiß er, dass er dazu nicht in der Lage ist, dass die paar Meter bis zum Hof unendlich lang sind, der Arm, den er heben müsste, um anzuklopfen, unendlich schwer, und dann durchzuckt ihn ein anderer Gedanke, scharf wie ein Messer. Wer weiß, ob sie alleine ist, vielleicht ist er da, immerhin ist es die Silvesternacht, vielleicht hatte sie keine Lust, das neue Jahr alleine zu beginnen, vielleicht hat sie ihn gebeten, ihr Gesellschaft zu leisten, und vielleicht, vielleicht beginnt sich das Leben von Georg Kühbauer gerade mit richtigem Leben zu füllen, mit Händen aus Fleisch und Blut, mit einem warmen Körper, der sich an ihn schmiegt und Vertrauen fasst, endlich Vertrauen in diesen Mann, in diesen Bauern, dessen Blicke und Gedanken sie seit Jahren behüten und begleiten, Tag und Nacht, Frühling, Sommer, Herbst und Winter, immer, was kann sich eine Frau, eine alleinstehende Frau, eine Frau, der nicht einmal die Worte geblieben sind, mehr wünschen?

Schreiber verscheucht den Gedanken. Nein, er kann sich nicht vorstellen, dass er bei ihr ist, er will sich nicht vorstellen, dass er bei ihr ist, jede andere Möglichkeit ist ihm lieber, auch dass Kühbauer vielleicht so wie er ein Schatten ist in dieser ersten Nacht des neuen Jahres, vielleicht streift auch er durch die Dunkelheit, vielleicht ganz in der Nähe, vielleicht auch er in der Obhut des Waldes, desselben Waldes, desselben verschwiegenen Waldes, in dem auch Schreiber steht und dem plötzlich bewusst wird, dass es nicht mehr lange dauert, bis der Morgen kommt. Er muss um jeden Preis vermeiden, dass ihn jemand hier sieht, hier in der Nähe des Lanerhofes, dass ihn jemand dabei sieht, wie er vom Lanerhof kommt, und abrupt macht er kehrt, stapft am Waldrand entlang, beachtet nicht den Feldweg, der ihn wie gewohnt zurück zum Dorf führen will, zu stark ist schon die Ahnung von Morgen, zu fahl ist schon der Schatten der Nacht, der einen menschlichen Schatten auf freiem Feld nicht mehr genug bergen kann, und so schleicht Schreiber weiter im Schutz des Waldes, umkreist das freie Feld und die Häuser, bis er endlich, mit den ersten Sonnenstrahlen schon auf den Gipfeln, sich von unten her dem Dorf nähert, die Hauptstraße entlang bis zum Gasthaus geht, ohne auch nur einen Menschen zu treffen. Seine Beine tragen ihn durch die leere Gaststube, tragen ihn die Stiege nach oben in sein Zimmer, zu seinem Bett, in das er sich legt, und endlich Ruhe und Frieden und Schlaf.

Zwei Tage später findet sich Schreiber auf dem großen Feld hinter dem Gertraudi-Hügel wieder. Es hat in der Nacht geschneit, lange und intensiv, der Schnee liegt einen halben Meter hoch glitzernd in der Nachmittagssonne. Jeder Schritt ist eine Qual, jeder Schritt ist anstrengend, nach jedem Schritt bleibt Schreiber stehen, fragt sich, was er hier macht, dreht sich um, blickt zurück zu dem kleinen Hügel, über den angeblich die gehen, die bald sterben werden, zumindest wenn man der Gertraudi Glauben schenken mag, und er blickt zurück zum Dorf, alles liegt unter einer dicken weißen Schneedecke, auf der die Sonne blinkt, fast schon meterhoch die Schneewände auf den Seiten der freigeschaufelten Straßen, Gassen und Wege, eine idyllische Szene, eine friedliche Szene, die nichts verrät von Leichen, die im Keller liegen, und Schatten, die nachts ihre Wege gehen.

Schreiber bleibt stehen, die Sonne auf dem Gesicht, und überlegt umzukehren. Er will nicht in Richtung Lanerhof gehen, um keinen Preis, um den Gerüchten keine Nahrung zu geben, aber ist es sinnvoller, unauffälliger, mühsam durch Tiefschnee zu stapfen, wenn kein Ziel, sondern nur ein Wald am Ende dieses Feldes wartet? Kann so ein Verhalten das Misstrauen der Dorfbewohner besänftigen?

Er weiß nicht, wie lange er so dasteht, die Sonne auf dem Gesicht, Fragen über Fragen über Fragen, und wieder, wie schon in den frühen Morgenstunden des ersten Tages des neuen Jahres, denkt er, dass es Zeit ist, Zeit, zu gehen, Zeit, dieses Dorf hinter sich zu lassen, dieses Dorf, das nie sein Dorf sein wird, nie sein Leben und nie seine Zukunft. Aber schon in dem Moment, in dem er das denkt, weiß er, dass es sinnlos ist, diese Gedanken sind nur Gedanken, sie mögen richtig sein, aber sie werden nie die Kraft haben, ihn seine Sachen packen zu lassen und ihn die Straße hinunter ins Tal zu führen, weg von diesem Dorf, weg von diesen Bergen. Und er weiß, dass es dafür nur einen einzigen Grund gibt: Maria, die Stumme, ihre Hand auf seiner Schulter, ihre Augen in seinen Augen. Er kann nicht gehen, er wird nicht gehen, er wird Maria nicht allein lassen, nicht allein in diesem Dorf in diesen Bergen, nicht allein, wenn nachts noch ein anderer Schatten unterwegs ist.

Schreiber stampft wütend auf bei dem Gedanken, nein, er wird nicht gehen, er wird Maria nicht allein lassen, kann sie nicht allein lassen, zu viel Versprechen lag schon in diesen stillen Momenten mit ihr, in ihren Händen, ihrem Lächeln, ihren Blicken. Jetzt zu gehen würde ihm vorkommen wie Verrat. Er stapft weiter durch den Schnee, weiter auf den Wald zu, der kein Ziel ist, kein Ziel sein kann, nur ein Wald, der das Feld begrenzt, und Schreiber stapft und stapft, Schritt um Schritt, und bleibt nicht mehr stehen, bis er endlich da ist und sich schwer atmend mit dem Rücken an den Stamm einer Tanne lehnt, den Blick zurück zum Dorf gerichtet. Er hat die Sonne im Gesicht, und wenn er blinzelt, sieht er, dass sie nur mehr knapp über den Graten ist. Es wird nicht mehr lange dauern, bis die Berge den Strahlen den Weg verstellen, den glitzernden Schmuck vom Dorf und vom Feld nehmen, bis alles in ein Halbdunkel getaucht ist, die Vorbereitung für die Nacht, für die lange Nacht.

Schreiber wartet, bis die Sonne in einem blassen Rot hinter den Bergen verschwindet, und ist wieder einmal erstaunt, wie sehr sich die Welt in nur wenigen Minuten verändern kann: von einer angenehmen, glitzernden Wunderwelt, warm und hell und freundlich, zu einem kalten Ort, düster, voller Vorahnungen, Ängste und Schatten. Sofort greift die Kälte nach ihm, und er setzt sich in Bewegung. Stapft durch den Wald, klettert über umgestürzte Bäume, drängt sich durch ein paar niedrige Büsche und steht plötzlich vor der Rückseite eines Hauses. Dort, in einer offenen Tür, in der Hand einen Korb mit Holzscheiten, eben im Begriff, ins Haus zu gehen, sieht er einen alten Mann mit weißem Bart. Er dreht sich um, schaut in Schreibers Richtung, aber da ist etwas Unbestimmtes, etwas Vages in seinem Schauen, es scheint kein Ziel zu haben. Plötzlich erkennt Schreiber den Mann, weiß, dass er vor dem Seiler steht, dass er dieses Haus schon einmal betreten hat, aber durch seine Vordertüre, damals, als der Seiler die Geschichte von Andras und Alma und dem Teufelsstein erzählt hat. Schreiber steht stumm da, beobachtet den alten Mann, der immer noch in seine Richtung schaut, unbeweglich unter der Tür, und Schreiber hat das seltsame Gefühl, dass der alte Seiler die Nase in den Wind hält, schnuppert und riecht und ihn wahrnehmen kann.

»Komm rein, ist ungemütlich draußen«, sagt der alte Mann und reißt Schreiber aus seinen Gedanken. Unschlüssig steht er da, während der Seiler sich schon umgedreht hat und mit dem Korb voll Holz im Haus verschwunden ist. Schließlich geht Schreiber zum Eingang, klopft seine Schuhe an der Hauswand ab, folgt dem Seiler in den dunklen Hausgang und schließt die Tür hinter sich. Zögernd geht er weiter, die paar Schritte, bis der Gang in die Küche mündet. Der Seiler kniet vor dem Holzherd und legt ein paar Scheite nach. Das Feuer prasselt, und Schreiber spürt die angenehme Wärme im Raum.

»Setz dich«, sagt der Seiler, ohne sich umzusehen. »Was treibt einen Historiker denn um diese Zeit in den Wald?«

Schreiber ist erstaunt, er hat nichts gesagt, kein Wort und doch hat der Blinde ihn bemerkt und, was noch viel erstaunlicher ist, auch erkannt. Der alte Mann scheint seine Gedanken zu erraten.

»Keiner aus'm Dorf geht bei diesem Schnee durch den Wald.«

Schreiber nickt, und gleichzeitig wird ihm klar, dass dieses Nicken dem Blinden nichts nutzt.

»Ja«, sagt er, nur um irgendetwas zu sagen.

Der alte Mann richtet sich auf, füllt mit sicheren Handgriffen einen Topf mit Wasser und stellt ihn auf den Herd.

»Wenn Menschen gehen, suchen sie etwas«, redet der alte Mann weiter, »wenn sie nichts suchen, rennen sie weg vor etwas.«

Er verstummt, und nur das Knistern der Flammen im Ofen ist zu hören. Schreiber sitzt ruhig da, merkt, dass er seinen Atem anhält. Er hat nicht das Gefühl, etwas antworten zu müssen, was der Seiler gesagt hat, klang nicht nach einer Frage, es war eine Feststellung.

»Geschichten«, sagt der alte Mann, der immer noch mit dem Rücken zu Schreiber am Herd steht, »Geschichten treiben die Menschen an. Entweder sie suchen Geschichten oder sie rennen weg vor Geschichten. Das ist alles.«

Stille. Schreiber atmet langsam aus, die Wärme ist angenehm, er beginnt sich zu entspannen, wohlzufühlen.

»Meine Geschichte ist bald zu Ende. Bald.« Der Seiler schweigt, Schreiber hört, wie das Wasser im Topf zu kochen beginnt.

»Ich bin achtzig, in dieses Dorf gekommen 1876.«

Schreiber hört in sich hinein, auf den Nachhall, den diese Jahreszahl in seinem Inneren erzeugt: 1876, das klingt nach einer anderen Zeit, einer anderen Welt. Der Seiler stellt den Topf mit heißem Wasser auf den Tisch, aus einem Stoffsack nimmt er ein paar Kräuter und streut sie hinein. Schreiber wundert sich über die traumwandlerische Sicherheit, mit der der Blinde agiert.

Nachdem er noch zwei Tassen geholt hat, zwei kleine Löffel und einen kleinen Teller auf dem ein paar Stück Würfelzucker liegen und alles zusammen auf den Tisch gestellt hat, setzt er sich Schreiber schräg gegenüber hin.

»1876«, nimmt der alte Mann den Faden seiner Geschichte wieder auf. »War ein Findelkind, ein alter Pfannenflicker hat mich mitgenommen. Nicht nur um mir zu helfen. Musst dir dein Essen schon selber verdienen, hat er mir immer gesagt. Und das hab ich wohl auch: Dem blinden Jungen, der mit einem Strick am Esel befestigt war, dem haben die Leute immer was zugesteckt. Und dann, in diesem Dorf, ist er gestorben, der Pfannenflicker.«

Der Seiler verstummt, Stille breitet sich aus in dem Raum. Schreiber ist ruhig geworden. Der alte Mann gibt jedem und allem seine Zeit, sei es dem Feuer im Ofen, das Zeit braucht, um sich in das Holz zu fressen, sei es dem Wasser, das Zeit braucht, um zu kochen, seien es die Worte, die Zeit brauchen, um sich zu Sätzen zusammenzufügen.

»Er hatte einen Ring bei sich, einen goldenen.« Der Seiler greift in seine Jackentasche, zieht etwas heraus, nimmt es zwischen Daumen und Zeigefinger und hält es Schreiber hin. Es ist ein alter Ring, schmucklos, den der Alte jetzt wieder in seiner Jacke verschwinden lässt.

»Diesen Ring hat eine Frau bekommen als Gegenleistung, dass sie mich aufgenommen hat. Sie war allein, keine Kinder. Vor fünfunddreißig Jahren ist sie gestorben, und jetzt wohne ich hier, hier in ihrem Haus, und auch der Ring ist zurückgekehrt zu mir. Ein guter Preis, nicht wahr?«

Der alte Mann dreht den Kopf zu seinem Zuhörer.

»Ein ganzes Leben und ein Haus für einen alten Ring, ein guter Preis«, wiederholt der Blinde, und Schreiber hört ihn zum ersten Mal lachen: Ein heiseres, kehliges Lachen, kurz, dann ist wieder Stille.

Sie sitzen lange da, schweigend. Schreiber genießt die Ruhe, die Stille, den Frieden. Er könnte stundenlang hierbleiben, hier in dieser Wärme, in dieser Geborgenheit, die dieser Mann, dieser alte, blinde Mann ausstrahlt. Und dann öffnen sich die Lippen des Seilers, und aus seinem Mund kommen Berge und Hügel, Gipfel und Grate, Wälder und Schluchten, Wege und Pfade, und als seine Worte die Kulisse gemalt haben, da und dort noch ein paar rot glühende Sonnenstrahlen wie Farbtupfer auf die Bergspitzen gesetzt, zimmern weitere Buchstaben die kleine Alm, die in einer Senke an einer steilen Bergflanke vor den wütenden Winden des Hochgebirges Schutz sucht und Schutz bietet, seit vielen, vielen Jahren, all den Hirten, die die Sommer hier verbringen, hier, bei den Kühen, die die Hänge und die wenigen Ebenen abweiden, ruhig und bedächtig, denn es ist ein friedliches Leben. Wölfe und Bären sind keine zu fürchten in dieser Gegend, und nur wenn das Wetter verrückt spielt und schwarze Wolken und schweren Sturm über die Grate schiebt, Blitze den Himmel spalten, Sturzbäche aus den Wolken stürzen und Donnerschläge zwischen den aufragenden Felswänden als Echo hin und her geworfen werden, nur dann werden sie unruhig, drängen sich zusammen, brauchen die beruhigenden Worte des Hirten, seine beruhigende Hand, die ihnen den Hals tätschelt. Doch der Hirte spricht diese beruhigenden Worte nicht nur zu seinen Tieren, sondern auch zu sich selbst, denn auch er bekommt Angst, wenn die Mächte des Himmels ihre Feuer zucken lassen, und auch er ist froh, wenn sich der Sturm mäßigt, in einen gleichmäßigen Regen übergeht und er zurückgehen kann, durchnässt, durchfroren, zurück in die kleine Alm, hingeduckt in der Senke, mit dem kleinen Ofen, an dem man sich wärmen kann, wenn man die Handflächen vor die Flammen hält.

Dann ist es Zeit für einen Namen, einen Namen für diesen Hirten, diesen jungen Burschen mit den blonden Haaren. Auf der Alm in den Bergen, bei seinen Tieren reicht es, wenn er einfach der Hirte ist. Der Wind nennt ihn so, die Sonne und der Regen nennen ihn so, aber unten im Tal, unten in seinem Dorf, da haben sie einen Namen für ihn, da heißt er Alois. So rufen ihn seine Eltern, so rufen ihn seine Freunde und so flüstern leise und kichernd die jungen Mädchen, wenn er um die Ecke kommt, der blonde Bursche mit dem verträumten Blick, der so mancher wie ein Versprechen für ein ganzes Leben erscheint.

Und jetzt lässt der Seiler den Sommer schwächer werden, das Licht der Sonne blasser, vieldeutiger, geheimnisvoller, die Abende kürzer, die Wolken schwerer, die Winde, die von den Hängen und Graten ins Tal herunterbrechen, bissiger, kälter, und sie tragen bereits eine Ahnung von dem in sich, der versuchsweise schon da und dort ein paar Gipfel über Nacht weiß bemalt. Und der Hirte, der Alois, der blonde Bursche mit dem verträumten Blick, ist auf dem Weg hinauf, obwohl es schon Abend wird, obwohl die Dunkelheit schon aus den Büschen kriecht, hinter den Felsbrocken hervorkommt, obwohl schon die Sichel des Mondes am dunkelblauen Himmel steht, steigt der Alois hinauf, weg von der schützenden Alm, hinauf zu den Felsen in das steile Gelände, dort, wo ein Tritt ein Tritt sein muss, sicher und fest, ohne Angst vor dem schwindelnden Abgrund. Dort hinauf geht er, denn ihm fehlt eine Kuh. Er hat die Herde zweimal gezählt, dann ein drittes Mal, und es waren nur zweiundsechzig Tiere, und er hat doch dreiundsechzig, die ihm anvertraut sind, anvertraut den ganzen Sommer. Er ist Tier für Tier noch einmal durchgegangen, und ihm ist klar geworden, welche Kuh fehlt. Eine braune, ein braves, gesundes Tier, und seine Augen fangen an, die Hänge oberhalb der Alm abzusuchen, aber das ist schwierig, denn schon wachsen die Schatten, und wenn man lange genug einen Schatten anschaut, hat man den Eindruck, dass er sich bewegt, auch wenn es nur ein Felsblock ist, der einen zum Narren hält. So hat er seinen Stock genommen und ist losgegangen mit schnellem und sicherem Schritt, aber innerlich ein wenig beunruhigt, denn es beginnt dunkel zu werden, und er ist jetzt schon den fünften Sommer auf der Alm und hat noch nie ein Tier verloren. Das ist selten, denn es lauern Abgründe, es drohen Blitzschläge, er aber hat noch immer alle nach Hause gebracht, und wenn er mit den Kühen im Herbst ins Tal zieht, die Tiere geschmückt, er in seiner besten Jacke, frisch rasiert, die Luft erfüllt mit dem Bimmeln der Glocken, dann stehen sie an der Straße unten im Dorf, um ihn zu empfangen, und die Männer klopfen ihm auf die Schulter, nehmen ihn mit ins Gasthaus und sagen ihm, dass er der beste Hirte ist, den sie seit Langem gehabt haben, kein Tier geht verloren, nicht das vorletzte Jahr, nicht das letzte Jahr, nicht dieses Mal, auf ihn sei Verlass, sagen sie, und auf ihn ist Verlass, sagt er sich jetzt, als er mit hastigem Schritt hinaufsteigt, auf mich ist Verlass, sagt er leise zu sich selbst, vielleicht auch irgendwann etwas lauter, wie einen Zauberspruch, um sich Mut zu machen, Mut im steilen Geröll, Mut am steilen Abgrund. Endlich haben seine umherschweifenden Augen die Kuh erspäht, hoffnungslos verstiegen in den Felsen hat sich das Tier, kann nicht mehr vor, nicht mehr zurück, und der Alois geht schneller, aber auch unachtsamer, denn seine Gedanken sind nun bei der Kuh, nicht beim Weg, den man gar nicht mehr als Weg bezeichnen kann, so steil, so abschüssig, und dann wird die Stimme des Seilers leise, bedrohlich, er lässt den Fuß des jungen Hirten abrutschen und mit dem Fuß den ganzen Körper, und als der blonde Bursche mit vor Schreck aufgerissenen Augen in die Tiefe stürzt, hallen seine Schreie als Echo von den Felswänden wider.

In der Stube des Seilers aber ist es still geworden, der alte Mann schweigt. Schreiber hat den Atem angehalten, beobachtet, wie der Seiler aufsteht, zum Herd geht, etwas Holz nachlegt auf die gierig aufflammende Glut, dann kehrt der alte Mann zurück an seinen Tisch, setzt sich auf seinen Stuhl und lässt den Alois zu sich kommen, in einem Zimmer, in dem alles funkelt, und das man vielleicht gar nicht als Zimmer bezeichnen kann, schon gar nicht, wenn man ein einfacher Hirte ist und noch nie in einem Palast aus Eis gewesen ist. Denn dort ist er jetzt, und jetzt sieht er auch die Frau, die neben ihm sitzt und mit ihrer Hand sanft über seine Stirn fährt. Niemand sagt es ihm, aber er weiß es, das kann nur der Eispalast der saligen Frauen sein, von denen man überall in den Bergen erzählt, die Frauen, die in den Höhlen der Gletscher leben und sich nur selten einem Sterblichen zeigen, nur selten einem Menschen Einblick in ihre funkelnden Paläste gewähren und wenn, dann nur unter der Bedingung, nie einem anderen Menschen etwas davon zu erzählen, nie einem anderen Menschen den Weg zu dem Palast zu zeigen.

Die Frau neben ihm ist jung, schön, so schön, wie er noch nie eine Frau gesehen hat. Das Gesicht makellos, die Haut rein, die Augen von einem leuchtenden Blau, wie es der schönste Sommertag dem Himmel nicht überstreifen kann, die Hände sanft und anmutig und ihre Gestalt geschmiegt in ein Tuch, das von einer Geschmeidigkeit ist, wie sie die rauen Hände des Hirten noch nie gespürt haben. Er fragt sie, wer sie sei, und sie antwortet nicht, ihre Lippen formen ein Lächeln, aber es kommen keine Worte, nur Gedanken, und er sieht sich bestätigt, dass es eine Salige ist, sie sagt es ihm auf eine Weise, die er nicht kennt, die Menschen nicht kennen, und sie sagt ihm auch, dass sie ihn gerettet hat nach seinem Sturz und in dem Moment, in dem ihm, dem guten Hirten, der noch jedes Jahr jedes Tier nach Hause gebracht hat, die Kuh einfällt, die Kuh zwischen den Felsen, da sagt sie ihm auch schon ohne Worte auf ihre Art, dass die Kuh in Sicherheit ist, dass alle Tiere bei der Alm sind und auf ihn warten.

Zärtlich legt sie ihre Hand auf seine Schulter, und sein Blick versinkt in ihren blauen Augen wie in zwei Bergseen, die keinen Grund haben, die einfach nur blau sind, blau und unendlich, sanft und behütend, und er weiß, dass es für ihn nie mehr ein anderes Gesicht geben kann, nie mehr ein anderes Paar Augen, in dem er versinken kann, dass von nun an alles an diesem Moment gemessen werden würde, an diesem Augenblick, der eine Ewigkeit dauert und das Herz des Hirten mit Liebe überflutet. Aber dann sind da keine blauen Augen mehr, kein Funkeln um ihn herum, ist da keine Hand mehr auf seiner Schulter, nur ein nachtdunkler Himmel, und schemenhaft sieht er die Kühe um sich stehen, und der Hirte in ihm erwacht und springt auf und zählt und zählt noch einmal und noch einmal, und er kommt immer auf dreiundsechzig Tiere, und er sieht auch die Braune, die er gesucht hat, die zwischen den Felsen gestanden war, und er weiß, dass er auch dieses Jahr wieder mit allen Tieren heimkehren wird, dass sie ihm wieder auf die Schulter klopfen werden, aber er ahnt schon, dass nichts mehr so sein wird wie die Jahre zuvor, dass er das Schulterklopfen gar nicht wahrnehmen wird, weil dort, wo ihre Hand, die Hand der Saligen gelegen ist, dort brennt es noch, dort glüht es noch angenehm warm, und das wird alles in den Schatten stellen, und ihre anerkennenden Blicke, wenn sie am Straßenrand stehen werden, um ihn zu begrüßen, diese anerkennenden Blicke der Männer und Frauen und auch der Mädchen, die kichern und leicht erröten, wenn er vorbeigeht, diese Blicke werden für ihn kaum mehr wahrnehmbar sein, vage, wie durch Nebel, im Vergleich zu dem blauen Leuchten, in das er einen ewigen Augenblick lang eintauchen durfte.

Und genau so kommt es, erzählt der Seiler, erzählt vom Almabtrieb, von den Helfern, die schon am Vorabend aus dem Tal gekommen sind, von den geschmückten Tieren, von den Glocken an ihren Hälsen, von der guten Stimmung, den fröhlichen Rufen derer, die die Tiere ins Tal treiben, allen voran, so wie es Brauch ist, Alois, der Hirte, und der Seiler verschweigt nicht, wie seltsam in sich gekehrt er ist, manchmal fast abwesend, in Gedanken woanders, und wer genau hinsieht, bemerkt, wie oft der

Hirte auf dem Weg ins Tal den Kopf umwendet, zurückschaut. Aber das fällt niemandem auf, denn dieses Zurückschauen ist für die anderen das Zurückschauen des verantwortungsvollen Hirten, der prüft, ob der Zug der Tiere zusammenbleibt, seinem Weg folgt, und keiner der Begleiter ahnt, dass diese Blicke nicht den Tieren gelten, sondern dass sie über die Tiere hinwegschweifen hinauf in die Berge, in die nun stillen, einsamen Berge, ganz hinauf, wo nur mehr Geröll und Gestein ist, dort, wo der große Gletscher seine Zunge in das Hochtal legt, dort, wo er irgendwo sein muss, der Eispalast, dort, wo sie irgendwo sein muss, die Salige, die ihn gerettet hat, die die Kuh gerettet hat und deren blaue Augen ihm immer noch leuchten, deren Hand immer noch auf seiner Schulter brennt, den ganzen langen Weg ins Tal, ins Dorf, durch die Menschenmenge hindurch, die ihn am Straßenrand erwartet, durch das Spalier der Blicke hindurch, durch den Schwall von Komplimenten hindurch, immer leuchtet es blau in seinem Inneren, immer brennt seine Schulter, und immer kehren seine Gedanken zurück, zurück auf den Berg, zurück zum Eis, zurück zu ihr.

Und so geht es dem Hirten all die Tage danach, all die Nächte danach. Im Dorf schütteln sie den Kopf, beginnen sich Sorgen zu machen, fragen sich, was mit dem jungen Burschen passiert ist, mit seinem Lachen, mit seinem munteren Geist, mit all den Worten und Sätzen und Späßen, die er die Jahre zuvor auf den Lippen hatte.

Und dann die Nacht, als er sich vom Lager erhebt, in seine Jacke schlüpft, die warmen Stiefel anzieht und leise in die Dunkelheit hinausgeht. Das Dorf schläft, niemand hört wie er aufbricht, nicht einmal die Hunde, die sonst alles hören, selbst den leisen und vorsichtigen Tritt des Rotwildes, das um diese Jahreszeit auf der Flucht vor der ersten Ahnung des Winters ins Tal drängt, niemand nimmt seinen Aufbruch wahr, und das wird die Menschen in den Tagen und Wochen nach seinem Verschwinden am meisten wundern: dass nicht einmal die Hunde etwas bemerkt haben.

Er aber, er steigt hinauf, den Weg, den er so oft schon gegangen ist, aber nie so spät im Jahr, nie mit dem schon eisigen Wind im Gesicht, der unverkennbar schon der kalte Hauch des Winters ist. Er steigt hinauf, hinauf und hinauf, und er bleibt auch nicht stehen in der kleinen Senke, in die sich die Alm duckt, er geht weiter und weiter, lässt die braunen, abgewetzten Weiden hinter sich und erreicht zusammen mit dem ersten Tageslicht das Reich aus Fels und Gestein, und immer noch verlangsamt er seinen Schritt nicht, folgt nun dem eisigen Gletscherbach, der ihm entgegenstürzt, bis er ganz hinten in dem Hochtal das Reich des Eises erreicht, den Gletscher, der irgendwo in seiner kalten Pracht birgt, was dem Hirten auf der Schulter und im Herzen brennt.

Tagelang streift er umher, verbringt die Nächte kauernd in kleinen Eishöhlen, halb erfroren, halb verhungert, aber er spürt weder das eine noch das andere, er sucht den Gletscher ab, sucht den Eingang in den Eispalast, schreit ihren Namen, den er nicht kennt, in die Spalten hinab, und oben auf den Gipfeln sammelt sich der Winter, drohen jeden Tag mehr die Wolken, fallen die Winde jede Nacht eisiger ins Tal. Dann, in einer dieser Nächte, ist sie plötzlich bei ihm, ihre blauen Augen, ihre Hand auf seiner Schulter und ihre Gedanken, die sich als Worte und Mahnungen in sein Bewusstsein brennen: Du musst umkehren, du musst ins Tal zurück, du musst ins Dorf zurück, du kannst nicht hier leben, meine Welt ist nicht deine Welt. Dann verschwindet sie oder vielleicht auch nur ihr Trugbild, und der Hirte findet seine Stimme wieder, schreit »Nein!«, und »Bleib!«, in die Nacht hinaus, in die einsame und eisige Nacht, und ihre Worte und Mahnungen flüstern und gellen in seinem Kopf den ganzen nächsten Tag, aber seine Füße bewegen sich nicht von der Stelle, sein Herz zeigt ihm keinen Weg ins Tal.

In der nächsten Nacht kommt sie wieder zu ihm. Mit ihren leuchtend blauen Augen und ihrem sanften Gesicht, in das aber jetzt schon Sorgen gezeichnet sind, sitzt sie bei ihm, diesem halb erfrorenen, halb verhungerten Gespenst, und wieder schreibt sie ihre Mahnungen in sein Bewusstsein: Deine Welt ist nicht meine Welt, es gibt keine Welt für uns zwei, es ist immer nur die Grenze von deiner Welt und die Grenze von meiner Welt, an der wir uns kurz treffen können, ahnen können, mehr ist nicht für dich und mich, du musst zurück. Auch dieses Mal verhallen ihre Warnungen ungehört, der Hirte bleibt den ganzen nächsten Tag in seiner Höhle, schon zu schwach, um aufzustehen, und als in der nächsten Nacht die Frau wieder bei ihm ist, sind ihre blauen Augen dunkel vor Trauer, ihr Gesicht verzerrt vor Schmerz, verzerrt von der Anstrengung, den Winter noch zurückzuhalten, und die Worte, die sie ins Bewusstsein des halb toten Burschen schreibt, haben sich geändert, keine Warnungen mehr, keine Mahnungen, sie weiß, dass es nichts mehr nützt, dass er zu schwach ist, den Weg zurück ins Tal zu gehen, und dass auch sie ihn nicht hinunterbringen kann, denn das ist jenseits der Grenzen, die ihr die Natur zugestanden hat. Und so sitzt sie die nächsten Nächte stumm an der Seite des Sterbenden, und ihre Hand, die auf seiner Schulter brennt, gibt irgendwann nicht mehr genügend Wärme, und als sein Herz aufhört zu schlagen, bricht endlich der Winter von den Höhen, lässt seine lange zurückgehaltenen Stürme los, jagt seine Lawinen in die Tiefe, und mit schmerzverzerrtem Gesicht und zu blauen Perlen gefrorenen Tränen verschwindet die Salige, verschwindet von dem steif gefrorenen Körper des jungen Hirten, den sie nie wird vergessen können, so, wie er nie ihre blauen Augen vergessen konnte.

Der Seiler verstummt. Schreiber erinnert sich daran, wo er ist, im Haus des alten Mannes, in seiner Küche, nicht oben in den Höhen, nicht zwischen Geröll und Gestein, nicht in der kleinen Eishöhle des Gletschers, in der der Hirte für alle Zeit begraben liegt, denn man hat ihn nie gefunden, erzählt nun der Seiler. Aber Hirten, die in den Jahren und Jahrzehnten danach das Vieh auf der Alm gehütet haben, haben manchmal in der Nacht ein seltsames Seufzen gehört, manchmal auch zwei Gestalten gesehen, einen Mann und eine Frau, immer nur kurz, immer nur schemenhaft, aber genug, um der Fantasie Nahrung zu geben, genug, um eine Geschichte zu erschaffen, eine Sage, die man auch heute noch erzählt, und gerne jemandem erzählt, der sich bis über beide Ohren verliebt hat und keine Warnungen mehr hören und die Grenzen der eigenen Welt nicht mehr sehen kann, nicht sehen will. Bei diesen Worten wendet der Seiler sein Gesicht Schreiber zu, und obwohl seine weißen Augen nichts sehen können, hat Schreiber das Gefühl, dass sie ihm direkt in seine Augen schauen, als wollten sie ihn warnen.

»Es ist spät«, flüstert der alte Mann, und dann sind da noch die Worte »für dich und für mich«. Schreiber weiß nicht, ob der alte Mann sie gesagt oder nur gedacht hat, sie sind einfach da, für dich und für mich, und er steht auf, unsäglich verwirrt, geht zur Tür, die sich bereitwillig öffnen lässt und ihm den Weg freigibt in die Nacht, die über das Dorf hereingebrochen ist.

Diese Nacht ist noch jung, bissig fährt ihm ein eisiger Wind ins Gesicht, aber Schreiber nimmt ihn nicht wahr. Zwar steckt er seine Hände in die Manteltaschen, zwar zieht er seine Schultern hoch, zwar senkt er den Kopf, aber das sind alles Reflexe, seine Gedanken sind woanders, sind in den steilen Höhen, bei den Eisflächen der Gletscher, bei jungen Hirten und saligen Frauen, bei Händen, die sich sanft auf Schultern legen, auf Feldwegen oder in Eishöhlen, und seine Gedanken sind bei der Frau im Eispalast, sind bei der Frau im Lanerhof, und seine Gedanken sind bei den Warnungen, du kannst nicht hier leben, meine Welt ist nicht deine Welt, und es ist immer nur die Grenze von deiner Welt und die Grenze von meiner Welt, an der wir uns kurz treffen können, ahnen können, mehr ist nicht für dich und für mich, du musst zurück.

Schreiber beschleunigt den Schritt, so als wolle er vor diesen Gedanken davonrennen, aber da kommen schon die nächsten, es ist spät, hat der alte Mann gesagt, und von irgendwoher kamen auch die Worte, für dich und für mich. Schreiber hat den Verdacht, dass der Seiler diese Geschichte bewusst für ihn ausgesucht hat, denn hat er nicht gesagt, dass man diese Sage gerne Verliebten erzählt, solche, die ihre eigenen Grenzen nicht mehr erkennen? All das steigert Schreibers Unruhe, vielleicht weiß der alte Mann Bescheid, Bescheid über sein Dasein als Schatten in der Nacht. Vielleicht sehen seine erloschenen Augen in der Dunkelheit viel mehr, als alle anderen denken, vielleicht weiß er aber auch nur, was alle anderen schon längst wissen. In einem so kleinen Dorf haben Gerüchte keinen weiten Weg.

Plötzlich bleibt er stehen, er blickt verwundert auf und sieht, dass er am oberen Ende des Dorfes steht, genau dort, wo die Nebengasse, in der der Seiler wohnt, auf die Hauptstraße trifft, dort, wo er sich entscheiden muss, wohin er gehen will, wohin er gehen soll: nach rechts in das Dorf hinein zum Gasthaus, nach links auf den Feldweg hinaus, nach rechts in das Reich der Menschen, nach links in das Reich der Schatten. Und während er noch denkt und während seine Beine noch auf einen Befehl warten, hört er plötzlich etwas vom Dorf her, eine Männerstimme, leise und eindringlich, und er springt zurück, in den Schatten des alten Bauernhauses, das seine Vorderseite hier bis an die Hauptstraße heranschiebt. Er geht gebückt ein paar Schritte zurück, denn vorne fällt Licht aus den Fenstern des Hauses, und Licht ist nicht das, was ein Schatten in der Nacht brauchen kann, und so duckt er sich atemlos und mit rasendem Herzen hinter einen Schneehaufen, den tagsüber fleißige Hände hier angehäuft haben. Und jetzt, im Schutz des mannshohen Schneehaufens, wird dem Schatten klar, dass es die Stimme vom Kühbauer ist, vom Georg Kühbauer, und dass er nicht alleine ist.

Der Schrecken greift wie eine eisige Hand nach seinem Herzen, denn er weiß, wer bei ihm ist. Es kann nur sie sein, es kann nur Maria sein, die Stumme, für die der junge Kühbauer seine leise und eindringliche Stimme bereithält, und dann tauchen sie auf, kommen in sein Blickfeld, und auch wenn es nur Silhouetten sind, zwei Silhouetten, erkennt er sie beide sofort, da hätte nicht einmal das rote Tuch im Licht der Fenster kurz einen Anschein von Farbe in die Nacht abgeben müssen. Er hätte sie auch so erkannt, den Rucksack, er ahnt es mehr, als er es sehen kann, mit beiden Trägern über die Schulter gehängt, einen Korb in der Hand, und so steht Schreiber hinter dem Schneehaufen und schaut den beiden Silhouetten nach, die sich in der Dunkelheit langsam auflösen, genauso wie die leise Stimme verweht und nicht mehr zu hören ist, genauso wie auch der Klang ihrer Schritte ihn nicht mehr erreichen kann. Er ist starr, steht da, immer noch hinter den Schneehaufen gebückt, obwohl das schon längst nicht mehr notwendig wäre, und in seinen Gedanken wälzt er die Möglichkeiten, die er jetzt hat, zurück ins Gasthaus, hierbleiben und warten und aus der Zeitspanne, die es dauert, bis Kühbauer wieder zurück ist, all das abschätzen, was passiert ist. Aber so weit kommt er nicht.

»Was Interessantes zu sehen?« Die Stimme ist in seinem Rücken, und man hört in ihr nicht nur Verwunderung, sondern auch Zorn. Nicht aber Schreiber, der hört nur eine Stimme, braucht lange, unendlich lange, bis er reagieren kann, sich aufrichtet, umdreht und hinter sich einen Mann entdeckt, einen Mann mit einem Korb voller Holzscheite in der Hand, der, wer weiß wie lange schon hinter ihm gestanden ist. Schreiber zuckt hilflos mit den Achseln, seine Zunge wartet auf das richtige, erlösende Wort, das alles erklären kann.

»Ein Tier«, stottert er schließlich.

»Ein Tier?«, fragt der Bauer verächtlich, »oder vielleicht doch zwei Tiere?«

Dann spuckt er aus, der Bauer, genau vor Schreibers Füße,

und geht an diesem vorbei zur Vorderseite des Hauses, wo die Tür aufgeht, wo Stiefel abgeklopft werden und die Haustür wieder geschlossen wird. Jetzt steigt sie auf in seinem Inneren, die Scham, wieder ist er erwischt worden, der Schatten Schreiber, der sich jetzt umdreht und immer schneller in das Dorf hineingeht. Vorbei am Hof der Kühbauers führen ihn seine Schritte zum Gasthaus, durch die Gaststube, über die schmale Stiege hinauf in sein Zimmer, und als er die Tür hinter sich schließt, wird ihm bewusst, dass er nicht einmal wahrgenommen hat, ob jemand in der Gaststube ist. Vielleicht haben sie ihn begrüßt, vielleicht hämisch gelacht, vielleicht mit dem Finger auf ihn gezeigt, auf ihn, den Schatten. All das weiß er nicht, er spürt nur sein Herz schlagen bis zum Hals, und er rettet sich an den Schreibtisch, schlägt das Manuskript auf und flüchtet in langen Sätzen zum Anfang des Tages.

Keinen Schlaf bietet ihm diese Nacht, zu aufdringlich ist der Schatten Schreiber, der den Schriftsteller Schreiber in seine Gedanken verfolgt. Immer wieder sieht er die beiden, sieht er Maria und Georg nebeneinandergehen, immer wieder hört er sein Flüstern, und dann fällt ihm ein Detail ein: Sie hat ihren Rucksack selbst getragen! Er hat sicher versucht, ihn ihr abzunehmen, aber sie hat es nicht zugelassen, sie trägt ihren Rucksack selbst! Wenn man kein Vertrauen zu jemandem hat, dann trägt man seinen Rucksack selbst! Das ist so in den Bergen, das muss so sein. Dieser Gedanke lässt ihn aufspringen von seinem Bett, er geht zum Schreibtisch, hastig, schlägt das in Leder gebundene Buch auf und schreibt diesen Satz nieder: Wenn man kein Vertrauen zu jemanden hat, dann trägt man seinen Rucksack selbst!

Dunkel ragt der Kirchturm in den dunkelgrauen Himmel. Dunkel und drohend wie der Zeigefinger Gottes, denkt Schreiber, und es ist ein Gedanke, der ihn zugleich belustigt und beunruhigt. Er steht in dem eiskalten Wind, der seit Stunden von Norden her das Dorf attackiert, den Kragen hochgezogen, die Hände in den Manteltaschen, seine Blicke schweifen unruhig über den menschenleeren Friedhof. Alles an ihm ist Unruhe, Unruhe und Scham. Seit ihn der Bauer hinter dem Schneehaufen erwischt hat, ihn, den Schatten, der Maria und Georg mit gierigen Blicken verfolgte, seit diesem peinlichen Moment hat er sein Zimmer kaum mehr verlassen. Ein kurzes Frühstück, das Mittagessen, die schweigsame Wirtin, die Marmelade kein Thema mehr. Der eine oder andere einsame Spaziergang, meist nach Einbruch der Dämmerung, immer unruhig, immer getrieben, immer aufgewühlt. Meist geht er in seinem Zimmer auf und ab, denkt daran, das Dorf zu verlassen, verwirft den Gedanken, denkt trotzig daran, zu Maria zu gehen, aufrecht, am helllichten Tag, mit Blumen in der Hand, auf der Straße vorbei am Kühbauer-Hof, verwirft den Gedanken. Wo soll er auch Blumen herbekommen, hier in diesem Dorf, hier in diesen Bergen, hier in diesem Winter?

So bleibt ihm sein Zimmer, sein Auf und Ab, seine Zettel, auf die er einzelne Gedanken kritzelt, nichts von Belang, nichts von Bedeutung. Immer wieder versucht er das Gesicht des Bauern zu rekonstruieren, der ihn erwischt hat, denn er will wissen, wer das gewesen ist, aber in seiner Erinnerung sind nur zwei stechende Augen und eine höhnische, harte Stimme. So hat er bei jedem, den er auf seinen seltenen Spaziergängen trifft, Angst, es könnte genau dieser Mann sein, und jede Begegnung löst ein quälendes Gefühl in ihm aus. Und wahrscheinlich ist es egal, wem er begegnet, weil es dieser Mann längst herumerzählt hat, weil längst alle Bescheid wissen, über diese lächerliche Figur, die der Fremde aus Wien abgibt, wenn die Nacht über das Dorf hereinbricht.

Und so ist jeder Blick, dem er begegnet, jedes Wort, das er wechselt, jeder Händedruck, der ihm angeboten wird, nur etwas, was daraufhin überprüft wird. Lag in diesem Blick Verachtung? Wie ist wohl jenes Wort gemeint gewesen? Warum war dieser Händedruck so fest, eine Drohung? All das ist nicht besser geworden, im Gegenteil, seit die Wirtin ihm gestern Mittag den Teller mit dem Essen hinstellte, ohne ihn anzuschauen, so wie immer in letzter Zeit, aber dafür einen Satz sagte, der ihn die nächsten Stunden beschäftigte.

»Sollst dich beim Pfarrer melden!«

Genau so hat sie es gesagt. Als Befehl. Mit dem Wort »melden« am Schluss. Schreiber fühlt sich an Schulzeiten erinnert, wenn ihm mitgeteilt wurde, dass er sich beim Direktor zum Rapport einfinden sollte. Morgen Abend, hat sie noch hinzugefügt, dann hat sie ihn allein gelassen, allein mit seinem Mittagessen, das er kaum mehr hinunterbrachte. Die nächsten Stunden und die ganze Nacht blieb Schreiber auf seinem Zimmer, eingeschlossen mit diesem Satz, eingeschlossen mit seinen Gefühlen und Gedanken. Natürlich waren da auch Zorn und Wut, natürlich auch Auflehnung, natürlich auch die geballte Faust und der halblaut ausgerufene Satz: »So kann man mit mir nicht umgehen, mit mir nicht.« Aber da waren auch Angst und Scham. Wusste der Pfarrer von seinen Aktivitäten? Hatte ihm der Georg erzählt, dass er ihn auf dem Weg gefunden hatte, hatte ihm der Bauer erzählt, dass er sich hinter dem Schneehaufen versteckt hatte? Die Scham wird bei diesen Gedanken zum alles beherrschenden Gefühl, und Schreiber kann gar nicht glauben, dass es hier um ihn geht, dass er in diesen wenigen Wochen in diese Situation geraten ist, in diese so lächerliche Situation, zum Gespött eines ganzen Dorfes geworden ist, das ihn, den Fremden am liebsten loswerden würde, ausspucken, abstoßen.

Und darum steht er jetzt, am fünften Jänner 1951, fröstelnd im eisigen Wind vor der Kirche, unter dem schon dunkelnden Himmel, immer noch unschlüssig, was er tun soll. Noch hat ihn der Pfarrer nicht gesehen, noch kann er umdrehen und dem Pfarrer und dem ganzen Dorf zeigen, dass man so mit ihm nicht umgehen kann. Aber das sind die Gedanken eines trotzigen Jungen, der vor dem Zimmer des Direktors steht, die Hand schon ausgestreckt nach der Türklinke, sich aber einbildet, dass er noch immer entkommen könnte. Doch Schreiber ahnt, dass er das nicht mehr kann, genauso wenig, wie er es geschafft hat und wahrscheinlich auch nicht schaffen wird, das Dorf zu verlassen, Maria zurückzulassen. Er fühlt sich auf erschreckende Weise gefangen in etwas, was er kaum erklären kann. Er weiß, dass er Maria wiedersehen will, und er weiß, dass er zum Pfarrer gehen wird, weil er wissen will, um was es geht. Vielleicht wird ihn der alte Mann nicht anklagen, vielleicht will er nur mit ihm reden, vielleicht, vielleicht. Schreiber steht unschlüssig da bis der Abend zur Nacht geworden ist, das Dorf im Dunkeln liegt, ein Dunkel, das nur durch das wenige Licht, das da und dort durch die kleinen Fenster fällt, unterbrochen wird. Auch im Pfarrhaus brennt Licht, in dem Raum, in dem Schreiber schon einmal einen Abend verbracht hat. Einen angenehmen Abend, damals, als er noch ein Historiker war, ein Fremder zwar, aber kein Gespött, kein Gespenst, kein Schatten. Endlich gibt er sich einen Ruck, geht auf das Pfarrhaus zu und die paar Stufen hinauf zur Tür. Als er die Hand hebt, um anzuklopfen, überrascht ihn eine Stimme in seinem Rücken.

»Ah, der Historiker!«

Schreiber merkt sofort, dass der Ton dieser Begrüßung anders ist, als bei der letzten Begegnung der beiden, nicht mehr offen, nicht mehr freundlich, in der Stimme liegt etwas Befremdliches, etwas Distanziertes, Feindseliges. Aber Schreiber kann nicht länger darüber nachdenken, der Pfarrer kommt die Stufen herauf zu ihm, und in der Hand hält er etwas, das wie eine Pfanne aussieht, in der etwas glüht. Als er schließlich vor Schreiber steht, ohne ein weiteres Wort die Haustür öffnet, strömt Licht aus dem Gang ins Freie, und Schreiber erkennt, dass aus der Pfanne Rauch aufsteigt.

»Eine Raunacht«, sagt der Pfarrer, »da wird geräuchert.«

Schreiber versteht nichts, folgt aber dem alten Mann in den Hausgang und schließt hinter sich die Tür. Der Pfarrer geht mit der Pfanne voran, schwenkt sie hin und her. Schreiber riecht etwas, das aus der Pfanne aufsteigt, ein herrlicher Geruch, ein Geruch, den er nicht beschreiben kann. Der Pfarrer scheint seine Gedanken zu erraten.

»Eine spezielle Kräutermischung, hat die Gertraudi gemacht. Macht sie jedes Jahr für das ganze Dorf, kein Mensch weiß, was drinnen ist.«

Er öffnet eine Tür, betritt seine Bibliothek. Während er die Pfanne hin- und herschwingt, bewegen sich seine Lippen, und Schreiber hört, dass der Pfarrer leise einen Rosenkranz betet.

»Die Kräuter werden auf die Glut gelegt«, unterbricht der Pfarrer sein leises Gemurmel und geht, immer die Pfanne schwenkend, von Raum zu Raum. Schließlich betreten sie das Zimmer, das Schreiber schon kennt. Auf einen Wink hin setzt er sich auf die Bank, den Rücken wieder an den Ofen gelegt, an den angenehm warmen Ofen, und er beobachtet den Pfarrer, der die dampfende Pfanne auf ein Holzbrettchen stellt, sich umdreht und aus der Kommode hinter sich eine Flasche Rotwein und zwei Gläser holt. Alles fast so wie damals, aber eben nur fast, denn er wurde ja nicht eingeladen, er sollte sich melden, und jetzt sitzt er da, er, Schreiber, der Fremdling, der sich zum Gespött gemacht hat, und wartet darauf, was ihm ein alter Pfarrer zu sagen hat.

»Ja ja, das Räuchern«, beginnt der Pfarrer, bemüht, dem Gespräch so etwas wie Normalität zu geben.

»Es wird in den Tagen und Nächten von Weihnachten bis zu Heilig-Drei-König gemacht, heute ist der letzte Tag. Soll Unglück abwehren.« Der Pfarrer verstummt nachdenklich, richtet die beiden Gläser und schenkt Wein ein. Dann hebt er sein Glas an das Licht, ein Ritual, das Schreiber schon kennt, alles fast wie damals, aber eben nur fast.

»In diesen Nächten treibt die Wilde Jagd ihr Unwesen, und der Percht schleicht durch das Dorf. Schon davon gehört?«

»Nein«, sagt Schreiber mit brüchiger Stimme, und er räuspert sich, und es wird ihm bewusst, dass es das erste Wort gewesen ist, das er an diesem Abend gesagt hat.

»Manche stellen dem Percht Milch und Brot vor die Tür. Vor fünfzig Jahren, als ich hier angefangen habe, war das normal. Milch und Brot vor jeder Tür, die Katzen hat's gefreut. Jetzt machen's nur noch wenige und meistens nicht mehr vor der Haustür, meistens etwas versteckt. Ändert sich alles, auch in den Bergen, auch da.«

Stille breitet sich aus. Mit dem warmen Ofen im Rücken stellt sich bei Schreiber fast schon die Hoffnung ein, es könnte ein ganz normaler, angenehmer Abend werden. Aber tief in seinem Inneren weiß er, dass es nicht so ist, und er spürt es auch an jedem Wort und jeder Bewegung seines Gegenübers. Da fehlt die Leichtigkeit, die Lockerheit, da sucht jemand nach dem richtigen Moment, nach dem richtigen Wort, um zu sagen, was zu sagen ist. Und da ist er, dieser erste Satz, und Schreiber verspürt fast Erleichterung, er hat angefangen, endlich, es geht los.

»Wir müssen etwas besprechen, wir beide«, sagt der Pfarrer, und seine Stimme ist leise und klingt müde.

Schreiber nickt.

»Ich dachte, wir hätten eine Abmachung?« Mit diesen Worten blickt der Pfarrer auf und schaut Schreiber ins Gesicht. Der ist überrascht. In seinem Kopf geht es rund, er zuckt mit den Schultern.

»Eine Abmachung?«

»Eine Abmachung!«, wiederholt der Pfarrer eindringlich und verstummt, als ob er Schreiber Zeit geben wolle, selbst die Antwort zu finden. Schreiber aber ist verwirrt. Verwirrt und gleichzeitig fast euphorisch. Eine Abmachung? Dann geht es nicht um die Stumme, um Maria und Georg und um den fremden Schatten, der sie verfolgt und belauert? Diese Gedanken rasen durch seinen Kopf, aber seine Lippen sind aufeinandergepresst, er sagt nichts.

Der Pfarrer seufzt, als er bemerkt, dass von Schreiber nichts kommt, dass er die Worte selbst finden muss.

»Wir haben abgemacht, dass ich Ihnen alles erzähle, was ich über Katharina Schwarzmann weiß. Im Gegenzug würden Sie keine Recherchen mehr anstellen.«

Schreiber nickt, versteht nicht, auf was der Pfarrer hinauswill, aber in seinem Inneren breitet sich die Hoffnung aus, dass es um etwas anderes geht als das, was er befürchtet hat. Nur ein Missverständnis vielleicht, und dann könnte man wirklich die Wärme im Rücken genießen und den Rotwein und die Geschichten über die Wilde Jagd und den Percht.

»Ein Missverständnis, offenbar«, sagt er. Der Pfarrer runzelt die Stirn.

»Ein Missverständnis?«

»Ja«, beeilt sich Schreiber zu sagen, »ich recherchiere nicht mehr in dieser Sache.«

Schreiber verstummt und beobachtet den alten Mann, der den Kopf gesenkt und den Blick auf sein Weinglas gerichtet hat.

»Warum versuchen Sie dann, Maria nahezukommen?«

Da ist das Wort, da ist der Name, fünf Buchstaben wie Sprengstoff.

»Maria«, stottert Schreiber und merkt, wie der sichere Boden, auf dem er sich schon wähnte, mit einem Schlag ins Wanken gerät.

»Ja, Maria«, wiederholt der Pfarrer. »Glauben Sie wirklich, dass irgendetwas in diesem Dorf unbemerkt bleibt? Hinter jedem Fenster sind Augen, Schreiber, und wo ein Auge ist, da ist ein Mund, und wo ein Mund ist, da sind Ohren. So ist's eben.« Er macht eine kurze Pause.

»Die Menschen wollen, dass Sie die Vergangenheit ruhen lassen, ich dachte, das hätte ich Ihnen letztes Mal erklärt.«

Schreiber ist verwirrt. Er zuckt mit den Schultern.

»Ich kümmere mich nicht mehr um diese Geschichte mit Katharina Schwarzmann, das ist alles ein Missverständnis, Maria ...« Der Name Maria lässt ihm alle Worte versiegen, er rudert zurück.

»Es ist, wie ich schon sagte, also, diese Sache mit der Schwarzmann, das interessiert mich nicht mehr.«

Jetzt ist der Pfarrer verwirrt, sein Blick verweilt sekundenlang auf Schreiber, dann schüttelt er den Kopf.

»So ist das also«, sagt er leise. »Sie kennen die Verbindung nicht.«

»Welche Verbindung?«, fragt Schreiber.

Der Pfarrer holt tief Luft, nimmt die Weinflasche und schenkt Schreiber das Glas voll, obwohl der erst einen kleinen Schluck genommen hat. Schreiber ist klar, dass der Pfarrer Zeit gewinnen will, dass er die richtigen Worte sucht, Worte für etwas, was Schreiber nicht versteht.

»Sie kennen also die Verbindung nicht«, beginnt der alte Mann, »die Verbindung zwischen Maria und ... Erinnern Sie sich an den Anfang der Geschichte von Katharina Schwarzmann? Wann sie geboren wurde und vor allem wo?«

Schreiber kramt in seinen Erinnerungen, hastig, fühlt sich wie in einer Prüfung.

»1798?«

»1798«, bestätigt der Pfarrer leise und gedehnt, »und zwar auf dem Lanerhof. Erst als ihre Eltern von der Lawine verschüttet worden sind, ist das kleine Mädchen weg von dem Hof zu den Leuten gezogen, bei denen sie aufgewachsen ist, dort, wo sie auch, nachdem ihr die Stiefeltern durch Blitzschlag gestorben sind, mit ihrem Mann Jockel gelebt hat. Sie erinnern sich?«

Schreiber nickt.

»Dieser Hof ist abgebrannt in jener Nacht und mit ihm die Katharina Schwarzmann. Sie erinnern sich auch an ihre Tochter Marianne?«

Schreiber nickt eifrig.

»Ja ja, sie hatte dieses Muttermal, das gleiche Muttermal wie der verstorbene Mann der Schwarzmann, obwohl sie erst Jahre nach seinem Tod ...«

»Ja«, unterbricht ihn der Pfarrer, »aber das ist nicht das Wesentliche. Was war nach dem Brand?«

»Marianne ist aus dem Tal zurückgekommen am nächsten Tag, von ihrem Freund«, erzählt Schreiber und erinnert sich immer deutlicher an die Geschichte. »Sie hat die Polizei und Journalisten ...«

Wieder winkt der Pfarrer ab.

»Alles richtig, alles richtig, aber das Wichtige ... Habe ich Ihnen das nicht erzählt? Ein Jahr später, also ein Jahr nach dem Brand, ist Marianne zurück ins Dorf gekommen, zusammen mit ihrem Mann, und sie sind in den verwaisten Lanerhof eingezogen, der ja ihrer Mutter, Katharina Schwarzmann, gehört hat. Und den Lanerhof, den kennen S' mittlerweile.«

»Ja, schon, aber ich verstehe nicht?«

Der Pfarrer seufzt auf.

»Marianne und ihr Mann, ein gewisser Jodok Grubinger, bekamen 1860 einen Sohn, Johann, und das war der Großvater von Maria.«

Der Pfarrer blickt gespannt auf Schreiber, aber der reagiert nicht.

»Der Großvater von Maria, der Stummen, verstehen S' nicht? Maria ist eine direkte Nachfahrin von Katharina Schwarzmann, die war ihre Ururoma.«

Wieder die gespannten Blicke des Pfarrers, aber er sieht, dass Schreiber immer noch nicht dort ist, wo er ihn haben will.

»Sie kennen wahrscheinlich auch die Geschichte von Maria nicht?«

Schreiber schweigt.

»Maria ist«, erzählt der Pfarrer, »das einzige Kind ihrer Eltern, Gertraud Grubinger und Peter Hartinger. Sie war ein schüchternes Mädchen, aber ein ganz normales Mädchen, glauben Sie mir, ich kenne sie, seit sie auf der Welt ist. Vor vier Jahren, 1947, Maria ist siebzehn Jahre alt …« Der Pfarrer verstummt, er scheint mühsam nach Worten zu suchen.

»… also da sind ihre Eltern in der Lantobel-Lawine ums Leben gekommen. Seitdem lebt Maria allein auf dem Hof, und seitdem spricht sie nicht mehr.«

Es ist still geworden in dem Zimmer. Schreiber denkt an Maria, die stumme Maria, der das Schicksal die Worte genommen hat, nicht aber die Blicke, nicht die Hände, nicht die Wärme.

»Erinnert Sie das nicht an etwas?« Die Stimme des Pfarrers holt Schreiber zurück aus seinen Gedanken. »Katharina Schwarzmann lebte auf dem Lanerhof, ihre beiden Eltern wurden von der Lawine verschüttet. Ihre Nachfahrin Maria Hartinger lebt auf dem Lanerhof und auch ihre Eltern werden von der Lawine verschüttet, von der gleichen Lawine, vom Lantobel, auch auf dem Weg in die Kirche. Was glauben Sie, was da los war?«

Schreiber sagt nichts, sitzt einfach nur stumm da. Stumm vor der Gewalt der Bilder, die auf ihn einstürmen. Die Stimme des Pfarrers holt ihn wieder zurück.

»Vor allem die Gertraudi, vor allem sie ist es, die Stimmung macht. Die den Leuten erklärt, dass alles wieder von vorn beginnt, dass sich mit dieser Lawine die Geschichte wiederholen wird. Dass die Maria Unglück über das Dorf bringt, weil ihre Familie ständig Unglück habe, und so weiter und so weiter. Verstehen Sie jetzt, was unter den Dorfbewohnern los ist, wenn plötzlich jemand aus Wien kommt, der sich für diese Geschichte interessiert und dann auch noch für die Frau, mit der sich offenbar das Schicksal wiederholt?«

Schreiber sitzt da wie betäubt. Dann schüttelt er den Kopf, zuerst langsam, dann energisch.

»Das ist alles ein Irrtum! Ich interessiere mich nicht mehr für die Geschichte von Katharina Schwarzmann, das ist die Wahrheit! Ich interessiere mich für ...« Schreiber bricht ab, unfähig weiterzureden, unfähig ihren Namen zu sagen, ihren Namen, den jetzt der Pfarrer ausspricht.

» ... Maria? Sie interessieren sich für Maria?«

Schreiber fühlt sich ertappt, ein hilfloses Zucken mit den Schultern, die Zähne graben sich in die Unterlippe.

»Wissen Sie, es könnte einem alten Herrn wie mir egal sein, wenn zwei junge Menschen sich gerne sehen, aber ich habe Verantwortung für dieses Dorf. Und da gibt's natürlich den Georg. Bis vor Kurzem hat sich das ganze Dorf das Maul zerrissen, weil er so vernarrt ist in die Maria, aber seitdem die Leute mitbekommen haben, dass Sie auch ... Also, da ist die Stimmung gekippt. Immerhin ist der Georg einer von uns und die Maria auch, und dann kommen Sie und graben in der Vergangenheit und drängen sich auch noch zwischen die beiden. Es gibt welche im Dorf, die machen Sie dafür verantwortlich, dass die Scheune bei den Kühbauers abgebrannt ist.«

Der Pfarrer blickt ins Weinglas, so sieht er nicht, wie Schreiber nickt. Was der Pfarrer angesprochen hat, hat er sich auch schon gedacht.

»Die Lawine vor gut drei Jahren, jetzt das Feuer und alles in Zusammenhang mit der alten Geschichte über die Schwarzmann und mit der Maria, das ist eine schlimme Mischung, glauben Sie mir. Und dann dieser Winter, ich kann mich nicht erinnern, dass jemals so viel Schnee gelegen ist, und die Gertraudi sagt, dass noch mehr kommen wird, viel mehr, und dann sind wir im ganzen Dorf nicht mehr sicher vor den Lawinen. Und wenn noch was passiert, die Leute sind imstande, zumindest einige von ihnen, und sie machen Maria dafür verantwortlich. Ich weiß, das ist kaum zu verstehen, aber ich weiß, wovon ich rede. Und Sie tun Maria nichts Gutes, wenn Sie sich jetzt um sie bemühen. Lassen Sie ein paar Wochen vergehen. Wenn der Frühling kommt und das Licht heller wird, dann haben's die Geschichten der Gertraudi und der anderen schwerer, viel schwerer. Lassen Sie sich Zeit, ich bitte Sie!«

Der Pfarrer legt seine Hand auf die Hand von Schreiber und schaut ihm ins Gesicht. Schreiber nickt, die Hand des alten Mannes verstört ihn.

»Und Sie tun sich selber nichts Gutes, wenn Sie in der Nacht durch das Dorf schleichen. Sie verspielen viel von der Wertschätzung, die Sie sich in den ersten Wochen bei den Dorfbewohnern erarbeitet haben.«

Schreiber steht auf. Scham steigt in ihm hoch. Er nickt und er weiß nicht, ob der alte Mann sein Nicken wahrgenommen hat oder nicht, er weiß nur, dass er schon die Türklinke in der Hand hat, auf den Gang hinausgeht, hinaus in die Nacht, auf den dunklen Friedhof, in die Arme des eisigen Windes, der ihm die Tränen von den Wangen reißt.

Und oben in den Bergen, auf den leeren Almen, auf den Gletschern, auf dem Geröll und Gestein, auf den Hängen und auf den Wäldern sammelt sich der Schnee. Leise, aber unaufhaltsam baut der Winter an seiner Vorherrschaft, Zentimeter für Zentimeter, Meter für Meter, das Dorf und das Tal im Blick.

Gut eine Woche später bricht der Winter mit voller Wucht über das Dorf herein. Über die Gipfel und Grate treibt er die Wolken, dickbauchig, grau, voll beladen mit Schnee, über die Felsen und Hänge jagt er die Böen ins Tal. Schnee fällt auf das Dorf, fällt in ungeheuren Mengen auf die Häuser und die Ställe, auf die Straßen, auf die Menschen, die verbissen die weiße Last zur Seite räumen.

Schreiber empfindet die Naturgewalt als Befreiung. Er hat die letzte Woche in seinem Zimmer verbracht, so gut wie jede Begegnung mit anderen Menschen vermieden, sogar seine Sachen gepackt, fix und fertig, seine offenen Rechnungen bei der Wirtin bezahlt, jederzeit bereit aufzubrechen, ins Tal zu gehen. Er hat aber dankbar Fieber und Grippe hingenommen, die ihn ins Bett zwangen und ihm diese Entscheidung für einige Tage abnahmen, aber auch die, ob er einen Spaziergang machen sollte oder nicht. Umso mehr Zeit blieb für seine Träume, Tagträume von Maria, die er mit sich über blühende Wiesen gehen sah, die Hände ineinander verflochten, die Blicke ineinandergetaucht, die Lippen aufeinandergelegt.

Manchmal riss er sich selbst aus diesen romantischen Träumereien und versuchte, praktisch zu denken. Maria Hartinger und Max Schreiber. In seiner Wohnung in Wien, beim Frühstück, bei einem Glas Wein, in ein Buch vertieft oder am offenen Fenster, wenn Regenschauer durch die Gassen jagen. Oder Maria

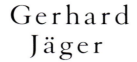

Gerhard
Jäger

DER SCHNEE, DAS FEUER, DIE SCHULD UND DER TOD

Roman

Blessing

Bitte
ausreichend
frankieren
oder per Fax an
089/4136-3302

Karl Blessing Verlag
Frau Margarete Ammer
Neumarkter Straße 28

D-81673 München

Ihre Rückmeldung darf für Werbezwecke verwendet werden.

Bitte schreiben Sie uns Ihre Meinung zu „Der Schnee, das Feuer, die Schuld und der Tod" von Gerhard Jäger mit dieser Karte oder an meinemeinung@blessing-verlag.de oder auf www.blessing-verlag.de/jaeger.

Die ersten 50 Einsendungen erhalten ein Buch aus unserem aktuellen Verlagsprogramm. Einsendeschluss: 17. Juni 2016.

Vergeben Sie zusätzlich Sterne, einfach ankreuzen: ☆ ☆ ☆ ☆ ☆

Hartinger und Max Schreiber auf dem Lanerhof: Maria, die die Wäsche in einem Zuber wäscht, auswringt und sie an einer Leine aufhängt, Maria, die ein Feuer im Ofen macht, Maria, die am Holzherd steht, Maria, Maria. In diesen Momenten, in denen er sich dazu zwingt, klar zu denken, um diese beiden Menschen, Maria Hartinger und Max Schreiber in eine Schablone zu bringen, diesen beiden ein gemeinsames Leben überzustülpen, merkt er, wie schwierig das ist. Es ist einfach, sich in der Vorstellung von unendlichen Blicken, gemeinsamem Lachen und zärtlichen Händen zu verlieren, aber sobald er versucht, Maria nach Wien oder Max auf den Lanerhof zu bannen, entgleitet ihm jede Vorstellung. Er stellt sich vor, wie Maria durch die Straßen von Wien geht, vielleicht sogar mit ihrem roten Tuch auf dem Kopf, doch er scheitert. Er versucht, sie sich vorzustellen in einem Geschäft, Obst einkaufen, etwas Käse, Milch, Eier, Fleisch, vielleicht sogar mit ihrem Korb, doch er scheitert. Maria auf einer Feier mit seinen Freunden und Bekannten, er scheitert.

Dasselbe passiert ihm, wenn er sich den Historiker Max Schreiber auf dem Lanerhof vorstellt: Max Schreiber ein Feuer anzünden, Max Schreiber Holz hacken, Max Schreiber auf dem Dach gebrochene Ziegel reparieren. Was auch immer er versucht, sich vorzustellen, er scheitert. In diesen Momenten, unsagbar traurigen Momenten, fällt ihm der alte Seiler ein, dessen raunende Stimme ihn in die Berge geführt hat, wo die salige Frau dem verliebten Hirten ihre Warnungen ins Ohr geflüstert hat. Mehr denn je ist sich Schreiber sicher, dass diese Warnungen, ja, dass die ganze Geschichte, die der alte Mann erzählt hat, nur für ihn bestimmt war, für ihn, Max Schreiber.

So hört er wieder und wieder die Warnungen der saligen Frau: Meine Welt ist nicht deine Welt, es ist immer nur die Grenze von deiner Welt und die Grenze von meiner Welt, an der wir uns kurz treffen können, ahnen können, mehr ist nicht für dich und für mich. Er weiß, dass sie recht hat, diese Frau aus dem Eispalast, diese Frau aus der Geschichte, er muss sich nur vorstellen, wie Maria durch Wien geht, oder sich vorstellen, wie Max auf dem Lanerhof leben würde. Meine Welt ist nicht deine Welt, er sagt diesen Satz immer wieder halblaut in die Stille seines Zimmers hinein, um damit die Flucht in seine Tagträume zu verhindern. Aber es gelingt nur manchmal, nur unvollkommen, zu groß ist die Versuchung, mit Maria über Blumenwiesen zu gehen, Hand in Hand, Auge in Auge, Mund an Mund.

So ist er froh, als gut eine Woche nach seinem Besuch beim Pfarrer der Winter mit ungeheurer Wucht über das Dorf hereinbricht. Schreiber liebt es, dem heulenden Wind zuzuhören, weil er ahnt, dass dieses Zerren und Zetern an den Fensterläden die Menschen auf andere Gedanken bringt. Er liebt die ungeheuren Mengen an Schnee, die das Dorf mehr und mehr unter einer weißen Decke begraben, weil er spürt, dass damit auch alte Geschichten begraben werden, dass es jetzt etwas anderes gibt, was die Menschen beschäftigt. Als er sich am zweiten Tag des Wintereinbruchs, immer noch durchgehender Schneefall, einen Ruck gibt, seinen Mantel, seine Stiefel anzieht, hinausgeht und sich mit einer Schneeschaufel in die Reihe der Männer einordnet, merkt er, dass ihn sein Gefühl nicht getrogen hat. Er wird kaum wahrgenommen; wenn, dann nur mit einem kurzen Kopfnicken, die Gespräche drehen sich um die ungeheuren Massen an Schnee, so viel Schnee haben nicht einmal die Ältesten im Dorf je gesehen, und mitten in diesen Gesprächen und immer, wenn die Stimmen verstummen, streifen die Blicke über das Dorf hinweg zu den aufragenden Bergen, in Richtung der steilen Hänge, verunsicherte Blicke, sorgenvolle Blicke, angstvolle Blicke. Schreiber versteht, dass die Menschen Angst vor den Lawinen haben, die jedes Jahr abgehen, aber jedes Jahr in ihren Bahnen bleiben, in den Lawinenstrichen, wie die Menschen sagen, aber, was ist, wenn diese Bahnen, diese Lawinenstriche, die ins Tal donnernden Schneemassen nicht mehr fassen können, was ist, wenn sich die Lawinen neue Wege suchen, Wege ins Dorf vielleicht?

Schreiber hört Gespräche, in denen Worte vorkommen wie »Evakuierung«, zumindest einige Höfe für einige Tage, und er bemerkt eine Anspannung in den Menschen, die von Stunde zu Stunde steigt. Je mehr er die Anspannung bemerkt, desto freier fühlt er sich. Die Menschen sind gefangen in ihrer Angst vor diesen enormen Mengen an Schnee, sie haben jegliches Interesse an fremden Schatten, die nachts durch das Dorf schleichen, verloren, jetzt, da die eigene Existenz mit einem Fragezeichen versehen wird, in Unsicherheit gestürzt, jetzt, da die Ungewissheit die nächtlichen Stunden in die Länge zieht und viele im Dorf mit dem Rosenkranz in den Händen einschlafen, nachdem sie stundenlang Gebete murmelnd auf jedes Geräusch, auf jedes Rumpeln, Donnern, das eine Lawine ankündigen könnte, gehört haben.

Schreiber aber fühlt sich befreit, befreit von all der Scham der letzten Tage und Wochen. Die Vorstellung, dass sein eigenes Leben von einer Lawine bedroht sein könnte, erscheint ihm absurd, ist jenseits von allem, was er sich vorstellen kann. So schaufelt er wie ein Besessener, froh, wieder zwischen all den Männern stehen zu können, froh, etwas beitragen zu können, und schon gehen die Warnungen der saligen Frau in den Atemgeräuschen der hart arbeitenden Männer unter, werden leiser und leiser, und »meine Welt ist nicht deine Welt, und deine Welt ist nicht meine Welt« sind nichts anderes als Sätze, der Seiler nichts anderes als ein alter Mann, der hin und wieder eine Geschichte erzählt, und hat nicht auch der Pfarrer ihm geraten, auf den Frühling zu warten? Das werde ich tun, sagt er sich, auf den Frühling warten, auf die Blumenwiesen, auf Maria.

Am Abend sitzt er zum ersten Mal wieder in der Gaststube an der Theke und genießt den Lärm, das Klopfen, wenn die Karten auf den Tisch geworfen werden, das Lachen, den Zigarettenrauch und den Dunst, auch wenn ihm bewusst ist, dass alles gedämpft ist, das Lachen nicht ganz so laut und befreit, die Karten nicht ganz so selbstsicher auf den Tisch geworfen, die Späße etwas halbherzig, die Sprüche etwas lauwarm, denn keiner kann ihn ganz vergessen, den Winter, der draußen seine Karten ausspielt, der Welt sein Spiel aufzwingt. Die Straße ins Tal ist wieder gesperrt, das Dorf wieder abgetrennt von der Welt, auf sich allein gestellt. Am wenigsten berührt das Schreiber. Er begrüßt jeden Zentimeter Schnee, der alte Geschichten zudeckt.

Auch am nächsten Tag ist er draußen mit einer Schaufel. Es hat die ganze Nacht geschneit, wieder sind sämtliche Straßen und Gassen im Dorf unter einer dichten Schneedecke verschwunden. In den Nebengassen belassen es die Männer dabei, nur eine Schaufelbreite frei zu machen, um zu Fuß weiterzukommen. Nur auf der Hauptstraße wird immer noch die ganze Straße verbissen freigeschaufelt, auch wenn Schreiber nicht versteht, warum. Autos, die wenigen im Dorf, sind sowieso nicht mehr unterwegs. Aber es ist ihm egal, solange es Schnee gibt, den man schaufeln kann, solange gibt es Platz für ihn in ihrer Mitte.

An diesem Tag sieht er auch zum ersten Mal Georg Kühbauer wieder, auch er mit einer Schaufel auf der Straße und in ein Gespräch vertieft mit ein paar anderen Männern, die Schreiber alle vom Sehen her kennt, mit denen er aber noch nie näher in Kontakt war. Schreiber beobachtet dieses Gespräch genau, vor allem, als er bemerkt, dass die Blicke der Männer, ihre Gesten und ihre ausgestreckten Finger immer wieder in Richtung Lanerhof zeigen. Als sich Kühbauer mit zwei anderen auf den Weg macht, die Schaufeln über die Schulter gelegt, und sie über die geräumte Hauptstraße in Richtung Dorfende gehen und beim Feldweg anfangen, einen schmalen Fußweg freizulegen, immer abwechselnd einer voran, da wird Schreiber klar, was sie vorhaben, dass sie Maria, die Stumme, vom Lanerhof herunter ins Dorf holen wollen. Er wendet sich zum Gehen, in die Richtung, in die seine

Blicke und seine Gedanken und seine Wünsche immer gehen, will sich mit seiner Schaufel Kühbauer und den beiden Männern anschließen, aber da ist eine Hand auf seiner Schulter, eine Hand, die ihn zurückhält, und als er sich umdreht, sieht er Brückner hinter sich stehen und den Kopf schütteln.

»Es ist gefährlich«, sagt der Ortsvorsteher. Sein Blick ruht auf Schreiber, und nichts verrät, ob das, was er gesagt hat, die Wahrheit ist, oder ob er nur verhindern will, dass Kühbauer und Schreiber gemeinsam den Weg zum Lanerhof, den Weg zu Maria, gehen. Schreiber hat keine Zeit, darüber nachzudenken, keine Zeit, etwas zu entgegnen.

»Komm, noch viel Arbeit hier im Dorf.« Brückner zieht ihn am Arm weg und in eine Seitengasse hinein. Schweigend beginnen die beiden einen Weg frei zu machen, von Haus zu Haus. Schreiber kann sich kaum auf die Arbeit konzentrieren, auch wenn er sich Mühe gibt. Warum hat er dauernd an Maria gedacht, aber nicht daran, dass sie in Gefahr sein könnte? Jetzt ist nicht er es, der an ihre Tür klopft, der sie in den Schutz des Dorfes bringt, jetzt ist es Kühbauer, der Mann, der so verzweifelt um ihr Vertrauen ringt, weil für ihn Vertrauen der Schlüssel zu ihrem Herzen ist, und vielleicht hat er recht, vielleicht hat Maria auch längst verstanden, dass sie nicht in die Straßen von Wien passt, dass Max Schreiber nicht in den Lanerhof passt, und sicher kennt sie die Geschichte vom Hirten und der saligen Frau, und vielleicht weiß auch sie, dass es Zeit ist, sich von Träumen zu verabschieden und sich dem Leben zuzuwenden, das bedroht wird von ungeheuren Massen an Schnee, und genau in diesem Moment, in dem das Leben Aufmerksamkeit verlangt, in dem die Gefahr für das Leben die Träume verscheucht, genau in diesem Moment klopft es an ihrer Tür, und da steht der Georg, der Georg, wie sie ihn noch nie gesehen hat, stark, entschlossen, hilfsbereit, mit einem Blick, wie sie ihn noch nie gesehen hat, sanftmütig, beschützend, warmherzig, und sie packt ihre wenigen

283

Sachen, weil sie das Leben ruft, so wie nur ein Leben rufen kann, wenn es unmittelbar bedroht ist. Und vielleicht schauen die beiden anderen Männer unruhig die Berge hinauf, weil sie wissen, dass der Winter von dort jederzeit seinen weißen Tod losschicken kann, vielleicht mahnen sie zur Eile, mahnen die beiden, denen das Leben so das Herz ausfüllt, dass dort kein Platz mehr ist für Gedanken an Tod und Verderben.

Diese Vorstellungen jagen Schreiber durch den Kopf, als er Seite an Seite mit Brückner schmale Wege durch die Schneemauern schlägt. Da eine Schneise, dort eine Bresche, da ein Becher mit heißem Tee, der ihm von einer Frau unter der Haustür gereicht wird, dort ein Danke, das ihm ein Greis, der ebenfalls unter seiner Haustür steht, zumurmelt. Schreiber nimmt das kaum wahr, zu sehr kreisen seine Gedanken um den Lanerhof. Gleichzeitig schämt er sich, immerhin, so sagt er sich, so zwingt er sich, sich selbst zu sagen, riskieren Georg und die beiden Männer ihr Leben, um Maria ins Dorf zu holen. Sie müssen vorbei am Lantobel, die Bahn dieser gefürchteten Lawine überschreiten, dieser Lawine, die schon die Eltern der Katharina Schwarzmann und auch die Eltern von Maria mit sich in den Tod gerissen hat. Und Schreiber versucht, sich in die Arbeit zu flüchten, schiebt den Schnee, hebt den Schnee, wirft den Schnee aus dem Weg, auch wenn es fast keinen Platz mehr gibt, wohin man ihn schieben, heben, werfen kann. Er arbeitet, bis sein Rücken schmerzt, bis er die ersten Blasen an den Fingern hat, bis ihm Brückner von hinten auf seine Schulter klopft.

»Genug für heute«, sagt der Ortsvorsteher mit müder Stimme, »wird gleich dunkel. Außerdem schneit's immer noch, wir müssen morgen die gleiche Arbeit wieder machen. Schön langsam«, und diese beiden Worte lässt Brückner ein paar Sekunden seltsam verloren in der Luft stehen, »wird's wirklich gefährlich.«

Er geht los, Schreiber folgt ihm, die Schaufel wie Brückner

über die Schulter gelegt. Als sie zur Hauptstraße gelangen, sieht
er dunkle Schatten über das Feld kommen, vier dunkle Schatten,
ein Kopf mit einem roten Wolltuch umhüllt. Alles in Schreiber
krampft sich zusammen, als ihm bewusst wird, dass da Georg
und Maria kommen und die beiden Männer, und wie von fern
dringt Brückners Stimme an sein Ohr:

»Sie haben's geschafft, Gott sei Dank!«

Der kleine Zug aus vier Personen erreicht die Hauptstraße,
wo Brückner und Schreiber stehen und warten. Voran geht Kühbauer, dahinter Maria, dahinter die beiden Männer. Kühbauers
Blick trifft auf Schreiber, aber da ist kein Triumph zu sehen, nur
ungeheure Müdigkeit, und Schreiber sieht auch an den beiden
Männern, dass es eine enorme Kraftanstrengung gewesen sein
muss, den Weg bis zum Lanerhof freizuschaufeln. Maria hält
den Kopf gesenkt, hat den Rucksack über die Schulter gehängt,
den Korb in ihrer Hand. Mit einem kurzen Nicken begrüßt sie
die beiden Männer am Straßenrand, und es ist ein Nicken für
zwei Männer, für Brückner und für Schreiber, nichts, was sich
Schreiber allein für sich zurechtdenken könnte.

»Hallo Maria«, sagt Brückner mit leiser Stimme und klopft
den Männern anerkennend auf die Schulter. Die vier bleiben
nicht stehen, gehen stumm weiter die Hauptstraße entlang zur
Dorfmitte.

»Besser wir gehen auch nach Hause«, sagt Brückner. »Maria
wird ein paar Tage im Pfarrhof wohnen, da ist sie sicher.«

Und dieser Satz, der sich letztlich auf »Maria ist im Pfarrhof«
reduziert, ist Schreiber Zuflucht in dieser Nacht voller Sturm
und voller Schnee, der dritten in Folge.

Schreiber erwacht nach wenigen und unruhigen Stunden Schlaf. Noch ist es dunkel, aber schon legt sich eine Ahnung von Helligkeit in seine Kammer. Er hört den Wind, die Böen, die ans Fenster schlagen, die an den Fensterläden rütteln, das Wetter hat sich nicht beruhigt. Plötzlich kommt die Erinnerung an den gestrigen Tag und an diesen Gedanken, der ihn in den Schlaf geleitet hat: Maria ist da, Maria ist im Pfarrhaus, vielleicht zweihundert Meter entfernt, vielleicht zweihundertfünfzig, aber sicher nicht mehr; und vielleicht liegt sie jetzt wach, wach so wie er und denkt an ihn.

Er schwingt sich aus dem Bett, zieht sich hastig an und geht die schmale Stiege hinab in die Gaststube. Die Wirtin hinter der Theke, mit irgendwelchen Arbeiten beschäftigt, schaut kurz auf. An zwei Tischen sitzen Männer, dampfende Schalen mit Kaffee vor sich, die Köpfe gesenkt, die Stimmen leise. Schreiber setzt sich an seinen Tisch, aber zum ersten Mal nicht auf die Bank, die Wand im Rücken, den Blick in die Gaststube gerichtet, sondern auf einen Stuhl; und die Augen machen sich auf in Richtung Fenster, durch das man die Dorfstraße sehen könnte, wenn sich den Blicken nicht solche Schneemassen in den Weg stellen würden. Auch das Pfarrhaus würde man wohl sehen, wenn der Winter es gestatten würde, das Pfarrhaus, in dem Maria ist, vielleicht auch beim Frühstück mit dem Pfarrer, vielleicht in der geheizten Stube, in der er schon zweimal mit dem alten Herrn Wein getrunken hat.

Die Wirtin steht plötzlich neben ihm, stellt das Frühstück auf den Tisch, stumm, dreht sich wieder um und geht zurück zur Theke. Schreiber hat nur kurz in ihr Gesicht geschaut, blass ist es, blass und bang. Leise dringen die Stimmen der Männer an sein Ohr, besorgte Stimmen, mahnende Stimmen, warnende Stimmen, angstvolle Stimmen. Er hört Worte wie »Schnee«, »riesige Mengen«, »Gefahr«, »evakuieren«, und er wundert sich, wieso ihn das alles nicht berührt, als ob er nichts damit zu tun hätte.

Aber er kann nichts anfangen mit dem Wort Lawine, wie auch, in Wien ist höchstens einmal ein wenig Schnee von einem Dach gerutscht, alles andere ist für ihn Theorie. Nicht aber für die Menschen in diesem Dorf, die alle schon Lawinen gesehen und gehört haben, dieses dumpfe Grollen in der Nacht, die alle wissen, was diese ungeheuren Schneemassen anrichten können, wenn sie einmal in Bewegung sind, die wissen, was mit Bäumen und Wäldern geschieht, die es wagen, sich diesem weißen Mahlstrom in den Weg zu stellen, die wissen, welche Bahnen welche Lawinen benutzen und wann ungefähr, die wissen, welches meistens die ersten Lawinen sind, die abgehen, welches die letzten, aber all das in einem normalen Jahr, in einem normalen Winter und nicht in diesem Winter, der völlig entfesselt ist und die Welt in Schnee versinken lässt.

Schreiber weiß natürlich, dass die Situation auch für ihn gefährlich ist, denn auch er sitzt hier in diesem kleinen Dorf, dessen Häuser sich in diesen Tagen noch mehr als sonst in die Wiesen, Hügel und Hänge krallen, als ob selbst Balken, Bretter und Ziegel die Bedrohung spüren würden, die Bedrohung, die sich auf den Bergen sammelt, Zentimeter für Zentimeter, Meter für Meter, ununterbrochen, unablässig. Aber es sind alles nur Gedankenspiele, nichts, was ihn wirklich beunruhigt. Hier in dieser warmen Gaststube, eine warme Schale Kaffee, Feuer im Ofen, die Vorstellung, hier in Gefahr zu sein, erscheint ihm absurd. Zudem beschäftigen ihn ganz andere Gedanken, Gedanken, die immer wieder gut zweihundert Meter die Dorfstraße entlangeilen bis zum Pfarrhaus, dorthin, wo Maria ist.

Den ganzen Tag ist er versucht, es den Gedanken gleichzutun, auch die vielen Stunden im Schneegestöber mit der Schaufel in der Hand, Seite an Seite mit den anderen Männern. Die Schneemassen im Dorf sind ungeheuer. Längst hat man die Straße dem Winter überlassen, längst wird auch hier nur noch ein schmaler Gehweg freigehalten. Die Schneewände rechts und links sind mannshoch, jede Schaufel Schnee muss mühsam über den Kopf hinaus geschöpft werden. Eine schweißtreibende Arbeit, aber Schreiber ist von einem seltsamen Hochgefühl erfasst. Er fühlt sich wieder als Teil der Dorfgemeinschaft; die Zeiten, als er als Schatten durch die Nacht geschlichen ist, sind vorbei. Er ist wieder ein Mensch, er, Max Schreiber, er ist wieder einer von ihnen. Und natürlich ist da ständig der Gedanke an Maria. Mehr als einmal schaufelt er in der Nähe des Pfarrhauses, und während die Blicke der anderen in Richtung Berge ziehen, sind seine auf die Fenster des Hauses gerichtet, versuchen, durch das dichte Schneetreiben etwas zu entdecken, vielleicht einen Vorhang, der sich leicht bewegt, vielleicht die Umrisse eines Gesichtes, platt gedrückt an der Scheibe. Obwohl sein Rücken schmerzt, seine Finger mit Blasen übersät sind, obwohl er seine Zehen in der Kälte kaum mehr spürt, geht es Schreiber so gut wie schon lange nicht mehr.

Am späten Nachmittag, die Nacht sammelt sich auf den Bergen, tritt er in die Gaststube, stampft den Schnee von seinen Stiefeln, so wie all die anderen, die müde sind, aber noch nicht nach Hause wollen, wo sie die Frau erwarten würde mit dem Rosenkranz in der Hand, die Kinder hinauf in den Dachboden, nach hinten in die Tenne, hinunter in den Keller gebracht, dorthin, wo man sich am meisten Sicherheit erhofft, sollte das Ungeheure passieren. Keiner will nach Hause, lieber drängen sie sich zusammen wie eine Herde Schafe, wenn der Sturm seine schwarzen Wolken über die Grate treibt.

Schreiber bleibt nicht lange in der Gaststube, er geht auf sein Zimmer, ein paar Seiten im Manuskript, dann zieht er sich wieder an, die Stiege hinunter, durch die Gaststube und durch die Tür ins Freie. Der eine oder andere verwunderte Blick folgt ihm, aber kein Ruf, keine Frage. Unbehelligt verlässt er das Gasthaus und stapft durch den Schnee, der sich wieder in den schmalen Gehwegen angesammelt hat, in die Nacht hinein. Er hat kein Ziel, er weiß nicht, warum, er weiß nur, dass er gehen muss, gehen und gehen, raus aus seinem Zimmer, das viel zu klein ist für seine Gefühle. Maria im Pfarrhaus, sie ist da, sie ist in der Nähe, ganz in der Nähe.

Und oben auf den Bergen, ganz in der Nähe, auf den Felsen, auf den Hängen, sammelt sich der Schnee, türmt sich auf, höher und höher.

Zweimal geht Schreiber, die Hände in den Manteltaschen vergraben, auf freigeschaufelten Wegen um das Pfarrhaus, den Friedhof und die Kirche herum, unruhig streifen seine Blicke ihm voraus, aber sie können nichts erkennen, nur den Lichtschein, der durch die Fenster des Pfarrhauses fällt, alles andere verhüllt der dichte Schneefall.

Dann führen ihn seine Schritte in seine Nebengasse, wie er sie selbst immer nennt, folgen dem schmalen Weg zwischen den Schneewänden, er selbst gedankenverloren, den Flockenwirbel im Gesicht, langsam, Schritt für Schritt durch eine seltsam gewordene Welt, weiß der Schnee, schwarz die Nacht. Von den Häusern am Rand der Straße so gut wie nichts zu sehen, da und dort ein einsamer Fleck aus Licht, der sich durch eines der Fenster in die Nacht verirrt hat, orange und gelb, die einzigen Farben in diesem Meer aus Schwarz und Weiß und Grau, und plötzlich spürt er es, ahnt es, weiß es, und gleichzeitig weiß er nicht, warum er das weiß, aber es ist einfach da, dieses Gefühl, diese Ahnung, dieses Wissen: Er ist nicht allein.

Augenblicklich verändert sich alles an ihm: Die Schritte langsamer gesetzt, die Schultern hochgezogen, der Atem angehalten, die Augen zusammengekniffen in dem hilflosen Versuch, die Nacht durchdringen zu können, etwas auszumachen, das diesem Gefühl, dieser Ahnung, diesem Wissen eine Gestalt zuordnen könnte, ein Gesicht, einen Namen. Aber da ist nichts zu sehen, nur Nacht, nur Schnee, nur Schwarz, nur Weiß, und so bleibt er stehen, stehen in dieser kalten und feindlichen Welt, und er weiß, er ist nicht allein, da ist etwas, da ist jemand.

Und oben auf den Bergen sammelt sich der Schnee, auf den Graten hängen die Schneewechten, massiv und schwer, und der Wind zerrt an ihnen, sein Heulen das einzig Hörbare in einer Welt, die längst den Atem angehalten hat.

Auch Schreiber hält den Atem an, lauscht in die Dunkelheit, tastet mit seinen Blicken die Wände der Nacht ab, denn immer noch ist da dieses Gefühl, er ist nicht allein, jemand ist hier, er ahnt es, spürt es, weiß es. Vorsichtig geht er weiter, langsam, Schritt für Schritt, wieder stehen bleiben, Atem anhalten, hören, wieder ein paar Schritte im Schnee, der höher und höher wird und selbst auf dem Weg das Gehen wieder zum Stapfen macht, und plötzlich ist der Weg zu Ende, vor Schreiber eine Wand aus Schnee, und er versteht, dass er dort angekommen ist, wo die Nebengasse in den Feldweg mündet, den Feldweg, der ihn so oft zum Wald geführt hat, den Feldweg, der zum Lanerhof führt, zu Maria, die aber jetzt im Pfarrhaus ist, und als ob dieser Gedanke das Stichwort ist, dreht er sich um, um zurückzugehen. Doch in dieser Drehung, in diesem Augenblick dringt etwas durch die Dunkelheit, was ihn innehalten lässt, etwas, kaum wahrzunehmen, aber etwas, das nicht in diese Welt aus Schwarz und Weiß und Grau passt, etwas, das er nicht sofort zu fassen bekommt, aber etwas, das ihm klarmacht, dass das mit seinem Gefühl zu tun hat, mit seinem Gefühl, nicht alleine hier zu sein. Seine Blicke tasten sich voran, rechts von ihm geht eine Schneise zwischen den Schneewänden durch zu dem Bauernhaus, dem letzten Haus vor dem freien Feld, und dort an der Wand ist etwas, dort lehnt etwas, unbeweglich und doch nicht so unbeweglich wie die Mauer eines Hauses, dort ist etwas, dort lebt etwas, und Schreiber ahnt, spürt, weiß, wer dort ist, ahnt, spürt, weiß, dass es Maria ist, Maria, die dort steht, die es nicht mehr ausgehalten hat im Pfarrhaus, die es hinausgetrieben hat in die Nacht bis an die Grenze der Welt, die der Winter neu gezogen hat und die nicht einmal Blicken gewährt, über das Feld zu gehen, über den Hügel hinauf zu dem kleinen Hof, nach dem sie sich sehnt, der ihr wortlos aber zuverlässig Schutz und Heimat war.

Schreiber steht, unbeweglich wie sie. Dann setzen sich seine Füße in Bewegung, stapfen Schritt für Schritt durch die Schneise in der Wand aus Schnee, rechts und links streifen seine Schultern an dieser kalten Welt entlang, aber das spürt er nicht, denn er sieht den Schatten an der Hausmauer sich bewegen, und als seine Schritte innehalten, kommt ihm eine Hand entgegen. Es ist die Hand von Maria, der ein vergangener Winter mit einer seiner Lawinen nicht nur die Eltern, sondern auch die Worte entrissen hat. Die Leichen der Eltern hat man gefunden, aus dem Schnee ausgegraben und später der Erde übergeben, aber die Worte sind immer noch verschüttet. Vielleicht gibt es auch für sie einmal einen Frühling, in dem sie ausapern werden. Aber noch ist es nicht so weit, und es ist auch nicht wichtig, denn Worte sind nicht notwendig in dieser Nacht. Da ist ihre Hand, und diese Hand findet ihren Weg auf seine Schulter, und da ist ein Lächeln in ihrem Gesicht, das er mehr ahnt, als er es sehen kann, und da ist plötzlich eine Welt, eine warme Welt in dieser eisigen Nacht, eine kleine Welt, aber eine Welt, die groß genug ist für zwei Menschen, die sich an der Hand fassen und wortlos voreinander stehen.

Und oben auf den Bergen ist die große Welt, die andere Welt, die eisige Welt. Der Wind türmt die Wechten auf, höher und höher, und ihre Kronen neigen sich gefährlich über den Abgrund, über den schwarzen Abgrund, in dem Häuser kauern und Menschen beten. Und zwei Menschen gehen eilig an der Hausmauer entlang zum Stall, denn neben ihnen ist ein Licht aufgeflammt und hat seinen Schein durch ein Fenster in die Nacht geworfen. Marias Hand in seiner Hand, langsam führt sie ihn unter dem vorspringenden Dach auf einem schmalen Weg entlang, den der Bauer dem Winter abgetrotzt hat, um zu seinen Tieren zu kommen. So führt sie ihn weg, weg von dem Licht, und er denkt sich, dass er schon wieder ein Schatten geworden ist, aber nun ist er nicht mehr der einzige, zwei Schatten, die sich an die Stalltür drücken, Hand in Hand und Auge in Auge, und die Tür hinter ihnen gibt nach, und sie zieht ihn hinein, oder vielleicht zieht auch er sie, Hand in Hand und Auge in Auge, ein Stolpern und Tasten. Im Dunkeln hört Schreiber die Unruhe von Tieren, ein leises Schnauben da, eine Bewegung dort, und plötzlich ist es weich unter seinen Füßen, und er merkt, dass es Heu ist, und sie zieht ihn hin, oder vielleicht zieht auch er sie hin, immer noch Hand in Hand, immer noch Auge in Auge, Gesicht an Gesicht und Körper an Körper. Wie von weit weg, wie aus einer anderen Welt hört Schreiber das Wüten des Windes, als sich ihre Hand aus der seinen löst und vorsichtig über sein Gesicht fährt.

Und oben auf den Bergen wütet der Wind, reißt und zerrt an allem, was sich ihm in den Weg stellt, Tannen, Felsen, Wechten. Noch hält alles stand, aber die atemlose Natur weiß, dass das nicht so bleiben wird, dass es nur noch eine Frage der Zeit ist.

Und es ist, als ob es keine Zeit mehr geben würde, nur noch Hände und Augen und den warmen Atem des anderen, keinen Winter mehr, keinen Sturm mehr, kein Dorf mehr, keine Sprachlosigkeit mehr, denn in diesen Bewegungen, in diesem Spüren, in diesem Miteinander ist alles gesagt, auch ohne Worte alles gesagt, was sich Max Schreiber, der Fremde, und Maria Hartinger, die Stumme, zu sagen haben. Da ist nichts, was fehlt, nichts, wofür es ein Wort braucht, alles Ungesagte gesagt. Und da ist nichts, was die beiden veranlassen könnte, aus den Augen des anderen aufzutauchen, Hände aus Händen, Augen aus Augen und Mund von Mund zu lösen, diese kleine Welt aufzugeben, in der die Zeit stehen geblieben ist.

Aber oben auf den Bergen ist die Zeit nicht stehen geblieben, neigen sich die Wechten mehr und mehr, neigen sich dem dunklen Abgrund zu, in dem das kleine Dorf kauert, atemlos.

Atemlos, Mund an Mund die beiden Liebenden, tastende Hände, die ihren Weg finden durch Schichten aus Stoff. Ein Beben und Zittern und sich festhalten und sich aneinanderdrängen und ineinanderdrängen.

Und oben auf den Bergen ein Beben und Zittern. Bewegung, wo keine Bewegung sein sollte, ein langsames Loslassen, ein langsames Nachlassen, ein langsames Drängen abwärts, hinunter in den schwarzen Abgrund, und dann ist kein Halten mehr und alles stürzt brüllend in die Nacht.

In die Nacht, die zwei Menschen Unendlichkeit und Ewigkeit verspricht, in den Augen des anderen, in den Händen des anderen, und die doch nicht aufhalten kann, was nicht aufzuhalten ist, was sich mit ungeheurer Wucht die Bergflanken herabwälzt auf das kleine Dorf zu, in dem die Menschen aufhören zu beten, aufhören miteinander zu reden, denn da ist dieses Grollen, dieses leise Grollen, das immer lauter wird und die Menschen ihre Hände vor den Mund schlagen lässt. Selbst die Welt der beiden Liebenden kann das Grollen und Donnern nicht länger verschweigen. Ein Beben und Krachen, Holz splittert und eine kalte Hand drückt Schreiber nach hinten. Er will schreien, »Maria«, »Maria« und »Maria«, aber da ist nichts, was aus seinem Mund kommt, da kann nichts aus seinem Mund kommen, denn in seinem Mund ist Schnee, und er spuckt und reißt die Arme vors Gesicht in dieser zusammenbrechenden Welt.

Dann ist es still, ohrenbetäubend still. Wie ein Loch in der

Zeit, alles steht. Das Erste, was Schreiber wahrnimmt, ist ein hastiges Atmen in seiner Nähe. Er versucht, sich zu bewegen, aber da geht nichts, etwas Schweres liegt auf ihm. Plötzlich versteht er, dass dieses stoßweise Atmen von ihm selbst kommt. Er versucht seine Hände zu bewegen, seine Finger, aber nichts geht, sie sind festgepresst, nur den Kopf kann er etwas zur Seite drehen. Seltsamerweise ist er ruhig und weiß doch, dass das nicht stimmen kann, dass irgendetwas ganz und gar nicht in Ordnung ist, dass er eigentlich schreien müsste, schreien und schreien, und dann hört er wirklich jemanden schreien, und gleich darauf versteht er, dass er es selbst ist, der schreit und schreit und nach Luft schnappt. Schlagartig ist die Erinnerung an Maria da, sein Körper spannt sich, will diese eiskalte Umklammerung durchbrechen, aber da geht nichts, da rührt sich nichts, nur sein Kopf hin und her und hin und her, und er hört eine Kuh brüllen, und er schreit wieder, und er versteht nicht, was er schreit, keine Worte sind es, einfach Laute, heiser und gebremst, denn ihm fehlt die Luft, um richtig zu schreien, und Maria, Maria, wo ist Maria? Schreien und nach Luft schnappen und die Kuh, die brüllt, aber kein Laut von Maria. Sie kann nicht reden, aber schreien? Können Stumme schreien? Ohne Worte schreien, so wie er jetzt wieder schreit, und er weiß nicht, wie lange, und er weiß nicht, wie oft er innehält, um nach Luft zu schnappen, wie oft er wieder anfängt zu schreien, und er weiß nicht, ob er zuerst den Lichtschein sieht oder die Stimmen hört, und er weiß nicht, welche Stimmen plötzlich um ihn sind, welche Hände den Balken von seiner Brust heben, welche Hände den Schnee wegräumen und welche Hände ihn hochziehen. Ein bekanntes Gesicht ist über ihm, beruhigt ihn und sagt, dass es gut ist, dass er nicht mehr schreien muss, und ihm fällt der Name Brückner ein, und dann ist genug Luft da, um zu atmen, er wehrt die Hände ab, richtet sich auf, sein Mund bewegt sich, und die Lippen versuchen ein Wort zu bilden, fünf Buchstaben nur, Maria. Aber bevor es so weit ist, hört er Rufe und sieht im Schein einer Lampe zwei Männer auftauchen. In ihrer Mitte geht, auf beiden Seiten gestützt, Maria, ihre weiße Haut leuchtet im Licht, für einen Augenblick ist ihre nackte Brust zu sehen, bevor sie erschrocken mit einer Hand die offene Bluse zusammenzieht.

In diesem Augenblick schneidet ein unmenschlicher Laut durch die Nacht. Schreiber reißt den Kopf herum, sieht es kommen. Eine Faust kracht in sein Gesicht, er fällt nach hinten. Schuhe treten in seinen Bauch, irgendetwas ist über ihm, brüllt und prügelt auf ihn ein. Endlich sind Arme da, starke Arme, die diesen schreienden Mann von ihm wegzerren. Dann Stille, Stille, eine ohrenbetäubende Stille. Ein Augenblick, eine Ewigkeit, und zwei Männer führen den weinenden Kühbauer aus den Trümmern hinaus in die Nacht.

Vor zwei Tagen

Donnerstag

Ich erkenne sie sofort wieder: die rote Tür mit dem knallgrünen Griff, darüber in großen Buchstaben der Name des Cafés. Natürlich schaut es anders aus am frühen Morgen, die Buchstaben sind nicht beleuchtet, ihr Rot ist blasser als in der Nacht, trotzdem besteht kein Zweifel. Es ist dasselbe Lokal. Ich wundere mich, dass mich meine Beine heute in die gleiche Richtung getragen haben wie gestern Nacht, und trete ein. Das Lokal ist leer, die meisten Stühle stehen noch auf den Tischen. So früh war ich noch nie unterwegs. Aber als ich aufgewacht bin, nach wenigen Stunden unruhigen Schlafs, hat mich nichts mehr gehalten. Ich musste einfach los, einfach gehen, irgendwohin. Ich habe mein Hotel verlassen, nicht einmal der Geruch von frischem Kaffee konnte mich bremsen, weg, weg, weg.

Ich hatte die vage Idee, sofort in das Landesarchiv zu gehen, den letzten Teil von Schreibers Manuskript zu lesen und vor allem das wieder zu sehen, was ich gestern entdeckt hatte, ganz am Schluss, nachdem ich den dritten Teil fertig gelesen hatte. Aber ich überlegte es mir anders, oder vielleicht trafen einfach meine Beine eine andere Entscheidung, trugen mich durch die Innsbrucker Altstadt zu dieser roten Tür. Und jetzt, jetzt stehe ich wieder in diesem Café, in das ich mich gestern Abend geflüchtet hatte, vor den Bildern in meinem Inneren, die sich aber nicht abschütteln ließen und sich zu mir an den Tisch setzten. Es war ein Tisch hinten im Raum, an dem ich gestern stundenlang saß, in Gesellschaft von Gespenstern aus der Vergangenheit, in Gesellschaft von ein paar Bier, die mir nicht gutgetan haben.

Ich entdecke diesen Tisch hinten an der Wand und steuere wieder auf ihn zu. Die Stühle sind noch oben, ich nehme sie herunter und setze mich. Eine Kellnerin kommt aus der Küche, sieht mich und hält verwundert inne.

»Sie schon wieder?« Die Frau geht auf mich zu, bleibt vor mir stehen. »Na, geht's wieder besser?«

Ich blicke verwundert auf und erst jetzt wird mir klar, dass es dieselbe Kellnerin ist, die mir gestern Nacht die Hand auf die Schulter legte, mir, dem weißhaarigen, alten Mann, dem die Tränen übers Gesicht liefen.

»Ja, ja, danke, besser«, sage ich noch etwas verwirrt und dann, »sind Sie eigentlich immer im Dienst?«

»Nur wenn die Kollegin krank ist.«

»Dann hatten Sie eine kurze Nacht.«

»Nicht kürzer als Ihre«, antwortet sie mit einem müden Lächeln, »wir sind ja zusammen gegangen gestern.«

Ich nicke, erinnere mich wieder, wie sie mir unter die Arme gegriffen und mich vor die Tür geführt hatte, wo das Taxi, von ihr bestellt, schon wartete.

»Kaffee?«, fragt sie.

Ich nicke, sie dreht sich um und geht in die Küche. Als ich mich gestern an diesen Tisch setzte, kurz vor Einbruch der Dunkelheit, nachdem ich ziellos durch Innsbruck gegangen war, aufgewühlt von dem, was ich gesehen hatte, suchte ich Zuflucht in Erinnerungen, in angenehmen Erinnerungen. Ich hielt mich fest am Jahr 1876, das Schreiber in seinem Manuskript erwähnte: Der alte Seiler war in diesem Jahr in das Dorf gekommen.

1876 war natürlich auch ein ganz spezielles Jahr für Rosalind, wohl für jeden, der sich intensiv mit den Indianern auseinandersetzte. Es war das Jahr, in dem die Indianer ihren größten militärischen Erfolg feiern konnten, nachdem sie das siebte Kavallerieregiment von General Custer in der berühmten Schlacht am Little Bighorn fast völlig aufgerieben hatten. Hundert Jahre später standen wir dort, Rosalind und ich, Hand in Hand zwischen den weißen Grabsteinen, die, auf dem Hügel verstreut, angeblich markieren, wo welcher Soldat gestorben ist. Rosalind hatte die Reise organisiert, ohne mir etwas davon zu erzählen. Zwei Tage vor dem Flug nach Montana weihte sie mich in ihren Plan ein. »Hundert Jahre nach der großen Schlacht an dem Platz zu stehen, an dem Crazy Horse und viele andere gekämpft hatten, das musst du dir mal vorstellen«, sagte sie, und wie immer bei solchen Sachen, fügte ich mich in mein Schicksal. Selbst als Rosalind mir gestand, dass sie ein Zelt und Schlafsäcke gekauft hatte, weil sie direkt beim Fluss übernachten wollte, selbst da spielte ich mit, auch wenn ich keine Ahnung hatte, wie ein solches Zelt aufgestellt wird. Rosalind und ich haben unser Leben lang befestigte Häuser bevorzugt.

Sie hatte alles bis ins kleinste Detail geplant: Wir reisten Anfang Juni, nicht genau zum Jubiläum, das einige Wochen später war, denn sie wollte unter keinen Umständen in irgendwelche touristische Jubiläumsfeiern geraten. Mit dem Mietauto fuhren wir vom Flugplatz zu einem kleinen Ort, ich glaube, er hieß Hardin, und stiegen dort in einem Motel ab. An der Wand hing ein übergroßes Gemälde von General Custer, zum Abendessen gab es Custer-Steaks, die, vielleicht in Erinnerung an die Schlacht, besonders blutig gehalten waren, und auf dem Nachtkästchen neben dem Bett lag eine kleine Broschüre, die die Schlacht und den Tod von Custer beschrieb.

Am nächsten Tag fuhren wir mit dem Mietauto los, ließen es irgendwo auf dem Highway 212 stehen und marschierten mit unseren Rucksäcken ins Gelände. Rosalind, eine Karte in der Hand, voran. Sie machte ihre Sache gut. Wir fanden den kleinen Fluss, wir fanden den Hügel mit den weißen Grabsteinen, und dort standen wir, Hand in Hand, den Wind in unseren Haaren.

Wir suchten uns einen ruhigen Platz, etwas abseits des riesigen Friedhofs, einen Platz mit Blick auf den kleinen Fluss und setzten uns an eine windgeschützte Stelle in die Sonne. Rosalind war in ihrem Element: Sie erzählte von der Schlacht, erläuterte die handelnden Personen, diskutierte die Taktik von General Custer, die ihn letztlich ins Verderben gestürzt hatte und bis heute Anlass heftiger Spekulationen ist, erklärte mir, wo Major Reno den ersten Angriff auf das Indianerdorf startete, aus dem die Frauen und die Kinder geflohen waren, wo Custer mit seinen Soldaten versuchte, den Fluss zu überqueren, zeigte mir, wo Crazy Horse mit seinen Sioux und Two Moon mit seinen Cheyennes die flüchtenden Soldaten umzingelten, von welcher Seite Gall mit seinen Kriegern angriff und vieles mehr. Ich stellte immer wieder Fragen, aber nicht, woher sie das so genau wisse. Wenn Rosalind etwas wusste, dann wusste sie es, so war es eben.

Als die Sonne unterging, begannen wir das Zelt aufzustellen, es wurde ein Fiasko. Schließlich gaben wir auf, legten uns auf eine Matte und deckten uns mit unseren Schlafsäcken zu. Es wurde eine der schönsten Nächte meines Lebens, eine der schönsten Nächte, die Rosalind und ich gemeinsam hatten. Ein blauer Mond hing über den Hügeln, wir lagen eng umschlungen da, spürten die Wärme des anderen und einen Zauber, den man nicht oft im Leben genießen kann. Wir redeten, wir schwiegen, wir fühlten. Irgendwann schliefen wir sogar miteinander, aber es war mehr ein lustiges als ein leidenschaftliches Unterfangen, mit viel Gekicher über komplizierte Handlungen durch jede Menge Kleiderschichten hindurch. Und über allem lag das Gefühl, etwas Verrücktes zu tun, wieder jung zu sein und einander in einer Sternennacht zu lieben.

Später, wieder ernst geworden, redeten wir über die Indianer, über dieses andere Leben, diese andere Zeit, diese andere Kultur, darüber, wie sich die Dinge gewandelt hatten. Wir redeten über das Töten und welchen Stellenwert es zu jener Zeit gehabt hatte, und wie anders das heute sei, heute wisse ja kaum jemand mehr, was es heiße, zu töten, »außer«, sagte sie und an dieser Stelle lachte sie laut auf, »außer natürlich dein Cousin«. Sie klatschte fröhlich in die Hände und nannte ihn mit gekünstelt tiefer Stimme den Alpenmörder. Ich lachte mit, wenn auch etwas verhalten. Sie bemerkte das sofort, entschuldigte sich und bat mich, die Geschichte noch einmal zu erzählen. Ich erinnere mich gut daran: Der blaue Mond stand hinter meinem Rücken, Rosalinds Gesicht, mir zugewandt, im silbrigen Licht, die Augen geschlossen, und ich erzählte ihr von Max Schreiber und dem Lawinenwinter im Jahre 1951.

Irgendwann sind wir eingeschlafen. Als ich aufwachte, ging die Sonne auf, und ihre flachen Strahlen brachten die Tautropfen auf den Gräsern zum Glitzern. Rosalind saß, die Beine auf Indianerart untergeschlagen, da, die Augen geschlossen, das Gesicht der Sonne zugewandt, und es war so viel Freude und Frieden darin, wie ich es nur selten erlebt habe. Diese Szene ist in mir gespeichert, und wann immer ich sie aus meinem inneren Album hervorhole, liege ich wieder in den ersten Sonnenstrahlen auf diesem Hügel und spüre diese Ruhe, spüre diesen Frieden. Ich weiß noch, dass mir der seltsame Gedanke gekommen war, auf diesem Hügel hätten so viele Menschen Leid erfahren, dass die Natur hier den Menschen noch etwas zurückgeben müsse, und ich war so ergriffen von diesem Augenblick, dass ich fast ein paar Dankesworte an den Großen Geist formulierte. Aber dann öffnete Rosalind die Augen, sah mich an und lächelte. Wenn man sich ein paar Momente seines Lebens mitnehmen könnte in was auch immer nach dem Tod kommen mag – dieser würde für mich dazugehören.

Doch seit Rosalinds Tod ist diese Erinnerung gefährlich geworden. Friede und Ruhe dauern nur kurz, danach verändert sich das Gesicht von Rosalind, es wird ungeheuer traurig, hinter ihr schlagen Flammen empor, mich packen starke Hände und reißen mich zu Boden. Und dann folgt immer das Gesicht des Kriminalbeamten, der mich am Tag nach dem Brand verhörte.

»Hatten Sie Streit am Vorabend?«, fragte der Detective.

Ich schüttelte heftig den Kopf.

»Nein, nein, keinen Streit«, und schüttelte wieder den Kopf.

Und diese Lüge empfinde ich bis heute als Verrat an Rosalind, als den zweiten Verrat, um genau zu sein.

An dieser Stelle meiner Erinnerung legte mir gestern die Kellnerin die Hand auf die Schulter, mir, dem alten, weißhaarigen Mann, der schon einige Bier getrunken hatte und dem die Tränen über das Gesicht liefen. Sie holte eine Packung Papiertaschentücher aus ihrer Schürze, zog eines heraus und reichte es mir. Ihre Hand auf meiner Schulter zu spüren tat mir gut, und ich dachte an Schreiber, an Maria, die Stumme, und wie sie dem jungen Historiker ihre Hand auf die Schulter gelegt hatte. Ich blieb noch eine Weile sitzen, längst alleine mit der Kellnerin, die aufräumte, die Stühle auf die Tische stellte, mich dann sanft unterfasste und nach draußen auf die Straße führte, wo das von ihr bestellte Taxi auf mich wartete.

»Toast und Spiegelei?« Die Stimme reißt mich aus meinen Gedanken. Die Kellnerin steht vor mir. Sie sieht, dass ich erschrocken bin.

»Das ist doch so was wie Frühstück in Amerika?«, fragt sie mit einem Lächeln. »Und wenn mich Ihre Aussprache nicht täuscht, dann ... Amerika?«

Ich nicke, sage »Ja«, sage »Amerika«, und »Toast«, und »Spiegelei, ja, das wäre fein«, und sehe ihr nach, wie sie durch den noch leeren Raum in die Küche geht. Mit meinen Händen fahre ich über meine Haare, reibe meine Augen, ich spüre meine Müdigkeit, längst wäre es an der Zeit für einen alten Herrn, seine Zelte abzubrechen. Bei dem Gedanken an ein Zelt sehe ich wieder Rosalind und mich auf diesem Hügel, und ich schüttle den Kopf und verscheuche die Geister der Vergangenheit. Ich konzentriere mich auf das Lokal, versuche, die Bilder zu verdrängen, aber es ist kaum möglich. Vielleicht ist es im Alter überhaupt so, dass die Farben der Erinnerung, selbst wenn sie noch so ausgebleicht sind, bunter wirken als die alltägliche Realität, die mehr und mehr in einem gleichmäßigen Grau verschwindet, und man froh sein muss um Erinnerungen auf der einen Seite und ein paar Farbtupfer auf der anderen, ein paar blaue Kornblumen auf einem Grab, um ein Beispiel zu nennen.

Ich löse mich von diesen Gedanken, die mich schon wieder zu Rosalind führen, und erinnere mich stattdessen an gestern Nacht, als mich der Taxifahrer ins Hotel gebracht hatte und als mir, schon im Bett, klar wurde, dass trotz der Uhrzeit und dem Alkohol, den ich getrunken hatte, an Schlaf nicht zu denken war. Denn dann kamen wieder die Gedanken, die Gedanken an das, was ich in Schreibers Manuskript gefunden hatte, ganz am Ende, und ich sprang erregt aus dem Bett, ging zum Tisch, holte mir, um mich abzulenken, den *Spiegel,* die Ausgabe 6 aus dem Jahre 1951. Wieder las ich den Artikel, den ich schon so oft gelesen hatte, vor allem die dramatische Geschichte des Bauern Adolf Wimpissinger und seiner Frau Maria, die in der Nacht mit ihren elf und zwölf Jahre alten Söhnen Georg und Ferdl auf ihrem Berghof von einer gigantischen Lawine verschüttet wurden, sich aber mit bloßen Händen aus dem Schnee befreien konnten. Im Nachthemd und barfuß kämpfte sich der zweiundvierzigjährige Bauer durch den meterhohen Neuschnee, um von einem etwa fünfhundert Meter entfernten Nachbarhof Hilfe zu holen. Als er nicht zurückkam, machte sich seine Frau mit den beiden Söhnen selbst auf den Weg. Sie wurde am nächsten Tag von Suchmannschaften gefunden, halb erfroren, die beiden Buben lebten, die Mutter hatte sie mit ihrem Nachthemd zugedeckt und mit der Wärme ihres Körpers am Leben gehalten. Der Vater wurde viele Tage später gefunden, tot, nur etwa dreißig Meter vom Nachbarhof entfernt. Hilfe hätte er dort aber keine bekommen, denn der Hof war ebenfalls von Lawinen verschüttet worden.

»Hier, das wird Ihnen guttun!« Die Kellnerin stellt mir einen Teller mit Toast und Spiegelei auf den Tisch und setzt sich mir gegenüber. Noch immer sind wir allein im Lokal.

»Immer so in Gedanken?«, fragt sie.

Ich zucke hilflos mit den Schultern.

»Was beschäftigt Sie denn?« Sie lässt nicht locker, und ich weiß nicht, ob mir das recht ist oder nicht.

»Liebeskummer?« Sie lacht auf, ein angenehmes Lachen.

Ich schüttle den Kopf und hebe abwehrend die Hände.

»Nein, nein, das ist schon lange vorbei.«

»Aber, aber«, lacht sie, »Sie würden nicht glauben, was ich als Kellnerin für Anträge bekomme. Altersgrenze? Fehlanzeige, gibt es nicht.«

Ich stimme in das Lachen ein und merke, dass es mir guttut, einfach etwas zu reden, nicht immer nur an das zu denken, was in meinem Inneren wühlt und wühlt und wühlt.

»Es wird kalt«, sagt sie, und ich schaue verständnislos zum Fenster.

»Noch kälter? Es ist schon die ganze Woche kalt.«

»Nicht das Wetter«, sagt sie, »das Spiegelei!«

Ich lache auf, greife nach dem Besteck und beginne zu essen.

»Liebeskummer also nicht?«, fängt sie wieder an. »Was dann?«

Ich schaue sie an, mit vollem Mund, und plötzlich überkommt mich der Übermut.

»Max Schreiber«, sage ich.

»Max Schreiber«, wiederholt sie, und man sieht ihr an, dass sie damit nichts anfangen kann.

»Ich frage mich, ob er ein Mörder ist!«, sage ich so ruhig wie möglich, schneide mir ein Stück von dem Spiegelei ab und stecke es in den Mund.

»Ein Mörder?«, fragt sie überrascht und zieht die Augenbrauen nach oben.

»Vielleicht«, antworte ich, wieder mit vollem Munde, »das weiß ich eben nicht.«

»Sind Sie ein Detektiv?«

»Nein, nein, nur privat, eine Familiensache.«

»Und wer ist dieser Schreiber?«

Ich habe keine Lust, mehr zu sagen und hebe in einer ratlosen Geste beide Hände mit dem Besteck etwas in die Höhe.

»Keine Ahnung.«

»Keine Ahnung?«

»Keine Ahnung«, bestätige ich.

»Sie suchen einen Mann, von dem Sie nicht wissen, ob er ein Mörder ist, und Sie wissen nicht einmal, wer das ist?«

Ich nicke mit vollem Mund.

Sie schaut mich entgeistert an.

»Wirklich keine Ahnung?«

»Keine Ahnung«, sage ich wieder, und sie lacht lauthals auf.

»Ihr seid ein komisches Volk, ihr Amerikaner!«

In diesem Moment geht die Tür auf, und drei Frauen kommen herein. Die Kellnerin steht auf, winkt den Frauen, die sie offenbar kennt, fröhlich zu und ruft: »Das Übliche?«

»Natürlich, Süße, was denkst du denn?«, antwortet eine gut gelaunt, und die Kellnerin geht flink zwischen den Tischen hindurch in die Küche.

Wieder bin ich allein, wieder drängen die Gedanken herauf. Ich frage mich, wieso ich der Kellnerin so seltsame Antworten gegeben habe. Ich gestehe mir ein, dass ich es selbst nicht weiß, dass es eine gewisse Scheu gibt, über dieses Thema zu reden, über diesen Mann, über Max Schreiber, der vielleicht ein Mörder ist, vielleicht auch nicht. Lange Jahre wehrte ich mich gegen den Gedanken, dass Schreiber ein Mörder ist, aber die Zeit ist wie ein starker Fluss, der an den Ufern reibt, Felsen und Gewissheiten unterspült, bis nichts mehr sicher ist. Und jetzt, jetzt sitze ich, ein alter Mann mit zitternder Hand, weit weg von zu Hause, und will etwas herausfinden, was außer mir selbst vermutlich niemanden mehr interessiert. Ich wünschte, Rosalind könnte bei mir sein, ich wünschte, alles wäre anders gekommen, ich wünschte, ich hätte sie nicht verraten, nicht das erste Mal und auch nicht das zweite Mal, als mich der Beamte fragte, ob wir Streit gehabt hätten.

Es war nicht die letzte Befragung nach Rosalinds Tod, denn niemand konnte sich erklären, was passiert war. Das stimmte den Polizeibeamten misstrauisch. Ich spürte, dass er mir nicht glaubte, dass er vermutete, da stecke mehr dahinter als Selbstmord oder ein Unfall, und mit dieser Vermutung hatte er natürlich recht. Aber ich schwieg, es gab ohnehin nichts, was sie wieder lebendig machen konnte. Die Polizei überprüfte sogar meine Angaben, überprüfte, ob ich wirklich in der Bäckerei war, das Frühstück zu holen, sie überprüfte, ob ich theoretisch erst das Feuer hätte legen und dann in die Bäckerei hätte fahren können, was sich aber letztlich als unmöglich herausstellte.

Schließlich, Rosalinds verbrannter Körper war schon beerdigt, hörten die Befragungen auf. Bagger kamen und rissen die Reste unseres Hauses ab. Es war zwar nur der oberste Stock komplett verbrannt, an eine Sanierung dachte ich aber nie. Ich verkaufte den Grund und konnte damit den Abriss und eine kleine Wohnung bezahlen, in der ich auch heute noch lebe. Als Nächstes verkaufte ich das Antiquariat, und mit diesem Geld und einer kleinen Pension lebte ich die letzten zwölf Jahre, die Jahre der Erinnerungen, die Jahre der blauen Kornblumen.

Rosalinds Gesicht lächelt in meinem Inneren. Aber bevor die Flammen wieder kommen können, reißt mich die Kellnerin ein weiteres Mal aus meinen Gedanken.

»Sie können sogar lächeln«, sagt sie, »hat Sie das Spiegelei auf gute Gedanken gebracht?«

»Ja, ja, so könnte man es sagen, es war hervorragend!«

Sie lacht wieder ihr typisches Lachen, nimmt meinen Teller und geht in die Küche. Mittlerweile hat sich das Lokal gefüllt, ich schaue auf meine Uhr, es ist Zeit, loszugehen, Zeit, wieder in eine andere Welt einzutauchen auf der Suche nach Antworten, die es vielleicht gar nicht mehr gibt. Ich winke der Kellnerin, bezahle, und als ich aufstehe und gehe, zwinkert sie mir zu.

»Viel Glück bei der Mörderjagd!«

Ich hebe lächelnd einen Daumen und komme mir bei dieser Geste kindisch vor. Aber sie hat sich schon umgedreht und ist in Richtung Küche gegangen. Plötzlich fühle ich mich verloren, einsam. Wenn man alleine unterwegs ist, gewöhnt man sich schon nach ein paar Worten an einen Menschen.

Draußen regnet es, ein leichter Nieselregen. Ich schlage den Kragen hoch, nehme mir zum wiederholten Male vor, einen Regenschirm zu kaufen, weiß aber bereits, dass ich das nicht machen werde, denn die Zeit läuft ab, ich werde nur noch kurz in diesem Land bleiben, in diesem Land, das mir noch eine Antwort schuldig ist. Ich schlendere langsam zum Landesarchiv, und wieder steigt dieses Gefühl in mir hoch, dieses Entsetzen, als ich gestern Schreibers in Leder gebundenes Buch nach der Lektüre zurück in die Schachtel legte und dabei sah, dass aus dem hinteren Ledereinband etwas Weißes hervorschaute. Es war ein kleines Stück Papier oder vielleicht auch ein dünner Karton, vergilbt, mit gelblichen Flecken. Als ich es herauszog, entdeckte ich darauf einen Namen, die Schrift verblasst, kaum mehr zu lesen. Und doch gelang es mir, sie zu entziffern, und ich las »Brückner« und darunter die Jahreszahl 1951. Mir wurde siedend heiß, und genau in dem Moment, als ich dieses dünne Stückchen Karton umdrehte, genau in dem Moment hörte ich die Stimme.

»Herr Miller, es ist gleich fünf, wir schließen!«

Die Dame von der Rezeption kam durch den Lesesaal auf mich zu. Ich nickte wie betäubt, steckte meine Entdeckung mit zitternden Fingern wieder unter den Ledereinband des Buches, stand auf und ging auf die Frau zu. Sie betrachtete mich aufmerksam, hakte sich bei mir unter und führte mich zum Ausgang.

»Soll ich Ihnen ein Taxi rufen?« Ihre Stimme klang besorgt.

Ich wehrte dankend ab, löste mich von ihrer Hand, stieg die Stufen hinunter und ging los, ziellos, verstört, einmal überquerte ich sogar ohne nachzudenken eine Straße. Selbst die Bremsgeräusche und das wütende Hupen eines Autos konnten mich nicht aus meinen Gedanken reißen. Meine Schritte trugen mich durch das verregnete und dunkler werdende Innsbruck und schließlich vor die rote Tür des Lokals, in dem dann Stunden später, wohl schon lange nach Mitternacht, eine müde Kellnerin ihrem letzten Gast, einem weinenden weißhaarigen Mann, die Hand auf die Schulter legte.

Jetzt begrüßt mich die Dame im Landesarchiv mit einem kurzen Nicken, ihr Blick wandert aufmerksam über mein Gesicht, offenbar will sie sich überzeugen, dass der Gesundheitszustand dieses alten Herrn einen Eintritt in den Lesesaal zulässt.

»Ihre Sachen sind hergerichtet«, sagt sie förmlich.

Ich bedanke mich und gehe los und würde mich wieder über die Begleitung der jungen Assistentin freuen, einfach, um nicht alleine zu sein. Ich hätte gerne jemanden neben mir, der Fragen stellt oder einfach nur da ist, der mit mir die Tür zum Lesesaal aufmacht, der, so wie ich, die beiden Herren mit einem Nicken begrüßt, jemanden, der mich an meinen Schreibtisch begleitet und dem ich sogar das zeigen könnte, was ich gestern entdeckt hatte und was ich sofort aus dem ledernen Einband des Buches ziehe, um zu sehen, ob es wirklich da ist. Es ist da, und ich setze mich und starre es an. Minutenlang, atemlos. Dann, irgendwann, stecke ich es wieder in den Einband und schlage das Buch auf, um den letzten Teil, die letzten Seiten, die von Schreibers Welt erzählen, zu lesen.

SCHREIBERS MANUSKRIPT

IV. Der Tod

Ich bin Max Schreiber. Ich bin Historiker. Ich komme aus Wien. Ich sitze in einer kleinen Kirche. Seit dreißig Stunden. Sie haben auch mir eine Decke gegeben. Aber sie setzen sich nicht neben mich. Ich sitze ganz vorne. Fast beim Altar, die kalte Mauer im Rücken. Es sind mehr als fünfzig Menschen in der Kirche. Ich habe sie gezählt, oft gezählt, es ist nicht viel zu tun. Ich bin Max Schreiber. Immer noch. Ich schreibe kurze Sätze. Vielleicht weil das Leben kurz geworden ist. Auf jeden Fall ist der Atem kurz geworden. Man atmet kurz und flach, alle atmen so. Zu laute Atemgeräusche stören. Am besten hören kann man, wenn man gar nicht atmet. Dann hört man es früher, das Grollen, das dumpfe Grollen, wenn eine Lawine abgeht.

Die Menschen haben sich in der Kirche aufgeteilt. Die meisten sitzen auf den Holzbänken. Manche liegen auf Decken. Manche beten, manche schweigen, manche schlafen. Es ist still und kalt. Viele aus dem oberen Teil des Dorfes sind hier. Der untere Teil des Dorfes gilt als sicher. Dort sind die Menschen geblieben, auch viele aus dem oberen Teil sind dort untergekommen. Die anderen sind in der Kirche. Im Haus des Herrn, das sie schützen soll vor der Welt des Herrn.

Die Kühbauers sind auch hier, Hans und Georg, die Mutter in der Mitte. Sie schauen nicht her. Maria ist nicht hier. Sie ist im Pfarrhaus. Das Pfarrhaus steht hinter der Kirche, dort ist es sicher.

Keine Kinder. Sie sind im Pfarrhaus im obersten Stock, auch eine schwangere Frau ist dort. Zweimal am Tag gibt es Essen im Pfarrhaus. In kleinen Gruppen gehen die Menschen aus der Kirche hinaus, schweigend zwischen den hohen Schneewänden hindurch. Kartoffelsuppe, manchmal mit etwas Speck, manchmal ohne, ein Stück Brot. Ich bin in der letzten Gruppe. Ich habe Maria gesehen, sie hat hergeschaut. Vielleicht war da ein Lächeln in ihrem Gesicht, vielleicht auch nicht, ich kann es nicht sagen, ich weiß es nicht. Gegessen wird in der Stube, es ist warm dort. Auf dem Gang ist es kälter, und man geht an dem Zimmer vorbei, in dem die Toten liegen. Fünf sind es, drei Erwachsene und zwei Kinder. Die Fenster sind geöffnet. Tote mögen es kalt. Sie liegen auf Decken, die Kinder in der Mitte. Aus dem Zimmer steigt leises Gemurmel. Sie beten Rosenkränze, einen nach dem anderen, sie wechseln sich ab. Tote sind nicht gern allein.

Ich bin Max Schreiber. Ich lebe. Ich schreibe kurze Sätze, denn ich weiß nicht, wie viel Zeit für einen Satz bleibt. Ich sitze in der Kirche, in der kalten Kirche. Zuerst waren die Toten in der Kirche. Direkt vor den Altar hat man sie hingelegt. Dann, als die Lebenden in die Kirche geflüchtet sind, hat man die Toten ins Pfarrhaus gebracht, in das Zimmer mit dem offenen Fenster.

Särge sind keine mehr im Dorf, und aus dem Tal kann keiner kommen. Der Winter hat die Straße abgeriegelt. Den letzten Sarg hat der alte Kühbauer bekommen, genau genommen die letzten zwei Särge. Der eine ist verbrannt und in dem anderen liegt er jetzt. Im Erdkeller. Alleine im Haus. Seine Frau und seine beiden Söhne geflohen. Sie sitzen auch hier in der Kirche, mir gegenüber auf der anderen Seite. Sie schauen nicht her.

Ich bin Max Schreiber. Ich schreibe. Es gibt nichts anderes zu tun. Es lenkt ab. Niemand redet mit mir. Vor den Mündern der Menschen bilden sich kleine Atemwolken. Es ist kalt im Haus des Herrn. Tote schlafen bei offenem Fenster. Ich schreibe kurze Sätze. Aber ich werde auch wieder lange Sätze schreiben. In einer anderen Welt, in einer anderen Zeit, mit Wiesen voller Blumen, Sonne und blauem Himmel und mit ihr an der Hand. Lange Sätze und lange Spaziergänge und lange Augenblicke, Maria.

Aber jetzt habe ich zu tun. Ich muss noch einmal zurück, zurück zu den letzten Tagen, zurück zum Schatten, der gerade der Lawine entkommen ist, den sie in die Gaststube geführt haben, wo ihn die Wirtin, blass und ohne ein Wort zu verlieren, verarztet. Das Blut stillt, das immer noch aus der Nase dringt. Keine Folge der Lawine, sondern die Folge der Faust, die in sein Gesicht krachte, als sie Maria, die Bluse offen, aus den Trümmern führten.

Zurück in die Gaststube, in der Schreiber vom Tisch, auf den sie ihn gelegt haben, aufsteht, die Hände zurückweist, die ihn stützen und halten wollen und langsam die Stiege hinaufgeht. Schritt für Schritt humpelt er in sein Zimmer und legt sich aufs Bett. Er spürt den metallischen Geschmack von Blut in seinem Mund, er spürt ein Pochen in seinem rechten Bein, einen Druck auf seinem Brustkorb, so als ob dort noch immer der Balken und der Schnee liegen würden, und er kriecht unter die Decke, schließt die Augen, schläft ein und fährt wieder hoch, weil eine kalte Hand nach seinem Hals greift, sich auf seine Brust legt, ihm den Atem nimmt, und er dreht sich um, schläft wieder ein, schreckt wieder hoch, wieder die kalte Hand an seinem Hals, wieder der Druck auf seiner Brust, wieder das Ringen nach Atem. Schlaf ist keine Selbstverständlichkeit mehr, auch nicht das Leben, seit dieser Winter das Dorf fest im Griff hat.

Als er aufwacht, ist es Morgen. Er hat Schmerzen im Gesicht, Schmerzen im Bein. Er richtet sich auf und hört die Schreie unten auf der Straße, hört die Schritte, das Hasten. Stöhnend steht er auf, hinkt zum Fenster. Schneefall, dichter Schneefall, sonst ist nichts zu erkennen, aber er hört die Rufe, und er weiß, dass etwas passiert ist, etwas Schreckliches.

Den Schmerz in seinem Bein, als er die Stiege hinunterstürzt, nimmt er nur vage wahr. Unten an der Theke steht die Wirtin, das Gesicht in die aufgestützten Hände gelegt. Schreiber sieht, dass ihre Schultern zittern. Sie weint, denkt er, aber er kann den Sinn dieses Gedankens nicht richtig erfassen. Draußen Rufe, drinnen die Wirtin, weinend an der Theke. Er reißt die Tür auf, stürzt hinaus in das dichte Schneegestöber, in das Grau dieses Morgens, in das Grauen dieses Lebens, folgt dem Pfad durch den Schnee, sieht ein paar Schemen vor sich, rechts und links die Schneewände höher als sein Kopf. Schneegestöber und Rufe, er stapft weiter und weiter, die Rufe werden lauter, er kommt auf einen kleinen Platz, auf dem Männer hastig Schnee wegschaufeln. Und dann merkt er, dass etwas nicht stimmt: Die Häuserfront vor ihm ist schräg nach vorne geneigt, vom hinteren Teil des Hauses ist nichts mehr zu sehen, nur mehr Schneemassen, Schnee und Schnee. Die Männer graben fieberhaft vor dem Haus, dem so seltsam nach vorn geneigten Haus, andere erklimmen die Berge aus Schnee und fangen an mit Schaufeln und Stangen in die weiße Masse zu schlagen, kleine Breschen in diese weiße Front. Es ist ruhig geworden, ruhig an diesem grauen Morgen, die Rufe sind verstummt, nur mehr das Keuchen der Männer, nur mehr die Geräusche, wenn Schaufeln, Beile und Stangen in den harten Schnee geschlagen werden, trotzig, wütend, verzweifelt.

Mittendrin Schreiber mit einer Schaufel, die ihm einer in die Hand gedrückt hat, und so kämpfen sie sich voran, Schulter an Schulter, Schaufel an Schaufel, hin zu dem Haus, das so seltsam schräg steht und das Schreiber bekannt vorkommt. Endlich sind sie an der Tür, der nach vorn geneigten Tür. Schreiber sieht, dass auch im Haus alles voll Schnee ist, offenbar die Rückwand eingedrückt, und er schlägt mit seiner Schaufel eine Schneise in den

Gang des Hauses hinein, mit einer ungeheuren Wut plötzlich, drischt auf den Schnee ein, immer wieder und immer wieder, und plötzlich merkt er, dass die Schaufel anders aufschlägt, dass sie ein anderes Geräusch macht, und er hält inne und hinter ihm die Schreie und unter ihm ein Gesicht, von seiner Schaufel getroffen, rot mit Blut, das in den weißen Schnee sickert. Es ist der Kopf eines alten Mannes mit weißen Haaren, der grotesk aus der Mauer aus Schnee hervorsteht. Langsam lässt Schreiber die Schaufel sinken, geht auf die Knie und wischt mit zitternden Händen das Blut aus dem Gesicht des alten Seilers. Und dann sind Hände da, Hände, die ihn zurückreißen, Hände, die den Schnee wegräumen, Hände, die es schließlich schaffen, den Körper des alten Mannes freizulegen und herauszuziehen, hinein in diesen Morgen aus Weiß und Grau. Jemand stöhnt auf, und Schreiber merkt, dass er es selbst ist, dass es aus ihm herausdringt, das Stöhnen, das Kotzen, und seine Schultern fangen an zu zittern, unkontrolliert zu zittern, so, wie die Schultern der Wirtin gezittert haben, als er aus der Gaststube gerannt ist.

Zwei Männer tragen den leblosen Körper des alten Mannes weg, während die anderen wieder ihre Arbeit aufnehmen und sich mit den Schaufeln einen Weg zum nächsten Haus bahnen. Doch davon ist so gut wie nichts mehr zu sehen, nur mehr Schnee, Schnee und Schnee. Manchmal dazwischen etwas Braunes, etwas Dunkles, Balken und Bretter, die einmal Heimat, Schutz und Sicherheit waren. Die Männer graben sich voran, verbissen, mit schmerzenden Armen, mit Blasen an den Fingern. Mitten unter ihnen Schreiber, der mit wütenden Bewegungen den Schnee wegschaufelt, vor seinem inneren Auge das Gesicht eines alten Mannes, vom Schnee zerdrückt, mit einer klaffenden Wunde, blutverschmiert die Lippen, diese Lippen, die das Tor waren, durch das seine Geschichten strömten, und Schreiber erinnert sich, dass es noch nicht lange her ist, dass diese Lippen zum Abschied eine Warnung formten: Es ist spät, für dich und für mich.

Schreiber wird aus seinen Gedanken gerissen, jemand hält ihn am Arm, will ihm die Schaufel aus der Hand nehmen, ihn ablösen, aber er schüttelt verbissen den Kopf, arbeitet weiter und weiter, schöpft Schnee, reißt Bretter und Balken aus der eisigen Umklammerung und plötzlich sieht er, wie der Mann neben ihm eine Puppe vom Boden aufhebt. Alle haben aufgehört mit dem Schaufeln, vielleicht auch mit dem Atmen, Stillstand, während der Mann vorsichtig die Puppe vom Schnee befreit. Wieder weiter, aber nur kurz, denn es sind nur ein paar Bretter wegzuzerren, bis der Mann, der die Puppe gefunden hat, das kleine Mädchen herausziehen kann, das kleine Mädchen mit den braunen Haaren, dem blauen Nachthemd und dem wächsernen Gesicht. Es ist, als ob dieser Augenblick den Männern all ihre Kraft entziehen würde. Sie stehen da, manche sinken auf die Knie, Schaufeln fallen in den Schnee, Hände werden vor das Gesicht geschlagen, da und dort ein Kreuzzeichen auf die Stirn gemacht, da und dort bewegen sich die Lippen, schicken Gebete in die kalte Morgenluft, da und dort auch den Namen des kleinen Mädchens, das der Mann, der es gefunden hat, immer noch an sich presst und leise hin und her wiegt. Tränen laufen über Schreibers Wangen, ohne dass es ihm bewusst ist. Dann hebt einer der Männer seine Schaufel auf und fängt wieder an, andere folgen. Auch Schreiber kämpft sich voran, die ganzen nächsten Stunden, frisst sich mit den Männern in das hinein, was einmal ein Haus gewesen ist, so lange, bis sie alle gefunden haben: den kleinen Buben und die Eltern, von den Schneemassen in ihrem Bett erdrückt, in den Händen der Frau der Rosenkranz.

Es ist schon fast Mittag, als sie die Leichen geborgen, in die Kirche getragen und vor dem Altar auf Decken gebettet haben. In kleinen Gruppen stehen die Männer auf dem Kirchhof zusammen, dunkel gekleidete, in sich zusammengesunkene Gestalten, erschöpft im dichten Schneefall. Alle warten auf Brückner, der wenig später mit dem Pfarrer aus der Kirche tritt.

»Es wird zu gefährlich«, sagt er leise und doch ist seine Stimme überall zu hören. »Holt eure Familien! Wer irgendwo im Unterdorf unterkommen kann, soll dort hingehen, dort ist es sicher. Die anderen kommen in die Kirche. Nehmt Decken und Lebensmittel mit.«

Es gibt keinen Widerspruch. Mit gesenkten Köpfen stapfen die Männer los, holen ihre Familien aus den Häusern und marschieren, Decken und Lebensmittel in Taschen gepackt, Richtung Kirche. Schreiber kehrt in sein Zimmer im Gasthaus zurück und packt seine Sachen, warme Kleidung, sein Manuskript. Zusammen mit dem Wirt und der Wirtin geht er schweigend zur Kirche. Die Menschen versammeln sich in den Bänken, der Pfarrer steht am Altar, verloren, alt und müde wirkt er, und dann steigen von irgendwoher die ersten Worte des Rosenkranzes empor, und die Menschen fallen ein, fallen ein in dieses monotone Gemurmel. Darunter mischt sich Schluchzen und Weinen und irgendwann ein Grollen, und das Gebet verhallt. Das Grollen wird lauter und lauter, hört abrupt auf, und die Menschen, die für lange Sekunden den Atem angehalten haben, nehmen ihr Gebet wieder auf. Irgendwann steht Brückner vorne beim Altar und redet, nur mühsam kann er seine Stimme kontrollieren. Schreiber hört nur mit halbem Ohr hin, in seinem Inneren wirbeln die Bilder durcheinander: der Kopf des alten Seilers mit dem blutverschmierten Mund, das kleine Mädchen, der kleine Bub, die Eltern, der Rosenkranz in der Hand der toten Frau.

Dann steht er mit anderen vorne beim Altar, die Leichen werden vorsichtig aufgehoben und aus der Kirche hinaus in das Pfarrhaus getragen, in einen Raum im unteren Stock, in dem bereits die Fenster geöffnet wurden. Schreiber trägt zusammen mit einem anderen Mann die Frau, immer noch den Rosenkranz in ihren Händen, die man inzwischen gefaltet hat, der Mund ein schmaler Strich, die Augen geschlossen, die Haut bleich. In dem Zimmer, dem kalten Zimmer, sind am Boden Decken ausgebreitet. Der Seiler liegt ganz links, dann die Familie, die beiden Kinder in der Mitte. Schreiber schlägt so wie die anderen, die die Toten hierhergetragen haben, ein Kreuz und geht zurück in die Kirche, in der auf ihn und die anderen nun viele Stunden warten, kalte Stunden, dunkle Stunden, angstvolle Stunden, stille Stunden. Manchmal versuchen die Menschen den riesigen Raum mit lauten Gebeten zu füllen, manchmal hört man ein Grollen, ein anschwellendes Grollen, einmal fängt auch der Boden an zu vibrieren, und dann verstummen sie alle, die Gebete ducken sich, verkriechen sich in den Nischen und Ecken, bis das Grollen nachlässt und aufhört und wieder Raum gibt für Worte und Gebete. Dazwischen das Brüllen der Kühe, immer lauter, weil ihre Euter zum Bersten voll oder sie vor Hunger fast wahnsinnig sind. Dieses Brüllen macht die Männer unruhig, und da und dort verschwindet einer leise durch die Tür, nur halbherzig zurückgehalten von den Frauen, und wenn er zurückkommt, eine Stunde später, zwei Stunden später, dann ist es ruhiger geworden, ein paar Tiere weniger, die brüllen.

Ein paar Meter von Schreiber entfernt, in den ersten Holzbänken auf der rechten Seite ist der Mann, der Seite an Seite mit ihm geschaufelt und zuerst die Puppe und dann das Mädchen aus dem Schnee gezogen hat. Er scheint alleine zu sein, sitzt die meiste Zeit nur da, oft den Kopf in die Hände gestützt, und als er schließlich aufsteht und zur Tür geht, erhebt sich Schreiber ebenfalls und folgt ihm. Im dichten Schneegestöber auf dem Friedhof holt er ihn ein.

»Muss in den Stall, die Tiere …«

Schreiber nickt: »Ich kann helfen.«

Der Bauer schüttelt den Kopf.

»Gefährlich. Mein Hof ist weit vorn.«

»Ich komme mit«, betont Schreiber und nach einem kurzen Zögern reicht ihm der Bauer die Hand, stapft zum Pfarrhaus, nimmt dort zwei an der Hausmauer lehnende Schaufeln, drückt

Schreiber eine in die Hand und geht voran. Schreiber folgt ihm und wäre fast auf ihn aufgelaufen, als der Mann abrupt vor ihm stehen bleibt, sich noch einmal umdreht und zum Pfarrhaus zurückblickt.

»Meine Frau ist da, ist schwanger«, sagt er und deutet auf das Pfarrhaus. Dann geht er weiter, und Schreiber folgt ihm hinaus auf den Friedhof, in eine Welt, die sich verändert hat, eine Welt, die nur noch aus Schnee zu bestehen scheint. Die Schneewände rechts und links überragen die beiden Männer, und am Boden sammelt sich schon wieder kniehoch der neue Schnee. Das Brüllen der Kühe ist hier noch lauter als in der Kirche, eine schaurige Begleitmusik zu dem mühsamen Marsch der beiden Männer. Sie kommen nur langsam voran, schon nach kurzer Zeit liegt zentimeterdick Schnee auf ihren Köpfen, auf ihren Schultern. Schreiber hat keine Ahnung, wohin sie gehen, er folgt nur dem Mann vor ihm, die Welt hat sich seinen Blicken entzogen, nur weiß und grau, keine Möglichkeit, sich zu orientieren. Irgendwann bleibt der Bauer stehen, auch Schreiber stoppt. Der Mann scheint zu überlegen, dann deutet er mit der Hand nach links, wo ein schmaler Weg abzweigt, und setzt sich in diese Richtung in Bewegung. Kein Wort fällt. Es ist still, nur die Schreie der hungrigen Tiere, nur das Keuchen der beiden Männer, nur das Knirschen ihrer Schritte, einer vor den anderen, langsam, aber beständig kämpfen sie sich voran. Schreiber kommt es vor, als wären sie schon eine Ewigkeit unterwegs, das Stapfen durch den Schnee strengt ihn an, und er ist froh, als der Mann endlich wieder stehen bleibt.

»Da«, sagt er und deutet in das Schneegestöber. Schreiber kann nicht viel erkennen, nur einen schmalen Pfad, der aber nicht passierbar ist, weil auf der linken Seite die Schneewand eingebrochen ist und ihn verschüttet hat. Sie schaufeln sich den Weg frei zum Haus, immer abwechselnd, dann weiter die Hauswand entlang bis zum Stall. Als sie die Tür zum Stall etwas aufmachen und sich durch den Spalt hineinzwängen können, tauchen sie ein in eine andere Welt. Kein Schneegestöber, kein Schnee, dafür Wärme, die unruhige Lebendigkeit der Tiere, ihr Gebrüll und auch wieder Farben, Farben, die nach dieser Welt aus Weiß und Grau willkommene Ziele für die Augen sind. Schreiber sieht eine rote Decke, die über einem Balken hängt, und er kann sich kaum satt sehen an dieser Farbe, auch wenn sie in dem Halbdunkel nur undeutlich zu erkennen ist.

Der Bauer hat schon begonnen, die erste Kuh zu melken. Schreiber trägt von weiter hinten im Stall Heu heran, große Büschel, die er mit seinen Armen umklammert, an sich presst und in die leeren Futterkrippen legt. Es dauert eine gute Stunde, bis die Kühe gemolken, mit Heu und Wasser versorgt sind. Eigentlich gibt es keinen Grund mehr, noch länger zu warten. Schreiber steht an der Tür, aber der Bauer scheint noch nicht so weit zu sein. Er geht zwischen seinen Tieren umher, langsam, klopft ihnen auf den Rücken, redet ihnen beruhigend zu, schiebt mit einer Gabel noch den Mist am Boden zusammen und scheint Schreiber und die Gefahr, in der sie schweben, völlig vergessen zu haben.

»Wir sollten gehen.«

Der Bauer schaut auf, wirft einen verlorenen Blick auf Schreiber.

»Der Schnee auf den Wegen, bald kommen wir nicht mehr durch.«

Der Bauer nickt, stellt die Gabel an die Wand. Aber plötzlich beginnen seine Schultern zu zucken, er umfasst mit beiden Händen den Hals einer Kuh und vergräbt sein Gesicht in ihrem Fell. Schreiber wartet, unschlüssig, was er tun soll. Er sieht die bebenden Schultern des Mannes, hört sein Schluchzen. Draußen wütet der Winter, der mehr und mehr die Wege zudeckt, als ob er alles zudecken möchte, was auf dieser Welt ist, alles, was noch an Menschen erinnern könnte. Schreiber denkt an die Lawinen, an die ungeheuren Massen von Schnee, die auf den Bergen sind. Plötzlich spürt er Angst, spürt wieder die kalte Hand an seinem Hals, das Gewicht des Balkens und des Schnees auf seiner Brust, und er sieht wieder vor sich, wie Maria, von einigen Männern gestützt wird, die Augen aufgerissen, die Bluse offen, und dann ist da einer vor ihm und seine Hand kommt auf ihn zu, und Schreiber erwartet den Schlag von Kühbauer, der ihn umwerfen wird, aber diese Hand ist nicht die Faust von Kühbauer, diese Hand legt sich sanft auf seine Schulter, und er sieht den Mann vor sich stehen, der eine Puppe und ein Mädchen aus dem Schnee gezogen und jetzt bei seiner Kuh geweint hat. Er sieht die roten, verweinten Augen, er sieht ein Nicken als Zeichen dafür, dass er bereit ist. Schreiber drückt die Stalltür so weit als möglich auf, und die beiden Männer schlüpfen hinaus, wo schon die Dämmerung begonnen hat. Diesmal geht Schreiber voran, stapft durch den Schnee, den Blick starr vor sich auf den Boden gerichtet, wo die Spuren noch etwas zu sehen sind. Und dann bleiben sie beide stehen, gleichzeitig, atemlos, denn ein dumpfes Geräusch hat sie gestoppt, ein leises Grollen, ein sich näherndes Grollen. Der Mann packt Schreiber am Oberarm, seine Hand drückt zu, aber Schreiber spürt nichts, nimmt nichts davon wahr, da ist nur dieser dumpfe Ton, dieses Rollen und Grollen, das anschwillt und sich in einem dumpfen Knall entlädt. Wieder Ruhe, nur ein paar Tiere noch, die irgendwo brüllen. Die beiden Männer atmen auf und setzen ihren Weg fort durch diese Welt aus Schnee und Gefahr, bis sie erschöpft bei der Kirche ankommen, von ein paar besorgten Männern an der Tür schon erwartet. Schreiber blickt sich unruhig um, irgendetwas hat sich verändert. Alles ist dunkel, auch der Blick zum Pfarrhaus sieht nicht die ersehnten, verschwommenen Lichtflecken, die sich sonst durch die Fenster hinaus in die Finsternis wagen. Bevor Schreiber das richtig einordnen kann, hört er schon eine Stimme, die sagt, dass der Strom ausgefallen ist.

Jemand klopft ihm auf die Schulter, und als er seinen Blick von der Dunkelheit löst, in der sich das Pfarrhaus befinden muss, in der sich Maria befinden muss, sieht er Brückner vor sich stehen. Der Ortsvorsteher streift ihm mit einem besorgten, fast väterlichen Gesichtsausdruck den Schnee von den Schultern, packt ihn am Unterarm und zieht ihn hinter den anderen her in die Kirche.

Ein Gespenst steht in der Tür, in der aufgerissenen Tür, den fauchenden Nachtwind im Nacken, es keucht, schluchzt, flüstert, spuckt Worte aus, die wie aufgescheuchte Vögel herumflattern, ohne Richtung, ohne Ziel gegen die kalten Mauern klatschen, auf den Boden fallen, zwischen die unruhig Schlafenden, die sich an ihre Träume klammern, dem Aufwachen zu entkommen versuchen. Vergeblich! Schon greift die Kälte mit eisiger Hand unter die zu dünnen Decken, schon meldet sich der Schmerz in den Schultern, im Rücken, in den Beinen. Und da sind diese Worte: ungeordnet, unzusammenhängend, unheilvolle Worte, die die Menschen auffahren lassen, ungläubig starren sie auf den kaum wahrnehmbaren Schatten, der diese Ungeheuerlichkeiten ausspuckt, diese Worte auf sie loslässt, diese Worte, die klingen wie Lawine und Unterdorf und Tote und alles kaputt und Hilfe und schnell.

Dann ist da nur noch ein Wimmern, das Gespenst ist zu Boden gesunken, und erst jetzt schaffen es die Ersten aus ihrer Erstarrung, sind bei dem weinenden Mann, erst jetzt können die Ersten ihm die Hand auf die Schulter legen, den Schnee von seiner Jacke wischen. Sie helfen ihm auf und führen ihn zu einer Holzbank, immer noch weint er, immer noch stößt er die Worte aus, die die ungeheure Nachricht bringen, in die hintersten Winkel der Kirche tragen und den ganzen Raum mit Entsetzen füllen.

Schreiber ist wach, längst wach, aber er steht nicht auf, liegt da, die Augen zu, als könnte er so diesem Entsetzen entfliehen, das sich in den Menschen breitmacht und ihre Lippen durchbricht. Schreckensschreie und Stoßgebete werden ausgestoßen, als ließen sich die Worte von ihnen vertreiben, die Worte Lawine und Unterdorf und Tote und alles kaputt und Hilfe und schnell. Aber diese Worte haben eine ungeheure Macht und sie bahnen sich ihren Weg in die Herzen, zwischen den gefalteten Händen, hindurch, an den hastig geschlagenen Kreuzen vorbei, nichts kann sie aufhalten, nichts kann die Gedanken aufhalten, die ihnen folgen. Gedanken an die Menschen im Unterdorf, die man kennt, denen man nahesteht, Söhne und Töchter, Väter und Mütter, Großeltern, Enkel und Nichten und Freunde, und hinter dieser Welle an Gesichtern und Erinnerungen kommen schon die nächsten Gedanken, logische Gedanken, denn das Unterdorf galt als sicher, und jetzt haben die Schneemassen nicht nur Menschen und Häuser unter sich begraben, sondern auch Sicherheiten, an denen man sich bisher festgehalten hat.

Jahrhundertelang haben sich die Lawinen an ihre Bahnen gehalten, jeden Winter die mehr oder weniger gleichen Striche ins Tal gezogen, und wenn es auch den einen oder anderen Winter mit dem einen oder anderen Ausreißer gab, so war doch allen klar, und die Ältesten konnten es bezeugen, dass dem Unterdorf keine Gefahr durch Lawinen drohte. Das hat es nie gegeben, daran kann man sich halten, und daran hat man sich gehalten. Und jetzt fährt dieser Winter mit seiner eisigen Hand in diesen Teil des Dorfes hinein, der doch zu weit weg ist von den steilen Hängen, von den drohenden Felsen, von den überhängenden Wechten, wie man seit Generationen gemeint hat. Jetzt reißt dieser Winter die Häuser in diesem sicheren Teil des Dorfes weg, in denen man am Abend gebetet hat, das schon, aber nicht für sich selbst, denn man war ja im Unterdorf, da war man sicher, da konnte einem nichts passieren, da wurden die Gebete für die Bekannten gesprochen, die weiter oben wohnen, die in Gefahr sind. Und jetzt das! Jetzt fährt dieser Winter hinein, hinein in jahrhundertealte Sicherheiten, räumt auf mit diesen Vorstellungen und gibt ein Opfer aus seinem eisigen Griff frei, schickt es als Gespenst durch die Nacht zur Kirche, mit dieser verstörenden Nachricht von Lawine und Unterdorf und Toten.

Ein Schreien und Jammern hebt an, und der auf der Holzbank zusammengesunkene Mann ist nicht mehr der Einzige, der weint. Dann durchschneidet Brückners Stimme das Stimmengewirr, nicht laut, aber mit seiner gewohnten Autorität. Es sei gefährlich, ins Unterdorf zu gehen, um nach Überlebenden zu suchen, gibt er zu bedenken, und außerdem sehr ungewiss, ob man in der Dunkelheit überhaupt jemandem helfen könne. Ein tumultartiges Durcheinander bricht los, plötzlich unterbrochen von einem gellenden Schrei. Es ist der Mann, den die Lawine aus ihren Fängen gelassen hat, er ist aufgestanden, hat die Hände hochgerissen und ruft: »Die Gertraudi schreit! Die Gertraudi schreit! Die Gertraudi schreit!« Sofort sind ein paar bei ihm, beruhigende Hände, beruhigende Worte, er wird wieder zurück zur Bank geführt, hingesetzt, während er noch immer, aber jetzt mit leiser werdender Stimme, seine Botschaft wiederholt: »Die Gertraudi schreit! Die Gertraudi schreit! Die Gertraudi schreit!« Dann beruhigt er sich, sinkt vornüber, begleitet von sanften Worten, die ihn einhüllen wie eine wärmende Decke.

Diskussionen, erregte Stimmen, hektische Gesten. Brückner bittet vergeblich um Ruhe. Mitten in all dem Tumult formen sich Entscheidungen. Die Tür wird aufgerissen, ein paar Männer, schemenhafte Schatten vor der dunklen Nacht, gehen hinaus. Andere stehen noch unschlüssig da, leises Weinen und Schluchzen im Hintergrund. Zusammengesunken auf der Holzbank sitzt der Mann, der die Nachricht überbracht hat, beleuchtet von Kerzenlicht, und jetzt, mit der offenen Tür, mit dem Wind und der

Nacht, die in die Kirche drängen, beginnen die Kerzenlichter zu flackern, tanzen unruhig über aufgerissene Augen, zusammengepresste Münder, gefaltete Hände, zucken über die Wände, reißen an Schreibers langem Wintermantel, als wollten sie den zur offenen Tür Eilenden zurückhalten. Aber dann ist er draußen, draußen in der Nacht, draußen im Wind, draußen im Schneegestöber, und er sieht Schatten vor sich, die sich im Dunkeln vortasten, Schaufeln von der Hausmauer des dunklen Pfarrhauses nehmen. Als Schreiber nähertritt, drückt ihm einer eine Schaufel in die Hand, und er erkennt den Mann, mit dem er im Stall war, den Mann, der eine Puppe und ein Mädchen aus den Schneemassen gezogen hat und der jetzt bereit ist, noch mehr Menschen auszugraben, während seine schwangere Frau in tiefem Schlaf im Pfarrhaus liegt, vielleicht aber auch mit offenen Augen in die Dunkelheit starrt, ohne zu ahnen, dass ihr Mann nicht mehr in der Sicherheit der Kirche ist, sondern dass er sich in einer Reihe von Schatten mit einer Schaufel über der Schulter durch kniehohen Schnee kämpft, in eine finstere, heulende Welt, in eine eisige, feindliche Welt, in der das Leben nicht mehr die Regel, sondern die Ausnahme ist.

Hinter ihm in der Reihe geht Schreiber, betäubt von allem, was um ihn herum passiert. Die Glieder fühlen sich kalt an, schwer, jeder Schritt ein Kampf, auch wenn der Schnee schon von den Leuten an der Spitze des Zugs niedergetrampelt wurde. Vorne wird abgewechselt. Wenn der Erste nicht mehr kann, nach nur wenigen Schritten durch den tiefen Schnee, drückt er sich gegen die Schneewand, lässt seinen Hintermann vorbei, damit dieser nun mühsam den Weg durch den Schnee spurt. Bald ist Schreibers Vordermann an der Reihe, und dann ist Schreiber selbst derjenige, der den Zug anführt, und als auch er nach wenigen Schritten am Ende seiner Kräfte ist, bei einem Schritt den Fuß nicht weit genug aus dem Schnee zieht und nach vorne kippt, packt ihn eine Hand an der Schulter, reißt ihn hoch, drückt ihn zur

Seite. Aber es ist kein hilfreiches Aufhelfen, es ist ein grobes, aggressives Zupacken, und Schreiber sieht Kühbauers Gesicht vor sich, der ihn mit der Hand am Kragen gepackt hat und gegen die Schneewand drückt. Einen unendlichen Augenblick lang ist die Welt keine Welt aus Schnee und Wind und Nacht, sondern eine Welt aus Hass und Wut und Gewalt, dann lässt Kühbauer los und kämpft sich weiter auf dem Weg, der kaum noch als solcher zu erkennen ist. Dahinter bewegen sich die Männer keuchend vorwärts, keiner von ihnen hat diesen Zwischenfall bemerkt, alle haben die Köpfe gesenkt, konzentrieren sich auf den Boden vor ihnen, Schritt für Schritt und Schritt für Schritt, und als der Zug von mehr als zwanzig Männern an ihm vorbei ist, reiht sich Schreiber wieder ein.

Endlich bleiben sie stehen. Es gibt kein Weiterkommen mehr, Schneemassen versperren den Weg. Undeutlich und kaum zu erkennen ragen Balken und Bretter wie grotesk erhobene Finger in den nächtlichen Himmel. Plötzlich ist es still, ungeheuer still. Es ist nichts mehr zu hören, selbst der Wind ist abgeflaut, nur die Flocken fallen unablässig zu Boden, aber leise, leise rieselt der Schnee. Und dann hören sie es, zuerst vage, undeutlich, weit entfernt, aber plötzlich deutlicher, dieses heisere »Jungfrau Maria!«, dieses verzweifelte »Hilfe!«, dann wieder »Jungfrau Maria!« und »Jungfrau Maria!« und »Jungfrau Maria!«. Ein markerschütternder Schrei und die Litanei beginnt von neuem: »Jungfrau Maria!«, und »Jungfrau Maria!«, und »Jungfrau Maria!« Es ist die Stimme einer alten Frau, die alle kennen und einer spricht aus, was sie schon alle in der Kirche gehört haben: »Gertraudi, die Gertraudi schreit.« Als wäre das das Signal, der notwendige Impuls, beginnen sie zu schaufeln, Seite an Seite, Schulter an Schulter, so gut es der Platz zulässt. Alle paar Minuten treten die vorderen zurück, die nächste Reihe übernimmt, nichts, was man ausgemacht hätte, nichts was besprochen werden muss, einfach etwas, das sich natürlich ergibt, und dieses

Gemeinsame gibt den Männern Kraft, mehr Kraft als sie eigentlich noch haben. Kraft, die auch Schreiber spürt, als Teil dieser Gemeinschaft, die sich dem Winter in die Eingeweide bohrt. Balken stellen sich den Männern in den Weg, werden weggerissen, Bretter werfen sich den Schaufeln entgegen, werden vielarmig überwältigt. Und in dem Wüten des Windes betet die Eingeschlossene ihre Litanei, schreit sie die Jungfrau Maria in rhythmischen Wiederholungen den verbissen schaufelnden Männern entgegen.

Schreiber weiß nicht, wie lange diese Symphonie aus Wind und Jungfrau Maria und Keuchen und Schaufeln dauert, aber er merkt so wie die anderen, dass das Schreien der Gertraudi lauter wird und lauter und näher kommt und näher, und jetzt erheben auch manche der Männer ihre Stimme, schreien »Wir sind da!«, und »Wir kommen gleich«. Das Schaufeln wird noch verbissener, noch schneller und dann ein Ruf: »Wir haben sie!« Eine kleine Gestalt wird herausgezogen, rechts und links gestützt, und Schreiber sieht wieder Maria, wie sie aus dem verschütteten Stall geführt wird, aber die Wirklichkeit holt ihn ein, schnell, sehr schnell. Die kleine Gestalt voller Schnee, gestützt von zwei Männern, ist direkt vor ihm stehen geblieben. Die Augen aufgerissen, ihre Hände zucken nach oben, die Zeigefinger direkt auf Schreiber gerichtet, und eine heisere Stimme kommt aus dem kleinen Körper: »Er! Er!«, und noch einmal: »Er!« Ihre Arme sinken nach unten, ihre Stimme fängt wieder an mit Jungfrau Maria, ihre Hand schlägt ein Kreuz über Stirn, Mund und Brust, dann zeigt sie erneut auf Schreiber. Endlich drängen sie die beiden Männer, die sie stützen, weiter und verschwinden mit ihr in Richtung Pfarrhaus in der Dunkelheit.

Jemand klopft Schreiber auf die Schulter, und als er sich umdreht, sieht er den Bauern, von dem er den Namen nicht weiß, aber mit dem er im Stall war, mit dem er Seite an Seite geschaufelt hat, mit dem er die Bilder teilt, die beide ein Leben lang in sich tragen werden, Bilder von einer Puppe, Bilder von einem Mädchen, und dieser Bauer nickt ihm zu, aufmunternd, vielleicht entschuldigend. Schreiber spürt die Anteilnahme, und das tut ihm gut.

Plötzlich ertönen hinter ihnen ein paar Rufe, und Schreiber sieht Schatten auftauchen, mit Schaufeln und Stangen bewaffnet. Brückner führt diesen Zug an, sein »Los, Männer, weiter!«, ist leise, aber durchschneidet mühelos den Wind, und sofort kommt Bewegung in die Gestalten, weiß von all dem Schnee, der sich auf ihnen niedergelassen hat.

Die restlichen Stunden der Nacht gehören dem Tod. Das Zimmer im Pfarrhaus wird zu klein, erst als ein Kanapee und eine Kommode hinausgetragen werden, wird Platz frei für all die Körper, die dort gelagert werden müssen, gelagert bei offenem Fenster, denn Tote liegen kalt. Vier haben sie noch gefunden im Nachbarhaus der Gertraudi, einen Mann, eine Frau, zwei Kinder, aber allen ist klar, dass das wahrscheinlich nicht alle sind. Niemand weiß, wie weit die Lawine vorgedrungen ist, wie viele Häuser verschüttet sind, wie viele Menschen, wie viel Vieh. Selbst das blasse Tageslicht, das sich am Morgen zu den Männern gesellt, kann ihnen nicht mehr zeigen. Da ist nur Schnee, der sich haushoch vor ihnen auftürmt. Auf ihre Rufe, die ihnen der Wind sofort von den Lippen reißt und in alle Richtungen verstreut, antwortet niemand, und schließlich gibt Brückner das Kommando, die Aktion abzubrechen und in die Sicherheit der Kirche zurückzukehren.

Schreiber ist müde, erschöpft, durchgefroren, aber er kann nicht schlafen. Schon nach wenigen Minuten setzt er sich wieder auf, lehnt sich an die kalte Mauer in der Kirche. Er zieht sein in Leder gebundenes Buch aus der Tasche und beginnt zu schreiben. Mit zitternden, klammen Fingern versucht er diese Welt, diese nächtliche Welt aus Wind und Schnee auf Papier zu bannen. Plötzlich fällt eine Stimme auf ihn herab, bösartig, aggressiv.

»Was machst da?«

Schreiber braucht einen Moment, um zu verstehen, dass er gemeint ist. Der Sprecher ist vor ihm, ein großer Schatten. Schreiber kann das Gesicht in dem Halbdunkel nicht erkennen.

»Ich schreibe. Ich arbeite«, sagt Schreiber unsicher.

»Schreiben? Über uns? Schreibst über uns?« Die Stimme des Sprechers ist lauernd. Schreiber sieht, dass die Hände des Mannes zu Fäusten geballt sind. Er steht auf. Jetzt kann er das Gesicht des Mannes besser sehen, aber er kennt ihn nicht.

»Du schreibst? Schreibst, wie wir verrecken?«

Schreiber antwortet nicht. In der Kirche ist es still.

»Ich will's lesen!« Die Hand des Mannes greift nach dem Buch, Schreiber drückt es an die Brust und weicht aus. Der Mann schreit auf: »Ich will's lesen, sofort, gib ...« Von hinten legt sich eine Hand auf seine Schulter, eine andere Hand umfasst seinen Oberarm.

»Lass das, lass das doch, bringt nichts«, sagt eine Stimme, und Schreiber sieht, dass es Brückner ist. »Schadet niemandem, wenn er schreibt.«

»Sehen nicht alle so«, faucht der Mann, der sich ein Stück wegziehen lässt, ohne aber den Blick von Schreiber abzuwenden.

»Wir müssen ruhig bleiben, Nerven bewahren!« Wieder die Stimme von Brückner.

»Sind viel zu lang ruhig geblieben!« Der Mann dreht sich von Schreiber weg und fixiert den Ortsvorsteher.

»Was meinst damit?« Brückners Stimme zittert.

»Frag doch die Gertraudi«, presst der Mann zwischen seinen Zähnen hervor und geht. Brückner schaut zu Schreiber, der immer noch dasteht, mit den gekreuzten Armen das Buch an die

Brust drückt, dann wendet er sich ab und folgt dem Mann durch die Kirche. Schreiber sinkt erschöpft auf seine Decke. Er ist müde, fühlt sich unendlich leer und fällt in einen unruhigen Schlaf, das Buch an sich gedrückt.

Eine mächtige, weiße Hand liegt auf seiner Brust, kalt, fordernd, schwer. Sein Atem geht stoßweise, keuchend ringt er nach Luft, wirft den Kopf hin und her, während es in seinem Gehirn arbeitet und sich Panik in Wellen in ihm ausbreitet. Seine Lippen formulieren ein Wort, und es ist das Wort: »Was?«, und ein weiteres Wort, und es ist das Wort »Wer?«. Aber er bekommt keine Antwort, die mächtige weiße Hand, kalt, fordernd und schwer auf seiner Brust, drückt zu, mehr und mehr, und er will schreien, verlangt nach Hilfe, aber da ist zu wenig Luft, um zu schreien, zu wenig Luft, um nach Hilfe zu verlangen, vielleicht überhaupt zu wenig Luft, um weiterzuleben. Er will diese unbarmherzige weiße Hand von seiner Brust reißen, aber er kann sich nicht bewegen, er spürt seinen Körper, kann ihn aber nicht bewegen, er ist wie einbetoniert in etwas Hartes, etwas Kaltes, etwas, das ihn nicht loslässt, ihm keinen Spielraum gibt, keinen Zentimeter, und das alles hat zu tun mit dieser Hand, dieser mächtigen, weißen Hand auf seiner Brust, kalt, fordernd, schwer ist sie, diese Hand. Plötzlich steht Maria vor ihm, ein Schemen, ein Schatten, geführt von zwei Männern rechts und links, ihre Brust ist zu sehen, und auf seiner Brust diese grausame, unerbittliche Hand. Endlich ist ein wenig Luft da, nicht viel, aber genug für einen Schrei, einen heiseren Schrei, der sich von seinen Lippen löst und wie ein aufgescheuchter Vogel in das Kirchenschiff flattert und fünf Buchstaben in die Luft wirft, ein

M, ein A, ein R, ein I, ein A, und endlich eine Hand an seiner
Schulter, eine Stimme, die etwas sagt, aber die er nicht versteht,
aber langsam, langsam schwindet der Druck, langsam zieht sich
die mächtige, weiße Hand zurück, endlich ist Luft da, Luft, die
in sein Inneres strömt. Er sieht den Mann, der neben ihm kniet
und ihn schüttelt, und er sieht, dass sich dessen Lippen bewegen
und Worte formen, die an ihn gerichtet sind, Worte, die er nur
einfangen und in die richtige Reihenfolge bringen muss, das ist
alles, das muss er tun, und er erkennt das Wort »Traum«, und
dann das Wort »du«, und dann »hast«, und dann »geträumt«,
und er nickt, zumindest glaubt er, dass er nickt und als er sich
aufrichtet, sieht er jede Menge Köpfe, die in seine Richtung gedreht sind, Augenpaare, die ihn misstrauisch anstarren, und das
Gesicht des Mannes, der ihn geschüttelt hat, der ihm noch einmal erklärt, dass alles gut sei, dass er nicht mehr schreien müsse,
dass er in der Kirche sei, hier seien sie sicher, absolut sicher.
Schreiber, mittlerweile wach, die geröteten Augen aufgerissen,
starrt in Brückners Gesicht, der ihn nun loslässt und aufsteht.

»Es war eine lange Nacht«, seine Stimme, leise und beruhigend, und Schreiber sitzt da, sieht Brückner zu, wie er durch den
Mittelgang der Kirche davongeht, sofort von ein paar Männern
und Frauen bestürmt, die ihn mit Fragen einkreisen, während er
versucht, eine Ruhe zu vermitteln, die er selbst nicht hat, und
Antworten zu finden, die es nicht gibt.

Schreiber fühlt sich schlecht, ihm ist kalt, langsam kehrt die
Erinnerung zurück, viele Szenen, die sich gleichzeitig vor sein
Inneres drängen und Aufmerksamkeit verlangen: das tote Mädchen, die Gertraudi und ihre knorrigen Finger, das Schneegestöber und der Wind, der Bauer, der Trost sucht bei seiner Kuh,
Maria und ihr rotes Tuch, der Kühbauer und seine Faust. Dann
drängen sich seine schmerzenden Hände zwischen all diese Szenen, er hält sie vor sein Gesicht, vor seine Augen, sieht die Blasen, die einen mit Wasser gefüllt, die anderen schon aufgeplatzt,

sieht die Schrunden an den Fingern, ist befremdet von diesen Händen, die vorgeben, seine eigenen zu sein, die auf sein Kommando eine Schaufel heben und senken, und seine Erinnerung stellt ihn wieder vor den Lawinenkegel, in die Reihe der arbeitenden und keuchenden Männer, Schaufel um Schaufel und Wind im Gesicht, Schnee im Gesicht und wieder die Gertraudi, ihre aufgerissenen Augen, ihre anklagenden Finger auf ihn gerichtet, und wieder in der Kirche, und er erinnert sich an den Mann, der ihm das Manuskript nehmen wollte, und dieser Gedanke, siedend heiß, lässt ihn hinter sich greifen, und mit einer ungeheuren Erleichterung spürt er das Buch unter der Decke, zieht es heraus, drückt es an seine Brust und kreuzt die Arme.

»Regen.« Eine Stimme neben ihm.

Schreiber dreht den Kopf, sieht den Mann, mit dem er zusammen geschaufelt hat, der die Puppe und das Mädchen aus dem Schnee gezogen, der weinend seine Kuh umarmt hat, von dem er den Namen nicht weiß und der sich jetzt neben ihn setzt.

»Regen«, sagt er noch einmal mit leiser Stimme.

Ich muss ihn nach seinem Namen fragen, denkt Schreiber, wird aber abgelenkt durch ein Geräusch, ein leises Prasseln an den großen bunten Fensterscheiben der Kirche, dazwischen die weit entfernten Schreie der Tiere, an die man sich gewöhnt, die man kaum mehr bewusst wahrnimmt. Aber das Prasseln, das ist da, laut und deutlich. Es regnet, Schreiber ist aufgeregt.

»Regen«, sagt er.

»Ja, Regen«, wiederholt der Mann neben ihm mit müder Stimme.

»Dann ist es wärmer geworden?«

Der Mann nickt, antwortet aber nicht.

»Das heißt doch, ich meine, dann ist das alles bald vorbei?«

Der Mann hebt den Kopf, schaut Schreiber an und nickt wieder.

»Ja, bald vorbei«, sagt er, aber in einem Tonfall, der mehr von Angst, Müdigkeit und Unsicherheit zeugt als von Zuversicht.

»Bald vorbei«, wiederholt Schreiber und versucht diesen beiden Worten einen freudigen Klang zu geben.

»Bald«, antwortet der Mann, »wissen nur nicht, ob's dann auch mit uns vorbei ist.«

Schreiber erschrickt.

»Aber wir sind doch sicher, hier, in der Kirche?« Schreiber will mit einer Geste diese Kirche, diesen Raum, diese Menschen in diese Sicherheit einbeziehen, aber er bemerkt, dass er seine Arme immer noch über der Brust gekreuzt hat, das Manuskript an sich gedrückt wie ein kleines Kind seine Puppe. Beschämt legt er das Buch neben sich. Der Mann hat nichts bemerkt, sein trauriger Blick, die Augen gerötet, ruht auf dem Boden.

»Kein Mensch weiß, was in den nächsten Stunden passiert.«

Schreiber antwortet nicht, schaut auf den Mann.

»Warmwettereinbruch, Plusgrade. Regnet wahrscheinlich bis weit hinauf, vielleicht bis auf die Gipfel.«

Der Mann macht eine Pause, scheint mit irgendetwas an seiner Hose beschäftigt zu sein, reibt mit der Hand an einer Stelle über dem Knie, als müsste er dort einen Fleck wegwischen, den nur er sehen kann.

»Der viele Regen drückt den Schnee zusammen, der wird schwer. Lawinen werden noch leichter ausgelöst ... noch gefährlicher.«

»Aber hier in der Kirche ...«, antwortet Schreiber, ohne den Satz zu Ende zu bringen. Der Mann neben ihm, der Mann, von dem er den Namen nicht weiß, zuckt nur mit den Schultern. Dann schweigen beide. Schreiber lehnt seinen Kopf zurück an die kalte Wand, schließt die Augen, hört das Prasseln des Regens, da und dort Gebete, die Schritte eines Mannes, der den Mittelgang entlanggeht, flüsternde Stimmen von der anderen Seite der

Kirche, wo auch Menschen ihren Rücken und ihren Kopf an die kalten Mauern lehnen und dem Regen zuhören.

»Meine Frau ...« Die beiden Worte, leise, bleiben allein im Raum stehen.

»Sie ist schwanger«, sagt Schreiber, der sich daran erinnert, dass ihm der Mann das bereits erzählt hat. Er hört keine Antwort und öffnet die Augen. Ich muss ihn nach seinem Namen fragen, denkt er und sieht, wie der Mann sich mit einer Hand über die Augen fährt. Schreiber weiß, dass diese Augen vom Weinen gerötet sind. Er streckt seine Hand aus, langsam und zögerlich und legt sie dem Mann auf die Schulter.

»Alles in Ordnung mit ihr?« Schreibers Stimme ist heiser und kaum zu hören. Der Mann zuckt mit den Achseln, kaum wahrnehmbar, aber Schreiber spürt die Bewegung mit seiner Hand.

»Ist zusammengebrochen.« Die Stimme des Mannes ist brüchig, Schreiber ahnt mehr, als dass er es in dem Halbdunkel sehen kann, dass ihm Tränen über die Wangen laufen.

»Ihre Eltern«, der Mann ringt nach Atem, »sind im Unterdorf, wir wissen nichts.« Er verstummt und beginnt sich wieder mit seiner Hose zu beschäftigen.

»Das Kind, sie ist erst im sechsten Monat, muss jetzt liegen, sonst ...«

Das Prasseln des Regens, Gebete. Schreiber spürt einen Kloß im Hals, seine Hand liegt noch immer auf der Schulter des Mannes. Er weiß nicht, ob er sie dort lassen oder wegnehmen soll, aber er kann sie auf Dauer sowieso nicht hochhalten, und so drückt er die Schulter kurz mit seinen Fingern, eine Geste, die Kraft und Zuversicht vermitteln soll, bevor er die Hand wegnimmt und sinken lässt.

»Es wird gut gehen«, hört er sich selbst sagen, aber es klingt hohl, kraftlos, mutlos. Neben ihm beginnt der Mann zu schluchzen. Schreiber ist das unangenehm, er weiß nicht, was er tun soll.

Vielleicht sollte er ihn aufrichten, mit ihm zur Türe gehen, hinaus, zwei Schaufeln nehmen, sich Wind und Regen erneut entgegenstellen und den Weg freigraben bis zum Stall des Mannes, nur damit er dort den brüllenden Tieren etwas Futter geben kann, etwas zu trinken, sie melken kann, um den Druck aus ihrem Euter zu bekommen, und nur um zu sehen, wie der Mann, dieser schluchzende Mann neben ihm seine Kuh umarmt und etwas hat, woran er sich festhalten kann.

»Die Kühe, sie brüllen«, sagt Schreiber, einfach, um irgendetwas zu sagen. »Sollen wir? Ich komme mit.«

Der Mann, dessen Namen er nicht weiß, schüttelt energisch den Kopf.

»Viel zu gefährlich. Es zerreißt mich, aber es geht nicht. Meine Frau, mein Kind, ich kann jetzt nicht einfach raus und …«

Hilflos zuckt er die Schultern, er dreht seinen Kopf, schaut mit großen Augen auf Schreiber, große Augen, die eine Bestätigung suchen, die um Vergebung bitten für sich, für einen Bauern, der seine Tiere im Stich lässt.

»Ich verstehe«, sagt Schreiber leise. »Ja, Frau und Kind …«

Und wieder hängt ein unvollendeter Satz in der Luft, wieder suchen Schreibers Hände nach Worten, als schwirrten diese überall herum und man bräuchte sie nur einzufangen.

»Dein Platz, das ist dein Platz«, hört er sich sagen, »Frau und Kind, dein Platz.«

Der Mann nickt, wirft einen Blick auf Schreiber, einen Blick, der neben Angst und Verzweiflung auch Dankbarkeit in sich trägt.

»Ja«, er rappelt sich hoch, »ich geh zu meiner Frau …«

Schreiber steht ebenfalls auf und folgt dem Mann, ohne zu wissen, warum er das tut. Plötzlich fällt ihm das Manuskript ein, er geht die paar Schritte zurück, bückt sich, hebt das in Leder gebundene Buch auf und steckt es unter sein Hemd.

Schreiber sieht, wie die Tür aufgerissen wird, und eilt mit

schnellen Schritten durch den Mittelgang. Er holt den Mann ein, der an der Kirchenmauer stehen bleibt, während sich hinter den beiden das riesige Tor schließt. Es ist still, nur das Prasseln des Regens ist zu hören. Durch den Schleier der Tropfen sieht Schreiber undeutlich das Pfarrhaus. Der Schnee scheint jetzt niedriger zu sein, zusammengedrückt, von Regentropfen wie von Einschusslöchern durchsiebt. Schreiber denkt, dass er diesen Mann neben sich nach seinem Namen fragen will, diesen Mann, für den er ein Gefühl der Nähe empfindet, ein Gefühl, das keine Worte braucht, aber gerne einen Namen hätte. Doch in diesem Augenblick setzt sich der Mann in Bewegung, läuft, so schnell es in dem kniehohen und nassen Schnee möglich ist, zum Pfarrhaus. Schreiber sieht ihm nach, bis er in der Tür verschwunden ist. Dann ist er allein, nur die alte Kirche lehnt sich noch an seinen Rücken.

Diesmal ist es nicht nur ein Gespenst, das mitten in der Nacht die Türe öffnet, eindringt in die Kirche, eindringt in den unruhigen Schlaf, in die düsteren Träume der Menschen, diesmal ist es nicht nur ein Gespenst, das sie unruhig werden lässt in ihrem Schlaf, das sie schließlich aufschreckt, sodass ihr Kopf hochschnellt und sie verzweifelt versuchen die neuen Eindrücke, die neuen Geräusche einzuordnen, zuzuordnen, in Verbindung zu bringen mit dem, was sich vor ihren Augen abspielt, den weit aufgerissenen Augen, die in die Dunkelheit starren und die vielen Schatten sehen, die sich durch die geöffnete Tür aus der Nacht in das flackernde Kerzenlicht der Kirche drängen. Stimmen umschwirren die Erwachenden wie lästige Insekten, und da ist ein Weinen und ein Schluchzen, und Namen werden gerufen und Gebete ausgestoßen und Kreuze geschlagen, und das Stimmengewirr wird lauter, schwillt an, füllt die Kirche aus, eine Sinfonie aus Worten und Tränen, aus Flüstern und Schreien. Schreiber, mittlerweile aufgestanden, starrt fassungslos auf dieses Schattenspiel, fängt einzelne Worte ein, fügt sie zusammen, da ein Satz und dort ein Satz und bald weiß er, dass das die Bewohner des Unterdorfes sind, die sich nach der ersten Lawine, die das Haus der Gertraudi und drei weitere Höfe verschüttet hat, zurückgezogen haben in die Häuser, die am weitesten weg stehen von den Hängen und Flanken des Berges, und die sich vor ein paar Stunden entschlossen haben, das Unmögliche zu wagen und mit Schaufeln und Stangen losgezogen sind, über tief verschneite Felder möglichst weit weg von den gefährlichen Abhängen, durch den dichten Regen bis zur Kirche.

Jetzt sind sie da, Männer, Frauen und Kinder, durchgefroren, durchnässt. Sie reden von Lawinen, von Toten und Vermissten. Namen geistern umher, gefolgt von Tränen und Schreien und Schluchzen. Schreiber sieht den Mann, der die Puppe und das Mädchen aus dem Schnee gezogen hat und dessen Frau im Pfarrhaus liegt und um das Kind in ihrem Bauch betet, und Schreiber sieht, wie dieser Mann einen anderen Mann umarmt, dann eine Frau, und gleich darauf rennt er auf Schreiber zu, greift sich seine Jacke, die am Boden liegt, und als er sich aufrichtet, sieht Schreiber, dass er weint.

»Sie haben's geschafft! Sie haben's geschafft! Muss zu meiner Frau!« Mit diesen Worten dreht er sich um, bahnt sich einen Weg durch die Menge, und Schreiber denkt wieder, dass er ihn nach seinem Namen fragen sollte.

Inzwischen hat es sich bis ins Pfarrhaus herumgesprochen, weitere Schatten kommen zur Tür herein, Decken werden gebracht, trockene und warme Kleider gereicht. Die Menschen rücken zusammen, es wird enger in der Kirche, die Stimmen ruhiger, die Rufe weniger, das Schluchzen unterdrückter, die Namen der Toten und Vermissten werden wie geheimnisvolle Formeln von Mund zu Mund gereicht, flüsternd, mit einem Kreuzeichen versehen. Leise erhebt sich irgendwo eine Stimme, eine einzelne Stimme, sofort eine zweite, eine dritte, und dann finden alle in einem Vaterunser zusammen, und als würde der Hirte seine Tiere rufen, ordnen sich die Menschen in die Bänke ein, Schulter an Schulter, diejenigen, die keinen Platz mehr finden, stehen neben den Bänken, hinter den Bänken. Eine Gestalt löst sich aus der Menge, und Schreiber erkennt den alten Pfarrer, der nach vorne geht und vor dem Altar auf die Knie sinkt. Seine Stimme übernimmt die Führung, leitet die Betenden in den Rosenkranz, bis die Frauenstimmen übernehmen mit »Gegrüßet seist du, Maria, voll der Gnade, der Herr ist mit dir, du bist gebenedeit unter den Weibern und gebenedeit ist die Frucht deines Leibes, Jesus …« Schreiber hört diese alten Formeln, die irgendwo in seinem Inneren eingeschrieben sind und nun wieder lebendig werden, hört die Antwort der Männer, »Heilige Maria, Mutter Gottes, bitte für uns Sünder, jetzt und in der Stunde unseres Ablebens, Amen«. Unmerklich finden sich seine Hände, verstricken sich seine Finger ineinander, und er steht da mit gefalteten Händen, mit durchgedrücktem Rücken, hört den hohen Singsang der Frauen, das tiefe Raunen der Männer, wieder die Frauen und wieder die Männer, und schon beginnen seine Lippen sich zu bewegen, sprechen die alten, fast schon vergessenen Worte, und dann betet er mit, leise, und bittet die heilige Maria, für uns Sünder zu bitten, jetzt und in der Stunde unseres Ablebens, und mit dem Amen geht das Gebet wieder über zu den Frauen, und sie grüßen Maria, die voll der Gnade ist und die gebenedeit ist, genau wie die Frucht ihres Leibes. Wie schon als Kind nimmt ihn dieses seltsame Wort gefangen, gebenedeit, und während er automatisch die heilige Maria bittet, für die Sünder zu bitten bis zu ihrem Ableben, denkt er über dieses Wort nach, dessen Bedeutung er nicht kennt und nicht gekannt hat als Kind, und gebenedeit bist du unter den Weibern, beten die Frauenstimmen, und die Frucht ihres Leibes ist gebenedeit, diese Frucht mit dem Namen Jesus, der für uns Blut geschwitzt hat.

Schreiber bittet mit den anderen Männern die heilige Maria um ihre Hilfe bis zum Ende des Lebens, und er denkt an die Frucht des Leibes, die im Pfarrhaus liegt, an die Frau, die die ungeheure Erleichterung spürt, die in Wellen durch den aufgeblähten Körper geht, weil ihr Mann da ist, ihr Mann, der nichts erzählt von der Puppe und von dem Mädchen, die er aus dem Schnee gezogen hat, dafür aber mit tränenerstickter Stimme, dass ihre Eltern da sind, erschöpft und nass, aber gesund, in der

Kirche bei den anderen. Er nimmt sie in den Arm und ihre Tränen und seine Tränen, und gebenedeit ist die Frucht deines Leibes, Jesus, und die Männer mit ihrer Bitte an die heilige Maria und nach dem Amen plötzlich etwas anderes, andere Worte, andere Gebete. Schreiber ist erstaunt, aufgeschreckt, vermisst diese angenehme Monotonie von Frauenstimmen und Männerstimmen und ist froh, als nach einem weiteren Vaterunser wieder diese Formel aus den Mündern kommt, diesmal aber mit vertauschten Rollen, diesmal grüßen die Männer Maria, und diesmal nehmen sie dieses Wort in den Mund und nennen sie gebenedeit unter den Weibern und nennen die Frucht ihres Leibes gebenedeit, und dann ist es an den Frauen, die heilige Maria zu bitten, uns beizustehen jetzt und in der Stunde unseres Ablebens, und Schreiber grüßt Maria, die voll der Gnade ist, genießt das Wort gebenedeit in seinem Mund und schenkt es dieser Frau und ihrem Kind und merkt, dass ihm nicht mehr kalt ist, die vielen Menschen in der Kirche Schulter an Schulter jetzt und in der Stunde unseres Ablebens sieht er den Pfarrer, den alten Mann, auf den Knien, den Rücken straff durchgedrückt, und er fragt sich, wie dieser Greis das aushält, aber der Herr ist wohl mit ihm, und Maria ist gebenedeit unter den Weibern, und gebenedeit ist die Frucht ihres Leibes und Jesus, der für uns gegeißelt worden ist, erteilt den Frauen wieder das Wort und Heilige Maria, wo ist sie, Maria, wo ist Maria, und Schreiber dreht den Kopf, lässt seine Augen durch das Dunkel gleiten, aber da ist nicht viel zu sehen, nur die offene Kirchentür.

Warum ist sie offen in der Stunde unseres Ablebens, und wieder wird die Monotonie unterbrochen mit anderen Gebeten, und Schreiber merkt, dass ihn das stört, er will nicht hinaus aus diesem Singsang, in den er sich eingewickelt hat, wie in einen warmen, weichen Mantel, und er ist froh, als die Frauen wieder Maria grüßen, die voll der Gnade ist, der Herr ist mit ihr, und wieder schwingt es empor, dieses seltsame Wort, dieses unverständliche Wort, gebenedeit. Schreiber schließt die Augen, wiegt sich hin und her in dem Singsang, und plötzlich ist nicht nur dieses Wort ein unverständliches, plötzlich hat er das Gefühl, lauter unverständliche Worte zu sprechen. Worte, die keiner versteht, die keiner verstehen muss, die einfach dazu da sind, ausgesprochen zu werden, zu beruhigen und sich in einem sanften Singsang in die Welt der Menschen zu drängen, in der die Männer wieder Maria bitten, ihnen beizustehen, jetzt und in der Stunde unseres Ablebens, und die Frauen Maria beschwören, die Gebenedeite und die Frucht ihres Leibes, den Gebenedeiten, der für uns mit Dornen gekrönt worden ist.

Schreiber hält die Augen geschlossen, murmelt die Sätze mit, diese seltsamen Sätze, sieht sich plötzlich in einer dunklen Kirche, rechts und links von ihm seine Eltern. Er weiß nicht, wo er ist, woher diese Erinnerungen kommen, aber er spürt wieder diese feierliche Erregung, die er schon als Kind hatte, während Maria von den Menschen beschworen wurde und dieses seltsame Wort gebenedeit in jener Kirche ausgesprochen wurde, so wie es jetzt gesprochen wird, in dieser kleinen Kirche in diesem kleinen Dorf in den Bergen, in dieser Unwirklichkeit, in der er sich befindet, er, Max Schreiber, Historiker, bedroht von Lawinen, bedroht von plötzlichem Tod. Er dreht den Kopf, sucht nach Maria, sucht nach einem roten Tuch, aber da ist nichts, nur Schatten und undeutlich zu erkennen die Kirchentür, immer noch geöffnet, und das beunruhigt Schreiber plötzlich, warum ist diese Tür offen, warum? Seine Lippen bewegen sich synchron mit denen der anderen Männer, aber seine Gedanken sind dort hinten, dort hinten bei der Tür, warum ist sie offen, jetzt und in der Stunde unseres Ablebens? Vielleicht, so denkt Schreiber, damit man den Tod nicht erst hört, wenn er an die Tür kracht mit ungeheurer Wucht, vielleicht weil man ihn schon hören will, wenn er oben losbricht, weil man hören will, wie er die steilen Flanken und Hänge herunterdonnert, Fahrt aufnimmt und ein

tiefes Grollen vorausschickt, das ihn ankündigen soll, damit sich
die Köpfe der Menschen zu ihm drehen und ihm entgegensehen, wenn er kommt. Vielleicht ist deshalb die Tür offen, damit wir dieses Grollen besser hören können, denkt Schreiber,
und er sieht, wie sich die Köpfe der Menschen drehen, zur offenen Tür, durch die das Grollen hereinkommt, und dann beginnt
der Boden zu zittern, und das Gebet bricht jetzt und in dieser
Stunde in sich zusammen. Schreie gellen aus den aufgerissenen
Mündern, und etwas prallt mit ungeheurer Wucht auf, ein dump-
fer Knall, und dann ist Stille, plötzliche Stille, atemlose Stille.

Alles scheint ein Gemälde zu sein, das Gemälde eines Malers,
der sich mit den Schatten auskennt und mit den dunklen Farben. Doch dann durchdringt eine einzelne Stimme dieses Gemälde, steigt hinauf ins Kirchenschiff und grüßt Maria, und andere Stimmen fallen ein, voll der Gnade und der Herr ist mit dir,
und jetzt werden die Stimmen lauter und bestimmter, dankbarer
und fester, und die Männer antworten und bitten Maria, ihnen
noch länger beizustehen, denn noch ist nicht die Stunde unseres
Ablebens. Schreiber reiht sich wieder in diese Prozession der
Stimmen ein, merkt, dass ihm die Tränen über die Wangen laufen, merkt, dass er zittert, aber er betet zu den beiden Gebenedeiten, er bittet sie um Gnade, spürt den Schweiß und die Geißel
und die Dornen und immer wieder Maria und Maria und Maria
und ihre Hand auf seiner Schulter jetzt und in der Stunde unseres Ablebens und diese Hand, die nicht die Hand von Maria
ist, die ihn aber fest an der Schulter packt, während ihn andere
Hände und Arme angreifen und anfassen, aufheben vom Boden,
auf den er gesunken ist. In die Litanei mischen sich beruhigende
Worte, und Schreiber begreift, dass sie ihm gelten, und er sieht
über sich das Gesicht des Mannes, den er nach seinem Namen
fragen sollte, während er aus der Holzbank herausgetragen und
auf seine Decke gelegt wird. Er rappelt sich auf, lehnt sich mit
dem Rücken an die Wand, die kalte Wand. Vor ihm in der Hocke

der Mann, seine Lippen bewegen sich. Schreiber versteht nicht, was er sagt, aber er nickt, deutet an, dass alles in Ordnung ist, dass es ihm gut geht, und erst jetzt wird ihm bewusst, dass er zusammengebrochen ist, während des Gebets, inmitten all der Männer und Frauen, jetzt und in dieser Stunde. Müde schließt er die Augen, hört die Stimmen der Betenden wie ein Brausen, ein unablässiges Brausen in seinem Kopf, bis ihn der Schlaf willkommen heißt.

Er ist da, immer da. Er gibt sich unauffällig, aber ich sehe ihn. Er sucht die Schatten, aber ich finde ihn. Ich weiß seinen Namen nicht, aber ich kenne ihn. Er gibt sich zurückhaltend, lächelt, aber ich durchschaue ihn. Er will es! Er will das Buch! Er will das Manuskript! Aber ich wache. Ich, Max Schreiber, Historiker, ich wache über das Buch und über Schreiber, den Schatten, den Bewohner des Manuskriptes, der jetzt schläft, schläft in diesen frühen Morgenstunden, während immer noch einzelne Stimmen den Rosenkranz beten, die immer gleichen Worte und Verse aneinanderreihen.

Sie haben die ganze Nacht gebetet. Am stärksten waren die Stimmen, nachdem sich das Grollen der großen Lawine mit einem dumpfen Knall in Stille verwandelt und die Menschen in der Kirche eine ungeheure Erleichterung erfasst hatte. Weil die Mauern noch standen, so wie sie immer gestanden waren: ruhig, fest, aufrecht, unbeeindruckt von den weißen Schwadronen, die der Winter ins Dorf jagte. Da, in diesem Moment, in dieser Erleichterung, da schwangen sich die Gebete auf, formten sich zu Triumphbögen, bildeten aus Buchstaben Perlenketten, die sich von einer Seite der Kirche zur anderen spannten. Später, nachdem Schreiber zusammengebrochen war und auf seine Decke gelegt wurde, wurden die Stimmen leiser, müder, langsamer, weniger. Aber sie haben durchgehalten, ununterbrochen, einige wenige bis in die frühen Morgenstunden. Dafür war es die erste

Nacht, in der die Toten im Pfarrhaus ihre Ruhe hatten: Alle, die dort die Nächte zuvor Totenwache gehalten und gebetet hatten, waren nun in der Kirche versammelt. Auch er, natürlich, auch er. Ich kenne seinen Namen nicht, aber ich kenne ihn. Ich kenne ihn in all seinen Masken und Verwandlungen, ich wache, ich, Max Schreiber, ich wache.

Sie schauen misstrauisch, wenn ich schreibe. Alle, nicht nur er. Vielleicht ist er auch alle. Ich weiß es nicht. Aber ich sehe, was ich sehe, ich sehe ihre misstrauischen Blicke. Sie halten den Rosenkranz in ihren Händen, aber hätten lieber ein Gewehr. Sie beten, aber ihre Gedanken umkreisen mich. Sie lächeln, aber ihre Blicke durchbohren mich. Sie können es sich nicht erklären, was ich tue. Sie fühlen sich beobachtet, gestört in ihrer Angst, in ihrem Überleben, gestört durch meine Anwesenheit, durch mein Schreiben. Alle, alle hätten es gern, das Buch auf dem Schreiber liegt, in dem Schreiber lebt, aber ich, Max Schreiber, Historiker, ich passe auf, ich wache, auch in diesen frühen Morgenstunden, ich wache in dieser Kirche in diesem kleinen Dorf in den Bergen, wo es immer noch regnet.

Es muss bald vorbei sein, und dann wird Schreiber kein Schatten mehr sein, sondern ein Mann mit Blumen in der Hand und einem Namen auf seinen Lippen und einem Gesicht in seinem Herzen. Sie werden alle genug zu tun haben, sie müssen ihre Toten beweinen, ihre Häuser reparieren, die Tiere versorgen, die Gärten und Felder bestellen und sich die Geschichten über diesen Winter erzählen. Sie werden keine Zeit haben, auf den kleinen Feldweg zu schauen, der den gut gelaunten Wanderer vom Dorf zum Wald und dann auf den Hügel zum Lanerhof führen wird, zu ihr, zu Maria, der Stummen, die mit ihrer zärtlichen Hand alles, was zu sagen ist, auf die Schulter des Wanderers und in sein Gesicht schreiben wird. Und der Wanderer wird ihr mit seinen Lippen antworten, lautlos, ohne Worte. Niemand wird sich mehr an das Manuskript erinnern, niemand wird sich mehr dafür interessieren, auch nicht er, dessen Namen ich nicht kenne, aber den ich im Auge behalte, egal, welche Nische in der halbdunklen Kirche er bewohnt, egal, hinter welchem Gesicht er sich versteckt, egal, ob er mich mit einem Lächeln beschwichtigen will. Ich werde nicht müde werden, ich bin wach, ich wache, ich, Max Schreiber, Historiker aus Wien, zum Schriftsteller geworden in den Bergen, ich bin wach.

Schreiber, der Schatten, aber schläft, tief und fest. Er schläft in seinem Manuskript, er schläft in der Kirche, eingewickelt in seine Decke, das Buch wie immer in letzter Zeit unter sein Hemd gesteckt. Doch es ist Zeit, ihn aufwachen zu lassen an diesem frühen Morgen, aufwachen lassen aus einem schweren Schlaf mit schweren Träumen, an die er sich nicht erinnern kann, aufwachen lassen mit geschwollenen Augenlidern, die er mit beiden Händen reibt und spürt, dass die Kälte vom Boden in der Nacht durch seine Decke gekrochen ist, sich in den letzten Stunden in seinem Körper breitgemacht hat.

Wie jedes Mal, wenn er aufwacht, schickt er seine Blicke los, lässt sie durch den Raum gleiten, vor allem über die Nische auf der anderen Seite, dort, wo Hans Kühbauer sitzt, mit seiner Mutter redet, von Georg aber keine Spur, er ist nur selten zu sehen in der Kirche.

Manchmal hat Schreiber ihn draußen gesehen, wie er mit einer Schaufel blindwütig Wege und Breschen in die Schneemauern schlug, manchmal hat er ihn im Pfarrhaus gesehen, niemals aber mit Maria, die die meiste Zeit in der Küche arbeitet, ununterbrochen Kartoffeln schält, denn etwas anderes gibt es nicht mehr. Aus dem Tal kann nichts kommen, zu schlecht das Wetter, zu schlecht die Sicht, um Hubschraubern einen Weg zu zeigen. So bleiben nur die Kartoffeln. Es sei denn, wie flüsternde Stimmen in den dunklen Nischen wissen, man wendet sich an die Neubäuerin, die im Keller ihres Ladens noch das eine oder andere anzubieten hat, freilich hinter vorgehaltener Hand, freilich gegen etwas mehr Geld und freilich auch mit dem Risiko, nachts die schützende Kirche verlassen zu müssen, um heimlich die gekauften Sachen zu holen.

Schreiber, jetzt richtig aufgewacht, erinnert sich an seinen Zusammenbruch in der Nacht während des Gebetes, er beißt sich auf die Lippen, weil ihn diese Erinnerung peinlich berührt. Aber niemand scheint sich um ihn zu kümmern, alle sind zu beschäftigt mit sich selbst, mit ihren Sorgen und Ängsten, mit ihrer Trauer und mit dem bisschen Leben, das ihnen vielleicht noch zugestanden ist.

Plötzlich spürt Schreiber Zorn in sich aufsteigen, nicht auf diese Menschen, nicht auf dieses Dorf, nicht einmal auf Kühbauer, aber auf diesen Zustand der Hilflosigkeit, auf diese Situation, in die er gelangt ist, auf sein Schicksal und auf diese Welt, die nach seinem Leben trachtet. Er ballt die Fäuste gegen einen unsichtbaren Feind, schüttelt verbissen den Kopf und schwört sich zu überleben, sein Leben mit in den Frühling, mit in die Zukunft, mit ins Tal zu nehmen, nicht einer von denen zu werden, die nachts bei offenem Fenster schlafen. Ihm fällt der alte Seiler ein, seine Geschichte von dem jungen Hirten, der alle Warnungen in den Wind schlug, auch die Warnungen seiner Geliebten, der saligen Frau, und Schreiber denkt an die mahnenden Worte des Seilers, als er ihn verließ, erinnert sich, wie er darüber nachdachte, ob der Seiler absichtlich diese Geschichte für ihn ausgesucht hatte, ihm damit sagen wollte, was auch die salige Frau dem Hirten sagte, meine Welt ist nicht deine Welt, und Schreiber fragt sich, was wohl Maria zu ihm sagen würde, welche Worte sie aussprechen würde, wenn sie sprechen könnte. Würde sie auch sagen, meine Welt ist nicht deine Welt? Hätte sie ihn gewarnt? Gebeten, den Berg zu verlassen, bevor es zu spät ist? Er weiß es nicht, er kennt nur ihre Augen, die strahlen, ihre Hände, die Wärme und Geborgenheit geben, und er fragt sich, ob Augen überhaupt in der Lage sind, jemanden wegzuschicken, jemanden, der auf keinen Fall weggeschickt werden will, der entschlossen ist zu bleiben, entschlossen, diesem Winter und dem Schnee und der Gefahr die Stirn zu bieten, nicht weil er mutig ist, sondern einfach deshalb, weil sein Herz ihm keinen Weg ins Tal zeigt. Dieser Jemand, der in der Kirche sitzt, die nicht mehr so kalt ist, denn es ist noch wärmer geworden, und dieser Jemand, der leise und für niemanden hörbar das Abenteuer ihres Namens flüstert: Maria und Maria und Maria. Dieser Jemand, der plötzlich mit einem wilden Trotz im Herzen aufspringt, so schnell, dass die anderen in der Kirche erstaunt ihren Kopf heben. Aber Schreiber merkt das nicht, er spürt nur diesen Trotz in sich, sagt sich selbst, dass es genug ist, dass er genug davon hat, sich so wegdrängen zu lassen von seinem Gefühl, von seinem Wollen, von Maria, es reicht, sagt er sich und schlägt mit der geballten Faust in seine flache Hand, ohne zu bemerken, dass ihn die anderen beobachten, erstaunt, manche verängstigt, manche verärgert. Aber Schreiber ist in seinen Gedanken gefangen, seinen Gedanken, die seine Schritte durch den Mittelgang lenken, durch ein Spalier aus Köpfen, durch ein Gitter aus Blicken, das Buch unter seinem Hemd. Nichts nimmt er wahr, da ist nur Maria und Maria und Maria, da ist nur seine wilde Entschlossenheit, Klarheit zu schaffen, sich nicht länger in die Ecke drängen zu lassen vom Winter und seinen Lawinen, von Georg und seinen Fäusten, und wieder schlägt er mit seiner Faust in seine flache Hand, und dann ist er an der Tür, und wie er den großen gusseisernen Griff packt, legt sich eine Hand auf seine Schulter. Schreiber dreht sich um, schnell und aggressiv, und sieht Brückner vor sich stehen.

»Maria ...« Schreiber bremst ab, presst die Lippen zusammen, aber es ist schon zu spät. Dieses eine Wort ist nicht mehr zurückzuholen, hat längst den Weg zu Brückner gefunden, dessen Blick ruhig auf Schreiber ruht. Der Ortsvorsteher verzieht keine Miene, gibt mit nichts zu erkennen, dass er dieses Wort gehört hat, und Schreiber wird augenblicklich klar, dass Brückner gar nichts hören muss, dass er alles weiß, dass er ihn durchschaut, dass er weiß, wohin Schreiber in seiner wilden Entschlossenheit will, mit seinem Zorn, die Hand zur Faust geballt,.

»Ist schwierig, so lange zu warten.« Brückners Stimme ist leise, vorsichtig. Seine Hand löst sich von Schreibers Schulter.

»Wir müssen warten. Alle.«

Schreiber blickt zu Boden. Er weiß, dass er etwas sagen müsste, dass er einen Weg suchen müsste in ein normales Gespräch, Brückners wachsame Gedanken ablenken, weg von Maria, aber es ist schwierig, Worte zu finden.

»Wie lange?« Seine Stimme ist leise, seine Stimme ist schwach, seine Schultern sind herabgesunken, die geballte Faust hat sich geöffnet, nichts mehr in seinem Inneren ist noch so wie wenige Minuten zuvor, nichts mehr ist zu spüren von dieser Kraft, dieser Entschlossenheit.

»Keine Ahnung.« Brückner zuckt bekümmert mit den Achseln. »Es regnet nicht mehr stark, aber wir haben keine Ahnung, wie es weiter oben ausschaut. Regnet es? Schneit es? Ist es wärmer? Kälter?« Brückner schüttelt den Kopf, auch er sucht nach Worten.

»Aber die meisten Lawinen sind doch ...«

»... unten?«, vollendet Brückner den Satz. »Die meisten, ja, die meisten, vielleicht sogar alle, aber wir wissen es nicht, wissen es einfach nicht. Der Nebel, die Wolken, solange wir nichts sehen ...« Auch Brückner lässt seinen Satz unvollendet, und eine Stille breitet sich aus zwischen den beiden. Irgendwann fasst Brückner Schreiber am Arm und zieht ihn weg von der Tür, sanft aber bestimmt.

»Geduld, noch ein, zwei Tage, irgendwann muss das Wetter besser werden.«

Schreiber aber bleibt stehen, lässt sich nicht am Arm zurückführen an seinen Platz an der Wand, greift stattdessen wie um ein Zeichen zu setzen, an den ehernen Knauf der Kirchentür. Er sieht die Bestürzung in Brückners Gesicht, und er weiß, dass er in diesem Moment etwas zerschlagen hat, etwas, das er nicht benennen kann, etwas zwischen ihnen beiden, zwischen Brückner und Schreiber, aber er will nicht zurück, nicht zurück zu all diesen Augen und ihren misstrauischen Blicken. Er will zum Pfarrhaus, er will zu Maria, und das weiß Brückner, und das will er verhindern, denn er weiß auch, dass Kühbauer meistens im Pfarrhaus ist.

»Herr Schreiber, bitte!« Brückners Stimme hat etwas Flehendes, immer noch hält er Schreiber am Arm gepackt.

Schreiber schüttelt seinen Kopf, wagt es aber nicht, Brückner anzuschauen. Er kommt sich vor wie ein kleines, trotziges Kind. Wieder will Brückner ihn von der Tür wegziehen, aber Schreiber schüttelt die Hand energisch ab, und mit dieser Bewegung kommt ein Teil der Wut zurück. Es ist genug, denkt er, genug, ich lass mich nicht mehr behandeln wie ein kleines Kind. Und er weiß nicht, ob er das nur gedacht hat oder wirklich gesagt, er hebt den Kopf, sein Blick trifft auf Brückners Blick und er erkennt, dass sich in dem Gesicht des Ortsvorstehers etwas verändert hat, etwas ist härter geworden, die Lippen aufeinandergepresst, die Augenbrauen zusammengezogen, die Augen nur noch Schlitze.

»Schreiber, wir können jetzt keine Schwierigkeiten brauchen.« Auch seine Stimme hat sich verändert, hart und bestimmt kommen die Worte daher, und die Tatsache, dass der Herr vor dem Namen verschwunden ist, entgeht Schreiber nicht.

»Lassen Sie mich!«

Brückner schüttelt den Kopf, fasst Schreiber wieder am Arm. Die Männer schauen sich in die Augen. Schreibers rechte Hand umklammert den Knauf der Kirchentür. Schließlich entspannt sich Brückners Griff, er lässt Schreibers Arm los.

»Bitte«, flüstert er, »bitte keine Schwierigkeiten!«

Schreiber nickt und bemerkt, dass alle Härte aus Brückners Blick gewichen ist, dass seine Augen glänzen, so wie feuchte Augen glänzen.

»Keine Schwierigkeiten«, sagt Schreiber, und er würde sich wünschen, dass Brückner ihm glaubt. Er würde sich wünschen, dass er sich selbst glauben kann, aber seine Stimme ist kraftlos, ohne Überzeugung, und dieser Blick von Brückner, dieser traurige Blick von Brückner ist schwer auszuhalten.

»Keine Schwierigkeiten«, sagt Schreiber noch einmal, dann zieht er die Kirchentür auf, geht einen Schritt in die Nacht hinaus, bleibt stehen, dreht sich um zu Brückner, der bewegungslos hinter ihm steht.

»Ich hab Hunger«, sagt Schreiber, »noch nicht gefrühstückt.« Und er weiß, dass diese Erklärung, dieser Versuch einer Erklärung, Brückner nicht täuschen kann. Wieder einer dieser langen Augenblicke, die endlos zu dauern scheinen, dann senkt Schreiber den Kopf und stapft durch den Schleier aus Regen zum Pfarrhaus. Als er seine Hand an die Türklinke legt, blickt er zurück zur Kirche und sieht dort den Schatten unter der Kirchentür, der sich nicht bewegt hat.

Schreiber tritt ein, und einer plötzlichen Eingebung folgend geht er nicht in das große Zimmer mit dem Kachelofen, in dem Tische aufgestellt sind und in dem immer gegessen wird. Er geht den Gang weiter, weiß, dass die nächste Tür in die Küche führt, in die Küche, in der Maria meistens arbeitet. Er steht da, atmet tief durch, öffnet die Tür und tritt ein. In der Küche ist nicht viel los, es muss schon spät am Vormittag sein. Mit einem Blick sieht er, dass Maria nicht da ist, und er ist gleichzeitig enttäuscht und erleichtert. Am Holzherd, in dem ein Feuer brennt, stehen zwei Frauen, die Schreiber nicht kennt, die ihm aber zunicken und auf den Tisch deuten. Schreiber setzt sich, und eine der beiden Frauen stellt ihm ohne ein Wort einen Teller mit zwei Kartoffeln und eine große Tasse Tee, aus der Dampf aufsteigt, auf den

Tisch. Schreiber sagt leise »Danke« und starrt auf den Teller. Er hat Hunger, langt nach einer Kartoffel, zieht die Hand aber wieder zurück und schüttelt sie.

»Heiß«, hört er eine Stimme hinter sich, als die Tür wieder geschlossen wird und sich der alte Pfarrer neben ihn setzt.

»Hier, so geht's.« Der alte Mann sticht mit einer Gabel in eine der beiden Kartoffeln und hält sie Schreiber hin. Schreiber nickt dankend, greift nach der Gabel und schafft sogar ein Lächeln, als sich die Hände der beiden bei der Übergabe berühren.

»Wie geht's Ihnen?«

Schreiber, der schon einen Biss von der Kartoffel genommen hat und sich fast den Mund verbrennt, fächelt sich Luft zu.

»Muss schwierig sein für Sie«, redet der Pfarrer weiter, »so allein.«

Schreiber antwortet nicht, immer noch schiebt er mit der Zunge die heiße Kartoffel in seinem Mund hin und her.

»Andererseits«, die Hände des Pfarrers heben sich in einer hilflosen Geste ein wenig, »müssen Sie auch um niemanden Angst haben.« Seine Augen ruhen auf Schreiber, der nun endlich schluckt und nickt.

»Ja, da haben wir ja was gemeinsam«, sagt der alte Mann mit müder Stimme, wartet auf eine Antwort von Schreiber, aber es kommt nichts. Achselzuckend erhebt er sich, wünscht Schreiber einen guten Appetit und verlässt mit schlurfenden Schritten den Raum. Schreiber ist froh, allein zu sein, zumindest niemanden bei sich zu haben, der mit ihm reden will, und die beiden Frauen, die am Herd beschäftigt sind, tun ihm den Gefallen. Nachdem er die Kartoffeln gegessen hat, bleibt er noch eine Weile sitzen, die Hände um die warme Tasse Tee gelegt. Er verspürt eine angenehme Ruhe, schließt die Augen, zu hören sind nur noch vereinzelte Regentropfen an der Fensterscheibe und das Klirren von Geschirr. Eine der beiden Frauen geht mit einem großen Topf hinaus, und gleich darauf ist die nächste Zimmertür zu hören. Schreiber nimmt den letzten Schluck von seinem Tee und gibt sein Geschirr bei der anderen Frau ab.

Im Gang wartet sie wieder auf ihn, die Frage, die ihn hergebracht hat: Wo ist Maria? Er bleibt stehen, sucht in seinem Inneren nach dieser wilden Entschlossenheit, nach dieser Kraft, die ihn angetrieben hat, um die Dinge klarzustellen, und er merkt, dass nicht viel davon übrig ist. Stöhnend lehnt er sich an die Wand. Aus dem großen Raum mit dem Kachelofen dringt Stimmengewirr, hauptsächlich Männerstimmen, aber das sagt nichts aus, selbst wenn Maria im Raum ist, würde er sie nicht hören, Maria, die Stumme, Maria mit ihrer Hand auf seiner Schulter, Maria mit ihren Augen in seinen Augen, Maria mit ihrem Körper an seinem Körper.

Er stößt sich ab von der Wand, geht zur Tür, öffnet sie und tritt ein. An den Tischen sitzen einige Männer und Frauen, deren Köpfe sich jetzt zur Tür drehen. Als sie Schreiber sehen, verstummen die Gespräche. Dieser Moment reicht aus, um Schreiber an seine Ankunft in diesem Dorf zu erinnern, als er am Abend in die Gaststube trat und schlagartig alles still wurde, weil er endlich gekommen war, dieses Gerücht, das davor durch die Gassen getragen worden war, der Historiker aus Wien, und verbittert erkennt er, dass sich das nach all diesen Wochen und Monaten nicht wesentlich geändert hat, vielleicht noch schlimmer geworden ist, weil sie ihn jetzt doch kennen und trotzdem verstummen, wenn er eintritt, er, Schreiber, der Schatten, der sich lächerlich gemacht hat vor dem ganzen Dorf. Er sieht, dass Maria nicht unter den Anwesenden ist, die ihre Blicke wieder abgewandt, ihre Köpfe wieder gedreht und ihre Gespräche wieder aufgenommen haben. Schreiber nickt wie jemand, der einen Gruß nicht so recht über die Lippen bringt und trotzdem irgendetwas sagen will, nickt ins Leere, und geht dann, unbeachtet von den anderen, hinaus auf den Gang.

Wieder lehnt er sich an die Wand, müde, ausgelaugt, unfähig, einen klaren Gedanken zu fassen. Hinter ihm das Stimmengewirr aus der großen Stube, und von gegenüber hört er etwas anderes, eintönig murmelnde Stimmen, und ihm wird klar, dass immer noch der Rosenkranz bei den Toten gebetet wird. Er geht zur Zimmertür, macht sie leise auf und tritt ein. Es ist kalt, wenn auch nicht mehr so kalt wie vor ein paar Tagen. Das Fenster steht weit offen, draußen hört man die Tropfen fallen, und es sind nicht nur die Tropfen des Regens, sondern auch die Tropfen des Schnees, der auf dem Dach schmilzt. Schreiber fragt sich, ob es wohl schon zu warm ist für die Toten und sieht zwei Frauen, die auf Stühlen in der Ecke sitzen und beten. Er stellt sich auf die andere Seite des Raumes und lässt seine Augen über die Toten wandern, Körper mit bleichen, bläulichen Gesichtern. Schreiber hat den absurden Gedanken, dass es nur Puppen aus Wachs sind, keine Menschen, niemals Menschen waren. Er faltet seine Hände und seine Lippen formen tonlos die Worte des Rosenkranzes.

Direkt vor ihm liegt der alte Seiler, die Brust von tonnenschwerem Schnee eingedrückt, das Gesicht von einer Schaufel zerschlagen, die er, Schreiber, in den Händen gehalten hat, und jetzt, als er in das Gesicht des Seilers sieht, die klaffende Wunde, steigt es hoch in ihm, seine Schultern fangen an zu zittern und Tränen laufen über seine Wangen. Der alte Mann hatte recht, es ist nicht mehr viel Zeit, hat er Schreiber am Ende seiner Geschichte gesagt, hat er ihm mit auf den Weg gegeben, auf diesen Weg, auf dem er wieder zum Schatten geworden ist, als Maria und Georg vorbeigegangen sind, als er sich vor ihnen versteckte und von einem Bauern entdeckt wurde. Wieder flutet Scham durch Schreiber, er wischt sich mit der Hand die Tränen aus dem Gesicht, energisch, immer wieder, als könne er nicht nur die Tränen, sondern auch die Erinnerung fortwischen, die Erinnerung an die letzten Wochen, in denen er in diese Situation geraten ist, in diese Ausweglosigkeit, Hilflosigkeit, in diese Verzweiflung. Er wischt über seine Wangen, immer wieder, immer wieder, weg mit allem, weg mit diesem Dorf, weg mit diesen Bergen, weg mit Katharina Schwarzmann und ihrer Geschichte, weg mit Kühbauer und seinem Hass, weg mit Maria und ihren Händen auf seiner Schulter, und weg mit ihren Augen und weg mit ihrem Körper. Aber das geht nicht, das spürt er, das weiß er.

Maria, wo ist sie? Er dreht sich um, reißt sich los von den Wachspuppen, von dem toten alten Mann, dem er das Gesicht zerschlagen hat, reißt sich los von den beiden Frauen, die unbeirrt weiterbeten, jetzt und in der Stunde unseres Ablebens, Amen.

Wieder auf dem Gang, wieder im Halbdunkel, wieder das leise Stimmengewirr, wieder das leise Beten, wieder die Frage nach Maria. Schreiber blickt auf seine Hände, hebt sie vor sein Gesicht, diese Hände, die nicht wissen, ob sie sich zu Fäusten ballen sollen oder nicht. Er steht lange so da, seltsam losgelöst, in einem eigenartigen Zustand, und nur langsam wird ihm bewusst, dass sich etwas verändert hat, dass sich in diesem Chor der Stimmen, die leise aus den beiden Zimmern dringen, etwas gemischt hat, noch eine Stimme, eine männliche Stimme, zischend, heiser, fordernd, und Schreiber, plötzlich erwacht aus seinem Zustand, hält den Atem an, hört, dass die Stimme von weiter hinten kommt, kaum zu hören, so weit weg ist sie, so gepresst redet sie. Da will jemand nicht gehört werden von der Welt, nur gehört werden von der, die seine Welt ist.

Schreiber wird zum Schatten, schleicht den Hausgang zurück bis zur Treppe in den ersten Stock. Von da oben kommt sie, diese Stimme, die um Vertrauen bettelnde, winselnde Stimme, die Vertrauen fordernde Stimme, mal leise, mal laut, mal zärtlich, mal hart, und sie wird lauter, diese Stimme, weil Schreiber langsam, vorsichtig, Schritt für Schritt, die Treppe hinaufgeht, die auf seiner Seite ist und sich ruhig verhält, kein Knarren, kein Quietschen. Dann ist er so weit, dass sich zu der Stimme auch

Gestalten fügen: Maria, mit dem Rücken an die Wand gedrückt, Georg, der auf sie einredet, wie er wohl schon hundertmal auf sie eingeredet hat mit seinen aufpolierten Phrasen, mit seinen Worten, die er herausholt aus seinem Inneren, jedes einzelne ausprobiert an diesem Schloss vor ihrem Herzen, denn eins muss doch passen, eins wird der richtige Schlüssel sein, wird Vertrauen schaffen, Liebe schaffen. So redet er und redet und sieht, wie sich das Gesicht von Maria verändert, da ist plötzlich ein Erschrecken in ihre Augen gemalt, wie bei jemandem, der aus den Augenwinkeln einen Schatten wahrnimmt, und ein Schatten ist es ja auch, den Maria gesehen hat: Schreiber, den Schatten, der die Treppe schon verlassen hat, nur wenige Meter von den beiden entfernt ist, nur wenige Meter entfernt von Georg, der den Kopf dreht, Schreiber sieht und mitten im Satz abbricht. Sein Gesicht verzerrt sich, er geht ein paar Schritte und bleibt vor Schreiber stehen. Seine Hand schnellt vor, packt sein Gegenüber am Kragen seines Hemdes und drückt ihn an die Wand. Schreiber sieht vor sich das verzerrte Gesicht von Kühbauer, die rote Narbe auf der Stirn, er spürt, wie er seine Hände ballt, aber da ist keine Kraft, keine Entschlossenheit, um so zu reagieren, wie er gerne reagieren würde, keine Kraft, die Faust in dieses Gesicht zu schlagen, einmal, zweimal, dreimal, bis es so ausschaut wie das Gesicht des alten Seilers. Er kann das nicht, seine Hand hebt sich nicht, er steht nur an der Wand, Kühbauers Kraft und Wut ausgeliefert. Aber dann hebt sich doch eine Hand, es ist nicht die seine, es ist die Hand von Maria, die plötzlich neben ihm auftaucht, und diese Hand, keine Faust, nur eine flache, kleine, zarte Hand klatscht in Kühbauers Gesicht. Es ist kein harter Schlag, nur der leichte Schlag einer Frau, die nie in ihrem Leben zugeschlagen hat. Aber für Kühbauer gibt es keinen härteren Schlag als diesen. Er erstarrt, die Augen ungläubig aufgerissen. Langsam lässt der Druck an Schreibers Hals nach, langsam sinkt Kühbauers Hand nach unten. Aber es ist nicht nur seine Hand, die sich senkt, auch seine Schultern senken sich, innerhalb von Sekunden hat ihn sämtliche Kraft verlassen. Da ist nur noch ungläubiges Staunen über diese Hand, die ihn geschlagen hat, und aus diesem ungläubigen Staunen wird langsam etwas anderes, Schmerz, unglaublicher Schmerz, und er schüttelt langsam, unendlich langsam, den Kopf, als könne er nicht glauben, was gerade passiert ist. Er geht einen Schritt zurück, noch einen und noch einen, und dann dringt ein erstickter Schrei aus der Tiefe seiner Seele, und er rennt die Treppe hinunter.

Schreiber steht schwer atmend an der Wand, hört Kühbauers Schritte, zuerst auf der Treppe, dann auf dem unteren Gang, dann die Haustür, und dann ist es still, still, unglaublich still. Erst jetzt erwacht Maria aus ihrer Erstarrung, sie dreht sich um, geht mit raschen Schritten den Gang hinunter, die letzten Meter rennt sie, jetzt beide Hände vor das Gesicht gepresst, und verschwindet in einem Zimmer. Schreiber, von dessen Lippen sich nun ihr Name löst, folgt ihr, aber er kann sie nicht mehr erreichen. Die Tür fliegt ins Schloss, ein Schlüssel dreht sich um, Stille.

»Maria, Maria!« Schreiber lehnt den Kopf an die Tür, aber er hört nichts.

»Maria, mach auf! Bitte!« Jetzt ist Schreibers Stimme ein Flehen und Bitten, flüsternd, aber nichts rührt sich hinter der Tür, und Schreibers Stimme wird lauter, seine Hände kommen ihm zu Hilfe, klopfen an die Tür, sanft zuerst, aber irgendwann fester und heftiger, und plötzlich sind diese Wut und dieser Zorn wieder da, diese Entschlossenheit, die ihn hierhergetrieben hat, die ihn aber verlassen hat, als Kühbauer seine Kehle umklammert hielt, jetzt, jetzt ist alles da, die Kraft, die Wut, der Frust und er ruft »Maria!«, und seine Fäuste hämmern an die Tür und »Maria!«, und plötzlich schreit jemand, schreit seinen Namen, schreit »Schreiber!«. Eine Hand packt ihn an der Schulter, reißt ihn weg von der Tür, und Schreiber sieht Brückner vor sich stehen, keuchend, und dahinter auf der Treppe andere Männer, die heraufkommen, abwartend nähertreten, langsam, aber bereit, die Hände zu Fäusten geballt.

Schreiber schüttelt den Kopf, macht eine abwehrende Geste wie jemand, der signalisiert, dass er unbewaffnet ist. Langsam entspannen sich die Männer. Auf ein Nicken von Brückner hin drehen sie sich um, einer nach dem anderen, gehen zur Treppe, gehen hinunter, lassen die beiden allein.

Schreiber wagt es nicht, Brückner anzusehen. Er sucht nach Worten, weiß, dass es keine gibt, die ihm jetzt helfen können, genauso wie Kühbauer keine Worte hat, die das Schloss zu Marias Herz öffnen können, und so zuckt er nur hilflos mit den Schultern, und sein »Entschuldigung!« ist so leise, dass nicht sicher ist, ob es den Weg zu Brückners Ohr schafft oder nicht.

»Es reicht, Schreiber!« Brückners Stimme ist ein Zischen. Da ist nichts mehr zu spüren von der Gelassenheit dieses Mannes, von der Sympathie für Schreiber, die früher immer in seiner Stimme mitschwang.

»Zum letzten Mal: Schreiber, es reicht! Halten Sie sich von Maria fern. Verstanden?«

Schreiber antwortet nicht, steht da, den Kopf gesenkt, und plötzlich packt ihn Brückner grob am Arm, reißt ihn her zu sich.

»Ob du verstanden hast?«, brüllt der Ortsvorsteher, und Schreiber blickt erschrocken in Brückners Gesicht, das entstellte, verzerrte Gesicht von diesem Mann, der so selten seine Beherrschung verliert.

»Ja, habe ich, ja, ja, verstanden«, stammelt Schreiber und er sieht, wie die Aggression aus Brückners Gesicht verschwindet, stattdessen einem Erschrecken Platz macht, einem Erschrecken über sich selbst, über den Verlust seiner Kontrolle. Schreiber setzt sich in Bewegung, geht mit langsamen Schritten zur Treppe, ein Weg, der ihm wie eine Ewigkeit vorkommt, steigt die

Treppe hinunter, geht den Hausgang entlang und hinaus zur Tür, den gleichen Weg, den erst vor wenigen Minuten Kühbauer gegangen ist, und er weiß nicht, ob zuerst dieser Gedanke da ist und dann die Gestalt von Kühbauer oder zuerst Kühbauer vor ihm steht und dann diesen Gedanken auslöst. Es spielt keine Rolle, es hat keine Bedeutung, nichts scheint mehr Bedeutung zu haben, auch nicht, dass Kühbauer ihn zum zweiten Mal am Kragen packt und zudrückt.

»Glaubst wohl, du hast gewonnen? Ha?« Kühbauers Augen sind Messer, die sich in Schreibers Kopf bohren. Grob stößt er ihn weg. Schreiber fällt in den Schnee und bleibt liegen. Er hört ein heiseres Lachen, hört, wie sich Schritte entfernen, es ist still. Langsam rappelt er sich hoch, mechanisch klopft er sich den Schnee vom Mantel und stapft Richtung Kirche. Sein Kopf ist leer, seine Füße tragen ihn durch den Mittelgang zu seinem Platz, sein Körper setzt sich hin, seine Hände decken sein Gesicht zu.

Erst Stunden später gelingt es ihm, sich aus dieser lähmenden Apathie zu lösen. Er schaut sich in der Kirche um, wie immer geht sein Blick zuerst auf die gegenüberliegende Seite, in die Nische, in der die Kühbauers sitzen. Aber da sind nur die Mutter und Hans, der mit geschlossenen Augen dasitzt, den Rücken an die Mauer gelehnt, Georg ist nicht zu sehen. Langsam nimmt Schreiber die anderen wahr, manche stehen in kleinen Gruppen zusammen, manche schlafen, manche sitzen teilnahmslos in den Bänken, manche beten, die einen leise, die anderen laut, und jetzt dringt auch wieder das Stimmengewirr in Schreibers Bewusstsein, er fängt einzelne Worte auf, halbe Sätze, hört, dass über das Wetter beraten wird, dass über die Gefahr geredet wird, die vielleicht noch besteht, aber nur vielleicht, denn es gibt Stimmen, die zurückkehren wollen in ihre Häuser, ihre Höfe, ihre Ställe, sehen, was noch steht und was die Lawinen zermalmt haben. Es gibt Stimmen, die davor warnen, noch eine Nacht, noch eine Nacht, sagen diese Stimmen, es ist bestimmt noch nicht alles unten. Die Namen verschiedener Lawinen werden aufgelistet, aber all das nutzt nichts, denn bei diesem Wetter ist es unmöglich festzustellen, welche dieser Lawinen ihre todbringende Last schon ins Tal getragen hat und welche oben noch wartet, bis ihre Zeit gekommen ist. Der Nebel müsste sich lichten, die Wolken müssten sich auflösen, dann könnte man wirklich etwas sagen, aber so, noch eine Nacht, dann sehen wir weiter, noch eine Nacht, sagen die Stimmen.

Schreiber zerrt das in Leder gebundene Buch unter seinem Hemd hervor. Ich muss schreiben, denkt er, vielleicht sagt er das auch, aber es ist egal, denn jetzt gilt es die richtigen Worte zu finden für Max Schreiber, den Historiker, der das Manuskript und Schreiber, den Schatten, bewacht, dessen Blicke jetzt immer wieder auf die andere Seite in die Nische wandern, in die Nische, in der Hans mit seiner Mutter sitzt, in die Nische, die dann leer ist, weil die beiden zum Abendessen gegangen sind, in der dann wieder Hans mit seiner Mutter sitzt, immer nur Hans, niemals Georg, und das macht Schreiber unruhig. Wo ist Georg? Wo ist Maria?, notiert er in sein Buch, während sich in den frühen Abendstunden die Menschen in den Bänken zum Gebet versammeln und der Pfarrer eine heilige Messe beginnt. Schreiber achtet nicht darauf, seine Augen jagen wie hungrige Hunde durch die Kirche auf der Suche nach Georg, auf der Suche nach Maria, aber keiner von den beiden ist da. Er beißt sich auf die Lippen, er ballt seine Fäuste, seine Augen durchsuchen die Kirche, Bank für Bank, Nische für Nische, aber er findet sie nicht, nicht Maria, nicht Georg. Dafür findet er jetzt nicht nur Worte für das, was gewesen ist, sondern auch Worte für das, was sein wird, und er schreibt, dass er wieder aufbrechen wird, sobald die Messe vorbei ist, sobald es ruhig geworden ist in der Kirche, sobald sich die Menschen in ihre Träume und Sorgen eingewickelt haben wie in ihre klammen Decken. Dann wird er aufbrechen, er wird durch die Kirche hinaus in die Nacht schleichen, in das Pfarrhaus und die beiden suchen, Maria und Georg suchen, denn er, Schreiber, der Schatten, er wird Klarheit schaffen.

Tot, mein Gott, tot. Und sie haben mich gesehen. Brückner, die anderen. Vor der Tür. Wie ich geschrien habe, an die Tür geschlagen. Sie werden mir nicht glauben. Sie werden mir nicht glauben. Auch weil das Messer bei mir liegt. Auf dem Schreibtisch. Ein Holzgriff, die lange Schneide, das Blut, mein Gott, das Blut. Zwischen dem Griff und der Schneide ein Ring aus Metall. Vermutlich kann dort ein Gewehrlauf durchgesteckt werden, vermutlich ein Bajonett, ein Bajonett, ich weiß es nicht. Ich kenne das Messer nicht, aber es liegt hier. Mit Blut. Auch auf meinen Händen ist Blut. Auf meinem Mantel. Sie werden mir nicht glauben.

Ich muss alles aufschreiben, alles dokumentieren, genau, Wort für Wort. Ich bin unschuldig, sie müssen mir glauben, ich muss alles aufschreiben.

Ich bin Dr. Max Schreiber, fünfundzwanzig Historiker aus Wien. Ich sitze an meinem Schreibtisch in meinem Zimmer im Gasthaus. Eine Kerze brennt, es gibt keinen Strom. Ich habe mich hierhergeflüchtet. Es war schwer durch den Schnee, aber ich bin durchgekommen. Es ist der einundzwanzigste Jänner 1951, kurz vor Mitternacht. Neben mir liegt das Messer, mit dem Maria Hartinger ermordet wurde.

Am Abend ist in der Kirche gebetet worden. Eine Messe und ein Rosenkranz, die Kirche war voll. Ich habe Maria nirgendwo gesehen. Später habe ich mich aus der Kirche geschlichen. Zum

Pfarrhaus, die Treppe hinauf, leise zu ihrem Zimmer. Die Tür nur angelehnt, ihr Zimmer leer. Ich dachte, dass sie in die Kirche gegangen ist, dass ich sie übersehen habe. Zurück und vor dem Pfarrhaus, eine Ahnung, vielleicht Fußspuren, ich weiß nicht. Bin nach rechts, die Mauer entlang, da war irgendetwas, ein Schatten, irgendetwas, hat sich etwas bewegt, kann es nicht besser beschreiben, und dann um die Ecke beim Haus, und da ist jemand gelegen. Sie. Am Boden. Im Schnee. Etwas im Rücken. Ich habe gleich gewusst, dass es Maria ist. Schon bevor ich das Messer herausgezogen und sie umgedreht habe. Maria, mein Gott! Ich habe sie gehalten, in meinen Armen gehalten. Ich hätte schauen sollen, diesen Schatten suchen und verfolgen, aber ich habe nur sie gesehen, gehalten. Dann zurück zur Kirche, wollte Hilfe holen, aber mir wurde klar, dass sie mich verdächtigen würden. Sie haben mich gesehen, wie ich in ihr Zimmer wollte. Ich wollte nur reden mit ihr, mit Maria, mein Gott, Maria! Ich liebe sie! Ich habe sie nicht getötet, man muss mir glauben, ich war es nicht! Ich bin Dr. Max Schreiber, ich bin Historiker, ich habe studiert an der Universität in Wien, ich bin kein Verbrecher, kein Mörder. Man muss mir glauben! Es wird sich alles aufklären, alles. Ich muss alles aufklären, jetzt und hier.

Ich bin zurück zu ihr. Ich habe sie gehalten. Ich habe nicht gewusst, was ich tun soll. Dann habe ich das Messer genommen und bin weg. Die Hände voll mit Blut, mit ihrem Blut, weggerannt. Was sollte ich tun? Wer sollte mir glauben? Aber es wird sich alles aufklären, alles!

Sie werden sie finden, vielleicht schon bald, sie werden sich fragen, wo ich bin. Vielleicht ist es besser, wenn ich zurückgehe, aber das Messer, ich hätte das Messer nicht mitnehmen dürfen, ich hätte nicht weggehen dürfen, ich hätte niemals in das Pfarrhaus gehen sollen, um Maria zu finden. Mein Gott, Maria, deine Hand, deine Augen, dein Mund, was ist passiert? Was ist passiert? Wer? Ich war's nicht, ich bin Max Schreiber, Dr. Max

Schreiber, Historiker, kein Mörder, sie werden mich suchen, ich muss verschwinden, ich muss weg.

Ich muss alles niederschreiben. Alles über diesen Schatten, den ich gesehen habe, da war etwas, war jemand. Sind da Stimmen? Stimmen? Sind sie schon hier? Suchen sie mich schon? Sie wissen, dass ich sonst nirgendwo sein kann. Ja, da Stimmen, leise, Stimmen unten in der Gaststube, sie sind da. Ich muss ihnen alles erklären, aber sie werden mir nicht glauben, das Messer. Ich muss weg, Stimmen, sie kommen, das Fenster

Vor einem Tag

Freitag

Gerne hätte ich sie gesehen, »die seltsam am Fenster vorbei-
gaukelnden Riesen«, wie Schreiber bei seiner Anreise in das
Dorf die Berge beschrieben hat. Aber das Wetter hat immer
noch kein Einsehen mit einem alten Mann aus Amerika, der zumindest auf die Höhenlage gehofft hatte, gehofft hatte, dass
dort die Wolken sich teilen würden und endlich ein paar Sonnenstrahlen und Gipfel zu sehen wären. Doch da ist nichts, nur
Nebel und Wolken.

Ich schaue nach vorne zum Fahrer, dem einzigen Menschen,
der mit mir in diesem Bus sitzt, wenigstens das hat meine Anreise mit der von Schreiber vor mehr als fünf Jahrzehnten gemeinsam. Aber ich bin wach, versinke nicht in seltsamen Träumen, wie sie Schreiber in seinem Manuskript beschrieben hat.
Diese Wachheit wundert mich, wenn ich daran denke, wie
schlecht meine letzten Nächte waren, voller Bilder und Geschichten, die den Schlaf fernhielten. Aber vielleicht ist es auch
nur das letzte Aufbäumen eines alten Mannes, der weiß, dass
alles bald vorbei ist, so oder so, der weiß, dass ein großer Vogel
sich bald mit ihm in die Lüfte schwingen wird, vielleicht mit
einer Stewardess in blauer Uniform, die ihm mit ihrem freundlichen Lächeln über den Ozean hilft. Vielleicht hält mich aber
auch etwas ganz anderes wach: Meine Aufregung in das Dorf
zu kommen, in dem Schreiber seine letzten Wochen verbrachte – und etwas in meiner braunen Tasche aus Büffelleder, die

quer über meinen Schenkeln liegt, von dem niemand weiß, dass
ich es habe. Rosalind hat es herausgefunden, aber viel zu spät,
viel zu spät.

Ich schüttle den Kopf, will diese unangenehmen Erinnerungen verscheuchen, will sie nicht mitnehmen auf diesen Berg, in
dieses Dorf. Dieser Tag gehört Max Schreiber und seiner Geschichte. Ich denke an ihn und wie er die Fahrt auf der ersten
Seite seines Manuskriptes beschrieben hat. Er würde sich wundern, denke ich, wenn er jetzt neben mir sitzen würde. Wundern,
wie ruhig und gelassen dieser Bus die Steigungen meistert, wie
weich gepolstert die Sitze sind, wie gut und glatt die ausgebaute
Straße ist, und vor allem über die seltsame Tatsache, dass man in
einem Bus Radio hören kann.

Als schließlich die ersten Häuser aus dem Nebelgrau auftauchen, stehe ich auf, in einer Hand die Ledertasche, mit der anderen eine Stange umklammernd, und fahre die letzten Meter
im Stehen. Beim Aussteigen denke ich an den Busfahrer, der
dem jungen Historiker zunickte, und ich blicke unwillkürlich zu
meinem Fahrer, aber der scheint mich vergessen zu haben, kramt
in irgendwelchen Papieren, hat keine Zeit, seinen einzigen Fahrgast zu verabschieden, einen alten Amerikaner, der jetzt auf dem
Dorfplatz steht und sich unsicher umblickt.

Das also ist es, das Dorf von Max Schreiber, das Dorf, in dem
ich selbst, zumindest in Gedanken, die letzten Tage so viele
Stunden verbracht habe. Im gleichen Augenblick ist mir bewusst, dass es dieses Dorf von Max Schreiber gar nicht mehr
geben kann. Nach den verheerenden Lawinen ist auch noch
mehr als ein halbes Jahrhundert über das Dorf hinweggefahren
mit Baggern und Kränen, mit Fernsehern, Computern, Autos
und Handys. Ich schaue mich um, und obwohl mir der Nebel
kaum eine Möglichkeit gibt, etwas zu sehen, kann ich schemenhaft den Kirchturm erkennen. Ich habe mir vorgestellt, den
Friedhof abzugehen, nach bekannten Namen zu suchen: Küh-

bauer, Brückner, Hartinger. Aber daraus wird nichts: Da ist eine große Menschenmenge versammelt, und ich höre die durch ein Mikrofon verstärkte Stimme eines Priesters. Ein Begräbnis durchkreuzt meine Pläne, ungestört den Friedhof erkunden zu können.

Mehr noch als das verstört mich etwas anderes: Dort, wo die Menschenmenge steht, offensichtlich um ein Grab versammelt, müsste meiner Vorstellung nach das Pfarrhaus stehen, von dem Schreiber so viel berichtete. Ich gehe langsam um die Kirche und den Friedhof herum, aber da ist kein Pfarrhaus zu sehen. Dafür scheint der Friedhof, an der Stelle, an der ich das Pfarrhaus vermute, neu zu sein, auch eine Mauer mit Urnengräbern deutet darauf hin. Die Toten haben den Pfarrer vertrieben, denke ich etwas amüsiert. Mit den betenden Stimmen im Rücken gehe ich weiter in das Dorf hinein. Schon nach wenigen Metern steht rechts ein moderner Bau mit Holzverschalung, viel Glas und einem Flachdach. »Gemeindezentrum« ist in riesigen roten Buchstaben über der Eingangstür aus Glas geschrieben. Ich gehe ein paar Schritte weiter, auf der Suche nach dem Gasthaus, das hier sein müsste, aber vergeblich. Unsicher gehe ich wieder zurück, bleibe vor dem Gemeindezentrum stehen und trete ein. Ein Schild im Eingangsbereich verrät, was in dem Haus alles untergebracht ist: Gemeindeamt, Raiffeisenbank, Tourismusverband, eine Arztpraxis, das Pfarramt und drei Wohnungen. Im Büro des Tourismusverbandes schaut eine Dame hinter einem Schreibtisch von ihrem Computer auf, nimmt die Brille von der Nase und kommt auf mich zu.

»Kann ich Ihnen behilflich sein?«

Ich deute auf einen Tisch, auf dem einige Folder liegen.

»Steht da drinnen irgendetwas über die Geschichte dieses Dorfes?«

»Ja, natürlich«, sagt die freundliche Dame, greift mit einer flinken Geste einen der Folder und drückt ihn mir in die Hand.

»Amerikaner?«, fragt sie freundlich, und ohne eine Antwort abzuwarten, zieht sie einen Stuhl unter dem Tisch hervor.

»Setzen Sie sich. Kaffee?«

Ich verneine und lasse mich auf dem Stuhl nieder.

»Warten Sie«, sagt sie und greift nach meiner Ledertasche, »ich lege Ihre Tasche da drüben hin.«

»Nein, nein«, wehre ich ab und ziehe die Tasche entschlossen zurück. Sie bleibt irritiert stehen, setzt aber sofort wieder ihr professionelles Lächeln auf.

»Also, wenn Sie doch noch einen Kaffee ...« Der Satz bleibt unvollendet. Sie dreht sich um und setzt sich an ihren Computer. Ich spüre die Erregung, die mich befallen hat, als sie nach meiner Ledertasche gegriffen hat, dann schlage ich den Folder auf und finde die Seite, auf der die Geschichte des Dorfes beschrieben ist.

Ein Brandplatz aus der Steinzeit, eine bronzezeitliche Figur, von einem Lehrer 1891 gefunden. Ein Schweighof, der zur ersten urkundlichen Erwähnung im frühen siebzehnten Jahrhundert führte, weil er einem Bischof zum Geschenk gemacht wurde, ein Maler aus dem achtzehnten Jahrhundert, der nach Rom ausgewandert ist und einen Papst porträtiert hat. Danach ist die Geschichte von Katastrophen dominiert. Zwölf Männer gefallen im Ersten, neunundzwanzig im Zweiten Weltkrieg, darunter auch ein Hirte zusammen mit sechsunddreißig Schafen, als ein zu schwer beladenes Kampfflugzeug Bomben oberhalb des Dorfes abwarf.

Und endlich stoße ich auf das, was ich gesucht habe: den Lawinenwinter 1951. Mehr als dreißig Lawinen gingen in der näheren Umgebung innerhalb von ein paar Tagen Mitte Jänner ab, sieben trafen das Dorf. Siebzehn Tote, darunter sechs Kinder, einundachtzig Stück Vieh von den Schneemassen erschlagen oder in den darauffolgenden Tagen verhungert, einundzwanzig Bauernhöfe zerstört. Von Lawinen in der ersten Februarhälfte wird nichts berichtet. Offenbar ist das Dorf von dieser zweiten Welle verschont geblieben. Der Rest ist uninteressant, zumindest für mich. Ein paar Daten zur Entstehung einzelner Gebäude, der Kindergarten, zwei Tunnel, die die Straße ins Tal mehr oder weniger lawinensicher machen, beides in den Achtzigerjahren, das Gemeindezentrum und die Erweiterung des Friedhofes 1992, ein Heimatmuseum 2003. Kein Wort von einem Mord, kein Wort von einer Frau, die in ihrem Haus verbrannt ist, kein Wort von Max Schreiber, kein Wort von Katharina Schwarzmann.

Ich bin enttäuscht, auch wenn es naiv war anzunehmen, in einem Folder des Tourismusverbandes etwas über die dunkle Seite eines Dorfes zu erfahren, etwas über Brand und Mord. Die Dame steht wieder vom Computer auf, auch dieses Mal nimmt sie die Brille ab.

»Bleiben Sie länger?«

»Nein«, ich schüttle den Kopf, »nur heute.« Eine kurze verlegene Pause entsteht.

»Sagen Sie«, fasse ich mir ein Herz, »lebt der Georg Kühbauer noch?«

Sie schaut mich mit großen Augen an, offensichtlich ist ihr diese Frage noch nie gestellt worden.

»Nein, entschuldigen Sie, ich bin nicht von hier, also ich wohne unten im Tal, aber ich kann sofort nachfragen, ich rufe in der Gemeinde an, die wissen das sicher ...«

Ich winke ab. Ich will auf keinen Fall irgendein Aufsehen.

»Etwas anderes«, versuche ich die Dame von ihrer Idee abzulenken, »es gab doch hier ein Gasthaus?«

Sie denkt angestrengt nach, und dann hellt sich ihr Gesicht auf, froh, doch noch eine Frage beantworten zu können.

»Ja, aber, ja, natürlich, sehen Sie«, sagt sie und deutet auf eine Schwarz-Weiß-Aufnahme von einem Haus, die an der Wand hinter ihrem Schreibtisch hängt. Über der Tür ist ein Schild angebracht, aber die Buchstaben sind so verblichen, dass ich nichts lesen kann.

»Ist genau hier«, erklärt die Dame. »Genau hier steht jetzt das Gemeindezentrum. Das Dorf ist ja erst in den Neunzigerjahren eine eigene Gemeinde geworden. Da hat man auch dieses Zentrum gebaut. Genau hier, wo früher das Gasthaus stand.«

»Hier?«, frage ich, und mir wird klar: Zwei der wichtigsten Gebäude aus Schreibers Manuskript gibt es nicht mehr, das Gasthaus und das Pfarrhaus. Es ist wirklich nicht mehr das Dorf, in dem Schreiber 1951 war.

Ich werfe noch einen Blick auf die Fotografie an der Wand hinter dem Schreibtisch, nicke der Dame mit einem freundlichen Lächeln zu und gehe hinaus. Ich frage mich, ob die Tür des Gemeindezentrums genau an der Stelle ist wo früher die des Gasthauses war, durch die Schreiber im Herbst 1950 zum ersten Mal gegangen ist und die er in den nächsten Wochen wohl unzählige Male auf- und wieder zumachte. Aber ich will nicht sentimental werden, es gibt etwas zu erledigen, der alte Mann hat einen Auftrag.

Ich gehe weiter die Dorfstraße entlang, den Blick nach links gerichtet, wo schon bald der Hof der Kühbauers auftauchen müsste, wenn es den überhaupt noch gibt. Ich werde nicht enttäuscht: Drei Bauernhöfe reihen sich aneinander, alle scheinen frisch renoviert zu sein. Zwei der Höfe vermieten Ferienwohnungen, wie auf einem Schild zu lesen ist, an dem dritten Hof findet sich an der vorderen Mauer ein Milchautomat. Ich stehe unschlüssig herum, zu den Haustüren zu gehen, um die Namensschilder zu lesen, wage ich nicht. Ein unangenehmes Gefühl beschleicht mich. Ich gehe weiter, folge der Dorfstraße in der Annahme, an ihrem Ende auf den Weg zu stoßen, der über ein Feld zum Wald und links am Waldrand entlang auf den Hügel zum Lanerhof führen muss. Der Nebel gibt mir keine Möglichkeit, diesen kleinen Hügel auszumachen. Auch einen Feldweg finde ich nicht. Die Dorfstraße zieht sich weiter und weiter, links und rechts sind Siedlungen, Einfamilienhäuser, ein Recyclinghof, ein Kindergarten, eine Schule und schließlich ein großes Hotel, das mit Hallenbad, großer Sauna und Wellnessoase wirbt. Die Straße führt direkt auf den Parkplatz des Hotels, hinter dem sich der Wald erhebt. Endstation. Ich bleibe verwirrt stehen, drehe mich um und schaue zurück. Langsam wird mir klar, dass es diesen Feldweg nicht mehr gibt, dass er zu einer Straße geworden ist, dass sich das Dorf bis zum Wald hin ausgedehnt und das Feld verschlungen hat. Enttäuscht schaue ich die Dorfstraße an, die sauber asphaltiert ist, mit Gehsteigen rechts und links, und denke, dass dies der Weg war, auf dem sich Schreiber und die Frau mit dem roten Tuch begegneten, wo sie sich näherkamen, wo sich ihre Hand zum ersten Mal auf seine Schulter legte, wo er so oft stand und seine Blicke und seine Gedanken auf den Hügel schickte, auf den er selbst sich so selten wagte, wo aber auch ein anderer stand und in Richtung Lanerhof blickte.

Jemand zupft an meinem Ärmel. Ich drehe mich um, eine jüngere Frau mit einer dicken Brille und einem Kostüm, das sie als Angestellte des Hotels ausweist, steht vor mir.

»Suchen Sie etwas?«, fragt sie neugierig.

Ich hebe abwehrend beide Hände.

»Wirklich nicht?«, lässt die Frau nicht locker und schiebt sich mit einem Lächeln die Brille auf der Nase zurecht. »Sie schauen so verloren aus.«

»Schau ich?«, entgegne ich.

»Ja«, antwortet sie fröhlich, und wir fangen beide an zu lachen, ein befreiendes Lachen. Ich fasse mir ein Herz.

»Ich möchte gern auf den Hügel da hinten, zum Lanerhof.«

»Was für ein Hof?« Die Dame ist irritiert.

»Lanerhof«, wiederhole ich.

»Nie gehört. Ist das ein Hotel oder eine Pension?«

Ich brauche ein paar Augenblicke, um zu verstehen.

»Nein, nein, kein Hotel oder so etwas, ein alter Bauernhof.«

»Ach, du meine Güte, da habe ich keine Ahnung«, sagt sie und zuckt bedauernd mit den Schultern. »Und der soll da oben sein? Auf dem Hügel?«

Ich nicke, und sie scheint nachzudenken.

»Ehrlich gesagt, ich war nie da oben«, sagt sie, und ihre Stimme wirkt bekümmert. »Aber wenn sie raufgehen wollen, da, auf der rechten Seite des Hotels, sehen Sie, da kommen Sie hinter das Gebäude und auf die Wiese. Aber einen Weg...«, sie schüttelt wieder bekümmert den Kopf, »also einen Weg, keine Ahnung.«

»Danke, ich werde mir das anschauen«, sage ich und gehe los, eine ratlose junge Dame auf dem Parkplatz des Hotels zurücklassend.

Kaum bin ich auf die Rückseite des Hotels gelangt, erwartet mich eine andere Welt: Jede Menge Müll an der Hausmauer, alte Betten, alte Matratzen, alte Kästen, sogar zwei Kloschüsseln liegen im Gras. Es stinkt nach angebranntem Fett, und ich sehe durch ein offenes Fenster in die Küche. Aber das ist nicht das, was mich interessiert. Ich steige den Hügel hinauf, langsam, Schritt für Schritt, direkt am Waldrand, dort, wo Schreiber so oft gegangen ist, meistens im Schutz der Nacht. Schreiber, der Schatten, getrieben von seinen Gefühlen für diese Frau in dem kleinen Hof auf dem Hügel. Ich bin gespannt, was mich erwartet, ob mich überhaupt etwas erwartet. Plötzlich reißt der Waldrand auf, und eine steile Schneise führt rechts von mir hinauf. Ich bleibe stehen. Schlagartig wird mir bewusst, dass das das Lantobel sein muss. Hier wurden die Eltern von Maria verschüttet, ebenso wie ihre Sprache, hier war Schreiber zusammen mit Kühbauer im Holz, dieser eine Nachmittag, bei der so etwas wie eine zarte, erste Freundschaft zwischen den Männern entstand und sich vielleicht weiterentwickelt hätte, wenn nicht der Kampf um die junge Frau dazwischengekommen wäre. Von hier aus also ging Schreiber alleine mit dem Pferd und dem Holz zurück ins Dorf, während Kühbauer den Hügel weiter hinaufstieg, so wie ich es jetzt tue, langsam, Schritt für Schritt, immer wieder Pausen einlegend. Für einen achtzigjährigen Mann mit weißem Bart und einer Ledertasche in den zittrigen Händen ist der Anstieg recht beschwerlich.

Endlich bin ich oben, endlich liegt die kleine Anhöhe vor mir, und direkt am Waldrand entdecke ich den kleinen Hof. Schon auf den ersten Blick ist klar, dass in diesem Haus niemand mehr wohnt. Die meisten Fenster sind mit Brettern zugenagelt, der Wald hat sich von hinten und von beiden Seiten bis an die Hausmauern heran vorgearbeitet, nur die Vorderseite, die auf die bewirtschaftete Wiese weist, ist frei. Der kleine Stall auf der linken Seite des Hauses ist eingestürzt. Als ich nach der Klinke greife, frage ich mich, ob das wohl noch dieselbe Klinke ist, die auch Maria gedrückt hat, wenn sie nach Hause gekommen ist. Die Tür ist zugesperrt und auch ein kräftiges Rütteln ändert daran nichts.

»Rentiert sich nicht.« Eine Stimme in meinem Rücken. Ich drehe mich erschrocken um, so schnell, dass ich fast ins Stolpern gerate und mich seitlich an der Hauswand abstützen muss.

»Keine Angst, ich wollt Sie nicht erschrecken«, lacht die Stimme fröhlich auf, und erst jetzt bin ich in der Lage, den Sprecher in Augenschein zu nehmen. Ein junger Mann, so an die dreißig, mit einer grünen Lodenjacke, ein Gewehr über die Schulter gehängt.

»Nichts mehr drinnen in der alten Ruine, rentiert sich nicht«, sagt er, und mir wird klar, dass er auf meinen erfolglosen Versuch anspielt, die Tür aufzudrücken.

»Ich wollte mich nur umschauen, so ein altes Haus sieht man nicht jeden Tag«, antworte ich und versuche, ruhig zu klingen.

Er schaut mich zwinkernd an, hat offenbar meinen ausländischen Akzent bemerkt.

»Auf Urlaub?«, fragt er.

»Ja, irgendwie schon und irgendwie auch Arbeit«, sage ich. Meine ausgestreckte Hand packt er ohne Zögern, ein kräftiger Händedruck.

»Wenn S' alte Sachen sehen wollen, gehen S' ins Heimatmuseum. Unten im Dorf. Da in dem Haus ist nichts mehr außer ein paar Gespenstern.« Er lacht lauthals auf und klopft mir auf die Schulter.

»Gespenster?«, frage ich.

»Blödsinn«, lacht er wieder, »ist nur das, was man uns Kindern halt so erzählt hat. Die schwarze Hex soll da drinnen spuken, und manchmal in der Nacht soll in dem Haus ein Feuer brennen, und dann hört man die Hex schreien, buhuu hu hu«, macht er mit erhobenen Armen. »Sie wissen schon, Kinderkram und so.«

Ich nicke, aber in meinem Hals ist ein Kloß, in meinem Kopf geht es rund. Kindergeschichten von einer schwarzen Hex! Ist das alles, was von Katharina Schwarzmann nach hundertfünfzig Jahren noch übrig ist? Geht es so schnell, dass aus Geschichte Geschichten werden? Aber ich habe keine Zeit, weiter darüber nachzudenken.

»War eine Mutprobe für uns Buben. Sind in der Nacht aus dem Haus geschlichen und hier rauf. Wer sich getraut hat, an die Tür zu klopfen und dann zehn Sekunden stehen zu bleiben, der hatte was drauf, verstehen S'?« Er lacht wieder sein gutmütiges Lachen und stellt das Gewehr, das ihm etwas von der Schulter gerutscht ist, mit dem Kolben voran auf den Boden, stützt sich selbst auf die Mündung des Laufes.

»Jagdglück gehabt?«, frage ich, zeige auf das Gewehr und hoffe, dass es mir gelingt, das Thema zu wechseln.

»Nein, war nicht draußen zum Schießen, nur ein bisschen in dem Revier nach dem Rechten sehen.«

»Und? Alles in Ordnung?«

»Wie man's nimmt«, er zuckt bekümmert die Schultern. »Haben Pech gehabt im Winter, eine Lawine hat vierzehn Stück Rotwild erwischt. Hab ich noch nie erlebt.« Er schüttelt den Kopf, wie um eine unangenehme Erinnerung zu verscheuchen. »Sind erst letzte Woche ausgeapert. Vierzehn Stück, unglaublich, war nicht mal so groß die Lawine, ein blöder Zufall.«

»Lawine«, sage ich, dankbar für das Stichwort, »da gab's doch mal eine Katastrophe in dem Dorf? Mit Toten?«

»Ja ja, irgendwann nach dem Krieg, hätte mich auch bald erwischt.« Wieder lacht er auf. Ich schaue ihn verständnislos an, und das amüsiert ihn noch mehr. Endlich fängt er sich und wird wieder ernst.

»Nicht direkt, natürlich, so alt bin ich ja doch nicht. Aber meine Oma war schwanger, und das alles hat sie so mitgenommen, dass es eine Zeit lang so ausgeschaut hat, als ob es eine Fehlgeburt werden würde. Ja, und das war mein Vater, der dann doch gesund auf die Welt gekommen ist.«

Er schaut mich an, diesmal ernst.

»Schon irgendwie ein verrückter Gedanke: Wenn mein Vater eine Fehlgeburt geworden wär, würd es mich auch nicht geben. Das mein ich, wenn ich manchmal sage, dass mich die Lawinen auch fast erwischt hätten.« Und bei diesem Satz beginnt er wieder zu lachen.

Ich erinnere mich an die schwangere Frau im Pfarrhaus, von der Schreiber mehrfach berichtet hat, und an ihren Mann, der das kleine Mädchen ausgrub, der bei seinen Kühen im Stall weinte, und den Schreiber mochte, aber ihn nie nach seinem Namen fragte.

»Ihre Großeltern«, frage ich, »leben sie noch?«

»Nein, nein, beide tot, schon lange.«

Ich sage nichts mehr, und er nutzt die Gelegenheit, sich zu verabschieden.

»Na, dann«, sagt er und schultert sein Gewehr. Er streckt mir die Hand hin, wieder ein kräftiger Händedruck, dann dreht er sich um und geht pfeifend über die kleine Ebene. Ich schaue ihm nach, und als er an der Kante steht, dreht er sich noch einmal um, legt die Hände wie einen Trichter an den Mund und schreit: »Die schwarze Hex!« Er deutet lachend auf das Haus hinter mir, winkt und geht weiter. Ich weiß nicht, wie lange ich so dastehe, bis ich es schaffe, mich aus meiner Erstarrung zu lösen. Ich gehe noch einmal zur Haustür, noch einmal versuche ich, die Tür zu öffnen, auch dieses Mal vergeblich. Ich versuche durch eines der Fenster, das nicht zugenagelt ist, etwas zu erkennen, nähere mich mit dem Gesicht der Scheibe, lege die Hände seitlich an meinen Kopf, um das Licht abzuschirmen und eine bessere Sicht zu bekommen, aber vergeblich. Ich gehe vor dem Haus auf und ab, versuche unter ein paar herabgestürzten Balken in den Stall, oder was davon übrig ist, zu kriechen, aber vergeblich. Schließlich wird mir klar, dass hier nichts zu finden ist, dass ich weitermachen muss, es ist Zeit, und in meiner Ledertasche wartet etwas, von dem niemand etwas weiß. Ich muss an Rosalind und ihren Tod in den Flammen denken, zwinge mich aber dazu, dieses Bild aus meinem Inneren zu verscheuchen, ich darf mich jetzt nicht ablenken lassen.

Entschlossen gehe ich los, ein alter Mann inmitten der Berge unter einem wolkenverhangenen Himmel mit einer selbst auferlegten Mission, mit einer Ledertasche, die ein Geheimnis birgt, und mit der Gewissheit, dass ihn morgen ein großer Vogel nach Hause bringen wird, egal, wie diese Geschichte ausgeht.

Als ich wieder das Hotel erreiche, am Müll und an dem offen stehenden Fenster der Küche vorbei nach vorne auf den Parkplatz gehe, erwartet mich eine Überraschung. Die junge Hotelangestellte ist immer noch da, kehrt mit einem Besen den Eingangsbereich zum Hotel.

»Na«, fragt sie, »steht da oben wirklich ein Bauernhof?«

Ich nicke.

»Verrückt, da geht ja nicht mal eine Straße rauf.«

»Ja ja«, sage ich, nur um irgendetwas zu sagen.

»Wer wohnt da?« Sie hat sich auf den Besen gestützt und schaut mich mit neugierigen Augen an.

Ich zucke mit den Schultern, habe keine Lust auf ein Gespräch, denke an das, was ich zu tun habe. Aber die Blicke dieser jungen Frau ruhen gespannt auf mir. Ich zwinge mich zu einem Lächeln, und plötzlich überkommt mich der Übermut.

»Wer da wohnt? Na, die schwarze Hex!«

Sie schaut mich entgeistert an, dann fängt sie an zu lachen.

»Die schwarze Hex?«, fragt sie.

»Die schwarze Hex!«, bekräftige ich.

»So eine Hex?« Sie klemmt den Besen zwischen ihre Beine und hüpft damit um mich herum.

»Ja, so eine Hex, und sie schreit manchmal in der Nacht.«

»Ihr Amerikaner«, lacht sie wieder und schüttelt den Kopf. Ich tippe mit meinem Zeigefinger an einen imaginären Hut. Die Botschaft kommt an. Sie grinst und imitiert meine Geste. Ich gehe über den Parkplatz auf die Straße zu, die mich ins Dorf bringen wird, und ahne, was die lachende Frau in ihrer nächsten Pause tun wird.

Wieder gehe ich die Straße entlang, die einmal ein Feldweg gewesen ist, die Ledertasche fest in meiner Hand. Ich bin nervös. Die Lektüre von Schreibers Manuskript war nur das Vorspiel, die Ouvertüre, jetzt, jetzt geht es um das Eigentliche. Ich erreiche die drei Bauernhöfe in der Mitte des Dorfes, von denen einer der Hof der Kühbauers sein muss. Noch fehlt mir der Mut, die letzten entscheidenden Schritte zu tun. Dann kommt mir der Zufall zu Hilfe. Bei dem ersten Bauernhof öffnet sich die Tür, eine Frau, ein vielleicht dreijähriges Mädchen an der Hand, tritt heraus und geht zur Garage. Ich überquere schnell die Straße, winke, und sie bleibt stehen.

»Ich suche den Hof der Kühbauers«, sage ich und hoffe inständig, dass sie mir meine Aufregung nicht ansieht.

»Der da, der nächste«, sagt sie und deutet auf den Hof daneben, ohne mich aus den Augen zu lassen. Ihr Blick ist nicht unfreundlich, aber misstrauisch.

»Ist aber niemand da«, redet sie weiter, »die Kinder in der Schule, der Peter und die Ines am Arbeiten.«

Meine Entschlossenheit ist plötzlich wie weggeblasen.

»Peter und Ines?«

»Ja, die Eltern. Wen suchen S' denn?«

Es fällt mir nicht leicht, diesen Namen zu sagen.

»Georg. Georg Kühbauer.«

»Den Georg? Du meine Güte, da kommen S' ein paar Jahre zu spät.«

»Er ist tot?«

»Nein, aber so gut wie.«

Sie scheint die Verwirrung in meinem Gesicht zu erkennen.

»Entschuldigung, das war eine blöde Antwort. Der Georg ist seit Jahren völlig dement. Reagiert auf gar nichts mehr, kennt niemand mehr, völlig weggetreten.«

Ich stehe da, höre, was sie sagt, und spüre, wie sich Enttäuschung in mir breitmacht. Umsonst, alles umsonst?

»Wo ist er?«, höre ich mich fragen.

»Unten im Tal, im Pflegeheim.«

Schweigen breitet sich aus, das kleine Mädchen wird unruhig und beginnt ihre Mutter an der Hand in Richtung Garage zu ziehen.

»Ja, der Georg«, sagt die Frau, der mein Schweigen unangenehm wird. »War ein netter Mann, ein netter Nachbar. Hat sehr zurückgezogen gelebt, immer seinem Bruder, dem Hans, geholfen mit der Landwirtschaft. Ist ja viel Arbeit. Jetzt macht das der Peter, der Sohn vom Hans. Der ist gestorben vor ein paar Jahren.«

Sie schaut mich an, ich sage immer noch nichts. »Der Georg«, setzt sie unsicher fort, »hat selber nie geheiratet, konnte das nie vergessen, das mit seiner Freundin, damals, ist ja erstochen worden.« Sie bricht abrupt ab, als hätte sie ein Geheimnis verraten. Das kleine Mädchen zieht wieder ungeduldig an der Hand der Mutter.

»Soll ich dem Peter was ausrichten?«

Ich schüttle den Kopf.

»Ist kein Problem, mach ich gerne. Wie heißen S' denn?«

»Nein, nicht nötig«, sage ich mühsam, »der Peter kennt mich sowieso nicht.«

»Aber den Georg haben S' gekannt?« Sie lässt nicht locker. »Vielleicht im Krieg?«

»Ich? Nein, ich habe ihn nicht gekannt«, sage ich hastig und merke, dass sich die Frau nun überhaupt keinen Reim mehr auf diesen seltsamen Alten machen kann. Ich verspüre den Impuls, einfach wegzugehen, und suche nach irgendwelchen Worten, um wenigstens das Thema wechseln zu können.

»Kennen Sie die schwarze Hex?«

Sie schaut mich verständnislos an, das kleine Mädchen beginnt zu jammern.

»Eine Sage«, versuche ich zu erklären.

Sie schüttelt den Kopf.

»Nie gehört, aber ich bin ja auch nicht von hier, vielleicht kennt sie mein Mann, er ist hier aufgewachsen.«

Wieder Stille, das kleine Mädchen stampft mit den Füßen.

»Ja, dann, danke«, sage ich und wende mich zum Gehen. Ich kann ihre ratlosen Blicke in meinem Rücken spüren und bin froh, als die Dorfstraße eine leichte Biegung macht und mich ihrem Blickfeld entzieht.

Es ist der gleiche Busfahrer, der mich am Morgen hergebracht hat. Der Fahrgast jedoch, der jetzt zurück ins Tal will, hat nicht mehr viel gemein mit der Person, die am Morgen in das Dorf gekommen ist.

Meine Entschlossenheit ist weg, meine Zuversicht auch. Meine Hände umfassen die Ledertasche auf meinem Schoß, aber vielleicht ist es auch umgekehrt, vielleicht halte ich mich an meiner Ledertasche fest, in der mein letzter Trumpf ist, um genau zu sein, mein einziger Trumpf in diesem Spiel, das ich alter Narr angefangen habe. Als sich in den letzten Jahren die Idee in mir verfestigt hat, noch einmal nach Europa zu reisen, zu versuchen das Geheimnis um Max Schreiber zu lüften, und als langsam ein Plan daraus wurde, war immer eines klar: Meine Recherchen im Landesarchiv wären nur die Einstimmung. Der entscheidende Punkt würde die Begegnung mit Georg Kühbauer sein. Er ist für mich der Schlüssel, und zwar der einzige Schlüssel zur Lösung dieser Geschichte.

Natürlich war mir klar, dass Kühbauer längst tot sein könnte. In diesem Fall wäre mein Auftrag jetzt zu Ende, und ich würde mit dem ungelösten Rätsel um den Mord an Maria Hartinger nach Amerika zurückkehren. Dass er zwar lebt, aber vermutlich keine Antwort mehr geben kann – damit habe ich nicht gerechnet. Diese Erkenntnis macht mich ratlos, müde, ausgelaugt. Es ist, als ob in diesem Bus, der langsam ins Tal fährt, die letzten Tage, die letzten Ereignisse, alles auf einmal, ihren Tribut an einem alten Mann fordern. Die Anstrengung der Reise, die Anspannung der letzten Tage, der wenige Schlaf, die Nervosität in den letzten Stunden, die Aufregung, vielleicht bald Georg Kühbauer zu treffen, all das bekomme ich jetzt zu spüren.

Ich schließe die Augen, höre das leise und gleichmäßige Brummen des Motors, lege den Kopf in den Nacken und denke mir, dass ich vielleicht einschlafen werde, so wie Schreiber bei seiner Anreise im Bus eingeschlafen ist. In Gedanken setzt sich Rosalind neben mich, und ich lasse es geschehen, ja, ich bin froh darum. Wir halten uns an der Hand, schweigend, während der Bus Kehre um Kehre nach unten fährt. Ich wünsche mir, dass die Fahrt stundenlang dauert, einfach dazusitzen, die Augen geschlossen, Hand in Hand mit meiner toten Frau, nichts mehr zu denken, alles sein zu lassen, wie es ist, und irgendwann in meinem Bett in Amerika erwachen und an die blauen Kornblumen denken, die ich Rosalind auf ihr Grab legen werde, so wie ich es immer gemacht habe, die letzten zwölf Jahre, immer am Mittwoch, immer nach einem Besuch beim gleichen Blumenhändler. Ich sehe ihn vor mir, den kleinen, rundlichen Mann mit der dicken Brille, und ich bin nicht erstaunt, dass er nicht hinter seinem Tresen steht, sondern auf dem Boden liegt, und auch das Messer, das in seinem Rücken steckt, überrascht mich nicht sonderlich. Es ist ein langes Messer mit einem metallenen Ring, der dort angebracht ist, wo Griff und Schneide aufeinandertreffen, einem Ring, in den man einen Gewehrlauf stecken kann, ein Bajonett zwischen den Schulterblättern meines Blumenhändlers. Aber ich habe Glück, denn wie ich sehe, hat er meine blauen Kornblumen schon hergerichtet. Ich nehme sie vom Tresen, steige über den toten Blumenhändler, aber plötzlich ist noch etwas anderes blau, nicht nur die Kornblumen, auch ein flackerndes Licht, und ein Polizist packt mich am Arm und will mich mitnehmen. Ich schüttle energisch den Arm, will diese Hand abschütteln, aber es gelingt mir nicht, und noch viel weniger abschütteln kann ich die Stimme: »Wir sind da. Sie müssen doch hier raus?«, fragt sie, und ich sehe den Busfahrer vor mir stehen. »Zumindest sind Sie hier eingestiegen. Wir sind unten, unten im Dorf.«

Ich richte mich auf und merke, dass der Mann mich am Oberarm hält, als würde er diesem alten Mann nicht zutrauen, alleine aufzustehen.

»Geht schon, danke, geht schon«, sage ich, »bin nur eingeschlafen.«

Er lässt meinen Arm los, bleibt aber abwartend in der Nähe. Ich gehe zur Tür des Busses, die Ledertasche an meine Brust gepresst, und plötzlich muss ich an Schreibers Angst, das in Leder gebundene Buch könnte ihm gestohlen werden, denken. Nur einen Schritt hinter mir folgt der Busfahrer wie ein Schatten, und als ich die zwei Stufen aus dem Bus hinunter auf die Straße steigen will, drückt er sich an mir vorbei, packt mich wieder am Arm und stützt mich.

»Der Bus nach Innsbruck kommt leider erst in einer Stunde«, sagt er, »Sie müssen doch nach Innsbruck?«

»Ja«, sage ich müde und bin froh, als er mich loslässt.

Er nickt zum Abschied und dreht sich um, um wieder einzusteigen. Meine Stimme holt ihn ein.

»Sagen Sie, ist es weit bis zum Pflegeheim?«

»Nein«, lacht er, »nur über die Straße.« Er zeigt auf ein gelbliches Gebäude schräg gegenüber.

»Das da?« Ich komme mir vor wie ein Idiot.

»Ja«, antwortet er, »Pflegeheime werden immer da gebaut, wo Bushaltestellen sind. Und wenn keine da sind, werden danach die Bushaltestellen gemacht.«

Er muss mein verwirrtes Gesicht gesehen haben, denn er lacht, hebt zum Abschied gut gelaunt die Hand und steigt ein. Erst als der Bus abgefahren ist, erst als er hinter der nächsten Kurve verschwunden ist, habe ich das Gefühl, aus meiner Erstarrung zu erwachen. Und dann setzt sich dieser alte Mann mit weißem Bart in Bewegung, überquert die Straße, eine Ledertasche in den zittrigen Händen. Es ist Zeit, diese Sache zu Ende zu bringen.

Wenn man gleichzeitig ruhig und unruhig sein kann, dann bin ich es in diesem Moment. Ich weiß, dass eine lange Reise zu Ende geht, so oder so, und das ist gut so. Ich lasse mich nicht mehr aufhalten, es ist Zeit, alter Mann, es ist Zeit.

Vor dem Gebäude ist ein kleiner Garten mit einer Holzbank. Frisch gepflanzte Blumen, ein Springbrunnen, die Gehwege asphaltiert, aber das Wetter wohl zu schlecht zum Spazieren gehen. Es ist niemand zu sehen, nichts zu hören, ich habe das unwirkliche Gefühl, dass das Haus nicht bewohnt ist. Auch als ich eintrete – eine kleine Halle, Marmorboden, ein paar raumhohe Pflanzen in riesigen Töpfen, Plakate an der Wand –, ist niemand zu sehen. Ich wende mich ratlos nach rechts und gehe einen Gang entlang. Aus einem Zimmer kommt eine Krankenschwester, weiß gekleidet, die Haare zu einem Knoten zusammengebunden.

»Guten Tag, kann ich Ihnen helfen?«

»Kühbauer«, sage ich, und meine Stimme ist heiser.

Sie nimmt meine Hand, schüttelt sie und sagt: »Willkommen, Herr Kühbauer.«

»Nein, nein, tut mir leid, ich hätte mich … Mein Name ist Miller, ich wollte sagen, dass ich zu Herrn Kühbauer möchte.«

»Kühbauer? Georg? Sie möchten zum Georg?«

»Ja, ich würde ihn gerne etwas fragen.«

Sie schaut mich stirnrunzelnd an.

»Den Georg etwas fragen«, wiederholt sie langsam, »wann waren Sie denn das letzte Mal hier?«

»Gar nicht, ich war noch nie da.«

Sie nickt, als ob diese Antwort eine Erklärung wäre.

»Dann wissen Sie sicher auch nicht, dass Georg … Also, der Herr Kühbauer, der Georg, er ist seit vielen Jahren stark dement. Bei diesem Krankheitsbild, nun ja, wissen Sie, Sie dürfen sich nicht erwarten, dass Sie ihm eine Frage stellen können und eine Antwort bekommen. Er reagiert seit vielen Jahren auf nichts mehr, nicht auf seine Bekannten und Verwandten, nicht auf alte Fotos oder Musik oder sonst etwas. Manchmal, da hat man das Gefühl, dass er einen anschaut, dass er etwas mitbekommt, aber reden …«, sie schüttelt den Kopf, »reden oder so, meine Güte, ich kann mich gar nicht erinnern, wann er zum letzten Mal geredet hat, er hat ja schon die Magensonde seit mehr als drei Jahren, kann nicht einmal mehr essen, also, etwas fragen …«

»Schon gut, schon gut. Ich will ihn sehen!« Meine Stimme

ist aggressiv, meine Nerven liegen blank, ich habe keine Zeit mehr, ich habe einen Auftrag, hier und jetzt. Mein Ton verfehlt seine Wirkung nicht.

»Ich wollte nur, dass Sie sich keine falschen Hoffnungen ...« Sie verstummt, dreht sich um und geht voran. Vor einer Zimmertür am Ende des Ganges bleibt sie stehen, wirft mir einen Blick zu, klopft an und tritt ein, ohne eine Antwort abzuwarten, da eine solche wohl nicht zu erwarten ist. Das Zimmer ist klein, alles ist weiß, keine Farben. An der Wand ein Kreuz. Links von der Tür ein Kasten, an der rechten Wand das Bett, die Bettdecke, ebenfalls in Weiß, sauber zusammengelegt. Links vorne am Fenster ein kleiner Tisch, weiß, und dahinter in einem Rollstuhl ein alter, ein sehr alter Mann. Er lässt die Arme hängen, sein kahler Kopf ist etwas nach rechts geneigt, seine Augen sind auf mich gerichtet, doch sein Blick scheint mich nicht zu erfassen, seine Lippen machen eine ständige Kaubewegung, ein Speichelfaden hängt aus dem rechten Mundwinkel, eine feine rote Narbe verläuft quer über seine Stirn. Die Krankenschwester wischt mit einem Taschentuch den Speichelfaden weg, eine routinierte Bewegung, geht vor dem Greis in die Hocke, nimmt seine Hand in ihre Hände und beginnt auf ihn einzureden.

»Georg, du hast Besuch!«

Der alte Mann zeigt keine Reaktion. Nur das Kauen, sonst keine Bewegung.

»Georg, da ist ein ...« Sie verstummt, schaut mich kurz an und spricht weiter, » ... ein Freund von dir.«

Wieder keine Reaktion.

»Georg, der Mann, er will dich etwas fragen.«

Keine Reaktion.

»Georg, er will dich etwas fragen. Ist das in Ordnung?« Sie schaut zu mir, zuckt mit den Achseln. Sie verkneift sich zwar jede Bemerkung, doch in ihrem Blick steht deutlich: Das habe ich Ihnen ja gesagt!

Ich öffne meine Ledertasche, meine Hände sind ruhig. Es ist Zeit, alter Mann, es ist Zeit. Und der alte Mann nimmt ein langes Messer mit einem Ring zwischen Griff und Schneide aus der Ledertasche, stellt die Tasche auf den Boden und geht auf Kühbauer zu.

»Mein Gott, was ...« Die Krankenschwester springt auf und presst die Hände vor den Mund. Ich achte nicht auf sie, ich stehe vor dem Greis, das Messer in meiner rechten Hand, die Hand, die nun nicht mehr zittert, die ruhig ist, die Messerspitze nur Zentimeter vor Kühbauers Gesicht. Langsam und behutsam senkt sich meine Hand, und ich lege das Messer quer vor Kühbauer auf den Tisch. Die Krankenschwester atmet aus, und ich trete einen Schritt zurück. Stille, ungeheure Stille ist im Raum. Der Greis reagiert nicht, er sitzt nur da, die Arme hängen nach unten, die rote Narbe auf der Stirn, die kauenden Bewegungen, wieder hat sich ein Speichelfaden gebildet. Stille, der Greis und das Messer vor ihm, der Kopf des alten Mannes leicht nach rechts geneigt, die Stille, das Messer, der Kopf des alten Mannes gerade jetzt plötzlich gerade, kein Kauen mehr, und dann geht ein Ruck durch den alten Mann, der Kopf senkt sich nach vorne, die Augen fixieren das Messer und können sich festhalten dort, rutschen nicht ab an dem glatten Holzgriff, an dem kalten Stahl, und plötzlich tauchen seine Hände auf von unterhalb der Tischplatte, heben sich, schweben zitternd über dem Messer.

»Mein Gott«, stöhnt die Krankenschwester, und eine Hand von Kühbauer fällt auf den Tisch und bekommt den Griff des Messers zu fassen. Zitternd fährt die Hand in die Höhe, das Messer nur Zentimeter vor dem eigenen Gesicht, die Krankenschwester schreit auf und tritt hinzu. Aber sie muss nicht eingreifen, das Messer fällt aus der Hand des alten Mannes auf die Tischkante und von dort zu Boden. Langsam sinken seine Hände auf die Tischplatte, rutschen ab und fallen zurück in seinen Schoß. Ebenso langsam senkt sich sein Kopf wieder auf die rechte Seite, sein Mund fängt wieder an zu kauen. Der Spuk ist vorbei.

»Georg, mein Gott, Georg«, sagt die Krankenschwester, wieder in der Hocke, wieder die Hand des alten Mannes haltend. Ich fühle mich wie betäubt, hebe das Messer vom Boden auf und stecke es in die Ledertasche.

»Das Messer«, sagt die Krankenschwester, jetzt zu mir gewandt, »er hat das Messer erkannt. Was ist damit?«

»Ja«, höre ich mich antworten, »er hat das Messer erkannt.«

»Was ist damit?«, wiederholt sie.

Ich schüttle, schon im Weggehen, den Kopf.

»Nur eine alte Geschichte, eine alte Geschichte«, höre ich meiner eigenen Stimme zu, während mich meine Beine aus dem Zimmer und durch den Gang tragen, durch die kleine Halle mit den raumhohen Zimmerpflanzen und den Plakaten. Ich trete hinaus in einen Nieselregen und lasse mich nach ein paar Schritten auf der Holzbank im Garten nieder.

Georg Kühbauer hat das Messer erkannt, es muss sein Messer gewesen sein, sein Messer, das in den Rücken von Maria Hartinger gefahren ist. Max Schreiber muss unschuldig sein, ist unschuldig, es kann gar nicht anders sein. Wie oft habe ich mir diese Situation vorgestellt und mich jedes Mal gefragt, wie es dann wohl weitergehen würde? Polizei, Presse, Rechtsanwalt? Das Andenken an Max Schreiber wieder in Ordnung bringen? Ihn reinwaschen von dem Vorwurf, ein Mörder zu sein, reinwaschen nach mehr als fünf Jahrzehnten?

Der Regen prasselt auf mich herab, wird stärker. Womit, mit welchen Beweisen?, frage ich mich. Ein alter dementer Mann, der vielleicht nie wieder eine Reaktion zeigen wird, hat vielleicht ein Messer wiedererkannt. Ein Messer, von dem ein anderer alter Mann behauptet, dass es in einem Mordfall vor mehr als einem halben Jahrhundert die Tatwaffe gewesen ist. Ich bin kein Jurist, aber mir ist klar, dass das nirgendwohin reicht.

Müde hebe ich den Kopf und ich weiß nicht, ob das Wasser in meinen Augen nur der Regen ist oder ob sich Tränen daruntermischen. Hinter einer Fensterscheibe im Pflegeheim sehe ich ein Gesicht, das zu mir herschaut, das Gesicht einer Frau, verschwommen, aber man kann doch erkennen, dass sie die Haare zu einem Knoten zusammengebunden hat. Und sie wird einen alten Mann sehen, der mit einer Ledertasche auf dem Schoß im Regen sitzt, dann plötzlich aufsteht und sichtlich in Eile zur Straße geht, wo ein Bus in die Haltestelle einfährt.

JETZT

Die Frau liegt am Boden. Im Schnee. Der linke Arm verdreht unter ihrem Körper. Keine Farben.

Sie hat keine Farben. Der Boden hat keine Farben. Alles ist schwarz und grau und weiß, nur schwarz und grau und weiß. Die Haare der Frau sind schwarz, die Kleidung grau, der Schnee weiß.

Nur nicht neben ihrer Schulter, da ist der Schnee schwarz. Schwarz von Blut.

»So viel Blut, so viel Blut«, flüstert der alte Mann und streift mit seinem riesigen Zeigefinger über das winzige Gesicht der Frau. Zärtlich, zitternd.

Dann greift er zu, nimmt die kleine Schwarz-Weiß-Fotografie mit dem gewellten Rand, die Fotografie mit der Frau im Schnee, mit der Frau ohne Farben, und steht auf. Es ist Zeit, Zeit zu gehen, nach Hause zu gehen.

Die große Uhr über der Tür zeigt 11:45 Uhr, es ist Samstag. Das Archiv schließt in einer Viertelstunde. Der Lesesaal ist leer, so wie er den ganzen Vormittag leer war. Der alte Mann mit dem weißen Bart und den zittrigen Händen, in denen er eine alte Fotografie hält, dieser alte Mann geht langsam durch den Saal, Schritt für Schritt, und er weiß, dass er diesen Weg zum letzten Mal gehen wird. Er widersteht der Versuchung, sich an der Tür noch einmal umzudrehen, noch einmal zurückzuschauen auf den Tisch, auf dem der Karton mit Schreibers in Leder gebundenem Buch liegt, das er nie mehr sehen wird. Nie mehr.

Der alte Mann, der ich bin, geht langsam durch die Gänge. Niemand ist zu sehen, alles wirkt wie ausgestorben. Dann die letzte Tür zur Rezeption, und dort stehen die beiden Frauen, die ältere Dame und auch wieder das blonde Mädchen, das mich an den ersten Tagen in den Lesesaal begleitet hat und dann krank geworden ist. Sie kommt hinter dem Tresen hervor, auf mich zu und schaut mich an. Ihr Blick hat etwas Prüfendes und ist mir unangenehm. Langsam hebe ich die Hand mit der Fotografie, mit der kleinen Fotografie mit dem gewellten Rand, der Fotografie mit der Frau ohne Farben, und halte sie in ihre Richtung.

»Was ist das?«, fragt sie und gibt sich im gleichen Moment selbst die Antwort. »Ist das die Frau? Maria?«

Ich nicke.

»Mein Gott«, sagt sie und tritt einen Schritt näher, um das Bild besser betrachten zu können. »Wo haben Sie das her?«

»Im Karton, es ist hinten im Buch unter den Ledereinband gerutscht. Ich würde es gerne behalten«, sage ich.

Sie tritt einen Schritt zurück und schaut mich an.

»Behalten? Aber das geht nicht ...« Sie macht eine hilflose Geste und sucht nach Worten. »Das ist doch so etwas wie ein Dokument, ein Beweismittel?«

Das Wort »Beweismittel« hängt zwischen uns. Plötzlich verändert sich ihre Stimme, sie wird leise, flüstert beinahe.

»Sie haben Maria gekannt?!« Nichts an ihrem Ton verrät, ob das eine Frage oder eine Feststellung war.

Ich drehe das Bild zu mir, schaue es an und schüttle langsam den Kopf.

»Gekannt? Nein, gekannt habe ich sie nicht, das wäre zu viel gesagt.« Ich verstumme, mein Atem wird schwer, ich habe Angst, dass meine Stimme versagt. »Gekannt«, sage ich noch einmal mit leiser Stimme, »gekannt habe ich sie nicht, aber geliebt, das ja, ich habe Maria geliebt.«

Und als ich von der Fotografie aufschaue und in ihr Gesicht

blicke, weiß ich, dass sie es weiß, und ich sehe, wie sich ihre Lippen bewegen und fünf Worte auf die Reise schicken, fünf flatternde Vögel, die sich auf mir niederlassen.

»Sie«, sagt sie leise aber bestimmt, »Sie sind Max Schreiber.«

Ich stürze hinab und hinab, zurück in meine Vergangenheit, zwölf Jahre zurück, sitze wieder zu Hause an meinem Schreibtisch. Es ist Abend, ein regnerischer Abend, ein stürmischer Abend, immer wieder klatscht eine nasse Bö gegen das Fenster. Rosalind ist zu ihrem Yogakurs gegangen, und ich habe aus einer sentimentalen Regung heraus die Leiste am Boden meines Kastens gelöst, jene Leiste, die seit vielen Jahren mein Geheimnis hütet. Ich habe es herausgenommen, das Messer mit dem Holzgriff und der langen Schneide, an dem ein eiserner Ring angebracht ist, bereit, einen Gewehrlauf aufzunehmen. Ich bin wohl auch mit dem Finger über den kalten Stahl gefahren, ich habe wohl auch das Messer gegen das Licht gehalten, auf der vergeblichen Suche nach Flecken auf der Klinge, auf der Suche nach Marias Blut.

Ich weiß bis heute nicht, warum Rosalind an diesem Abend früher nach Hause gekommen ist, und vermutlich war der Regen schuld, der laut prasselnde Regen, dass ich die Haustür nicht gehört habe, nicht ihre Schritte auf der Treppe, nicht, wie die Tür zu meinem Büro aufging, und ich weiß bis heute nicht, wie lange sie dagestanden ist, bevor mich ihre Stimme aus meinen Erinnerungen riss und ich auf meinem Bürostuhl herumwirbelte, das Messer auf den Oberschenkeln.

»Was ist das?« Rosalind zeigte auf das Messer.

In diesem Moment hätte ich aufspringen, ihr das Messer reichen und so etwas sagen sollen wie: »Schau mal, das habe ich gefunden, drüben im Park.«

Aber das sind Wunschträume. Ich bin nicht aufgesprungen, ich habe nichts gesagt.

»Was ist das?«, wiederholte sie ihre Frage.

Auch in diesem Moment hätte ich aufspringen und so etwas sagen können wie: »Habe ich bei einem Trödler gefunden in der Stadt, gefällt es dir?«

Aber ich bin nicht aufgesprungen, ich habe nichts gesagt, es war, als ob ich keine Lust mehr gehabt hätte den Vorhang wieder zuzuziehen, hinter den sie nun blickte.

»Das Messer ...« Die Worte hingen im Raum, und ich sah ihr an, dass sich in ihrem Kopf die ersten Fragen formten, sie aber noch nicht bereit dafür war.

Ich wünschte, ich wäre aufgesprungen, wenigstens in diesem Moment, und hätte gesagt: »Ein altes Erbstück von meinem Onkel, damals in Wien, habe ich ganz vergessen.« Vielleicht hätte ihr diese Erklärung genügt. Aber ich bin nicht aufgesprungen, ich habe nichts gesagt, ich habe sie nur angeschaut und gesehen, wie sich ihr Mund öffnete, wie mich ihr Blick durchbohrte, und dann schickte sie fünf Worte auf die Reise, fünf flatternde Vögel, die sich auf mir niederließen.

»Du«, sagte sie leise aber bestimmt, »du bist Max Schreiber.« Und in die Stille, die sich ausbreitete, in der sie nur in ungläubigem Entsetzen den Kopf hin und her bewegte, schnitt der nächste Satz wie ein Messer: »Du hast diese Frau getötet!«

Das ist der Moment, in dem ich wirklich aufgesprungen bin, das Messer in einer Hand, die andere Hand beschwichtigend nach vorne gehalten. Aber ich kam nicht dazu, etwas zu sagen.

»Nein!«, schrie sie, »Tu mir nichts!« Ich blieb stehen, erstarrt, erst langsam verstand ich, dass sie das Messer in meiner Hand als Bedrohung empfand. Ich wollte ihr sagen, dass sie keine Angst zu haben braucht, dass sie mir zuhören soll, aber bevor die Worte bereit waren, aus meinem Mund zu kommen und diese letzte mögliche Brücke zu ihr zu bauen, sagte sie diesen Satz, der mich die letzten zwölf Jahre begleitet hat und der mich begleiten wird bis ans Ende meines Lebens, diesen Satz, der dröhnt und scheppert in meinem Kopf, vor allem, wenn es still ist, diesen Satz, den sie mir an diesem Abend entgegenschleuderte, das Gesicht in maßlosem Entsetzen verzerrt, »Mein Vater ist nicht mein Vater, und mein Mann ist nicht mein Mann!«

Sie riss die Zimmertür auf, verschwand in den Gang und stürzte die Treppe hinauf in das Obergeschoss. Ich ließ das Messer fallen und sank zurück auf meinen Stuhl. Später schaffte ich es, aufzustehen, die Treppe nach oben zu gehen. Ich setzte mich vor der verschlossenen Tür ins Obergeschoss auf die Stiege, den Kopf an den Türstock gelehnt, ich flüsterte, bettelte, ich klopfte, irgendwann habe ich auch geschrien und mit meinen Fäusten an die Tür gehämmert. Es war zwecklos, sie hat nicht geöffnet, sie hat nicht geantwortet, nichts. Ich habe angefangen zu erzählen, alles, alles, was mir eingefallen ist. Ich habe ihr erzählt, dass ich damals, als wir uns gerade kennengelernt hatten, meine wahre Identität nicht preisgeben wollte aus Angst, sie zu verlieren, dass ich oft in unserem gemeinsamen Leben nach einem guten Moment gesucht habe, ihr alles zu erzählen, dass ich es aber immer weiter aufgeschoben habe und dass mir schon nach ein paar Jahren klar gewesen ist, dass ein Geständnis nun wirken würde wie ein Vertrauensbruch. So habe ich die Sache ruhen lassen, irgendwann, so wie ich Max Schreiber ruhen ließ und ganz zu John Miller wurde.

Ich erzählte ihr, dass der Name Max Schreiber sich nicht mehr wie mein Name anfühlt, eher wie der Name eines Bekannten, den man lange nicht mehr gesehen hat, vielleicht wie der Name eines Cousins, der verschwunden ist, dass John Miller jetzt mein richtiger Name sei und sich auch so anfühle, dass ich, wann immer ich an früher denke, in der dritten Person denke, nicht an mich denke, sondern an Max Schreiber und sein Schicksal auf dem Berg.

Und natürlich erzählte ich ihr, dass ich, nein, dass Max Schreiber Maria nicht umgebracht habe, dass ich das zumindest glaubte, denn die Erinnerung ist ein unsicherer Boden. Was vor zehn Jahren noch sicher schien, stellt man plötzlich infrage, und in weiteren zehn Jahren wird man glauben, es sei ganz anders gewesen. Die Zeit ist das Problem, sie lässt die Erinnerungen verblassen, die Farben blättern ab, alles verschwimmt, und irgendwann fragt man sich, habe ich, nein, hat Max Schreiber das Messer wirklich nur aus dem Rücken der Frau gezogen? Was ist damals passiert? In dieser Nacht zwischen den Lawinen?

Ich habe Rosalind alles erzählt, meine eigenen Zweifel, meinen Kampf mit der Erinnerung, meine ersten Pläne, vielleicht noch einmal nach Europa zu fliegen, noch einmal zu versuchen die Wahrheit zu finden, ich habe geredet und geredet, aber es hat nichts geholfen, sie hat nicht geantwortet, sie hat nicht geöffnet. Ich saß im nun dunklen Treppenhaus, irgendwann sah ich einen hellen flackernden Schein im Spalt unter der Tür, und ich wusste, dass sie ihre Kerzen angezündet hatte, dicke Kerzen, die sie immer überall im Haus aufgestellt hatte, und deren Licht und Wärme eine beruhigende Wirkung auf sie hatten.

Irgendwann bin ich eingeschlafen und als ich nur wenige Stunden später, im Morgengrauen auf der Treppe sitzend, den Rücken an die Tür gelehnt, erwachte, drang der flackernde Schein der Kerzen noch immer schwach durch den Türspalt. Ich richtete mich auf, wollte anklopfen, wollte wieder ihren Namen sagen, wollte wieder mit ihr reden, aber da waren keine Worte mehr, nichts, was sich zu Sätzen formen ließ, und so kam ich auf die Idee, ein Frühstück herzurichten mit Rosalinds Lieblingsgebäck als eine Geste der Versöhnung. Ich fuhr in die Bäckerei, trank dort einen Kaffee, in dieser Bäckerei, in der die Polizei später nachfragte, ob ich auch wirklich da gewesen sei, um auszuschließen, dass nicht ich das Feuer gelegt hatte, in dem Rosalind verbrannte, während ich schreiend auf dem Rasen stand und mich starke Arme auf den Boden drückten...

»Wie sind Sie da bloß runtergekommen?«

Ich blicke verwirrt auf, das blonde Mädchen steht vor mir.

»Von dem Berg. Wie? Der ganze Schnee ...«

Was soll ich dem Mädchen erzählen? Dass ich nach dem Messer gegriffen habe und aus dem Fenster gesprungen bin, als ich hörte, wie sich meinem Zimmer Schritte und Rufe näherten? Dass man in diesen Schneemassen nicht gehen, dass man sich aber auf dem Bauch liegend fortbewegen kann, dass man zumindest in ein paar Minuten weit genug kommt, um sich in einen Stadel retten zu können, Wärme im Heustock findet. Dass der Schnee einem den Durst lindert und dass man Halme kauen kann und ihr bitterer Geschmack das Hungergefühl dämpft. Soll ich dem Mädchen sagen, dass es wirklich unmöglich ist, in diesem Schnee vom Berg herunterzukommen, es sei denn, man folgt den Bahnen, die die Lawinen gezogen haben, als sie ins Tal donnerten, diesen gerade nach unten führenden steilen Schneisen, wo man auf der aufgerissenen Grasnarbe ins Tal rutschen kann? Was noch alles, was soll ich noch alles erzählen? Dass man in dieser Zeit nach dem Krieg ohne Probleme einen neuen Pass organisieren konnte, wenn man, so wie Max Schreiber, eingenäht in seinem Mantel, etwas Geld übrig hatte? Soll ich ihr von den Wochen in Wien erzählen? Schreiber, ein Schatten vor dem Elternhaus, vor dem ein Polizeiauto steht. Schreiber, der Schatten, seine Eltern beobachtend, beim Spazierengehen, auf dem Friedhof, aber ohne den Mut aufzubringen, sie anzusprechen? Schreiber, der auch sie und den Gärtner einmal auf der Straße gesehen hat, Hand in Hand, und in diesem Moment den Entschluss gefasst hat, mit dem neuen amerikanischen Pass auszuwandern, ein paar Jahre zu warten, bis Gras über die Sache gewachsen ist. Nicht ahnend natürlich, dass man nirgendwo ein paar Jahre leben kann, ohne anzufangen, Wurzeln zu schlagen, Wurzeln in einem anderen und neuen Leben.

Eine Hand liegt auf meinem Arm, es ist das blonde Mädchen, ihr Gesicht ist traurig.

»Entschuldigen Sie, ich wollte Ihnen nicht zu nahe treten.

Aber als ich Ihr Geburtsdatum im Reisepass ..., also das ist das gleiche wie von Max Schreiber, das im Polizeibericht ...«

Plötzlich wird mir etwas klar. »Sie waren gar nicht krank, oder?«, frage ich.

Sie zuckt mit den Schultern, und ich sehe, dass sich ihre Augen mit Tränen füllen.

»Ich habe doch nicht ...«, sie macht eine hilflose Bewegung mit den Händen, » ... gewusst, was ich tun soll, Sie sind doch ein Mörder.«

Ich schüttle energisch den Kopf: »Nein, ich... ich meine, Max Schreiber ist kein Mörder.«

Sie schaut mich mit großen Augen an.

»Sie haben etwas herausgefunden?«

Ich nicke.

»Aber das ist ja wunderbar«, strahlt sie, »das müssen Sie sofort der Polizei erzählen.«

Ich winke ab, müde: »Schwierig, eigentlich unmöglich. Es gibt keine Beweise.«

Das Strahlen verschwindet aus ihrem Gesicht.

»Aber, das ist nicht so wichtig, wichtig ist, dass ich weiß, dass Max Schreiber keinen Mord begangen hat. Und wenn Sie mir glauben«, und ich breite meine Arme aus und gehe einen Schritt auf sie zu, »dann sind wir schon zwei, die das wissen. Glauben Sie mir? Bitte?«

Und dann sieht die Dame an der Rezeption, die das Gespräch gebannt verfolgt hat, wie sich der alte Amerikaner und ihre junge Arbeitskollegin umarmen. Nur kurz und doch für einen unendlich langen Moment ...

Hinter mir ruft eine Stimme hinter mir meinen Namen. Ich drehe mich um. Ein dicker Mann steht an der offenen Tür und hält am ausgestreckten Arm einen kleinen Zettel, von dem er meinen Namen abliest.

»Herr Miller?«

Ich nicke und räuspere mich.

»Ja, ja der bin ich, Miller, John Miller.« Und wie um mir und aller Welt meine Identität noch einmal zu bestätigen, wiederhole ich meinen Namen, der mich nun schon mehr als ein halbes Jahrhundert begleitet hat, gut begleitet hat: »John Miller.«

»Das Taxi ist da«, sagt der Mann, »das Gepäck habe ich im Hotel abgeholt, wie abgemacht, wir können dann …«

»Einen Moment noch«, unterbreche ich ihn.

Ich drehe mich zu dem blonden Mädchen und halte ihr noch einmal die kleine Fotografie hin, die Fotografie ohne Farben, die Fotografie von der Frau ohne Farben, die Fotografie von der Frau ohne Worte. Sie zuckt mit den Schultern, sie sagt mit ihrem Blick, mit ihren Gesten gleichzeitig Ja und Nein und Vielleicht.

Wir schauen uns an, stumm.

»Danke«, sage ich leise, stecke die Fotografie in meine Manteltasche und gehe hinaus. Die Luft ist frisch, das Licht ist hell, nicht mehr so trüb und grau wie die Tage zuvor. Der Taxifahrer hat sein Auto direkt an der Stiege geparkt, jetzt kommt er mir entgegen, mir, diesem alten Mann mit dem weißen Bart und den zittrigen Händen, packt mich am Arm, begleitet mich über die Stufen nach unten, öffnet die Tür zum Beifahrersitz und lässt mich einsteigen. Er geht um das Auto herum, macht seine Tür auf und lässt sich auf seinen Sitz fallen. Ich habe den Kopf zum Fenster gewendet, schaue zum großen Tor des Landesarchivs hinauf in der Hoffnung, dort vielleicht das blonde Mädchen zu sehen, vielleicht mit Tränen in den Augen, vielleicht auch mit einem Lächeln im Gesicht, vielleicht auch nur die Hand zum Winken erhoben. Aber da ist niemand.

»München Flughafen?«, fragt der Taxifahrer.

»München Flughafen«, antworte ich, während der Wagen anfährt und das Landesarchiv aus meinem Blickfeld verschwindet.

»Amerikaner?«

»Amerikaner.«

»Die Aussprache«, sagt er erklärend, »das kennt man. Und jetzt nach Hause?«

»Nach Hause«, bestätige ich, und mir fällt die alte Indianerin ein. Auch wenn die Geister müde waren an jenem Nachmittag, ihre Prophezeiung war nicht so schlecht: Der große Vogel wird mich nach Hause bringen und er fliegt nur ein paar Tage später, als sie angekündigt hat. Rosalind würde das freuen.

»Nach Hause, ja nach Hause«, sage ich, »ich sehe einen großen Vogel, er wird mich nach Hause bringen an meinem achtzigsten Geburtstag.«

Der Taxifahrer schaut mich verwundert an. Es ist klar, dass er mit diesem Satz nicht viel anfangen kann. Aber er lacht fröhlich und schlägt mit der flachen Hand auf das Lenkrad.

»Der große Vogel!«, lacht er noch einmal und schaltet das Radio ein. Musik erfüllt das Auto, während es der Taxifahrer sicher durch den Stadtverkehr und auf die Autobahn steuert. Das Wetter ist besser geworden, da und dort ein Streifen Himmel, blau wie Kornblumen. Und plötzlich sind auch sie da, befreit vom Schleier der Wolken, die felsigen Riesen mit ihren weißen Häuptern. Rechts und links stehen sie, einen alten Mann zu verabschieden, der nie zurückkehren wird.

Ein eindringliches Hörerlebnis mit
Peter Matić und Manuel Rubey

Gekürzte Lesung | ca. 7 Std. 30 min.
6 CDs | ISBN 978-3-8371-3600-5
Download | 978-3-8371-3601-2

www.random-house-audio.de